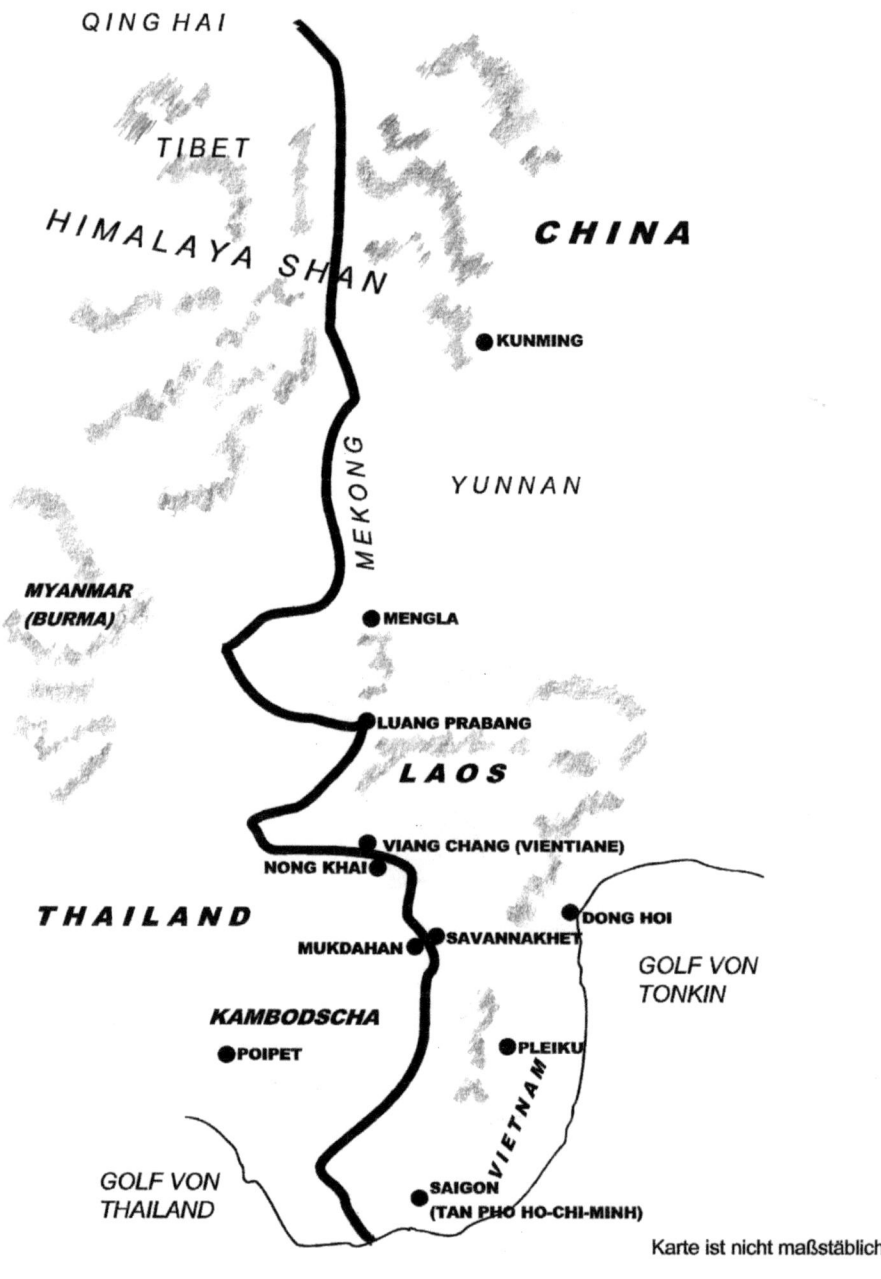

DER PATE VON ALTONA III

Mekong

Triaden-Thriller

Hinweis: Alle Figuren in diesem Roman sind frei erfunden, die zugrundeliegenden Strukturen und Handlungsorte allerdings nicht. Die Organisationsstrukturen der Hamburger Polizei und der Behörden der Volksrepublik Laos sind leicht verändert dargestellt. Namen und Handlungsweisen der Triaden und mit ihnen verbundener Organisationen in Osteuropa entsprechen Tatsachen, im Fall der Ukraine einem veröffentlichten Bericht für das Justizministerium der Vereinigten Staaten von Amerika.

Bibliographische Information der Deutschen Nationalbibliothek:
Die Deutsche Nationalbibliothek verzeichnet diese Publikation in der Deutschen Nationalbibliographie; detaillierte bibliographische Daten sind im Internet über dnb.dnb.de abrufbar.
Copyright: Dr.-Ing. Reiner Gütter 2017
Titelbild: Dr.-Ing. Reiner Gütter 2017
Satz, Herstellung und Verlag: BoD – Books on Demand, Norderstedt, Germany
ISBN: 978-3-7431-5852-8

Inhalt

HENRY	11
ALTONA / ADOLF-JAEGER-KAMPFBAHN	14
OTTENSEN	16
FALKENSTEINER UFER	18
WEDEL / ELBE	20
ALTONA / MÖRKENSTRASSE	22
KIEL	29
ALTONA / MÖRKENSTRASSE	31
OTTENSEN	33
ALTONA / NEUMÜHLEN	35
OTTENSEN	38
HAMBURG / GERHART-HAUPTMANN-PLATZ	43
KUNMING / YUNNAN	47
KUNMING / GONG AN	56
KUNMING / CAMELLIA-HOTEL	59

MENGLA / SIBSONGPANNA	63
LUANG PRABANG / LAOS	66
PHOU KHOUN / LAOS	71
VANG VIENG / LAOS	73
VIANG CHANG / LAOS	76
VIANG CHANG / PHONSAVAN	78
SAVANNAKHET / LAOS	83
SAVANG	91
TRIADEN	94
SAVANNAKHET	101
HAMBURG - ALTONA	105
HAMBURG / JOHANNISWALL	108
MUKDAHAN / THAILAND	113
MUKDAHAN / RIVERSIDE HOTEL	120
MUANG PHIN / LAOS	123
SAVANNAKHET	129

MA UND YANG	134
JIM AND JOE	143
SAVANNAKHET / DINOSAURIERMUSEUM	146
NGUYEN TRANH	150
POIPET / KAMPUCHEA	157
POIPET RESSORT CASINO	163
POIPET AIRFIELD	167
ZWISCHEN POIPET UND SAVANNAKHET	173
KAIPONE PHOMVIHANE AIRPORT	178
ROBERTO FRANCETTI	183
INVADING LAOS	188
SAVAN CASINO UND HOTEL	200
TA MOKS ANKUNFT	205
TA MOK	210
HAMBURG / JOHANNISWALL	214
SAVANNAKHET	218

HAMBURG / JOHANNISWALL	223
SAVANNAKHET / DINOSAURIER-MUSEUM	227
MUKDAHAN / THAILAND	237
HAMBURG / JOHANNISWALL	243
SAVAN CASINO UND HOTEL	253
OPERATION OTAKTAY	259
SUNPASITTIPRASONG HOSPITAL	267
EIN ANGEBOT FÜR TATONGA MILLER	273
ALTONA / KÖNIGSTRASSE	277
FRANKFURT / MAIN	286
HAMBURG / BERLINER TOR	292
ALTONA / NEUMÜHLEN	295
ALTONA / JESSENSTRASSE	301
ALTONA / DIEBSTEICH	307
HAMBURG / JOHANNISWALL	313
SAVANNAKHET	315

HAMBURG / JOHANNISWALL	322
SUNPASITTIPRASONG HOSPITAL	324
ALTONA / MÖRKENSTRASSE	328
HENRY	332
OTTENSEN / VEREINSHEIM GRIEGSTRASSE	343
SAVANNAKHET	348
EPILOG	354
DER PATE VON ALTONA III – MEKONG – HANDELNDE PERSONEN	359

HENRY

53 Grad 33 Minuten nördlicher Breite, 9 Grad 55 Minuten östlicher Länge: Die Griegstraße ist ein schmales Seitensträßchen beiderseits der Behringstraße in Altona. Gegenüber der ehemaligen Marzipanfabrik liegt inmitten eines rot geklinkerten Häusermeers eine große, pappelumsäumte Grünfläche. Den Eingang überspannt ein Schild, welches das Gelände als »Kampfbahn« ausweist. Die Tribüne dieser »Kampfbahn« ist in die Jahre gekommen, ihre Treppenstufen abgeplatzt, das Holz angemodert. Nichts erinnert mehr an die große Vergangenheit des Namensgebers und des Traditionsvereins, dem das Gelände gehört.

Der kühle Herbstmorgen versuchte vergeblich, die Nässe der regenreichen Nacht wegzudampfen. Über dem Rasen und auf den Treppen lag brauner Blättermatsch, den auch heftige Windstöße nicht mehr verwirbeln mochten. Die aufgehende Sonne glimmte fahl hinter einem grauen Wolkenteppich. Einsetzender Berufsverkehr klang leise von der Hauptstraße herüber.

Henry schloss das Tor des Eingangs zur »Kampfbahn« auf. Die weit über tausend Mitglieder des Traditionsvereins kannten ihn alle, denn Henry war Platzwart und Masseur zugleich.

Eigentlich hieß Henry Heinrich. Aber er mochte diesen Namen nicht, den ihm sein Vater geben ließ, bevor seine Barkasse auf den schlammigen Grund der Elbe gedrückt wurde. Henry wuchs bei seiner Mutter in einem der rot verklinkerten Mietshäuser östlich der »Kampfbahn« auf. Seine Mutter ernährte sich und ihren Sohn kärglich als Kassiererin in einem nahen Supermarkt. Henry flog früh von der Schule, weil er sich mit sechzehn nicht nur eine Rockerkluft angeschafft hatte, sondern sich auch entsprechend benahm. Nachdem ihn die Kontrolleure der S-Bahn vierzigmal beim Schwarzfahren erwischt hatten, kam er erstmals in den Knast; zwei Monate nur, aber genug, um neue Freunde zu gewinnen.

Auf der Schanze schlug er sich danach vor den Spelunken am heute schicken Schulterblatt als Kleindealer durch. Nach einer Schlägerei mit einigen der afrikanischen Mitdealer ging's in die Jugendhaftanstalt Hanöversand – mitten in der Elbe. Weil einer der Afrikaner schwer verletzt wurde, gab es keine Bewährung und gleich zwei Jahre.

Seinen zweiten Beruf lernte Henry bei der Bundeswehr. Sein Spieß wusste von der Vorstrafe und nahm sich des Rekruten fast väterlich an. Der Spieß hatte selbst eine rockige Vergangenheit und sympathisierte mit den Fetischen der Gewalt. Er ließ Henry den Lkw-Führerschein machen und brachte ihn in einer Transporteinheit unter: »Logistik ist das einzige, was die Bundeswehr kann«, pflegte der Spieß zu sagen.

Nach dem Wehrdienst heuerte Henry bei einer Möbelspedition in Bahrenfeld an. Der Niederlassungsleiter – ein Harley-Davidson-Fahrer – mochte ihn aus denselben Gründen wie der Spieß beim Bund. Außerdem war er einer der jüngeren Fans des lokalen Traditionsvereins und schickte Henry zum Plakatekleben. So wurde Henry schließlich Vereinsmitglied.

Nach einem schweren Lkw-Unfall, nach dem er mit einem Splitterbruch aus der Fahrerkabine gezogen wurde, war Henry für die Möbelspedition nicht mehr zu gebrauchen. Obendrein verließ ihn seine Freundin, die nicht mit einem Krüppel in die Zukunft gehen wollte.

Nur seine Mutter und sein Chef hielten zu ihm: »Ich besorg' dir einen neuen Job, auch, wenn der nicht so viel einbringen wird wie dein bisheriger«, sagte der Niederlassungsleiter. »Beim Verein wirst du aber bleiben.«

Kurz darauf wurde Henry als Platzwart für die »Kampfbahn« eingestellt. Weil er davon kaum leben konnte, machte ihm der Vereinsvorsitzende den Vorschlag, sich als Masseur ausbilden zu lassen: »Du weißt, der Hermann Rieger ist beim HSV eine Ikone geworden, hat sogar 'nen eigenen Fanclub. Und bescheiden ist er dabei geblieben! Ich will, dass du so wirst wie er – nur eben 'ne Nummer kleiner.«

Also lernte Henry schwedische, chinesische und thailändische Massage. Sein vierter Job sollte fürs restliche Leben taugen. Die Spieler des Traditionsvereins dankten es ihm selbst dann, wenn der Rasen einmal nicht so kurz wie nötig geschnitten war. Das aber kam selten vor. Die »Kampfbahn« wurde Henrys Revier, das er trotz bröckelnder Stufen und modernden Holzes wie seinen Augapfel hütete.

ALTONA / ADOLF-JAEGER-KAMPFBAHN

Henry ging vom Eingang an der Griegstraße die Tribüne entlang bis zur südöstlichen Ecke der »Kampfbahn«. Er würde das nasse, schwere Laub wegpusten und danach den Motormäher übers nasse Gras fahren müssen. Das war gar nicht gut, wusste Henry. Hier in Hamburg konnte man sich das Wetter nun mal nicht aussuchen. In zwei Tagen sollte das nächste Spiel stattfinden. Auch, wenn der Verein nur in der Oberliga spielte, sollte der Rasen erste Klasse sein.

Henry ging zurück zum Vereinshaus. Dieses Haus war ein gedrungener, zweigeschossiger Würfel mit einem Pultdach drüber. Manchmal wurden dort Feste gefeiert, vor allem dann, wenn sich der Verein bereits vor der Regionalliga wähnte. Keines der Feste führte zum gefeierten Erfolg.

Auf der Rückseite des Hauses erspähte Henry einen länglichen Haufen nassen Laubs. Er war sich sicher, dass das nicht seiner Arbeit entsprungen war. Wie stets leicht humpelnd, näherte er sich dem Haufen, wischte dort mit seiner rechten Hand die oberste Laubschicht weg. Die Hand stieß auf etwas Glitschig-Festes. Nach dem nächsten Wisch erstarrte Henry und fiel fast auf die Knie: Er blickte in das nasse Gesicht eines Chinesen. Ein Viertel der Schädeldecke war weggeplatzt, schwarze Haarsträhnen klebten in einem blutigen Krater.

Henry war keine Memme. Nach der ersten Schreckminute schob er das Laub vom Leib des Chinesen. Schwarzer, schlecht sitzender Anzug, weißes Hemd, blaue Krawatte und dunkelblaue Schuhe. Die Schuhe mussten teuer gewesen sein, dachte Henry. Er fasste in die Taschen des Toten und zog aus der Tiefe der linken Innentasche des Sakkos einen in Plastik eingeschweißten Zettel, auf dem chinesische Buchstaben und eine achtstellige Zahl standen, dahinter das Euro-Zeichen. »Verdammt viel Geld«, murmelte er, steckte den Zettel in die Innentasche zurück und schloss die Tür zum Vereinsbüro auf. Er rief den Vereinsvorsitzenden an, der innerhalb einer Stunde eintraf.

»Das müssen wir wegschaffen«, schnaufte der Vorsitzende schwer.

»Aber wollen Sie nich´ die Bullerei verständigen?«, antwortete Henry entgeistert.

»Dann könnte ich auch gleich das Hamburger Abendblatt anrufen. So was können wir gerade jetzt nicht gebrauchen.«

»Was sollen wir denn tun? Ihn einfach liegen lassen und wieder mit Laub bedecken?«

»Sei nich´ so einfältig, Henry. Du mähst jetzt den Rasen und heute Abend fahren wir den Corpus zum Falkensteiner Ufer in Blankenese. Dort, wo der Strandweg wegen Krötenwanderung gesperrt ist, schleifen wir ihn zur Elbe – und rein damit. Zuvor stecken wir ihn noch in einen Blaumann, damit jeder, der ihn entdecken sollte, glaubt, das sei ein über Bord gegangener Matrose. Verstanden?«

Henry nickte ergeben, wurde jedoch nochmals lebendig: »Warum kann sich der Verein meinen Fund gerade jetzt nich´ leisten?«

»Erstens, weil ein Fußballverein sowieso keine Leichen brauchen kann und zweitens, weil wir in zwei Tagen um den Einzug in die Regionalliga kämpfen werden. Außerdem kann sich Hamburg keinen toten Chinesen leisten. Dafür ist unsere Stadt für China zu wichtig.«

»Wenn Sie es meinen, Chef«, zog sich Henry zurück. Von der Antwort des Vereinsvorsitzenden war er dennoch nicht überzeugt.

Gemeinsam häufelten sie nasses Laub auf die Leiche und zogen eine weiße Plastikplane darüber.

OTTENSEN

Emmy wohnte im siebten Geschoß eines achtgeschossigen Wohnhochhauses an der Nordwestecke der »Kampfbahn«. Ihr Mann war bereits vor zwanzig Jahren bei einem Unfall in der Werft von *»Blohm & Voss«* gestorben. Sie lebte als ehemalige Wäscherin gerade mal eben von ihrer Kargrente und der noch kärglicheren Witwenrente. Ihre beiden Söhne wohnten in London und Singapur. Von beiden erhielt sie nur zu Weihnachten regelmäßige Kartengrüße, ansonsten nichts. »Undank ist der Welt Lohn«, stand auf einer Karte, die auf der Innenseite ihrer Wohnungstür klebte.

Emmy konnte nachts nicht schlafen. Sie wurde regelmäßig erst gegen 9 Uhr vormittags müde und legte sich dann ins Bett. Für die langen Nächte, die sie nicht vor dem Fernseher verbrachte, sparte sie sich Kriminalromane vom Mund ab. Diese Bücher zeigten ihr, dass es viel Elend auf der Welt gibt, und dass selbst in wohlhabenden Schichten das Glück ein seltener Gast ist.

Emmys Wohnung hatte einen Südbalkon, den sie regelmäßig zum Rauchen nutzte. Das Rauchen war zum Luxusgut geworden – eine der Sünden, welche die Regierung noch zuließ, dafür aber heftig abkassierte. Emmy verzichtete tageweise aufs Essen, um sich das Rauchen erlauben zu können.

An diesem kühlen Herbstmorgen, an dem das Gras noch nass war und die Sonne nur als blasse Scheibe am östlichen Horizont auftauchte, stand Emmy mehrmals auf dem Südbalkon. Sie beobachtete, wie Henry den südlichen Rand der »Kampfbahn« auf- und abging, danach in einem Laubhaufen hinter dem Vereinsheim herumkramte. Sie erkannte, dass unter dem Laubhaufen etwas Längliches lag und Henry fast in die Knie ging. Sie sah, wie der Platzwart schnell humpelnd um das klobige Vereinsheim ging und nach einer Stunde mit dem Vereinsvorsitzenden zurückkehrte, den sie vom Sehen kannte.

Emmy fühlte sich fast mitten in einem ihrer Kriminalromane. Nur, dass sich nach dem Rückzug der zwei Männer nichts mehr tat. Als wäre nichts gewesen, lag hinter dem Vereinsheim ein länglicher Laubhaufen, allerdings jetzt mit weißer Plane drüber. Emmy war zu müde, um ihre Wohnung verlassen und zum Haufen gehen zu können. Sie legte sich auf ihr weißbedecktes Sofa und schlief kurz darauf ein.

FALKENSTEINER UFER

Am späten Abend rief der Vereinsvorsitzende bei Henrys Mutter an, in deren Wohnung Henry nach wie vor lebte. Er bat Henry binnen einer viertel Stunde auf die »Kampfbahn«. Henrys Mutter war erstaunt: »Junge, es is´ doch schon dunkel.«

»Mach nichs, Mama. Der Vorsitzende persönlich und ich müssen da was erledigen. Is´ wichtig.«

Im schwachen Licht einer Außenleuchte des Vereinsheims entfernten sie das Laub vom Corpus des Chinesen und trugen ihn zum Daimler des Vorsitzenden, der die Heckklappe öffnete.

»Nur jetzt keine Verkehrskontrolle! Bete dafür!«, stieß der Vorsitzende hervor. Henry wusste nicht, wie man beten sollte.

Der Vorsitzende fuhr über die Walderseestraße, die Reventlowstraße, die Elbchaussee und die Blankeneser Landstraße zum Falkensteiner Ufer. Eine dort vom Bezirksamt aufgebaute Straßenschranke lag zerbrochen im seitlichen Krötengraben. An einer leichten Kurve hielt der Vorsitzende zwischen zwei weit voneinander entfernten Straßenlaternen an: »Jetzt raus, umkleiden und ab ins Wasser.«

Henry weigerte sich, den Chinesen im Kofferraum zu entkleiden. Sein Vereinsvorsitzender war wütend und entkleidete die Leiche selbst: »Jedenfalls diesen Blaumann kannst du ihm jetzt überziehen«, zischte er ihn an.

»Warum haben wir das nich´ hinterm Vereinsheim getan?«

»Weil das Spuren hinterlässt, du Dummkopf. Also mach mal zu!«

Henry steckte das nackte, tote Fleisch in einen blauen Overall, an dem chinesische Buchstaben angenäht waren. Den eingeschweißten Zettel in der Innentasche des Saccos schob er in die Brusttasche des Overalls, deren Reißverschluß er zuzog. Dann streifte er dem Toten die Schuhe über und verknotete die Bändel. Er und der Vorsitzende hievten den Leichnam aus dem Kofferraum und trugen ihn über eine

Wiese zum Elbufer. Sie stolperten über Steine im seichten Wasser bis der Vorsitzende innehielt: »Auf drei!«

Der neu eingekleidete Leichnam klatschte auf dunkles Wasser. Die beiden Männer, die ihn dorthin geschwungen hatten, atmeten tief auf.

WEDEL / ELBE

Das Boot der Wasserschutzpolizei in Wedel hielt gerade mal so weit gegen den Strom, dass es an derselben Stelle verharrte. Es wartete auf ein chinesisches Containerschiff, das schon im Hafen von Hamburg mit Schweröl gefahren sein soll. Die schwarzen Rauchschwaden hätten das gesamte Elbufer überzogen, gaben die Kollegen aus Hamburg durch. Das sei »schwere Körperverletzung«.

»Warum habt ihr den dann nicht gestoppt?«, fragte der Kapitän des Boots vor Wedel.

»Der war schon auf voller Fahrt«, antwortete sein Hamburger Kollege.

»So, so, auf voller Fahrt. Darf der gar nicht. Und du glaubst, dass er vor Wedel auf halbe Fahrt oder ganz herunter geht?« Der Funkverkehr verstummte. Elbaufwärts näherte sich ein Koloss mit schwarzer Fahne über dem Schornstein.

»Sieh mal, backbord. Sieht aus wie ein menschlicher Körper. Lass uns das mal rausangeln«, rief der Steuermann. Das Boot näherte sich in leichter Rückwärtsfahrt der Wasserleiche. Es war das erste Mal seit langem, dass die Wasserschutzpolizei in Wedel etwas wirklich Bedeutsames in der Elbe entdeckte. Der stark rusende Containerriese zog unbeachtet weiter.

Der Amtsarzt des Landkreises Pinneberg erschien nach einer Stunde am Wedeler Hafen: »Wissen Sie eigentlich, dass heute das Wochenende begonnen hat? Keine Schweinepest, keine Vogelseuche, nur ein Leichnam, der auch noch bis Montag hätte warten können. Verdammt noch mal, ich habe eine fünfköpfige Familie!«

Der Kapitän des Polizeiboots wies wortlos auf die Wasserleiche, der ein Viertel des Gehirns fehlte: »Das war kein Huhn, kein Vogel, sondern ein Mensch. Außerdem ist heute erst Freitag.«

»Kein Anzeichen von einer Seuche, nicht wahr?«, forschte der Amtsarzt zurück, bevor er sich mit einem Wattestab über das Gesicht des

Toten beugte. »Dem hat man mit einer großkalibrigen Waffe einen Teil des Gehirns weggepustet. An seinem Gesicht und Hals kleben Fetzen faulen, nassen Laubs. Ganz sicher ist der nicht in der Elbe gestorben, sondern irgendwo stromaufwärts. Meine Kollegen in Altona, Hamburg-Mitte oder Geesthacht sind zuständig. Würden Sie mich jetzt entschuldigen?«

Die Wasserschutzpolizei in Wedel kontaktierte jene in Hamburg mit der Bitte, einen Amtsarzt zu schicken. Es kam kein Amtsarzt aus Hamburg, weil die Leiche in Wedel gefunden wurde. Als der Leichnam zu faulen begann, schaltete sich das Landeskriminalamt Kiel ein. Das lag hundert Kilometer nordwärts.

ALTONA / MÖRKENSTRASSE

Udo Kronenberg langweilte sich in seiner überschaubaren Bürozelle an der Mörkenstraße in Altona-Altstadt. Altstadt war ein Euphemismus für wenige Gründerzeithäuser und eine Menge Wideraufbauschrott, der sich um einen zentralen Grünzug gruppierte, dem der kleine Hamburger Feuersturm von 1944 Platz geschaffen hatte. Seitdem die Billigländer Rumänien und Bulgarien in die Europäische Union einbezogen waren, lagerten in diesem Grünzug regelmäßig Südosteuropäer, koteten die Liegewiesen und Parkecken zu, prügelten sich manchmal lautstark und überspannten alles mit Plastikplanen. Am Nobistor standen ihre Kleinbusse und Personenwagen, in denen auch übernachtet wurde. Daneben das nette Holzhaus der »Alimaus«, in dem sie und andere Obdachlose kostenlos verköstigt wurden. Pater Karl war eine katholische Legende unter den orthodoxen Bulgaren, die jeden auf dem Arbeiterstrich verdienten Cent lieber nach Hause schickten, als ihn hier auszugeben. Darin waren sie allen früheren Einwanderern ähnlich: Zuhause der reiche Onkel, vor Ort die arme Maus.

Kriminalhauptkommissar Udo Kronenberg fühlte sich jedes Mal genervt, wenn das Bezirksamt erneut um Räumung seiner Grünanlage bat. Er wusste, dass die Südosteuropäer nach jeder Räumung verlässlich zurückkehrten. Sie hatten sogar erkannt, dass eine Wiese südlich der Holstenstraße keine öffentliche Grünanlage war, also nicht der Grünanlagenverordnung unterlag, welche das nächtliche Lagern untersagte. »Die sind zwar ohne große Schulbildung, aber nicht blöd«, hatte er vor kurzem seiner Assistentin Katharina Esbjerg zugeraunt. »Hart im Nehmen und vollkommen rückständig«, hatte die zurückgeraunt.

Am Telefon war ein Kumpel von der Wasserschutzpolizei: »Die Wedeler haben eine deformierte Wasserleiche gefunden. Ist offensichtlich ein Chinese. Du hast doch Verbindungen nach Asien. Willst du dich mal drum kümmern?«

»Nur, weil´s ein Chinese ist? Weißt du, wie viele es davon gibt?«

»Eins Komma drei Milliarden, habe ich gelesen. Für die Wedeler ist der aber ein Exot.«

»Na gut, ich schau mir den mal an. Haben die Wedeler eine Identität?«

»Iwoh! Ich hätte dich sonst nicht angerufen. Du musst eine Dienstreise nach Kiel beantragen.«

»Kiel – das Ziel meiner Urlaubsträume! Wieso denn Kiel?«

»Das Landeskriminalamt Schleswig-Holstein hat den Fall übernommen.«

»Das Landeskriminalamt? Dann bitte doch meinen sehr geschätzten Kollegen Schröder vom hiesigen Landeskriminalamt um die Dienstreise ins sehr geschätzte Kiel.«

»Wir wissen beide, dass der Kollege Schröder mehr eine Rotznase als eine Spürnase ist, oder?«

Kriminalkommissar Udo Kronenberg willigte widerwillig ein und fuhr in das vom Bombenkrieg noch stärker als Altona zerstörte und billig wieder aufgebaute Kiel.

»Großkalibrig und aus der Nähe abgefeuert«, stellte er in der Pathologie vor der Leiche des Chinesen fest.

»Nicht ertrunken, sondern an Land umgebracht, vielleicht auf einer baumgesäumten Wiese. Wir haben Blätterreste gefunden«, antwortete der spindeldürre Amtsarzt.

»Was für Blätter?«

»Pappeln und Ahorn.«

Udo Kronenberg stöhnte: »Tatort also überall und nirgendwo. Jedenfalls nicht die Elbe.«

Der Pathologe nickte verdrossen, ging ans untere Ende der Schublade, auf welcher der Tote lag. Aus der dort hängenden Tasche zog er einen verschweißten Plastikbeutel heraus: »Das hier haben Ihre Kollegen einfach liegen lassen. Neben einigen chinesischen Zeichen steht auf dem Zettel eine Zahl, dahinter das Euro-Symbol. 12,7 Millionen Euro, wenn ich es richtig interpretiere. Und dann ist hier noch etwas.

Etwas theatralisch hob der Gerichtsmediziner zwei blaue Lederschuhe aus der Tasche: »Armani-Schuhe,. teuer, teuer.«

»Und wo gekauft?«

»Bin ich ein Hellseher? Überall dort, wo's richtig teuer ist.«

»Oder in Metzingen.«

»Wo, bitteschön?«

»Kennen Sie das nicht? Eine kleinbürgerliche Kleinstadt in Württemberg, die sich Outlet-City nennt. Mode von gestern für angebliche Schnäppchenpreise. Fast alle Chinesen, die sich legal in Deutschland aufhalten, fahren dorthin. Etwa eine Million jedes Jahr.«

»Sie meinen, Markenware für unsere Gehaltsklasse?«

»Die Gehaltsklasse lassen wir mal außen vor. Schotten, Schwaben und Chinesen gelten als geizig. Typische Schnäppchenjäger also. Fragen Sie mal beim Armani-Shop in Metzingen nach, ob und wann solche absurdfarbigen Schuhe verkauft wurden.«

»Und dann?«

»Dann wissen wir in etwa, seit wann der Chinese unter uns weilte. Vielleicht hat er die Schuhe mit einer Kreditkarte bezahlt. Das wäre ein Volltreffer.«

»Ich bin Arzt. Werde es aber Ihren Kollegen hier weitergeben.«

»Sie betrachten sich also nicht als Kollege?«

»Mit Verlaub, ich bin promovierter Arzt. Für die von Ihnen angeregte Recherche benötigt man keinen Doktortitel.«

Udo Kronenberg fühlte sich unsanft an die Tatsache erinnert, dass er trotz bestandenen Abiturs keine Hochschule besucht hatte. Er verlor ob der Arroganz des Pathologen jedoch sofort die Lust, an diesem in Schleswig-Holstein liegenden Fall mitzuwirken. »Doktortitel ersetzen keine Weltsicht«, schnappte er zurück.

Jetzt fühlte sich der Forensiker gefordert: »Die Weltsicht der Hamburger reicht noch nicht einmal bis zur Elbmündung. Weshalb die Elbvertiefung auch nicht klappen wird. Bereiten Sie sich mal auf die Zukunft als Museumsstadt vor – wie Brügge.«

»Was, bitteschön, hat Hamburg mit Brügge zu tun?«

»Nach der Hansezeit ließ Brügge seinen Kanal zur Nordsee versanden. Daraus entstand dann der Seehafen Zeebrugge und Brügge wurde zum lebenden Museum.«

»Sie meinen, dass Cuxhaven Hamburg über kurz oder lang den Rang ablaufen könnte?«

»Oder Wilhelmshaven. Aber nur Hamburg hat ein chinesisches Generalkonsulat.«

*

Udo Kronenberg überbrachte das Porträt der Visa-Abteilung des Generalkonsulats, die in einer schäbigen Bude neben einer großen, kitschigen Villa in Fachwerkstil an der Elbchaussee ressortierte. Danach rief er seinen alten Freund Vichaj Bangramsan an, als Polizeioberst von der Anti-Korruptions-Kommission zur Touristenpolizei in Bangkok weg beförderter Weggefährte bei früheren Einsätzen auf Mindanao und in Sierra Leone: »Vichaj, ich scanne dir das Bild eines malträtierten Chinesen und bitte dich darum, über deine Kontakte in Ostasien seine Identität zu ermitteln.«

»Weißt du, wie viele Chinesen es gibt?«

»Schon gut, eins Komma drei Milliarden. Aber der hier trug dunkelblaue Armani-Schuhe. Die können sich vielleicht dreizehn Millionen Chinesen leisten. Sollten die Schuhe echt sein, dann vielleicht ein paar weniger.«

»Sollten die Schuhe echt sein, dann sind sie nicht in Thailand gekauft worden. Auch nicht in Indien, Laos oder Vietnam.«

»Weiß ich, Vichaj. Schau dich dennoch nach ihm um.«

»Chance ist eins zu mehreren Millionen, das ist dir doch geläufig. Etwa so, als wenn du im Lotto einen Millionengewinn erwarten solltest.«

»Ist es. Ich suche diesen Chinesen auch über das Generalkonsulat der Volksrepublik China und über die Outlet-City Metzingen.«

Polizeioberst Vichaj Bangramsan hackte den Namen Metzingen in seinen Computer: »Dort ist euer Baudezernent geboren worden«, triumphierte er.

»Mag schon sein, aber der verkauft keine Armani-Schuhe. Schon gar keine echten.«

»Also, sollte ich bei eurem Chinesen einen Treffer landen: Ist dann eine Dienstreise nach Hamburg drin?«

»Ich denke, du hasst das Wetter in meiner Stadt.«

»Momentan ist noch Regenzeit. Selbst bei euch wird es trockener sein als in Bangkok. Hier trieft alles.«

»Solltest du einen Treffer landen, gehe ich über Interpol. Wird schon klappen.«

*

Keine zwölf Stunden später erhielt Kronenberg eine E-Mail mit Foto im Anhang: »Der tote Chinese trägt den Allerweltsnamen Li Ping, aber den Künstlernamen Tanatus. Ist altgriechisch und bedeutet »Der sanfte Tod«. Er ist ein hier bekannter Gangster, geboren in Kunming/China, gemeldet in Nong Khai / Thailand. Das Foto stammt von der Einwanderungsbehörde. Vergleiche den Leberfleck oberhalb der Lippe der Person.«

Udo Kronenberg setzte sich an die Tastatur: »Und was sind die Vergehen des Li Ping?«

»Alles, was der Mekong hergibt: Schmuggel, Drogenhandel, Menschenhandel, Mord. Tanatus gehört zu einer der chinesischen Triaden.«

»Warum residiert er in Nong Khai?«

»Wichtigster Grenzübergang nach Laos. Nong Khai liegt fast gegenüber der Hauptstadt Viang Chang – Vientiane haben die Franzosen die Stadt genannt. Seitdem Thailand bei Grenzübertritten über Land nur noch für zwei Wochen Visa erteilt, hat sich die internationale Rentnerszene von Nong Khai nach Viang Chang verlagert. Ihre speziellen Wünsche werden aber noch aus Nong Khai und Korat bedient: Sex,

Drugs, Rock´ n Roll. Li Ping war so etwas wie der lokale Logistiker für diesen Handel.«

»Was könnte er in Hamburg zu tun gehabt haben?«

»Keine Ahnung. Eigentlich handelt er mit lokalen Waren. Die Ware Sex war eher russischen Ursprungs. Die Kollegen der Anti-Korruptions-Kommission vermuteten ihn deshalb eher in Moskau oder Wladiwostok. Habt ihr keine weiteren Hinweise?«

»Nur einen Zettel mit ein paar chinesischen Schriftzeichen und einer achtstelligen Millionensumme darauf – in Euro.«

»Was sagen die chinesischen Zeichen?«

»Sie sagen: Hamburg schuldet Urumchi diese Summe. Darunter eine unleserliche Unterschrift.«

»Urumchi – das ist doch die Hauptstadt der westlichen Wüstenprovinz Sinkiang in China. Warum sollte Hamburg dieser Provinzhauptstadt so viel Geld schulden?«

»Eben. Deshalb glaube ich, dass Urumchi eine Metapher ist. Dieser Tanatus sollte die Summe eintreiben und hat dabei selbst den Tod gefunden. Also Vichaj: Interpol wird dein Innenministerium ersuchen, dich nach Hamburg abzuordnen. Urumchi werden wir vielleicht auch besuchen müssen. Hoffentlich noch im Herbst. Soweit ich weiß, sind die Winter dort brutal kalt – minus zwanzig bis minus dreißig Grad Celsius.«

»Nur mit Raumfahreranzug und Kältezulage! Für einen Thai ist das der Vorhof zur Hölle, kurz vor dem Styx. Außerdem will ich eine Überweisung meines Gehalts auf die Bangkok-Bank, nicht auf die HSH-Nordbank haben.«

»Was bedeutet Styx?«

»Das müsstest du als Europäer doch wissen: Der Todesfluss nach altgriechischer Mythologie.«

»Und warum keine Überweisung auf die HSH-Nordbank?«

»Weil diese Bank in Schiffsfinanzierungen verwickelt ist. Geschätzte tausend Pleiteschiffe können schon mal eine Bankpleite auslösen.«

Polizeioberst Vichaj Bangramsan machte sich auf den Weg zum Flughafen Suvarnabhumi von Bangkok, der auf Sumpfland gegründet ist, und verließ fünfzehn Stunden später den Flughafen Frankfurt/Main, dessen Startbahn West in einen Stadtwald geschlagen wurde. Wie schon bei der ersten Landung in Frankfurt überkam ihn der Gedanke, dass nicht nur beim Bau von Suvarnabhumi Korruption im Spiel gewesen sein musste, die in seinem Land »ungewöhnlicher Reichtum öffentlicher Personen« genannt wurde.

In der Frankfurter Ankunftshalle erwartete ihn Kriminalhauptkommissar Udo Kronenberg. Sie umarmten sich. Im ICE nach Hamburg-Altona feierten sie ihr drittes Wiedersehen als transkontinentale Freunde.

KIEL

Li Ping, genannt Tanatus, lag noch im Kühlfach der Kieler Gerichtsmedizin. Das chinesische Generalkonsulat in Altona sah sich außerstande, den Mann als Staatsbürger der Volksrepublik zu identifizieren. Die königlich-thailändische Botschaft in Berlin hatte lapidar erklärt, ein Staatsbürger dieses Namens und Aussehens sei nicht bekannt. Noch im Speisewagen des ICE bekam Vichaj ob dieser Nachricht einen Lachanfall, der ihm ein Stück Schweineschnitzel in die Luftröhre trieb. Nur die Unterstützung Kronenbergs und des herbeieilenden Kellners verhinderten den Erstickungstod oder einen Luftröhrenschnitt, der bei schneller Fahrt wahrscheinlich unprofessionell ausgefallen wäre.

»Kaum in Europa, wäre ich fast schon über die Klippe gesprungen. Weder auf Mindanao, noch in Afrika war das so«, kommentierte Vichaj lakonisch.

Vichaj verglich das wächserne Gesicht des toten Chinesen im Kieler Kühlfach mit einem scharfen Foto, das ihm seine Kollegen von der Anti-Korruptions-Kommission mitgegeben hatten: »Die Gesichtszüge und der Leberfleck stimmen überein. Weist der Corpus sonstige Spuren von Verletzungen auf?«

Der kahlköpfige, hagere Rechtsmediziner, der das Kühlfach geöffnet hatte, blätterte im Befund, der am Fußende des Fachs in einer Plastiktasche steckte: »Oh ja, eine ganze Reihe verheilter – ich meine vernarbter – Wunden, soweit das nach mindestens 12 Stunden im Brackwasser der Elbe noch feststellbar ist. Das Gewebe weist am Oberkörper mehrere Anomalien auf. Der hier könnte ein professioneller Schläger, vielleicht ein Mafioso gewesen sein.«

»Mit dieser Vermutung dürften Sie ganz richtig liegen. Kompliment!«, griente Vichaj. »Nur heißen die bei uns etwas anders.«

Kronenberg und Vichaj schlenderten bei nachsommerlichem Wetter über die mit braunen Blättern übersäte Fußgängerzone zurück zum

Hauptbahnhof von Kiel. »Ich muss morgen meiner Amtsleitung Bericht erstatten«, sagte Kronenberg bekümmert.

»Dann weiß es übermorgen die ganze Stadt«, kicherte Vichaj. »Sag denen doch einfach, dass vor dem Ergebnis der Untersuchungen noch hundert Schiffe den Hamburger Hafen verlassen werden – vielleicht hundert Schiffe nach Shanghai.«

Udo Kronenbergs Miene hellte sich auf: »Das mit den weiteren Untersuchungen ist gut. Die hundert Schiffe würden eher stören. Es fahren sowieso immer weniger. Was ist mit der Vermutung, dass wir einen Mafioso gefunden haben könnten?«

Vichaj lachte: »Chinesischer Mafioso auf dem laotischen Markt? Deine Kollegen sollen doch mal versuchen, einen Polizisten aus Laos hier her zu bekommen. Bis zu eurem grimmigen Winter werden sie das nicht schaffen – garantiert!«

»Und wenn sie es doch schaffen würden?«

»Dann würde ihnen der Kollege aus Laos bestenfalls auf Französisch erklären, dass die tote Triaden-Maus in Nong Khai gelebt und gewirkt hat – also jenseits des Mekongs. Schachmatt.«

»Warum auf Französisch?«

»Laos war ein französisches Protektorat. Eigentlich wollten die Franzosen diese Berglandschaft gar nicht, weil außer Kohle dort nichts zu holen war. Ich meine – keine Francs. Sie wollten lediglich einen Puffer gegen die nicht kolonialisierbaren Bergstämme an den Grenzen ihres geliebten Indochine errichten. Das war Vietnam. Und natürlich gegen uns Thai, die Laos und Kambodscha ohnehin als Teil unseres Königreichs betrachten. In Laos sprechen sie nicht »Laotisch«, sondern Thai. Gleiche Sprache, gleiche Kultur, gleiches Land.«

»Du bist doch nicht etwa ein Nationalist?«

»Alle Thai sind Nationalisten. *Thai rak Thai.*«

»So viel verstehe ich inzwischen auch: Thai können nur Thai mögen.«

»Lieben! Wär's aber wirklich so, dann hätte ich dort nichts mehr zu tun.«

ALTONA / MÖRKENSTRASSE

Die Erfolgsmeldung des nächsten Tages war, dass es keine Erfolgsmeldung gab. Stattdessen genehmigte der Staatsrat der Hamburger Behörde für Inneres zwei Dienstreisen nach Urumchi / Sinkiang. Der Versuch eines Widerspruchs von Kronenberg war zwecklos. Die Vorzimmerdame des Staatsrats erklärte ihm lediglich, dass Lufthansa Urumchi nicht anfliege und er sowie sein asiatischer Kollege deshalb mit der staatlich chinesischen Fluggesellschaft Vorlieb nehmen müssten. Sie werde ihm deshalb ein Formular zusenden, auf dem er sich damit einverstanden erklären müsse.

»Ich denke nicht, dass die Lösung unseres Falls in Urumchi liegen wird«, sagte Kronenberg.

»Das müssen Sie schon mit Herrn Staatsrat besprechen. Der hat aber in den nächsten zwei Wochen keinen Termin frei.«

»Sagen Sie ihm bitte, dass meines Erachtens die Lösung eher in Südwestchina oder in Laos liegt, aber nicht im nördlichen China.«

»Nach Südostasien würde ich auch gerne ein Gratis-Ticket bekommen«, antwortete die Vorzimmerdame schnippisch.

»Ich meine nicht die schönen Strände in Thailand, sondern Vientiane oder Kunming. Dort ist das Mordopfer wahrscheinlich geboren.«

»Ich bin in Balingen geboren und habe mit Balingen ansonsten nichts mehr zu tun«, schnippte die Vorzimmerdame zurück.

Schwäbische Hausfrau, das Ideal der Merkel-Republik«, dachte sich Kronenberg und sagte: »Dieses Mordopfer hatte mit vielfältigem Handel entlang des Mekong zu tun. Der Mekong entspringt in Quing Hai / China. Deshalb Kunming, das ist die Provinzhauptstadt von Yunnan am Oberlauf des Mekong. Meinetwegen auch Jinhong in Yunnan an der Grenze zu Burma, wo wir aber kaum auf kompetente Gesprächspartner stoßen dürften. Oder Vientiane, das ist die einzige Hauptstadt, die am Mekong, aber nicht in China liegt.«

Die Vorzimmerdame war gnadenlos: »Mekong hin oder her. Ich habe hier Urumchi stehen, und das liegt wahrscheinlich nicht am Mekong. Ist ja auch nicht meine Gehaltsklasse, darüber Bescheid zu wissen. Sie fliegen also nach Urumchi – und leider nicht mit Lufthansa.«

Kronenberg legte entnervt auf: »Gib mir eine Zigarette«, bat er Vichaj, der am anderen Ende des Tisches saß. »Die wollen uns mit der staatlich chinesischen Luftfahrtgesellschaft unbedingt in die Wüste schicken. Ich weiß nicht, was wir dort tun sollen.«

»Dann buchen wir einfach um, sobald wir die Flugtickets haben«, grinste Vichaj.

»Das merken die doch. Am Ende bezahlen wir die Flüge selber.«

»Nicht, wenn wir innerhalb Chinas umbuchen. Bei Viang Chang schon, denn das liegt außerhalb der Volksrepublik, bei Kunming nicht.«

»Denn man tau.« Udo Kronenberg zog einen kurzen Polizeibericht vom kleinen Stapel des Falls »Toter Chinese«, überflog das Papier. »Da ist noch etwas, das wir in Hamburg zu erledigen haben.«

OTTENSEN

Emmy empfing die beiden Polizisten, weil sie Abwechslung vom eintönigen Alltag wollte. Drei Personen machten ihr deutlich, wie klein ihre Wohnung nordöstlich der »Kampfbahn« war.

»Darf ich rauchen?«, fragte Vichaj ungeniert.

»Ich mach' uns Kaffee und wir rauchen gemeinsam auf meinem Balkon. Von dort aus habe ich die Laubleiche gesehen.«

»Die Laubleiche?«

»Ja, da war ein länglicher Laubhaufen hinter dem Vereinsheim. Henry hat darin herumgewühlt und dann kam etwas zum Vorschein, das ihn sichtbar erschreckte.«

»Henry?«

»Ja, Henry, der Platzwart der »Kampfbahn«. Den kennt jeder hier. Wohnt ganz in der Nähe.«

»Danke für das Angebot eines Kaffees. Wir wollen jetzt aber gerne mit Henry sprechen. Wie lautet sein ganzer Name?«

»Weiß ich nich'. Alle nennen ihn Henry. Fragen Sie doch beim Verein nach«, antwortete Emmy Riefenstahl enttäuscht, bevor die beiden Polizisten sich entfernten. »Is'n Traditionsverein, mehr als hundert Jahre alt«, rief sie ihnen nach.

*

Der Vereinsvorsitzende reagierte erschrocken auf den Anruf der Polizei: »Ich hatte noch nie in meinem Leben mit Ihnen zu tun.«

»Mit mir sicher nicht«, antwortete Kronenberg. »Sonst würden wir uns ja kennen. Wann können wir uns sprechen?«

»Einen Moment, ich konsultiere meinen Terminkalender. ... Also, in den nächsten zwei Wochen wird das nich's, wie ich sehe.«

»Ich kann Sie morgen früh um sieben Uhr ins Präsidium einbestellen, wenn Sie das bevorzugen.«

»Präsidium? Lieber nich´.Ich könnte das meiner Frau nich´ erklären. Worum geht es eigentlich?«

»Leichenfund auf Ihrem Vereinsgelände.«

»Aber wir …«. Der Vereinsvorsitzende schluckte den Rest die Kehle hinunter und fing sich erst nach mehreren Sekunden: »Wir haben keine Leiche gefunden.«

»Wir haben die Leiche aber – sie liegt seit Wochen in der Pathologie.«

»Das verstehe ich nich´«, haspelte der Vereinsvorsitzende.

»Dann lassen Sie es uns gemeinsam verstehen. Ich bringe einen Kollegen aus Asien mit, der aber Deutsch spricht. Wo treffen wir uns?«

»Spätnachmittag im *Indochine* auf Neumühlen. Das ist so teuer, dass uns dort zu dieser Uhrzeit niemand stören wird. Außerdem gut für Ihren Kollegen. Warum eigentlich ein Polizist aus Asien?«

»Weil der Leichnam ein Chinese ist. Mehr darüber morgen.«

Der Vereinsvorsitzende tat in der Nacht kein Auge zu. Er telefonierte mit Henry und schärfte ihm ein, kein Wort über ihren nächtlichen Transport gegenüber Irgendjemandem zu verlieren. Möglicherweise seien sie beide in Lebensgefahr.

ALTONA / NEUMÜHLEN

Das *Indochine* liegt im östlichen Bürogebäude einer Gebäudekette, die in Hamburg gern »Perlenkette an der Elbe« genannt wird. Dem Vereinsvorsitzenden war stets verborgen geblieben, warum diese auf einem Polder liegende Ansammlung profaner Bürohäuser mit Perlen verglichen wurde. Aus seiner Sicht sahen Perlen anders aus. Von den südlichen Plätzen des Restaurants hat man jedoch einen hervorragenden Blick auf die Elbe und den von ihr getragenen, regen Schiffsverkehr.

Wie vermutet, weilten am Spätnachmittag nur sehr wenige Gäste in dem sehr großen Gastraum. In der südwestlichen Ecke saßen ein älterer, drahtiger Europäer mit ungekämmtem, ergrautem Haupthaar und ein jüngerer Asiate. Der Vereinsvorsitzende eilte auf sie zu: »'Tschuldigen Sie die Verspätung.«

»Keine Verspätung. Wir machten uns das Vergnügen, schon etwas früher diesen dollen Blick zu genießen«, begütigte Kronenberg. »Darf ich vorstellen: Polizeioberst Bangramsan.«

Der Vorsitzende verbeugte sich leicht, wie er es bei den Japanern gesehen hatte. Der Polizeioberst war aufgestanden, legte beide Handinnenflächen aneinander und hob sie bis zur Oberlippe.

»Sie sind also unser Gast aus Asien, den Herr Kronenberg mir gestern telefonisch avisierte«, gab sich der Vereinsvorsitzende jovial. Er war gewohnt, auf Menschen zuzugehen.

Vichaj lächelte dünn: »Gast ist gut. Ich bin hierher abgeordnet worden.«

»Der Volksrepublik China ist Hamburg keine Unbekannte, nicht wahr?«

»Der Volksrepublik China wahrscheinlich nicht. Ich bin jedoch kein Chinese.«

»Ach ja, bevor ich das vergesse: Könnte ich bitte Ihre Ausweise sehen? Man weiß ja nie, wem man so unverhofft gegenüber sitzt, nich' wahr?«

Sie setzten sich. Kronenberg wies die herbeieilende Kellnerin mit einer winkenden Handbewegung ab und legte seinen Ausweis auf den Tisch. Vichaj tat es ihm gleich.

Der Vereinsvorsitzende blickte viele Sekunden auf die Ausweise: »Das hier, Herr Bangramsam, vermag ich nicht zu lesen. Ist das eine Art Chinesisch?«

»Sanskrit ist das, Sir. Ich verstehe, dass Sie das nicht lesen können. Sehen Sie sich bitte das an.« Vichaj legte seine Abordnung von Interpol auf den Tisch.

Der Vereinsvorsitzende sah erstaunt auf das zerknitterte Stück Papier: »Interpol – in was für einen großen Fall bin ich da hinein geraten?«, flüsterte er.

»Kann man wohl sagen«, antwortete Kronenberg trocken. Angesichts des Entsetzens im Gesicht des Vereinsvorsitzenden stand für ihn das Ergebnis der Vernehmung bereits fest.

»Auf dem Gelände Ihres Vereins wurde die Leiche eines Chinesen gefunden. Der Mann war ein bedeutendes Mitglied einer der Triaden. Wissen Sie, was die Triaden sind?«

»Mafia glaube ich. Oder so.«

»Die Mafiosi sind im Vergleich dazu Seelsorger. Chinesische Triaden handeln weltweit und unterhalten sich in chinesischen Dialekten, die kaum einer außer ihnen versteht – also auch wir nicht. Normalerweise murksen sie sich nur gegenseitig ab. Und ihre Schuldner.«

Kronenberg tat so, als ob er weiterreden wollte, schwieg aber. Das machte auf seine Gegenüber fast immer großen Eindruck.

Der Vereinsvorsitzende sah ihn mit flackerndem Blick an: »Ich bin kein Schuldner.«

»Das hat niemand hier am Tisch behauptet«, stellte Kronenberg fest. Er zog einen Zettel aus der Innenbrusttasche: »Kennen Sie das?«

Der Vereinsvorsitzende schüttelte heftig mit dem Kopf: »Ich kann das nich´ mal entziffern. Was ist das?«

»Schauen Sie bitte einmal die Zahlen an. Sagt Ihnen das etwas?«

Der Vereinsvorsitzende sah erstaunt auf das eingeschweiste Stück Papier: Die Zahl vor dem Eurozeichen entsprach exakt der Summe, für die der Vereinsvorstand sein Stadion an ein Wohnungsbauunternehmen verkauft hatte.

»Aber das ist … das ist völlig unmöglich. Das kann nich' sein. Nein, völlig unmöglich.«

»Was ist unmöglich?«

»Das ist die Summe, die uns ein Bauunternehmen für das Vereinsgelände geboten hat. Das Unternehmen ist von hier und völlig seriös. Mit Chinesen hat es absolut nich's zu tun.«

Jetzt schaltete sich Vichaj ein: »Wir sprechen nicht von Chinesen allgemein, Sir. Wir sprechen von einer der Triaden. Die Triaden sind weniger in der Volksrepublik China tätig, als vielmehr in Ländern, in die Chinesen ausgewandert sind: Indonesien, Singapur, Nordamerika, Holland zum Beispiel. Länder, aus denen man leicht nach Deutschland kommen kann.«

»Aber sie sind eben nich' in Deutschland.«

»Na ja, so langsam wird's auch hier was, wie man sieht. Was also hatte dieser Mann mit Ihrem Verein zu tun?«

Vichaj legte das gestochen scharfe Bild des Toten auf den Tisch. Der Vereinsvorsitzende atmete schwer, griff sich an die Herzgegend: »Ich weiß es nich'«, stieß er hervor. »Bei Gott, ich weiß es nich'. Ich bin doch nich' lebensmüde.«

»Das wird sich weisen«, antwortete Kronenberg kühl. »Vielleicht haben Sie sich da auf etwas eingelassen, was Sie nicht überblickt haben. Bei einer solche hohen Summe greift man gerne zu, oder?«

Der Vereinsvorsitzende schüttelte heftig mit dem Kopf: »Bei Gott, ich habe mich auf nich's eingelassen. Der lag da einfach.«

Kronenberg hatte gewusst, dass er während dieses Gesprächs wenigstens die halbe Wahrheit erfahren würde. Aus seiner Sicht erzählte der Vereinsvorsitzende die volle Wahrheit und gab die Adresse von Henry preis.

OTTENSEN

Henry öffnete nach abendlichem Klingeln die Tür zur kleinen Wohnung seiner Mutter. Vor ihm standen ein etwa gleichaltriger, etwas ungepflegt wirkender Europäer und ein jüngerer Asiate. Sie hielten ihm ihre Dienstmarken entgegen und erklärten ihm, wer sie sind. Henry trat beiseite und machte den beiden den Weg frei. Er beeilte sich, seine ungewaschene Kleidung des Tages von den Sesseln im Wohnzimmer wegzuräumen.

»Darf ich nochmals Ihre Ausweise sehen?«, fragte er betont höflich.

Kronenberg und Vichaj legten ihre Ausweise auf den Couchtisch, Vichaj auch die Abordnung von Interpol: »Falls Sie das auf dem Ausweis nicht lesen können – ist nicht lateinisch.«

»Lateinisch hab ich auch nich′ gelern′. Was is′ es denn?«

»Sanskrit, Sir.«

»Wie ein Inder sehen Sie mir aber nich′ aus.«

»Ich bin Thai, Sir. Früher schrieben wir Thai Chinesisch, weil wir aus Südchina kommen. Seit Einführung des Buddhismus als Staatsreligion schreiben wir Sanskrit – die Schrift des indischen Prinzen, der seit 2.600 Jahren Buddha genannt wird.«

»Na, eigentlich haben wir hier in Ottensen eher für den Dalai Lama Sympathien. Was schreiben die Tibeter eigentlich?«

»Seit dem Siegeszug des Buddhismus auch Sanskrit, heute zunehmend Chinesisch.«

»Sie meinen, dass die Thai die alten Schriften der Tibeter lesen können, die Chinesen eher nich′ ?«

»So etwa ist es, Sir. Die Römer haben ja auch das Christentum übernommen, weshalb die Bibel nicht nur auf Hebräisch, sondern auch auf Lateinisch geschrieben wurde und so ab dem 4. Jahrhundert ihren Siegeszug durch die westliche Welt antrat.«

»Die Bibel war doch immer für uns lesbar geschrieben, wenn auch bis Martin Luther nich´ verständlich. Die Buchstaben sind geblieben, nur die Sprache nich´.«

»Das macht den Unterschied zwischen Ost und West aus. Meine Sprache ist für einen Chinesen noch entfernt verständlich, meine Schrift ist religiös bedingt ganz anders geworden.«

»Dann unterhalten wir uns mal von Lateinern zu Lateinern miteinander«, warf Kronenberg ein. »Henry, Ihr Vorstrafenregister ist uns bekannt und Ihr Vereinsvorsitzender hat voll gestanden. Was haben Sie mit dem Mord an diesem Chinesen zu tun?«

»Mein Vereinsvorsitzender hat mich angerufen. Ich weiß, was er Ihnen gesagt hat. Ich habe nich´s weiter zu sagen.«

»Sie haben die Leiche gemeinsam in der Elbe versenkt.«

»Hauptkommissar, Sie bluffen. Ich fand die Leiche hinter dem Vereinsheim, habe gleich danach meinen Vorsitzenden benachrichtigt. Wie es meine Pflicht ist.«

»Entweder, die Leiche lag da und Sie haben ihr einen Scheck abgenommen, oder Sie haben den Mann wegen des Gelds umgebracht, das er bei sich trug. Die Chance Ihres verpfuschten Lebens.«

Henry richtete sich kerzengerade auf: »Wenn Sie so eine Kindheit erlebt hätten wie ich, dann wären Sie in der Gosse gelandet. Ich nich´, weil meine Mutter war, wie sie ist. Von so einem wie Ihnen muss ich mir so was nich´ sagen lassen. Machen Sie sich vom Acker!«

Vichaj senkte seine Hände begütigend: »Henry, ich bin auch nicht in Milch und Honig gebadet worden, glauben Sie mir das einfach. Der Mann, den Sie gefunden haben, wahrscheinlich auch nicht. Im Unterschied zu uns allen war er jedoch ein Mitglied der chinesischen Triaden. Verstehen Sie, was ich meine?«

»Mein Vorsitzender hat es mir gesach´ und ich habe im Internet nachgeschaut. Hab nich´ alles begriffen, aber das Eine schon: Die sind ganz schön gefährlich. In Deutschland gibt es jedoch keine Triaden.«

»Wie können Sie das behaupten, wenn Sie hier in Ottensen einen von denen gefunden haben – mindestens gefunden, wenn nicht umgebracht?«

»Hab keinen umgebrach´, mein Leben nie!«

»Aber die Triaden werden denken, dass Sie ihn umgebracht haben. Sie schweben in Lebensgefahr, Henry.«

»Wer sagt mir, dass Sie nich´ auch einer von denen sind? Vielleicht steckt die Polizei in Thailand mit denen unter einer Decke.«

»Jetzt seien Sie bitte vernünftig und kooperativ: Sie haben den Mann in Notwehr getötet, nicht wahr?«

»Gefunden habe ich den, nich´s weiter.«

»Sollten Sie nicht kooperieren, können wir Sie auch nicht schützen. Sie haben die Wahl.«

»Vor der Mafia kann mich keiner schützen. Sie selbst sagten meinem Vorsitzenden, dass die Triaden schlimmer als die Mafia sind. Also, was wollen Sie? Wenn die Triaden mich töten sollten, dann is´ es eben mein Schicksal. Das müssten Sie als Buddhist doch begreifen.«

»Es ist nicht unsere Bestimmung, Opfer des Bösen zu werden.«

Henry verabredete mit den Polizisten, sich in Ottensen, Altona und – soweit seine Kontakte reichten – in Hamburg über den toten Chinesen zu informieren. Dafür erhielt er von Vichaj die Kopie eines gestochen scharfen Portraits.

»Wenn ich was Entscheidendes herausfinden sollte, will ich aber ´ne Belohnung haben.«

»Und die wäre?«

»Ein halbes Jahr Urlaub gratis auf Kho Samui, mit Frauen, freier Kost und Logie und natürlich Freiflügen.«

»Gleich mehreren Freiflügen?«

»Sagen wir mal von hier nach Thailand, dort nach Chiang Mai und nach HongKong.«

»Warum HongKong?«

»Ich würde die Triaden gern mal live erleben.«

»Flüge in den Tod bezahlt auch die königlich-thailändische Polizei nicht. Ich werde jedoch schaun, was sich machen lässt«, erwiderte Vichaj erheitert.

Vor dem rot geklinkerten Mietshaus warteten Kronenberg und Vichaj auf das gerufene Taxi. »Haben wir den jetzt schon in den Tod geschickt oder nicht?«, fragte Kronenberg.

»Mal sehen. Bestenfalls erfahren wir, in welchen Kneipen sich der Tote aufgehalten hat, sofern er überhaupt öffentliche Orte aufsuchte. Ich glaube, der wurde ohne große Sprachkenntnisse nach Hamburg gesandt, um Geld einzutreiben oder zu töten. Danach sollte er Hamburg sofort wieder verlassen. Es ist etwas dazwischen gekommen. Unsere Frage ist, was dazwischen kam. Lass uns zunächst die »No-Shows« für Flüge nach Ostasien durchgehen.«

Als sich Vichaj am folgenden Mittag im Polizeikommissariat an der Mörkenstraße in Altona-Altstadt einfand, war nur Katharina Esbjerg anwesend. »Der Udo hat mich in aller Herrgottsfrüh angerufen. Für eure Chinesen-Sache hat er eine Kneipentour gemacht. Er rief aus einer Bar an, die sich »Goldener Handschuh« nennt.«

»Goldene Handschuhe trugen nicht einmal die Kaiser von China. Was für ein Unsinn. Wo also trieb sich Udo rum?«

»Ich kenn ja auch nur den »Goldenen Handschlach'« oder wie das heißt.«

»Und was bedeutet »Goldener Handschlag«, soweit du das weißt?«

»Ein Unternehmen verlässt Hamburg und will sein Betriebsgelände versilbern. Wohnungsbau möglichst mit sehr vielen Stockwerken.«

»Und warum sollte Hamburg dem zustimmen?«

»Hör mal, Vichaj, du warst doch schon einmal hier. Damals warst du zwar noch Trainee. Aber du hast schnell begriffen: Weil die Kommunalpolitik permissiv oder korrupt ist. Manche von denen nehmen für jeden zusätzlichen Quadratmeter Bruttogeschoßfläche Geld.«

»Ich erinnere mich: Keiner weiß von nichts, einer von denen wird nach Mindanao in der Südchinesischen See verschleppt und für 10 Millionen US-Dollar von Anonym aus Altona freigekauft.«

»Um wieviel geht es jetzt?«

»Um knapp 13 Millionen Euro zum Tauschwert von 2009. Inzwischen ist der Euro gegenüber dem US-Dollar gefallen, also wird in Dollar gerechnet.«

»Die Grundstückspreise in Ottensen sind aber gestiegen.«

»Ich denke, dass das der Kaufpreis für die »Kampfbahn« ist oder wenigstens war.«

»In Altona gibt es eine ganze Reihe spekulativer Immobilienprojekte, bei denen viel Geld für papiernes Planungsrecht fließt. Die »Kampfbahn« ist nur eines unter vielen. Versteift euch nicht nur darauf.«

»Auf welche Projekte sollten wir auch noch achten?«

»Zum Beispiel auf das sogenannte »Kolbenschmidt-Gelände«: Ehemaliges Industriegebiet eines Tochterunternehmens des Rüstungskonzerns »Rheinmetall«, der von diversen Bundesregierungen ohnehin Milliarden in den Hintern gesteckt bekommt. Als das Unternehmen vor ein paar Jahren geschlossen wurde, haben die ihren 180 Arbeitern nicht etwa ordentlich gekündigt, sondern sie von einem Tag auf den anderen über den Werkschutz ausgesperrt. Auch als Beamtin fand ich das damals unanständig.«

»Und jetzt sollen die mit 13 Millionen Euro ihr Betriebsgelände versilbert bekommen?«

»Wenn das mal ausreicht! Jeder schaut zu oder wirkt aktiv daran mit. Du verlierst den Glauben an die Zivilgesellschaft und beginnst, an »Monopoly« oder an »Sin City« zu glauben – ich meine im nicht-körperlichen, rein platonischen Sinn.«

»Exportiert der Rüstungskonzern auch nach Thailand?«

»Keine Ahnung, ist geheim. Bei Rüstungsexporten steht Deutschland an dritter Stelle weltweit – und »Rheinmetall« mischt dabei kräftig mit.«

Unbemerkt war Kronenberg eingetreten und hatte dem letzten Teil der Unterhaltung still zugehört: »Nach Sinkiang exportieren die wahrscheinlich keine Waffen, weil China die Waffen mindestens ebenso gut herstellen kann. Ich hab hier zwei Flugtickets nach Urumchi.«

HAMBURG / GERHART-HAUPTMANN-PLATZ

In der Hamburger Zentrale der HSH-Nordbank östlich des schattigen Platzes am Thalia-Theater schrillten einmal wieder die Alarmglocken. Der Vorstandsvorsitzende, Nicolai von Bulgarien, bestellte seine Kollegen binnen einer Stunde in seinen piekfeinen Besprechungsraum ein, in dem seit Jahren Belegschaften geschlachtet und Geschäftsfelder verschoben wurden. Das hatte strafrechtlich keinem seiner Vorgänger geschadet.

»Ich bin dabei, diesen Laden zu konsolidieren«, schnappte Nicolai. »Aber welche Ecke auch immer neu beleuchtet wird, es zeigt sich ein Dreckhaufen nach dem anderen. Kaum, dass wir mit dem Abschreiben weltweiter Beteiligungen an der Finanzierung überflüssiger Schiffsneubauten begonnen haben, liegt mir jetzt eine 13-Millionen-Forderung des Mitglieds einer chinesischen Triade auf dem Tisch. Hat denn dieses Institut seinen Verstand verloren?«

»Worauf bezieht sich denn diese Forderung?«, fragte ihn ein abgebrühtes Mitglied der alten Garde.

»Darauf, dass wir Urumchi etwas schulden.«

Die Vorstandsrunde lachte oder blickte ungläubig: »Was sollten wir denn dieser Firma schulden?«, fragte der Abgebrühte.

»Erstens will ich jetzt, dass insbesondere diejenigen Mitglieder unserer Runde, die nicht wissen, was Urumchi ist, ab morgen einen Fortbildungskurs in Geopolitik besuchen. Wer weltweit finanzieren will, sollte sich auf der Weltkarte auskennen. Zumal bei Ihren Gehältern. Zweitens will ich Ihnen jetzt eine erste Nachhilfestunde in Geopolitik geben. Urumchi ist die Hauptstadt von Sinkiang. Funktioniert bei einem der Anwesenden eine Synopse im Gehirn oder nimmt jeder von Ihnen Cristal Meth?«

Die Runde schwieg.

»Also ein weiteres Stück Nachhilfe: Sinkiang ist die westlichste Provinz der Volksrepublik China. Weiß einer der Anwesenden jetzt mehr?«

Die Runde schwieg betreten.

»Ich glaube es kaum, aber ich will weiter erklären: In den Wüsten Sinkiangs testen die Chinesen ihre Atombomben. In Sinkiang wohnt ein Turkvolk, das bis vor drei Generationen die arabische Schrift beherrschte. Die Uiguren, also dieses Turkvolk, sind Mohammedaner. Sie fordern ihre Unabhängigkeit von China. Das wollten auch die Kasachen und die Turkmenen in der früheren Sowjetunion. Die haben ihre Unabhängigkeit ja nun bekommen, zu welchen Bedingungen auch immer. Was glauben Sie also, was die westlichste Provinz Chinas heute ist?«

»Ein Pulverfass, vermute ich«, antwortete das jüngste Vorstandsmitglied.

»Das haben Sie endlich richtig beantwortet«, nickte Nicolai von Bulgarien. »Nun stellen Sie sich einmal vor, was die in Urumchi von uns wollen und womit sie ihre Forderung durchsetzen könnten.«

Einer der abgebrühten Altvorderen bemüßigte sich, seinem Vorstandsvorsitzenden eine Antwort zu geben, obwohl er an den Verzweiflungsimport aus dem Osten des eurasischen Großkontinents nicht eben glauben mochte: »Sie mögen eine Atombombe in die Spalte unserer Hintern schieben wollen. Könnte auch eine Splitterbombe am Hamburger Hauptbahnhof sein. Aber erklären Sie mir mal bitte, was dieses staubtrockene Sinkiang mit unserer faulen Schiffsfinanzierung zu tun haben könnte.«

»Sie wollen mich wohl verhohnepiepeln! Wir haben auch einige Immobiliengeschäfte an der Hacke.«

»Aber nicht in Sinkiang.«

»Eben - nicht in Sinkiang. Zum Beispiel aber an der Griegstraße in Ottensen. Das Geschäft haben wir kreditiert. Ich will Sie zart darauf hinweisen, dass eine Triade aus Urumchi einen Boten nach Hamburg gesandt hat, der an der Griegstraße tot aufgefunden wurde. Einige unserer altgedienten Kollegen haben möglicherweise mit der Cosa Nostra oder der *N'Drangheda* Kontakt gehabt. Sie mögen erahnen, was chinesische Triaden bei möglichem Vertragsbruch veranstalten und was geschehen wird, wenn man ihren Abgesandten umbringt. Ich denke, dass wir da ein richtig dickes Problem haben – jeder einzelne von uns.«

Der Abgebrühte mimte die Winkbewegung chinesischer Grußkatzen und bemerkte: »Sollte das alles so stimmen, dann wäre zuerst unser Kunde auf der Abschussliste. Lassen wir den doch über die Klippe springen, bevor wir uns bewegen.«

Nicolai von Bulgarien nickte bedächtig: »Das wäre ein möglicher Weg, würde uns aber nicht von unserer Forderung freistellen. Würde der Kunde ausfallen, dann wäre auch der Kredit verloren, den wir ihm gewährt haben. Würde der Kunde nicht bezahlt haben, dann stünden wir aus Sicht der Triaden möglicherweise in Kollektivhaftung. Die Gefahr für unsere Bank und für jeden von uns ist unübersichtlich.«

»Warum unübersichtlich?«, rotzte der Altvordere. »Wenn die unseren Kreditnehmer umgebracht haben werden, dann werden wir entweder Ruhe haben oder den Attentäter kennen. Und dann lassen **wir** den erledigen.«

»Ich erwähnte, dass die Uiguren ein muselmanisches Turkvolk sind. Haben Sie eine Ahnung davon, was das für uns bedeuten könnte?«

»Sie meinen, dass die Triaden in dieses Turkvolk eingedrungen sind?«

»Endlich ist einer der hier Sitzenden sein Salär wert! Welche Gefahrenlage hätten wir also dann?«

»Sie meinen, dass uns jeder Turk-Islamist in dieser Stadt umbringen könnte?«

»Sofern Sie damit bestätigen wollen, dass die Gefahrenlage unübersichtlich ist, haben Sie Recht. Ansonsten sind Sie ein Idiot.«

»Ich bin Ihnen wohl nicht politisch korrekt genug, oder?«

»Unser Institut ist die Landesbank von Hamburg und Schleswig-Holstein. Unserem bisher zahmen Aufsichtsrat kann ich eine solch abenteuerliche These nicht vortragen. Ich erlaube Ihnen deshalb, den Vortrag an meiner Stelle zu halten«.

Der Altvordere winkte ab: »Das machen **Sie**. Dafür verdienen Sie das Dreifache meines Gehalts.«

Nicolai von Bulgarien hielt kurz inne, stellte sich jedoch dann entschieden auf: »**Sie** als einer derjenigen, die schon vor zehn Jahren hier agierten, werden das übernehmen. Sie haben sich vor der Übernahme des Vorstandsvorsitzes durch mich international bewegt und damit genügend Dreck am Stecken. Meine Aufgabe ist es, die Landesbank auf ihren regional begrenzten Auftrag zurück zu führen. **Sie** ernenne ich ab sofort zum Beauftragten für Altlasten. Der Bericht über die Griegstraße liegt morgen früh auf meinem Tisch. Haben wir weitere Immobilienleichen in unseren Schränken?«

»Von Leichen keine Spur. Einige erfolgversprechende Deals dagegen schon. Zwei Hotels in der City, das Rheinmetallgelände in Ottensen, die Stresemannstraße in Altona-Nord.«

»Stresemannstraße? Die gehört doch dem Albaner-Clan.«

»Gehörte, Herr von Bulgarien. Jetzt werden Studentenapartments gebaut. Sicherer Markt für die nächsten Jahre. Danach vielleicht Seniorenresidenz.«

KUNMING / YUNNAN

Udo Kronenberg und Vichaj Bangramsan saßen im Transit des Flughafens von Urumchi. Der Flughafen liegt in einer staubtrockenen Ebene vor staubtrockenen Gebirgsmassiven. Ein kalter Staubschleier lag über der unwirtlichen Landschaft, durch die ein eisiger Nordwestwind pfiff.

Vichaj hielt triumphierend zwei Flugscheine in seinen Händen: »Ab in den Frühling! Das hier sind Tickets nach Kunming in Yunnan!«

»Wie hast du sie erhalten?«

»Mein Geheimnis. In Asien haben wir Thai eben Beziehungen wie die Tentakel des Oktopus. Du hast schon einen davon verspeist.«

Kronenberg erinnerte sich an eine rötliche Soße, aus der bleiche Saugnäpfe schimmerten. Er schüttelte sich.

»Der Flug ins ewige Paradies der Chinesen startet in zwei Stunden. Hier, die »*China Weekly*«, eine noch annehmbare Verlautbarung des Zentralkomitees der Kommunistischen Partei Chinas. Sie beleidigt jedenfalls nicht den Intellekt.«

Kronenberg las über die Kritik der Zentralregierung am ungezügelten Bauboom der Provinzen und Gemeinden und darüber, dass hohe provinzielle Kader der Korruption angeklagt seien. Sie erwarte die härteste aller Strafen. Kronenberg war von der Abschreckungswirkung der Todesstrafe nicht überzeugt. Außerdem, stand da, berate das Zentralkomitee eine Stärkung der Rechte der Bauern, deren Land von Provinz- und Lokalkadern oft konfisziert werde, um großen Bauvorhaben Platz zu machen. Insgesamt, so meinte das Zentralkomitee, fehle es in den Provinzen an wirtschaftlichem Sachverstand und an sozialer Verantwortung. Das, meinte Kronenberg, sei eine deutlichere Kritik an der Immobilienspekulation, als sie in bundesdeutschen Gazetten geäußert wird. Von Strafen gegen Immobilienspekulanten hatte er in Altona noch nie gehört.

Letzter Aufruf zum Flug von *China Southwestern* nach Kunming. Das Flugzeug, ein Airbus 320, war nur zu zwei Dritteln besetzt. Von seinem Fensterplatz aus konnte Kronenberg unmittelbar nach dem Start den Transhimalaya, danach die topfebene, rötlichbraune Taklamakan-Wüste und die himmelstürmenden östlichen Ausläufer des Himalaya erkennen, deren schneebedeckte Bergmassive, von tiefen Tälern durchbrochen, schlierenförmig nach Süden auslaufen. Kunming liegt auf einer Hochebene unweit eines großen Sees, der im Westen von einer schroffen Felswand abgeschlossen ist. Das umgebende Land war saftig grün, eine Einladung für das Auge.

Nach Verlassen der lichtdurchfluteten Empfangshalle des Flughafens Kunming standen Udo Kronenberg und Vichaj Bangramsan auf einem weiten Platz, auf dem Verkehrslärm nur entfernt zu hören war. Vichaj fragte den erstbesten Taxifahrer nach dem *Camellia-Hotel*, das den alten Kolonialhotels im Süden Chinas am nächsten kam, benannt nach der *Camellia Sinensis*, dem chinesischen Teebaum.

Der Fahrer nickte, reagierte jedoch auf die Frage nach dem Fahrpreis verständnislos. Es mochte wohl daran liegen, dass Vichaj die Fähigkeit der Südwestchinesen überschätzte, Thai als südchinesischen Dialekt zu erkennen. Der Wagen hatte allerdings ein Taxameter.

Nach einer knappen Stunde hielt das Taxi vor dem Haupteingang des ältesten Hotels von Kunming, das in einem Hof außerhalb einer sechsspurigen Hauptstraße lag. Im Foyer, an das ein großes Glashaus mit tropischer Bepflanzung anschloss, fragte die Empfangsdame, ob sie ein Zimmer im alten oder im neuen Flügel des Hotels nehmen wollten.

»Im alten Flügel natürlich, im traditionellen Kolonialflügel«, entrutschte es Kronenberg unwillkürlich.

Die Rezeptionistin setzte einen beleidigten Blick auf: »Sir, wir waren niemals eine Kolonie!«. Sie bewegte sichtbar bemüht eine Menge Papier und vergab dann zwei Zimmernummern: »Wundern Sie sich nicht über die fleckigen Teppiche im Gang. Ich kann Ihnen auch keinen

Zimmerservice anbieten.« In der Tat waren die Nussbaumtresen auf der Etage unbesetzt.

Für ein derart großes, luxuriöses Zimmer hatte Kronenberg noch nie so wenig Geld ausgegeben. Der alte, lackierte Sekretär lud sofort zum Lesen und Schreiben ein. Im Bad sorgte ein separates Gebläse für sofortige Wärme. Und das Bett reichte für vier Personen. Bevor er es sich gemütlich machen konnte, klopfte es an der Tür.

»Unweit von hier liegt das thailändische Generalkonsulat. Wir haben einen Termin bei einem Kollegen dort – jetzt sofort«, durchbrach Vichaj das beginnende Wohlgefühl. Sie gingen eine Reihe von Geschäften und Bars für westliche Touristen entlang, überquerten an einer Kreuzung, an der ein riesiges Nudelrestaurant lag, die breite Straße, die zum Flughafen führte und standen auf einem weiten Platz, dessen Nordwand ein prunkvolles Hotel US-amerikanischer Provenienz bildete und dessen westliches Ende ein altes Hochhaus begrenzte. In diesem Hochhaus residierte das Generalkonsulat des Königreichs der Thai.

Im Foyer des Generalkonsulats bat Vichaj darum, dass ein Oberst Anand angerufen werde. Anand war eine eindrucksvolle Figur: Riesiger Schädel, schmale Lippen unter einem Oberlippenbart, korpulent und mindestens einen Meter neunzig groß. Anand begrüßte Vichaj wie seinen Sohn und gab Kronenberg seine mächtige Pratze. Der Händedruck schmerzte, bevor Kronenberg sein Erstaunen über diese Erscheinung überwunden hatte.

»Wie kann ein solcher Koloss ein Thai sein?«, zischelte Kronenberg Vichaj auf Deutsch zu.

»Nordchinese, geboren in Thailand. Aber du hast recht, er ist eine echte Rarität.«

»Nun unterhalten Sie sich bitte so, dass auch ich es verstehe«, brummte Anand.

»Selbstredend, Sir«, beeilte sich Kronenberg. »Ich drückte meinem Kollegen auf Deutsch nur mein Erstaunen über Ihre körperliche Größe aus.«

Anand lachte: »Solches Erstaunen umgibt mich ständig – nur nicht hier in China. Ihr Europäer glaubt, dass in ganz Ostasien nur kleinwüchsige Menschen leben. Deng Xiao Ping und so weiter. Dabei ist der bekannteste Chinese, Mao Tse Dong, ein Hüne von einem Kerl gewesen. Ein Chinese aus dem Norden, wo die Chinesen mindestens ebenso groß werden wie die Europäer. Wenn Mao im Yangtse baden ging, schwappten richtige Wellen an die Ufer. Sozusagen.«

»Sie sind also Nordchinese?«

»Ich bin Thai, meine Großmutter stammte allerdings aus der Mandschurei. Die dazugehörige Dynastie kennen Sie vielleicht, Herr Kronenberg.«

»Ich glaube ja: Die letzte Dynastie, bevor China zur Republik wurde. Sinkiang wurde unter großen Blutopfern von China kolonialisiert.«

»Dass Sie ausgerechnet diese Nebensache im Zusammenhang mit der Manchu-Dynastie erwähnen, finde ich schon befremdlich. Aber Sie kommen ja aus Urumchi, wie ich erfahren habe.«

»Wir sahen nur den Flughafen und seine unwirtliche Umgebung, Sir. Und eine sehr zuvorkommende Grenzkontrolle. Bemerkenswert, wenn man bedenkt, in das mächtigste Land dieser Erde einreisen zu dürfen.«

»Nun ja, Vichaj, mein Landsmann, hatte bereits vorgesorgt. Unser Königreich pflegt freundschaftliche Beziehungen zur Volksrepublik. In dieses Bett können sich sogar die langnasigen Teufel sanft legen. So nennen euch die einfachen Chinesen noch heute. Wir Manchus konnten nämlich nicht verhindern, dass die Kanonenboote aus Europa, Amerika und Russland über China herfielen und das Land mit Opium überschwemmten.«

»Sicher, Sir, Boxeraufstand und so.«

»Das war hundert Jahre früher. Macht nichts«, lächelte Anand. »Jedenfalls sind Sie seitdem in den Augen der Chinesen langnasige Teufel, **Amocau** oder **Kweilau**. Nur nicht auf Taiwan, das die Chinesen 1683 den Holländern abgerungen haben. Auf Taiwan wohnten zuvor irgendwelche Austrosüdseeaner. Sie verstehen, dass China Taiwan seitdem als eigene Provinz betrachtet? Es ist das einzige Land, das China wirklich neu erworben hat.«

»Tibet und Sinkiang?«

»Beide Regionen waren schon zur Qing-Dynastie tributpflichtige Territorien. In Sinkiang stehen noch heute Abschnitte der Großen Mauer. Eine Nachbildung des Potala-Palastes von Lhasa ist als Geschenk des damaligen Dalai-Lama an die Manchu-Kaiser in Chengde zu besichtigen, wo es **Putuo Zhongshen Miao** heißt. Die Anlage ist meines Wissens auch in Europa nachgezeichnet worden, im Schloss Pillnitz bei Dresden.«

»Und Sinkiang?«

»Sinkiang, mein Lieber, war zuletzt vor 140 Jahren außer Kontrolle. Der heutige Widerstand ist – wie in Tibet – nur ein leises Flackern im Vergleich zu den Kämpfen damals.

Aber lassen Sie uns jetzt speisen und trinken. Die Mandschurei wurde von der Volksrepublik in drei Provinzen aufgeteilt, damit sich keiner mehr an das große Manchu-Volk erinnern möge: Heilongjiang, Jilin und Liaoming. Heilongjiang liegt auf der Höhe von Wladiwostok und nördlich davon, bis zum sibirischen Fluss Amur reicht es. Nach den Vorstellungen Chinas noch weiter nördlich. Dort gibt's keinen Reis, sondern nur Weizen. Dazu Bärentatzen und Würstchen. Wenn Sie Bier mögen: Wir servieren heute das **Hapi**-Bier aus Harbin. Lassen Sie es sich schmecken.«

Die zart gebackenen Bärentatzen und die harten Weizennudeln hielten Kronenberg nicht davon ab, seiner Neugier über Anand Lauf zu lassen. Ob er denn in die chinesische Provinz strafversetzt worden sei, fragte er ihn nach einigen Gläsern **Hapi**-Bier.

Anands Augen verengten sich zu Schlitzen, hinter denen keine Regung mehr zu erkennen war: »Wissen Sie, Yunnan ist für uns Thai die wichtigste Provinz Chinas. **Unsere** zwölfte Provinz liegt rund um Menghan und unsere älteste Hauptstadt ist wahrscheinlich Dali am Erhai-See. Wenn Sie die Stadttore dieser Stadt und die dahinter lie-

51

gende **Cangshan**-Gebirgskette gesehen haben, dann wissen Sie, welch wunderbarem Land die Thai entflohen sind.«

»Das haben Sie sehr schön gesagt, Sir. Sie sind also hier, um dieses wunderbare Erbe zu bewahren – oder gar zurück zu holen?«

Anand legte eine seiner Pranken auf den lackierten Esstisch: »Ich habe nichts zu bewahren, schon gar nicht zurück zu holen – sondern die Geschichtslosigkeit meines Volks zu korrigieren. Wer Thailands Schulen genießt, der lernt, dass die Geschichte des Königreichs erst in Lampang anfängt. Kein Thai fragt sich, was vorher war. Die Thai sind aber Südwestchinesen, das ist es!«

»Also ist nicht die Gegend um Menghan die zwölfte Provinz Thailands, sondern Thailand eine Provinz Chinas?«

»In China regieren keine Kaiser mehr und außerdem liegt die Volksrepublik Laos zwischen China und Thailand«, wischte Anand das Argument zur Seite. »Die Franken beanspruchen auch nicht mehr ganz Westeuropa, oder?«

»Was beanspruchen die Manchu?«

»Gibt es nicht mehr, sagte ich schon. Sie sind jedoch nicht wegen der x-ten Provinz für Wenauchimmer da, sondern wegen dieses Li Ping, nicht wahr?«

»Das sind wir, auch, wenn ich immer gerne etwas über die Geschichte des Landes wissen will, mit dem ich es zu tun habe. Solches Wissen schärft das Verstehen.«

»Sofern Sie mehr über die Geschichte Chinas wissen wollen, dann begeben Sie sich in eine der vielen Nationalbibliotheken und lernen bis zu Ihrem Lebensende. Sie werden dann ein Tausendstel davon erfahren haben.«

»Nebenbei bin ich auch Polizist, wie Sie und mein Begleiter Vichaj. Also – Li Ping ist hier in Kunming geboren worden?«

Anand grinste, seine Augen weiteten sich und gaben einen belustigten Ausdruck frei: »Ja, an der **Cuihu Beihe**, nahe des größten Gongyuan Kunmings. Also in privilegierter Lage am öffentlichen Park. Er ist ein

Prinzling, einziges Kind eines Politkaders. Als Student verwechselte er die Diskotheken der Stadt mit den Lehrsälen der Universität. Also kam er in schlechte Gesellschaft.«

»Er wurde Mitglied einer Triade?«

»So etwas gibt es hier nicht – offiziell. Jedenfalls wohnte er danach in Mengla in *Xishuabanna*. Das ist, was die Thai *Sibsongpanna* nennen, die zwölfte Provinz. Dort musste er keine Diskotheken mehr besuchen, weil er sich jeden Luxus selbst beschaffen konnte. Dieser Teil der Provinz Yunnan war damals vom restlichen China noch recht abgeschlossen. Über Laos kam man nach Thailand viel schneller als nach Kunming. Dafür sorgten schon die guten Betonpisten, die China den Laoten während des Vietnamkriegs gebaut hatte. Deshalb blühte in Mengla der Handel mit Opiaten. Ich meine, dass die Händler in Chiang Mai westliche Preise bezahlten und die Bauern in *Xishuabanna* sich im siebten Himmel wähnten. Bis die UN-Fuzzies zusammen mit der chinesischen Zentralregierung der florierenden Drogenwirtschaft ein Ende bereiteten.

Li Ping ist auf seinen alten Beziehungen sitzen geblieben, hat die Wanderung der Drogenhändler nach Dali nicht mitbekommen. Aber er hatte das Monopol auf Vieles, was auf dem Mekong ablief. Der Mekong entspringt bei Dequin und ist eine der Furchen, die den Himalaya in Yunnan zerklüften und den Oberlauf für Vieles bieten, was durch Burma, Laos, Thailand und Vietnam fließt. Li Pings Hände kannten sich mit allen diesen Wassern aus.«

»Also Li Ping blieb in *Xishuangbanna* und machte seinen alten Stiefel weiter, obwohl dort die Ressourcen austrockneten?«

»Zwar kann von Austrocknen keine Rede sein, aber ja, er hielt seine alten Kontakte. Seine Beziehungen reichten bis nach Korat in Isaan. Über Hunchun in der Provinz Jilin kam er an russische Prostituierte heran, die ihm ein Mittelsmann aus dem nahen Wladiwostok vermittelte. Das war am mittleren Mekong die Sensation – jedenfalls für die dortige westliche Rentner-Community. Die war des süßlichen Getues der Thai-Damen überdrüssig und wusste, dass hinter jeder Hure eine große Familie stand. So üppig waren die Renten nun auch nicht, die sie aus Kanada, den USA, Australien und Westeuropa bezogen.«

»Sie wissen, dass der Leichnam Li Pings in der Elbe bei Hamburg gefunden wurde?«

»Seine Leiche hätte ich – ehrlich gesagt – eher im Amur vermutet. Zum Beispiel, weil er seine Partner in Wladiwostok nicht bezahlt haben könnte. Erklären Sie mir doch, warum er 10.000 Kilometer westwärts gefunden wurde.«

»Wahrscheinlich wollte er eine Zahlung aus einem Immobiliengeschäft eintreiben.«

Anand schob seine Pranken näher an die Hände Kronenbergs heran: »Immobilienhandel! Eine besonders schmutzige Brühe. Wissen Sie, welches Fass Sie damit hier in China auftun? Um wieviel Geld handelt es sich denn?«

»Knapp 13 Millionen Euro – für Urumchi, stand auf dem Zettel, den wir in der Tasche seines Jacketts fanden.«

»13 Millionen Euro – nicht gerade ein hoher Betrag für hiesige Immobiliengeschäfte, aber dennoch einen Mord wert. Wer schuldete diesen Betrag?«

»Soweit ich sehe, eine Hamburger Wohnungsbaugesellschaft einem Hamburger Sportverein. Oder ein Rüstungskonzern in Düsseldorf Wemauchimmer.«

»Das Wohnungsbau-Sportverein-Gedusele können Sie vergessen. Damit hätte Li Ping nichts zu verdienen gehabt. Rüstungskonzern klingt da schon interessanter. In Yunnan werden sehr schnell fliegende Turboprop-Maschinen getestet. Die Windverhältnisse sind für solche Tests interessant – man sagt, viel besser als in den europäischen Alpen. Hätte ein Rüstungskonzern, der daran beteiligt ist, ein Interesse an der Entsorgung lästiger Geschäftspartner, dann würde selbst in Europa ein Schuh draus. Ich meine: Fliege einen unbekannten chinesischen Killer ein, lasse den seine Arbeit machen und fliege ihn dann sofort wieder raus. Spurlos, sozusagen. Reines Freundschaftsgeschäft durch einen Todesboten.«

»Todesbote – sein Spitzname soll Tanatus sein. Altgriechische Mythologie, übersetzt sich mit »Der sanfte Tod«. Allerdings ist e r umgebracht worden, nicht ein Europäer.«

Anand lehnte sich zurück: »Der sanfte Tod – das könnte passen. Li Ping hat seine Gegner überwiegend durch Überdosen Heroin beseitigen lassen.«

Weit nach Mitternacht machten sich Kronenberg und Vichaj auf den Rückweg ins *Camellia-Hotel*. Das literweise konsumierte **Hapi**-Bier lag ihnen in den Mägen und benebelte die Gehirne. Es war ein Glück, dass der Weg kurz und fast menschenleer war. Außerdem waren die Gehwege in Kunmings Zentrum makellos behindertengerecht ausgebaut.

KUNMING / GONG AN

Früh am Morgen klopfte es an der Tür des Hotelzimmers Kronenbergs. Ihm standen zwei Grünuniformierte und eine adrett gekleideten Frau gegenüber, die gut seine Tochter hätte sein können. Bis auf die Mandelaugen, natürlich.

»Herr Kronenberg, Sir?«

»Jaaa, der bin ich, selbst in dieser Herrgottsfrühe.«

»Ich bin Miao Shen von der Ausländerpolizei. Würden Sie sich bitte ankleiden und uns folgen?«

Noch bevor Kronenberg antworten konnte, trat einer der Grünuniformierten in sein Zimmer und deutete auf den Gepäckschemel, auf dem Kronenbergs nach Mitternacht lässig abgestreifte Kleidung lag. Dann blieb der Grünuniformierte regungslos im Zimmer stehen.

»Ich darf aber noch die Zähne putzen, oder?«

Die junge Frau lächelte: »Bitte, Sir, selbstverständlich.«

Der Grünuniformierte trat in den Türrahmen zum Badezimmer und deutete auf das Waschbecken.

Im Flur des Hotels traf Kronenberg auf Vichaj in Begleitung von zwei weiteren Grünuniformierten und einer Frau, die Vichajs Ehefrau hätte sein können.

»Wir sind offensichtlich verhaftet. Es könnte sein, dass das Generalkonsulat meines Königreichs verwanzt ist. Ich habe aber keine Ahnung, warum die uns jetzt abführen«, wisperte Vichaj auf Deutsch.

»Du brauchst nicht Deutsch reden, meine Dame hier hat mich auf Deutsch angesprochen. Leider kann ich nicht gut Thai sprechen«, bedeutete Kronenberg.

»Kein Problem, Sir«, antwortete Vichajs Begleiterin: »**Phom phut Thai nitnoy**«.

Vichaj Bangramsan nickte: »Auch ich wurde heute Morgen in meiner Muttersprache begrüßt.«

Auf der Umfahrt vor dem Hotel standen zwei schwarzweiß gefärbte Limousinen, auf denen in kapitalen Lettern *Gong An* stand. »Polizeiwagen«, kommentierte Vichaj kurz.

Seine Dame lächelte: »Wir hätten das auch diskreter tun können. Oder neuere Wagen nehmen können, auf denen »Police« steht, was aber kein Chinese versteht. In dieser Stadt ist die Polizei unbeliebt. Ihr Ansehen beim Personal des Hotels ist soeben beträchtlich gestiegen. Sie sind wichtig.«

In einem der Betonkästen, denen die früher aus geschlossenen, mehrgeschossigen Holzhausensembles bestehende Innenstadt Kunmings weichen musste, begrüßte sie ein hagerer Mensch mit Stirnglatze und randloser Brille: »Es tut mir leid, dass wir Sie schon früh aus Ihren Betten holen mussten, Gentlemen. Ich bin Xiao Zhang, hier in Kunming für unsere ausländischen Gäste zuständig.«

»Sie sind aber nicht vom Tourismus-Büro, oder?«, schnaubte Vichaj.

»Nein, Herr Oberst, ich bin Ihr Kollege«, lächelte Xiao zurück. »Wissen Sie, die Verbrechensbekämpfung in unserer Volksrepublik obliegt unseren Behörden, nicht Ihnen.«

»Das Verbrechen, das wir aufzuklären haben, geschah in Hamburg.«

»Nach den Gründen suchen Sie aber hier. Sie haben sich einen Flug von Urumchi nach Kunming besorgt.«

»Ja, Sir, das habe ich veranlasst. Und zwar, weil wir nicht in Urumchi, sondern hier etwas mehr über Li Ping erfahren wollen«, antwortete Vichaj.

»Nun also, Sie wollen in unserer Volksrepublik recherchieren – ohne eine Erlaubnis zu haben.«

Kronenberg und Vichaj sahen sich betreten an und suchten angestrengt nach einer Antwort: »Sir, wir haben es versäumt, die Behörden Ihres Landes um Erlaubnis zu fragen. Das bedauern wir zutiefst und wollen es jetzt nachholen. Nachholen, weil Interpol es wohl nicht geschafft hat, Sie zu benachrichtigen. In diesem Zusammenhang liegt der Kern unseres Interesses allerdings in Viang Chang und Nong Khai – nicht in der Volksrepublik.«

»Auch Laos ist eine Volksrepublik – und ein befreundetes Land. Nach Ihren Worten ist es eine von mehreren weiteren Provinzen Thailands, wenn ich das bemerken darf«, schmunzelte Xiao Zhang.

»Dann sind wir quitt! Wir haben noch nicht einmal versucht, in Ihrem Land mit Ermittlungen zu beginnen – und Sie hören das Generalkonsulat meines Landes ab«, setzte Vichaj sofort nach.

Xiao Zhang sah seine Gegenüber betrübt an: »Wollten wir bei der Version bleiben, dass Laos und Thailand Provinzen der Volksrepublik sind, dann würde ich Ihnen jetzt nicht widersprechen. Aber mein Land respektiert internationales Recht und die Souveränität von Staaten. Also sind wir nicht quitt. Aber ich nehme Ihr verspätetes Hilfsersuchen an.«

»Und, was tun wir jetzt gemeinsam auf dieser Grundlage?«, fragte Vichaj vorsichtig.

»Wir fahren nach Mengla, sehen uns die Ergebnisse einer dortigen Hausdurchsuchung an. Dann fahren wir nach Viang Chang, wo auch schon Hausdurchsuchungen stattfanden. Mit Erlaubnis Ihrer Regierung besuchen wir auch Nong Khai, wo Li Ping jedenfalls früher seinen größten Absatzmarkt hatte. Einverstanden?«

Udo Kronenberg und Vichaj Bangramsan nickten und wurden zum *Camellia-Hotel* zurückgefahren. Am Hoteleingang beeilte sich der Chauffeur, die Wagentüren zum Fond und zum Hoteleingang selbst aufzureißen und sich mit der Andeutung einer Verbeugung zu verabschieden.

»Unser angebliches Renommee beim Hotelpersonal ist jetzt wohl dahin«, bemerkte Kronenberg sarkastisch. Die Empfangsdame war dennoch außerordentlich freundlich.

»Polizeispitzel«, notierte Vichaj.

KUNMING / CAMELLIA-HOTEL

»Xiao Zhang hat unsere Interpol-Nummer nicht in Frage gestellt«, bemerkte Vichaj am nächsten Morgen unter dem Glasdach des Frühstückraums des *Camellia-Hotels*. Das Buffet war reichhaltig, am Steinway-Flügel, der meistens unbenutzt im riesigen Wintergarten herum stand, spielte ein lokal bekannter Pianist, ein Schüler des Chopin-Kenners Li Yundi, wie er betonte.

»Ja und ?«, grummelte Udo Kronenberg zu früher Stunde.

»Wir können keinesfalls Beamte von Interpol sein.«

»Warum das nicht ? In Westafrika haben sie uns das doch auch abgenommen.«

»Unsere chinesischen Partner wissen darüber besser Bescheid. Interpol hat gar keine eigenen Polizisten. Interpol ist überhaupt keine staatliche Behörde.«

»Darüber habe ich bisher nun gar nicht nachgedacht. Was ist Interpol denn sonst ?«

»Ein nach französischem Recht eingetragener Verein. Interpol übermittelt nur national ausgestellte Haftbefehle. Zum Beispiel nach Gegnern des despotischen Staatspräsidenten von Kasachstan, der sie der Korruption beschuldigt, weil er selbst korrupt ist.«

»Das meinst du jetzt nicht im Ernst. Ich war schon mal im Glaspalast von Interpol in Lyon – links der Rhone, »**Rive Gauche**« sozusagen. Dort liegt auf dem Boden der Eingangshalle das Emblem von Interpol, gerade so wie in der Eingangshalle der CIA in Langley das CIA-Emblem eingraviert ist. Das machte mächtig Eindruck auf mich.«

»Du bist dabei, mich zu enttäuschen. Im Eingangsbereich der Anti-Korruptionsbehörde meines Königreichs liegt kein derartiges Mosaik. Das Gebäude ist auch kein Glaspalast. Dennoch sind wir wahrscheinlich effektiver als Interpol – und nehmen auch kein Fang-Gesuch eines korrupten Präsidenten von Kasachstan entgegen.«

»Dafür klagt ihr gewählte Präsidentinnen an, weil das Militär euch das befiehlt.«

»Tun wir nicht. Die Präsidentin ist Teil des Shinawatra-Clans, der unser Volk ausgeplündert hat. Zweifelsohne hat ihr Bruder Steuern hinterzogen, ist danach nach Dubai gerannt und hat seine Schwester damit beauftragt, seine Interessen wahr zu nehmen. Das alles haben wir aufgedeckt. Nun nenn mir mal einen vergleichbaren Fall in Deutschland.«

Udo Kronenberg passte.

»Unsere Interpol-Nummer ist demzufolge eine Lachnummer?«, fragte er schließlich.

»Sie ist es. Allerdings hat Xiao Zhang auch nicht danach gefragt. Er hat uns als nationalen Polizisten die Erlaubnis erteilt, mit ihm zusammen in Mengla zu recherchieren. Dieses Reich ist riesig und schert sich nicht um einen eingetragenen Verein, der sich Interpol nennt. Hast du das Parteiabzeichen auf dem Revers von Xiaos Sakko gesehen?«

Kronenberg hatte nicht: »Hier dürfte doch jeder höhere Beamte Mitglied der Kommunistischen Partei sein.«

»Das schon. Ich werde jedoch den Eindruck nicht los, dass er Mitarbeiter einer Ermittlungsbehörde ist, die nicht ganz, aber dann doch eine Partnerorganisation meiner früheren Dienststelle in Bangkok ist.«

»Du sprichst in Rätseln.«

»Auch in China gibt es eine Antikorruptions-Organisation, genannt CCDI. Die CCDI ist jedoch ein Partei-, kein Staatsorgan. Es verfolgt korrupte Parteikader.«

»Womit wir bei weiten Teilen der Verwaltung wären.«

»Sie verhaften neuerdings auch Unternehmer wie Mao Xiaofeng, den jüngsten Bankpräsidenten, den China je hatte.«

»Dann sollte China in Europa Entwicklungshilfe leisten. Bankchefs wurden bei uns nach 2007 zwar zuweilen verhaftet, aber von den Gerichten umgehend freigesprochen, allenfalls zu etwas Bewährung verurteilt. Bayerische Landesbank, HSH-Nordbank, Sal. Oppenheim und so weiter.«

»Hast du den Film »*Internal Affairs*« gesehen ?«
»Nöö, muss man den gesehen haben ?«
»Wenn's um Korruption geht, schon.«
»Und was ist das Besondere an diesem Film ?«
»Er spielt in HongKong. Transparency International stellt fest, dass HongKong zu den zwanzig korruptionsärmsten Ländern der Erde zählt – nun, HongKong ist nicht gerade ein Land, sondern nur eine Sonderwirtschaftszone.«
»Und weiter ... ?«
»In HongKong haben die Triaden den Polizeiapparat unterwandert. Am Ende des Films wird der ehrliche Cop erschossen, der korrupte überlebt.«
»Das hätte ich dir gleich sagen können.«
»Für das Publikum auf dem chinesischen Festland wurde ein anderes Ende gedreht.«
»Darf ich raten? Der korrupte Cop stirbt und der ehrliche überlebt.«
»Exakt. Die Wirklichkeit wird einfach retuschiert. Fürs brave Publikum ist alles in Ordnung.«

Kronenberg begann zu lachen: »So, wie in unseren Tatort-Krimis. Das ist alles so staatstragend. Fehlt nur noch, dass das BKA oder die CCDI als Förderer im Abspann solcher Filme stehen. Bei den Tatorten wohl eher die Landeskriminalämter, weil die Krimis regionale Bezüge haben.«

»Während meines Aufenthalts bei euch in Hamburg fand ich diese Streifen meistens langweilig. Als aufmerksamer Polizist weiß man doch, dass die organisierte Kriminalität meistens stärker und gerissener ist als die Polizei.«
»Was lernen wir daraus ?«
»Zunächst solltest du versuchen, das Hamburger DIE in HHDI umbenennen zu lassen. Ab morgen werden wir beobachten können, ob unsere Hamburger Leiche zu den Parteikadern zählte.«
»Glaubst du das ?«

»Wenn überhaupt, dann war er eine Fliege.«
»Eine was, bitte ?«
»Nun, eine Fliege. So nennt der Parteichef Xi Jinping die kleinen, korrupten Fische.«
»Ich dachte bisher, dass man Fische mit Fliegen ködern kann. Fliegen als verdeckte Ermittler?«
»Die meisten Köder sind aber tot.«
»Nun gut, vielleicht nicht in China.«

Udo Kronenberg und Vichaj Bangramsan verabredeten sich mit Handklatsch zum Sightseeing am Nachmittag, nachdem sie im großen Wintergarten des *Camellia-Hotels* zwei Gläser süffigen Weins aus Yunnan getrunken hatten. Kronenberg wunderte sich hernach über seine Jugendlichkeit. Die Empfangsdame wunderte sich nicht über die unzivilisierte Art von Ausländern, sich zu verabschieden. Nichts ging über die Kultur ihres eigenen, steinalten Heimatlandes.

MENGLA / SIBSONGPANNA

Die Fahrt nach Mengla fand in einem der in China üblichen, weißlackierten *Dongfeng*-Kleinbusse statt. Sie dauerte nur fünf Stunden auf einer durchgehenden Autobahn, die im Stadtgebiet Kunmings völlig zu gestaut war. Erst gegen Ende der Fahrt wurde die südliche Hochebene Yunnans durch eine bewegtere Landschaft abgelöst, in der die ersten Palmen auftauchten. Die Luft wurde schwülwarm: ***Xishuabanna*** ist neben der Insel Hainan im südchinesischen Meer der einzige Kreis Chinas, der in den Tropen liegt. Der einzige, in dem sich Vichaj Bangramsan in seiner Muttersprache unterhalten konnte. Auch, wenn das dort gesprochene Thai so altertümlich ist, dass es wie Schwyzerdytsch für einen Norddeutschen klingt.

Xiao Zhang erzählte während der Fahrt zunächst die Geschichte Yunnans, wie sie in den Schulbüchern stand. Vichaj enthielt sich jeglichen Kommentars, obwohl er wusste, dass sein Volk vor dem ersten Eindringen der kaiserlich-chinesischen Armee nach Yunnan vor ziemlich genau tausend Jahren nach Süden ausgewichen war. Nach Abspulen der chinesischen Version der Geschichte Yunnans vertiefte sich Xiao Zhang in eine mitgebrachte Parteizeitung und reichte seinen Begleitern das offizielle Wochenmagazin »*China Weekly*«.

»Hast du die Rolex an seinem Handgelenk gesehen?«, fragte Vichaj Kronenberg auf Deutsch.

»Wahrscheinlich eine Kopie.«

»Wahrscheinlich echt. Chinesische Kader wurden bis vor kurzem mit echten Rolex-Uhren bestochen. Die höheren Chargen erhielten auch schon mal einen Rolls Royce oder einen Bentley.«

»Schön, wenn wir jetzt im Bentley nach Mengla gefahren werden würden.«

»Darauf steht in der Volksrepublik die Todesstrafe.«

»Was du nicht sagst – fahren mit Bentley verdient den Tod?«

»Stell dich nicht so dumm. Unser Begleiter ist ein mittlerer Kader, taxiert mit einer echten Rolex. Fragt sich, von wem er die Uhr bekam.«

»Von Li Ping zum Beispiel«, flachste Kronenberg.

»Möglich. Wir werden es bald sehen und hören – in meiner Muttersprache«, grinste Vichaj. Xiao Zhang hatte nichts von alledem verstanden, versuchte jedoch, das Grinsen Vichajs zu interpretieren. Um allen Eventualitäten vorzubeugen, grinste er zurück.

»**Women lái le – Mengla Y**üguan«, sagte er, als der weißlackierte Kleinbus vor einem Hotelkasten hielt, dessen Name nur in chinesischen Zeichen an der Fassade hing.

»**Khun pen khon Thai mai, khrap?**«, fragte Vichaj den Mann am Empfang. »**Sawat-di, khrap, pen khon Chin**«, antwortete der breit lächelnd. Beim Ausfüllen des ausführlichen Anmeldeformulars erklärte Vichaj Kronenberg wie beiläufig, dass er bereits seinen ersten Informanten kennen gelernt habe.

*

Bis zur späten Schlafenszeit leerten Vichaj und Kronenberg eine Flasche »*Great Wall*«, die ihnen der Chinese thailändischen Ursprungs aus der Rezeption gebracht hatte. Vichajs Zimmer verfügte über einen schmalen Balkon, der weitgehend von einem lärmenden Air-Conditioner beansprucht wurde, für ein paar Zigarettenlängen aber ein gerade noch akzeptabler Standplatz war.

»Im *Bupan Yünlin Gú* darfst du nicht mal auf den Holzstegen rauchen«, bemerkte Vichaj.

»Und was ist dieser Yünlin ?«

»Eine der wenigen touristischen Attraktionen dieser Region. Ein tropischer Garten, den du auf einem Skywalk durchqueren kannst, auf Augenhöhe mit den Baumwipfeln. Keine Eintrittsgebühr, nur eine obligatorische Lebensversicherung. Chinesische Touristen sind ganz wild darauf, den Parashorea-Baum kennen zu lernen. Sie nennen ihn den Himmelsbaum.«

»Ich habe das Gefühl, dass Xiao Zhang uns in eine Sackgasse gelotst hat. Hier ist doch der Hund begraben. Wird er uns über die Grenze nach Laos begleiten?«

»Ich wette meinen Hintern dafür. Laos ist für den chinesischen Geheimdienst ein befreundetes Land und bisher noch der wichtigste Transitraum für chinesische Exporte nach Süden. Da liegt für uns der Hase im Pfeffer.«

»Bedeutet auf Thai … ?«

»Ooch, so etwa *Mii yu samrab ranthun*.«

LUANG PRABANG / LAOS

Als der frühe Morgen milchig dämmerte, klingelten die Telefone. Kronenberg verstand gar nichts, Vichaj erst, nachdem er auf Thai antwortete. Das kurze Frühstück bestand aus einer geschmacklosen Reissuppe. Auf der Fahrt zum Grenzort Hohan fiel kein einziges Wort. Die Grenzer waren sowohl auf der chinesischen, als auf der laotischen Seite ausgesucht freundlich und erkundigten sich bei Kronenberg nach dem Stand der Fußball-Bundesliga. Der Kommandant der chinesischen Grenzpolizei kannte die Namen der Bundesligisten auswendig.

Der weißlackierte Kleinbus aus Kunming fuhr über schmal betonierte Straßen weiter Richtung Luang Prabang. Alle Orte, die sie passierten, schienen nur knapp vierzig Jahre alt zu sein: Einheitliche, schnörkelfreie Betonfassaden ohne erkennbaren architektonischen Gestaltungswillen.

»Die USA haben Laos zwar nie den Krieg erklärt. Ihre Luftwaffe hat allerdings den Norden und Osten von Laos so was von platt gemacht, wie es selbst Nazi-Deutschland nicht erlebt hat. Die US Air Force bombardierte alle möglichen und gedachten Nachschubwege der Nordvietnamesen. Das hat hier im Norden von Laos nicht einmal das kleinste Städtchen überlebt.

Diese schmalen Betonpisten stammen aus der Zeit des Vietnamkriegs. Darüber fuhren die chinesischen Lkw-Karawanen für die Vietnamesen. Das haben die Laoten ihrem nördlichen Nachbarn bis heute nicht vergessen. Ich meine, dass sie die prompte Hilfe für die Infrastruktur noch heute nutzen können, obwohl die Chinesen eigentlich eine schmale Form der deutschen Autobahnen für ihre militärischen Zwecke meinten.«

»Du meinst, dass Laos der einzige treue Genosse der chinesischen Volksrepublik geblieben ist?«

»So ähnlich. Laos ist vielleicht die einzige noch funktionierende Volksrepublik in Asien.«

»Nordkorea ?«

»Hast du sie nicht alle? Das ist doch eine stalinistische Autokratie.«

In der Abenddämmerung erreichten sie Luang Prabang, die alte Hauptstadt des früheren Königreichs der Laoten, aus deren Palast der letzte König spurlos verschwunden wurde. Sie übernachteten in einem der schmucken, zweigeschossigen Gasthäusern an der Uferpromenade des Mekong-Flusses. Es gab keinen urbanen Ort auf der Erde, an dem sie friedvoller übernachten hätten können.

*

Am nächsten Morgen trafen sich Vichaj und Kronenberg auf dem Laubengang im zweiten Geschoss. Sie holten sich ihr verspätetes Frühstück im Erdgeschoß, wo einige Rucksacktouristen lärmten. Die Rattansitze im Obergeschoß boten mehr Ruhe und Platz für Vichajs heiße Reissuppe und Kronenbergs *Ham and Eggs*. Sie boten außerdem einen exzellenten Blick auf den träge dahin fließenden Fluss.

»Weißt du, hinter welcher Zimmernummer Xiao Zhang nächtigt?«, fragte Kronenberg beiläufig.

»Du in Nummer 12, ich in Nummer 13, also er in der 11 oder 14, nehme ich an.«

Sie klopften vorsichtig an der Tür, erhielten aber keine Antwort. Die Tür war verschlossen. Der Junge an der Frühstücksausgabe hatte keine Ahnung von einem Gast auf Nummer 14.

»Normalerweise stehen Chinesen viel früher auf als wir. Gehen wir also eine Runde am Fluss entlang«, schlug Vichaj vor.

Der Spaziergang am Fluss währte zwei Stunden. Sie trafen auf Boule-Spieler, auf kundengierige Strandbarbesitzer und auf einen Trupp älterer Männer, die ihnen anboten, gemeinsam Whisky zu trinken. Weil es sich danach anhörte, dass die Einladung gratis war, setzten sie sich zu dieser Gruppe. Dann nahmen sie die Flaschen wahr, aus denen der lokale Whisky ausgeschenkt wurde: In den

Flaschen lagen Schlangen, größtenteils Vipern. *Lao-Lao* nannte sich die Herausforderung.

Kronenberg wandte sich angeekelt ab, Vichaj ließ sich zu einem Gläschen überreden. In den Augen der Gastgeber hatte sich einmal wieder Südostasien über den Rest der Welt hinaus zivilisiert, vor allem aber als wehrhaft erwiesen. Kronenbergs Perspektive war dagegen, dass sich ein Zivilisierter solch barbarischen Trinksitten verschließen müsse. Aber die Gastgeber lachten darüber.

Zurück am Gasthaus, war von Xiao Zhang immer noch kein nachnächtliches Zeichen erkennbar. Das kleine Gasthaus-Team konnte sich partout an keinen Chinesen erinnern, schon gar nicht an einen solchen mit Fahrer und weiß lackiertem Bus. Die Zimmer Nummer 11 und 14 lagen unberührt.

»Entweder ist unser Begleiter vorzeitig abgefahren, ohne uns Bescheid zu geben, oder er hat an diesem Ort der Blüte und des Todes des Königreichs Laos ein plötzliches Ende genommen«, mutmaßte Kronenberg.

Vichaj zuckte mit den Achseln: »Eingecheckt hat er mit uns zusammen. Warum er jetzt nicht mehr existent sein soll, erschließt sich mir nicht. Es sei denn, wer auch immer hätte ihn und seinen Fahrer in der Nacht in den trägen Mekong geworfen. Das halte ich für die glaubwürdigste Version.«

»Und wer wäre dieser Jemand?«

»Die Triade, in der unsere Hamburger Wasserleiche Mitglied war. Die machen den Nächstgreifbaren verantwortlich. Wenn der nicht liefert, werden ganze Kaskaden vor und hinter ihm niedergemetzelt. Dabei wird auch nicht die Schuldfrage gestellt. Das fördert die Disziplin.«

»Werden wir selbst am verschlafenen Mekong diese Erfahrung machen müssen?«

»Das glaube ich weniger, wir sind ausländische Kriminalbeamte, also Exoten. Obwohl die Justiz der Volksrepublik Laos manchmal doch obskure und okkulte Ergebnisse zu erzielen in der Lage ist.«

»Das klingt ja bizarr, so ähnlich wie Geisterstaat«, mokierte sich Kronenberg.

Vichaj begann breit zu grinsen: »Nun sieh´ doch mal diese alte Königstadt an. Voll mit Geisterhäuschen und seltsamen Tonfiguren an den Dächern. Meistens sind es sieben, die letzte vor der Traufe ist ein Mensch, der auf einem Huhn reitet. Das ist ein böser chinesischer Prinz, der vom Dach nicht runter kommt, weil das Huhn, auf dem er sitzt, nicht fliegen kann. Dann schau dich auf den Straßen um. Hast du einen uniformierten Polizisten gesehen? Ich nicht. Dafür ein paar Mopedfahrer mit einer Flinte quer auf dem Rücken. Das ist die Volksmiliz.«

Vichaj schlug Kronenberg einen nachmittaglichen Spaziergang zum örtlichen Milizbüro vor, das in einer alten Kolonialvilla am Ende der Fußgängerzone lag, auf der sich abends das vorwiegend französische Touristenvolk vergnügte, französischen Wein schlürfte und dazu erlesenen Weichkäse aus der Heimat lutschte.

Die Villa war spärlich möbliert. Der Vorraum vor dem mächtigen Tresen wurde von Neonröhren kalt erhellt, von denen zwei nur flackerten.

Der Wachhabende unterschied sich von den anderen Milizionären nur durch einen Streifen am Revers. Er sprach sie zunächst auf Französisch an, Vichaj antwortete auf Thai. Das erleichterte die Konversation.

»Wir suchen unseren chinesischen Begleiter, einen gewissen Xiao Zhang, seinen Fahrer und einen weißen Minibus mit chinesischem Kennzeichen – Kunming. Gestern sind wir im selben Hotel eingetroffen. Heute sind unsere chinesischen Freunde verschwunden.«

Der laotische Milizionär grinste verlegen: »Vielleicht sind sie nach China zurück gereist?«

»Ohne uns das mitzuteilen – niemals!«, gab sich Vichaj entschieden.

»Vielleicht machen sie momentan einen Ausflug in unserer schönen Region?«

»Sie haben – wie wir – eine Mission.«

»Welche Mission, wenn ich fragen darf?«

Vichaj legte seine und Kronenbergs Polizeiausweis auf den Tresen: »Nichts für die hiesigen Behörden. Sie sehen doch, dass ein deutscher Kriminalbeamter an meiner Seite steht.«

Der Milizionär war verwirrt: »Diese Ehre haben wir selten, in der Tat. Hier kommen allenfalls ab und zu Kolleginnen und Kollegen aus Thailand und Vietnam vorbei, aber keine Deutschen. Der Fall hat internationale Bedeutung, nicht wahr? Das werde ich gleich auf einem unserer Formulare festhalten.«

Er zog langsam lange Formulare aus verschiedenen Fächern und legte sie kopfschüttelnd wieder weg. Nach etwa einer halben Stunde zog er seine Konsequenz: »Es gibt keine Formulare für solche Ereignisse, also gibt es solche Ereignisse nicht. Leider kann ich Ihnen nicht weiter helfen. Versuchen Sie es doch einmal beim Innenministerium in Viang Chang.«

Obwohl Vichaj diese Haltung nur allzu gut kannte, war er versucht, über den Tresen zu greifen, um sich der Formulare zu bemächtigen. Ausgerechnet Kronenberg hielt ihn zurück: »Das sind doch nur einfache Provinzpolizisten, vollkommen überfordert. Vielleicht sind die sogar so nett, uns aus ihrer Sicht kompetente Ansprechpartner zu nennen.«

Vichaj fragte und bekam einen Namen genannt.

PHOU KHOUN / LAOS

Vichaj bat die Jungs im Gasthaus um eine Passage nach Viang Chang.

»80 US-Dollar mit *Lao Airlines*, sieben US-Dollar mit dem Nachtbus?", fragte der schmächtige Junge im Erdgeschoß.

»Nachtbus«, antwortete Vichaj und dachte dabei daran, dass Fluggäste selbst bei Lao Airlines digital festgehalten werden. Außerdem hatte er davon gehört, dass die Taxifahrer am Vientiane-Airport von ankommenden Fluggästen Preise abforderten, die sieben US-Dollar bei weitem überstiegen.

Der altersschwache Linienbus nach Viang Chang setzte sich am späten Nachmittag in Bewegung. Sie fuhren zunächst an Dutzenden von Buden vorbei, die Übernachtung und Coca Cola anboten. Danach ging's steil bergauf. An den Berggraten hingen Dörfer wie Vogelnester hunderte von Metern über tief eingegrabenen Schluchten. Nebel begann über die Berge zu kriechen. Vor Sonnenuntergang glitzerten tief unten Flussläufe, die sich ihren Lauf durch die Lehmberge gegraben hatten.

Bei Phou Khoun teilt sich die auf einer Passhöhe nach Nordvietnam führende Staatsstraße Nummer 7 von der Staatsstraße Nummer 13 nach Viang Chang. Die Staatsstraße Nummer 7 war während des Vietnamkriegs in ihrem östlichen Abschnitt eine wichtige Verbindung für die nordvietnamesische Armee nach Südvietnam gewesen. Bergstämme, die entlang dieser auf Graten verlaufenden Straße lebten, waren den Amerikanern noch zwei Jahrzehnte danach loyal, ohne zu wissen, dass sie längst aufgegeben waren. Von der laotischen Armee wurden sie mit chinesischen Waffen als Terroristen bekämpft.

Der nasskalte Dorfplatz von Phou Khoun wurde durch nur eine einzige Lampe befunzelt. Ein wilder Wind trieb Nebelfetzen über den Platz. Kronenberg und Vichaj fröstelten in ihren leichten Hemden, wunderten sich nicht mehr über die Jacken der Einheimischen im Bus.

Nach 15 Minuten Aufenthalt setzte sich der Fahrer zum Zeichen des Aufbruchs wieder hinters Lenkrad. Die Fahrgäste trudelten langsam ein. Plötzlich entstand im hinteren Teil des Buses Unruhe. Vier Männer hievten einen stark blutenden Verletzten an Bord.

»Haben die denn keine Krankenhäuser oder Ambulanzen?«, fragte Kronenberg Vichaj.

Vichaj erkundigte sich bei den Umsitzenden, was los war, wandte sich schließlich Kronenberg zu: »Wie du vermutest, haben sie keine Krankenhäuser, sondern nur Feld-Doktoren, also bestenfalls Sanitäter. Der Mann ist auf eine der vielen Minen getreten, die hier oben noch liegen. Sie wollen ihn nach Viang Chang mitnehmen, sofern er das überlebt.«

»Das sind noch fünf Stunden, sofern dieser Bus pünktlich sein sollte, was man bezweifeln kann.«

»Der Fahrer wird sich Mühe geben. Hoffen wir mal, dass er nicht uns alle krankenhausreif fährt«, entgegnete Vichaj.

»Und wenn er uns krankenhausreif fahren würde?«

»Dann landen wir beide mit Glück im Krankenhaus von Udon Thani in Thailand.«

»Wo liegt Udon Thani?«

»Etwa 50 Kilometer südlich des Mekong.«

»Und der Mann dort hinten?«

»Hätte wohl Pech gehabt. Bekommt für Thailand kein Visum oder hat keine Baht oder US-Dollar bei sich, um das Krankenhaus zu bezahlen.«

»Da muss man doch etwas machen müssen«, empörte sich Kronenberg.

»Du kannst an der Grenze mit 700 US-Dollar für ihn bürgen und 150 US-Dollar für den Krankentransport bezahlen. Dazu noch die Operation und den Aufenthalt im Krankenhaus. Kann 1.500 US-Dollar kosten. So viel verdient ein Laote nicht einmal in fünf Jahren.«

Die Passstraße windet sich in unendlich vielen Serpentinen in ein nach Süden verlaufendes Tal, das beidseits von Gebirgsketten gesäumt ist. Auf gerader Strecke schlief Kronenberg trotz der unbequemen Sitzbank erschöpft ein.

VANG VIENG / LAOS

Der Linienbus hielt abrupt an. Kronenberg schaute verschlafen aus dem Fenster und erblickte in der Dunkelheit eine Straßenkreuzung, von der eine Gasse mit eingeschossigen Buden abging, an denen teilweise bunte Lichterketten hingen. Er sah Vichaj fragend an.

»Vang Vieng, letzter Schrei für hippe Rucksacktouristen. Rafting auf dem Fluss in gebrauchten Lkw-Schläuchen oder Reifen.«

»Ist der Fluss denn steinefrei?«

»Nöö, wenn's die Schläuche aufschlitzt wird ein Abenteuer-Urlaub draus. Wenn's den Hintern aufschlitzt, dann eine Gefahrtour wie auf dem hintersten Kongo. Vang Vieng ist aber auf dem absteigenden Ast.«

»Warum das?«

»Denk mal nach.«

»Ich denke.«

»Na, und?«

»Kein Streifen am Horizont.«

»Dass ihr Westler euch nicht selbst reflektieren könnt, wird mir ewig ein Rätsel bleiben.«

»Na, spucks aus.«

»Mit Rafting war's nicht getan. Wenn die Sonne unterging – und das ist bald hinter dieser Bergkette – wollte das Touri-Volk nächtliche Unterhaltung haben. Die Lokalen haben Techno-Beats aus Nong Khai oder aus dem Internet gebracht. Zur Disco gehören Mode-Drogen. Die gab's auf beiden Seiten des Mekong. Und ab gingen die nächtlichen Partys, auf denen viel Alkohol floss und Amphetamin geschluckt wurde.«

»Schnaps mit toten Vipern in der Flasche?«

»Vielleicht als Mutprobe zum Schluss. Davor das Zeugs, das sie in ihren eigenen Ländern saufen – und Hektoliter Tiger-Bier aus Thailand, obwohl die Volksrepublik Laos eine eigene Brauerei hat.«

»Also alles gut für die lokale Wirtschaft?«

»Keineswegs. Du musst dir mal das Nachtprogramm von Lao TV ansehen: Nur für solche gedacht, deren Hobby Fauna und Flora ist.«

»Sehen die sich keine anderen Kanäle an?«

»Hier oben geht das nicht. Also wollen sie ihre angeblich ungestörte Natur erhalten, es sei denn, sie wollen es gerade nicht.«

»Aha – und wer wollte es hier?«

»Nicht alle wurden Kneipiers und Rafting-Verleiher. Einige Fischer fanden die strampelnden und lärmenden Touries sowohl im Wasser, als auch auf Land nicht amüsant.«

»Und wie haben sie die Störenfriede wieder weg bekommen?«

Vichaj lachte: »Die paar Milizionäre mit umgeschnallten Gewehren auf ihren Mopeds haben gar nichts ausrichten können. In Viang Chang gibt es jedoch ein Komitee für Volksbrauchtum und Denkmalpflege, in dem vor allem ältere Kader sitzen. Das Komitee haben die Fischer für ein Wochenende eingeladen. Die älteren Herr- und Frauschaften sahen bekiffte, vollkommen außer Kontrolle geratene Westler. Viel mehr mussten die Fischer von Vang Vieng nicht tun.«

»Den Lichtern nach zu urteilen, scheint es immer noch einige Kneipen und Discos zu geben.«

»Laos ist nicht das Land, das hundert Prozent funktionieren will. Insofern ist es ein sehr menschliches Land – war es schon während des Vietnam-Kriegs, trotz des amerikanischen Bombardements. Und wenn es ums Geld der Einen und das Brauchtum der Anderen geht, setzt es eben einen Kompromiss.«

Im hinteren Teil des Buses gab es Unruhe. Vier Männer brachten den Schwerverletzten wieder herein, nachdem sich in Vang Vieng kein Arzt gefunden hatte. Ein Medizinstudent aus Australien stieg zu. Er fahre jetzt bis Viang Chang mit, obwohl er etwas »high« sei, erklärte der Junge. Außerdem habe er dem Schwerverletzten sein Verbandszeug und einige Desinfektionsmittel und Narkotika mitgebracht.

Der Busfahrer legte merkbar einen Zahn drauf, was die Fahrt auf den harten Sitzen deutlich unangenehmer werden ließ. »Vier Stunden noch«, bilanzierte Vichaj gleichmütig. Als der Bus in Viang Chang ankam, war der Patient auf dem Rücksitz tot. Der Australier war traurig.

Einige der Businsassen kommentierten, dass **Phii** den Verstorbenen verlassen habe. Kronenberg wandte sich fragenden Gesichts an Vichaj. »**Phii** bedeutet bei uns Thai »älterer Bruder«. Manche Laoten benutzen das Wort für einen ihrer Geisterglauben. Obwohl sie vordergründig Buddhisten sind, hat der Glaube an Geister viele noch im Griff. Das kommt auch im tiefgläubigen Thailand vor, was die Geisterhäuschen vor vielen Wohngebäuden beweisen. In Laos hat der ältere Bruder 32 Nebengeister oder Wächter, die sich **Kwan** nennen. Verlassen auch nur ein paar **Kwan** den menschlichen Körper, dann ist dieser Körper dem Tod geweiht, denn jeder **Kwan** steht für das Wohlbefinden des einen oder anderen körperlichen Organs.«

»Du meinst, dass in dieser seit Jahren kommunistisch regierten Nation trotz jahrhundertealter buddhistischer Tradition noch der Geisterglaube vorherrscht?«

»Anything goes, Marx und Lenin zum Trotz. Les mal die Siri-Krimis, die sind wirklich amüsant.«

»Die Siri-Krimis?«

»Dr. Siri war der einzige Pathologe, der nach Machtübernahme durch die Pathet Lao im Land blieb. Für die Regierung war er unersetzlich. Deshalb konnte sich Dr. Siri – schon längst im Rentneralter – alle Extravaganzen leisten, die man sich denken kann. Dr. Siri erklärte, dass er mit Geistern direkt kommunizieren könne. Obwohl der Glaube an **Phii** offiziell als Teufelszeug verboten war. Ich habe beim Lesen von Krimis selten so gelacht.«

VIANG CHANG / LAOS

Sie ließen sich mit einer Motorrad-Rikscha, genannt Samlor, vom Busbahnhof zum *Lane Xang Hotel* am Ufer des Mekong fahren. Gelegen in einem Park, war das viergeschossige Hotel einer der Betonkästen, die nach sowjetischen Plänen mit amerikanischem Zement errichtet und seitdem vernachlässigt wurden. Die langen Balkone waren durch lärmende Air-Conditioner entwertet, die Lampen funktionierten erst nach zweimaliger Beschwerde. Aber die Zimmer waren gigantisch groß und die Aussicht auf den Mekong im Abendlicht war atemberaubend schön.

Das neue Symbol der laotischen Hauptstadt Viang Chang ist das *Patuxai*. Laos wollte mit der Anlage einer breiten Straße – der Thanon Lan Xang – den Champs Elysée nachbauen. Am Thanon liegen aber nur langweilige Regierungsgebäude, etwas abgesetzt davon einer der größten überdachten Märkte Südostasiens, der *Talat Sao*.

Mitten auf der Chaussee steht ein Betonklotz, die laotische Interpretation des *Arc de Triomphe*. Im Torbogen dieses Betonmonsters ist eine Tafel angebracht, auf der mit ortsüblichem Witz vermerkt ist: »Die USA schenkten uns den Beton für eine neue Landebahn. Wir bauten aus diesem Beton dieses Tor«. Das Tor wurde *Patuxai* getauft, Tor des Sieges. Welchen Sieges, lässt die Tafel offen. Denn Laos war niemals eine Siegernation gewesen. Meistens unterlag es benachbarten Ländern oder solchen, die jenseits des Pazifik liegen, an dem es selbst nicht liegt.

Außer einigen Kolonialvillen südfranzösischen Stils und der Schwarzen Stupa hat Viang Chang nur wenige historische Bauwerke. Die siamesische Armee zerstörte die Stadt nach einem Aufstand gegen das thailändische Protektorat im Jahr 1828 gründlich und ließ nur einen buddhistischen Tempel unberührt, das *Wat Si Saket*. Chao Anou, der vom König von Siam eingesetzte Satrap und spätere Rebell, hatte den Bau dieses Tempels in die Wege geleitet. Die Thai mochten den Rebellen.

»Wir treffen morgen Abend Vichaj Vorachit. Er ist bei der Miliz für interne Ermittlungen zuständig. Ich habe ihm davon erzählt, dass Xiao Zhang und sein Fahrer verschwunden sind. Er will sich informieren, soweit Informationen vorliegen.«

»Soweit Informationen vorliegen«, echote Kronenberg. »Und wo treffen wir uns?«

»Im *La Cave des Chateaux* am *Nom Phou*. Das ist ein großer Springbrunnen auf einem Platz nördlich der Thanon Sethathirath, der Ost-West-Hauptstraße.«

»War eine französische Kolonie und man trifft sich mit Kommunisten in französischen Restaurants«, schelmte Kronenberg.

»Hauptsache nicht in amerikanischen oder thailändischen«, witzelte Vichaj zurück.

»Was weißt du noch über deinen Namensvetter?«

»Vornamensvetter, bitte. Er ist der Sohn eines Hardliners im Volkskomitee, eines ehemaligen Finanzministers.«

Nach der strapaziösen Busreise gingen sie früh zu Bett. Am nächsten Tag spazierten sie den Lan Xang Boulevard bis zum *Patuxai* hoch und besuchten den *Talat Sao*.

»Hätte ich eine Frau, dann würde ich hier eines dieser edlen Tuche kaufen«, bemerkte Kronenberg in der Textilgasse der riesigen Markthallen. Vichaj kaufte sich eine Taschenlampe, die durch Händedruck ihre Energie erhielt. Er fand sie genial: »Sollten alle Ökos im westlichen Ausland erwerben.«

»Gibt es aber nicht im Angebot«, antwortete Kronenberg. »Ist wahrscheinlich in China hergestellt.«

Vichaj betrachtete das Herstellerschild auf der Lampe: »Vietnam, kommt erst später auf eure Öko-Märkte.«

VIANG CHANG / PHONSAVAN

Das *La Cave des Chateaux* liegt in einem zweigeschossigen Gebäude mit raumhohen Fenstern östlich des nur Fußgängern vorbehaltenen Platzes, in dessen Mitte der Brunnen *Nom Phou* Wasser in die Luft spritzte. Außer dem Personal waren nur Europäer und Australier anwesend. Kronenberg und Vichaj setzten sich an eines der geöffneten Fenster im Obergeschoß, wo man den gesamten Platz überblicken konnte. Von Vichaj Vorachit keine Spur.

Nach dem dritten Apéritif näherte sich ein etwa Fünfzigjähriger, höchstens einen Meter sechzig großer, schwarzhaariger Mann mit Schnurrbart ihrem Tisch. Er trug einen edlen, dunkelblauen Anzug, eine dazu passende Krawatte, darunter ein blütenweißes Hemd. Seine blitzblanken Schuhe waren dunkelblau.

»Khun Bangramsan?«, fragte der Mann im edlen Zwirn. Vichaj, der bestätigte und einen dritten Stuhl an den Tisch schob, stellte Kronenberg vor. Vichaj Vorachit gab beiden unumwunden die Hand. Kommunisten küssten sich gegenseitig, gegenüber Nichtkommunisten pflegten sie westliche Begrüßungsrituale. Vom thailändischen **Wai** keine Spur.

Sie bestellten *Ragout Fin*. Als es um die Getränke ging, orderte Vorachit kategorisch *Beer Lao* für alle: »Einer unserer Exportschlager, gutes Marketing«, kommentierte er knapp auf Französisch, um dann auf Englisch weiter zu parlieren.

»Unseren lokalen Whisky kennen Sie schon, Khun Kronenberg?«

Udo Kronenberg nickte: »Mit eingemachter Python.«

Vichaj Vorachit kicherte: »Haben Sie davon getrunken?«

Kronenberg schüttelte den Kopf, Vorachit kicherte erneut: »Eingangsexamen für Laos also noch nicht bestanden. Ausgezeichnetes Souvenir, gibt's nirgendwo anders auf der Erde.«

Udo Kronenberg nickte und überlegte, was der deutsche Zoll wohl zu im Alkohol konservierten Python-Schlangen sagen würde.

Nach dem Dinner und jeweils zwei Flaschen *Beer Lao* begann der dienstliche Teil der Konversation, der für Vorachit offenbar der gemütlichere war, denn er lehnte sich lässig auf seinem Armstuhl zurück: »Wissen Sie, wir Laoten haben lange Zeit Vorbehalte gegenüber Thailand gehabt. Die Thai haben uns **Isaan** geraubt, unsere Hauptstadt in Schutt und Asche gelegt und unsere Kultur bestimmt. Heute schätzen wir die Nachbarschaft, wie die Freundschaftsbrücke über den Mekong unweit von hier beweist. Der Mekong ist unsere gemeinsame Mutter: **Mae Nam Me Kong.**«

Vichaj Bangramsan schwieg, obwohl er es besser zu wissen glaubte.

»Was Ihren vermissten chinesischen Kollegen betrifft – Xiao Zhang, nicht wahr? – habe ich noch keine Informationen. Es gibt jedoch einen gewissen Li Ping, den Sie ebenfalls suchen, soweit ich informiert bin. Bin ich richtig informiert?«

Kronenberg und Vichaj nickten. Kronenberg zog seine Geldbörse aus der Gesäßtasche unter dem buntscheckigen Hemd und nestelte ein Foto des Li Ping heraus. Er übergab es Vorachit, der es lange betrachtete: »Der Mann wurde fotografiert, als er schon tot war. Wie und wo ist er gestorben?«

Kronenberg erzählte die Geschichte der Wasserleiche in der Elbe und äußerte die Vermutung, dass Li Ping Mitglied einer Triade gewesen sein könnte.

»Interessant. Die Volksrepublik China hat viel für uns in Laos getan, nachdem die Amerikaner ein Drittel unseres Landes in Grund und Boden bombardiert hatten. Ohne Kriegserklärung, wohlgemerkt. In die »Steinzeit zurück gebombt«, wie dieser Barbare, der sich General nannte, gesagt hat. Westmoreland hieß er, glaube ich. So wie dieser Harris, den ihr in Deutschland »Bomber-Harris« nennt. Da haben wir was gemeinsam, nicht wahr? Dass die Chinesen aber Triaden in unser Land gebracht hätten, davon weiß ich nichts. Dieser Li Ping auf Ihrem Foto ist uns bekannt. Drogendealer und Menschenhändler, ein gewöhnlicher Krimineller, wohnhaft in Nong Khai, Thailand.«

Vichaj Bangramsan atmete tief durch und wandte sich auf Deutsch an Kronenberg: »Exakt das, was ich schon in Hamburg sagte: Die Laoten schieben die Geschichte über den Mekong und wir schieben sie wieder zurück.« Er entschuldigte sich sofort bei Vorachit und interpretierte sein Intermezzo auf Deutsch als Bestätigung bisheriger Ermittlungen. Vichaj Vorachit war jedoch misstrauisch geworden.

»Sein Geschäft beruhte aber, soweit ich weiß, auf Nachfrage in der Volksrepublik Laos«, nahm Kronenberg den Gesprächsfaden wieder auf.

»Wir haben Menschenhandel und Prostitution bereits im Jahr 1975 beendet. Viang Chang wurde von 3.000 Prostituierten und Kleinkriminellen gesäubert, die alle in *Ang Nam Ngum* einen menschenwürdigen Beruf erlernen konnten. Dort, wo wir heute für die Hauptstadt auf ökologische Weise Strom erzeugen – mit Wasserkraft. Auch für Nong Khai übrigens.«

»Das war damals. Und heute?«

»Drogen- und Menschenhandel sind Eigenschaften kapitalistischer Gesellschaften. Wir haben mit zunehmendem Tourismus aus solchen Gesellschaften zu tun, den mein Land durchaus zum Wohl des Volkes fördert. Aber nicht seine Auswüchse.«

»Li Ping organisierte solche Auswüchse.«

»Von Nong Khai aus und den ganzen Mekong entlang, soweit er abschnittsweise Grenzfluss zwischen Thailand und Laos ist.«

»Warum haben Sie ihn nicht verhaftet?«

»Er selbst hat unseren Boden nie betreten – soweit wir wissen.«

»Ist die Grenze löchrig?«

»Nun ja, Thai können sie für einen Tag ohne Visum queren. Das hätten wir ohnehin nicht verhindern können. Man kann doch in einem Fluss keine Berliner Mauer bauen.«

Alle drei lachten und prosteten sich zu. Vichaj Bangramsan lachte sein Thai-Lachen, von dem man nicht wusste, ob es ehrlich, mitleidig oder spöttisch sein sollte.

»Kennen Sie den Namen von Li Ping, den ihm seine Triade gab?«
Vorachit begann, unwirsch zu werden: »Es gibt weder hier, noch bei unseren chinesischen und vietnamesischen Freunden irgendwelche Triaden, sagte ich doch bereits.«
»Khun Vorachit, die Triaden mögen nur in den chinesischen Auslandsexklaven verankert sein, in Indonesien, Kalifornien, New York, London, Amsterdam. Li Ping hatte einen Decknamen, das haben wir ermittelt.«
»Und der wäre?«
»Tanatus. Das ist griechisch und bedeutet Der sanfte Tod.«
Vichaj Vorachit betrachtete wechselnd das Foto und die Augen seines Vornamensvetters. Dann sagte er zögernd: »Opium«. Vichaj Bangramsan nickte.
»Ich schlage Ihnen folgendes vor: Sie besuchen ein paar Tage unsere ältesten Kulturgüter und ich recherchiere währenddessen.«
»Welchen konkreten Vorschlag haben Sie für uns?«
»Die Sarghöhlen von Than That und die Ebene der Tonkrüge. Beides ist steinalt und kaum erklärt. Beides liegt in der Provinz Xieng Khuang im Nordosten meines Landes. Sie, Khun Kronenberg, können dort auch erkennen, was Ihre amerikanischen Freunde uns angetan haben. Die Provinz war nach 1974 ausradiert, keine Einwohner mehr, keine Tempel, Städte, Dörfer. Alles im Bombenhagel untergegangen. Gehen Sie nur auf ausgewiesenen Pfaden. Jenseits davon liegen Bomben, Granaten und Minen. Ich wünsche mir Sie heil zurück.«
Es waren nur wenige hundert Meter, die sie gemeinsam mit Vichaj Vorachit in seinem Porsche Cayenne bis zum Hotel zurücklegen mussten. Mit demselben Wagen wurden sie am nächsten Morgen von einem hageren Fahrer abgeholt und 375 Kilometer nach Phonsavan gefahren. Sie hielten sich an die ausgewiesenen Pfade, die zu den Sarghöhlen von Than That sehr steil waren. Vichaj Bangramsan konnte auf Thai nur mit dem Fahrer kommunizieren, da die lokale Bevölkerung dem Bergvolk der Hmong zugehört, das sich während des Vietnamkriegs und

danach von der CIA als Rebellenarmee gegen die Pathet Lao ausbilden und ausrüsten ließ. Die Hmong sprachen kein Thai laotischen Dialekts – oder wollten es nicht sprechen. Kronenberg und Vichaj befanden sich in einem Gefängnis, das aus Sprachbarrieren gebildet war. Einer Mauer des Schweigens und Nichtverstehens. Nur die Warnschilder an den Pfaden waren auch auf Englisch formuliert.

SAVANNAKHET / LAOS

Kurz nach ihrer Rückkehr nach Viang Chang eröffnete ihnen Vichaj Vorachit, dass seine außerordentlich genaue Recherche viele Pfeile nach Nong Khai und nur einen Pfeil innerhalb von Laos erbracht habe. Der eine Pfeil weise nach Savannakhet an der Grenze zu Mukdahan in Thailand. In Polizeikreisen vermute man schon länger, dass in Savannakhet selbst in den eigenen Reihen südfranzösischer Schlendrian herrsche.

Vichaj Vorachit führte sie zu einem chinesischen Knödelhaus am Thanon Heng Boun, schräg gegenüber dem *Hotel Lao*. Die kleinen Knödel mit unterschiedlichem Inhalt wurden in runden Spankörben über dampfenden Wasserkesseln erhitzt. Sie schmeckten derart variantenreich und lecker, dass sich Vichaj und Kronenberg der Völlerei hingaben und nach einer Stunde kaum mehr aufstehen konnten. Das obligatorische *Beer Lao* tat ein Übriges.

»Überlegen Sie es sich gut, welche Richtung Sie nehmen wollen. Nong Khai ist nur wenige Kilometer entfernt. Savannakhet liegt 460 Kilometer südöstlich von hier. Und meinen Wagen benötige ich leider in den nächsten Tagen selbst. Ich muss nach Udomxai fahren, das liegt im Nordwesten.«

Vorachits Plädoyer für Nong Khai bewegte Vichaj und Kronenberg, sich für Savannakhet zu entscheiden. Am nächsten Abend nahmen sie einen der VIP-Busse nach Pakse, die mit blinkenden Lichterketten versehen wie rollende Diskotheken von der nördlichen Busstation abfuhren. Die Hälfte der Passagiere bestand aus jugendlichen Backpackern, die Si Phan Don ansteuerten, wo der Mekong durch Hunderte angeblich unberührter Inseln fließt.

Logistisch war diese Stromschnelle eine Katastrophe, weil die Binnenschifffahrt ins vietnamesische Mekong-Delta blockiert wurde. Lastkähne zwischen Vietnam, Kambodscha und Laos kamen dort nicht durch. Stattdessen quälten sich tausende hochbeladener Trucks über schmale Straßen. Man hätte einige der idyllischen Inselchen sprengen und am Wasserfall kurz vor der Grenze nach Kambodscha eine Schleuse bauen sollen. Zwar hatten die Franzosen um die Inselchen und den Wasserfall herum eine kurze Eisenbahnstrecke bei Don Khon gebaut. Weil es in Laos sonst keine Schienen gab, gab es auch keine Eisenbahngesellschaft und die Gleise verrotteten. Obendrein lohnte sich mehrmaliges Umladen nicht, vor allem nicht bei den landesüblichen Umschlagzeiten. Stattdessen gründete man die Vereinigung der Mekong-Anliegerstaaten, die sich seit Gründung über geplante Staudammvorhaben stritt. Der Staat mit den größten Plänen, die Volksrepublik China, trat der Vereinigung nicht bei. Wie üblich, wollte sich China in seine inneren Angelegenheiten nicht dreinreden lassen. Auch, wenn die betroffenen Unterlieger vom Wasser aus dem Himalaya abhängig waren.

Savannakhet, 16 Grad 31 Minuten nördlicher Breite, 104 Grad 45 Minuten östlicher Länge. Nach Viang Chang die zweitgrößte Stadt der Volksrepublik Laos. Der Stadt sieht man ihre 125.000 Einwohner nicht an. Ihr Zentrum gleicht einer Kleinstadt in Südfrankreich und hat denselben Atem: Man spürt ihn nicht in der flirrenden Hitze. Der weite Marktplatz Talat Yen ist umstanden von zweigeschossigen Kolonialhäusern mit Loggien, Balkonen und Satteldächern mit roten Dachziegeln, an seinem östlichen Ende steht eine veritable, der Heiligen Theresa gewidmete Kathedrale. Südlich davon modert ein großes Art-Deco-Kino vor sich hin, in dem keine Filme mehr vorgeführt werden. Sein Name »*Chaleun*« klingt regimetreuen Elementen der örtlichen Gesellschaft wie die Posaunen von Jericho in den Ohren – bedeutet er doch Zivilisation, bestimmt nach europäischen Normen.

Vichaj hatte von Vorachit als Kontaktmann in Savannakhet nur den Namen Savang erhalten. Jedermann dort wisse, wer damit gemeint sei. Auf der ausgedehnt in einem Park liegenden Polizeistation am Ufer des Mekong konnte niemand mit diesem Namen etwas anfangen. Ein junger Milizionär verwies lächelnd darauf, dass Savang der Vorname des letzten Königs von Laos gewesen sei, der nach seinem Sturz im Höhlengefängnis von Hua Phan verhungerte. Savang Vatthana sei sein Name gewesen. Sie sollten im örtlichen Museum für Paläontologie nachfragen.

Vichaj Bangramsan ließ sich die Adresse des Museums geben. Es liegt am Thanon Khantabouli, der sich allerdings kilometerlang vom Süden in den Norden der Stadt erstreckt. Die Miliz der Station hatte nach eigenen Angaben nur ein fahrbereites Fahrzeug, das für Notfälle bereitgehalten werden musste. Vichaj erinnerte sich daran, dass er nicht ein einziges Mal eine Sirene gehört oder auch nur einen Streifenwagen gesehen hatte. Möglicherweise hatte die Miliz in Savannakhet überhaupt kein fahrbereites Fahrzeug.

Das Museum ist in einer eingeschossigen Villa mit Walmdach untergebracht. Im Foyer steht das Skelett eines ausgewachsenen Dinosauriers, umgeben von Schädeln anderer Exemplare seiner Art. Der diensthabende Paläontologe, ein etwa siebzigjähriger kleiner Mann in weißem Kittel, entschuldigte sich dafür, dass er eine Eintrittsgebühr von 5.000 Kip pro Person verlangen müsse. Dafür stehe er zeitlich unbegrenzt zur Verfügung. 5.000 Kip waren umgerechnet keine 70 Cent.

Außer ihnen hielt sich niemand in diesem Museum auf. In der Werkstatt hinter dem Foyer lagen auf Regalen riesige Saurierknochen. Der Wissenschaftler fragte, ob Vichaj und Kronenberg schon einmal einen solchen Knochen in Händen gehalten hätten. Sie verneinten und waren verblüfft, in der nächsten Sekunde ein viele Kilo schweres Monstrum in die Arme gedrückt zu bekommen. Die Knochen fühlten sich an wie hartes Holz.

»Jeder von Ihnen hat jetzt zwischen 80 und 100 Millionen Jahre in den Armen, vielleicht ein paar dutzend Jahrmillionen mehr«, kicherte der Paläontologe vergnügt.

»Wir kommen, weil uns die Polizei an Sie verwiesen hat. Angeblich kennen Sie oder einer Ihrer Kollegen einen gewissen Savang.«

Der Wissenschaftler blickte verständnislos. Kronenberg legte 80.000 Kip auf ein Regal und sah ihn fragend an. Am verständnislosen Blick änderte sich nichts. Kronenberg blätterte weitere 80.000 Kip auf das Regal. Der Paläontologe schüttelte den Kopf, ging zu seinem Schreibtisch, stellte eine offizielle Spendenquittung aus und setzte den Stempel des Museums darunter.

»Sehen Sie, das habe ich noch nie erlebt. Die Paläontologie ist nicht käuflich. Wir verkaufen unsere Funde nicht an Touristen oder Händler. Das würde uns den Kopf, vor allem aber unsere Reputation kosten. Sofern das Kultusministerium Geld für die Arbeit an unserer Sammlung erhalten sollte, sehen wir hier unten nichts davon. Vielen Dank also für die großzügige Spende. Nun zu Savang: Mein Neffe ist Leiter der örtlichen Außenstelle des Inlandsgeheimdienstes, die es erst gibt, seitdem die Brücke nach Mukdahan eröffnet wurde, die sich Freundschaftsbrücke nennt, aber allerlei Gesindel in unser Land trägt. Wollen Sie, dass ich ihn anrufe?«

Vichaj und Kronenberg nickten, der Paläontologe griff zum Telefon, das noch über eine Wählscheibe verfügte. Er sprach etwa fünf Minuten und nickte den Beiden dann zu.

»Warum konnten wir ihn nicht gleich in der örtlichen Polizeistation treffen?«

»Hier kennt jeder jeden. Mein Neffe war aber noch nie in der Polizeistation. Äußerlich ist er Inhaber einer Kfz-Werkstatt und betreibt einen Taxi-Service. In Taxis fragen viele Fahrgäste vieles. Vor allem, wenn sie gerade über die Grenze gekommen sind.«

»Und außerdem ist Ihr Neffe damit auch motorisiert, nicht wahr?«

Der Paläontologe blickte wieder verständnislos. Kronenberg schob nach: »Tja, ich meine im Unterschied zur örtlichen Polizeistation.«

»Ach, Sie meinen die Streifenwagen. Die werden auch als Taxis benutzt. Ohne diese zusätzliche Einnahmequelle hätten die Milizionäre nicht das notwendige Geld, sich Familien leisten zu können.«

Nach einer halben Stunde, während der sie einen nicht unbeträchtlichen Teil der Dino-Sammlung in die Hände und Arme gelegt bekommen hatten, hielt ein weißer Toyota-Kleinbus vor der Villa. »Fast so einer wie der, mit dem wir von Kunming nach Luang Prabang gefahren worden sind«, knurrte Kronenberg.

Ein etwa dreißigjähriger, hochgewachsener Mann betrat das Foyer. Dunkelblauer Anzug, offenes, blütenweißes Hemd, dunkelblaue, blitzblanke Lederschuhe. Moustache.

»Das ist mein Neffe Savang«, stellte der viel kleinere Paläontologe ihn vor. Sie begrüßten sich mit Handschlag: »***Khop chai***«.

»Sie wurden mir aus Viang Chang schon angekündigt. Es geht um diesen Li Ping, genannt Tanatus, nicht wahr?«

Kronenberg und Vichaj waren überrascht, dass ihr Gesprächspartner ohne Umschweife zur Sache kam.

»Dieser Li Ping hat eines der französischen Häuser am Marktplatz gekauft und teuer restauriert. Die UNESCO hat ihm dafür eine Plakette überreicht. Er hat sich um unsere Stadt verdient gemacht«

»Woher hatte er das Geld?«

»Unsere Stadt wurde von den Franzosen gegründet. Die wussten schon genau, wo sie einen zukünftigen Handelsknotenpunkt errichteten. Von hier aus ist es ein Katzensprung nach Thailand und nicht weit nach Hué in Vietnam. Während des Vietnamkriegs wurde vieles von Norden nach Süden geschoben. Auf dem Ho Chi Minh Pfad, der in dieser Region heute ein Ziel für Touristen ist. Von Westen nach Osten, soweit es Beiträge Thailands für den Krieg der Amerikaner betraf. Ersetzen Sie einfach die Namen der Staaten durch die Namen von Kriminellen und Banden. Schon haben Sie einen der Gründe dafür, warum Li Ping hier eines seiner Quartiere aufgeschlagen hat und betreibt.«

»Betrieb«, korrigiert Vichaj.

»Ach ja, er wurde in Ihrer Elbe gefunden. Wasserleiche. Ich hätte ihn gern im Mekong treiben sehen.«

»Er hat sich doch um Ihre Stadt verdient gemacht!?«

»Das ist wahr. Wir haben es aber gern ruhig hier. Er brachte Unruhe mit sich. Zum Beispiel einen Detective Barney von der Drug Enforcement Administration in Miami. Ein wirklich unangenehmer Zeitgenosse, sage ich Ihnen. Li Ping errichtete eine kleine Fabrik für Amphetamine keine zehn Kilometer von hier. Die Pillen hat er nach Thailand exportiert, Ubon Ratchathani. Dahinter war dieser Barney her. Seine Leiche trieb danach tatsächlich auf den trüben Wassern des Mekong. Woraufhin noch mehr unangenehme Typen aus Amerika und Thailand auftauchten. Gorillas von Statur und Benehmen.«

»Und Ihre Rolle?«

»Na ja, zunächst hatten die nur unsere Milizionäre vor sich. Nichts gesehen, nichts gehört, nichts gesagt.«

»Gorillas interessieren sich normalerweise nur für Gebeine, an denen noch etwas Fleisch dran ist, nicht wahr?«

Die beiden Laoten kicherten, Kronenberg gluckste: »Solche Typen gibt es überall, auch bei uns an der Elbe. Keinen Sinn für die Wissenschaften. Nur Schnellschüsse im Schwachkopf.«

Der Junge vom Inlandsgeheimdienst fing sich nach kurzer Zeit wieder: »Also ich habe einige der Amerikaner im Taxi chauffiert, nur Französisch gesprochen. Sie meinten deshalb, dass sie ihre Dienstbesprechungen auch auf meinem Rücksitz führen könnten. Die Thai hatten ihre eigenen SUVs mit, sind durch die Stadt und die Region gerast wie die Verrückten. Sie haben auch die Fabrik gefunden und die Arbeiter dort befragt. Li Ping haben sie aber nicht gefunden. Der war einfach weg. Auch für uns weg. Wir hatten keine Lust zu suchen. Die Arroganz der Ausländer hat uns bei den Ermittlungen nicht gerade beflügelt.«

»Als Mitglied einer Triade war er selbstredend vorgewarnt.«

»Sicher, die sitzen unter anderem in Bangkok und vermutlich wieder in Cholon.«

»Cholon?«

»Die Stadt neben Saigon – äh – Ho Chi Minh City. Früher hieß die Doppelstadt Saigon-Cholon. Cholon ist eine fast reine Chinesenstadt.«

»Gibt es auch Chinesen in Savannakhet?«

»Das müsste ich wohl wissen. Es gibt nur sehr wenige Chinesen, und die wohnen seit Generationen hier. Die Franzosen bauten in Laos keine Eisenbahnen – bis auf die kleine Strecke an der Grenze zu Kambodscha. Vermutlich haben Sie selbst in Viang Chang keine Chinatown entdeckt.«

»Haben wir in der Tat nicht.«

»Auch ohne Chinesen ist Laos ein Vielvölkerstaat. Hat genügend Probleme damit, auch ohne die Chinesen.«

»Warum haben Sie Li Ping nicht verhaftet?«

»Ich verhafte keinen. Und wozu denn? Der wäre gleich wieder frei gekommen. Mit dem Geld, das der hatte! Wie diese Glücksspieler, die sich in Ihren Ländern Investmentbanker nennen.«

»Das ist wahr. Können Sie uns etwas über Li Pings Kontakte in Bangkok oder Cholon sagen?«

»Bangkok? Sie sind doch bei der Thai-Polizei, nicht ich! Wollen sich wohl einen leichten Fuß machen? Und Cholon? Sie wissen bereits, dass ich beim Inlandsgeheimdienst bin. Hier in Laos und nicht in Vietnam.«

»Haben Sie irgendeine Idee, was Li Ping in Hamburg zu tun gehabt haben könnte?«

»In Savannakhet kennt niemand Hamburg und niemand Jemanden in Hamburg. Man muss schon den Atlas bemühen, um überhaupt zu wissen, wo Hamburg liegt. Oder im thailändischen Nachtfernsehen die Bundesliga spielen sehen, sofern man etwas dafür übrig hat.«

»Dürfen wir das Haus am Talat Yen besuchen?«

»Sie meinen durchsuchen. Warum denn nicht? Ich sage Ihnen aber gleich: Die Gorillas haben das unterste zum obersten gekehrt und nichts gefunden.«

»Was schlagen Sie uns sonst noch vor?«

»Einen Besuch im Wat Phu Champasak, dem ältesten Khmer-Tempel weit und breit. Sie wissen doch, ich betreibe auch einen Taxi-Service. Ich mache Ihnen für diese mehr als eine Tagestour einen Sonderpreis.«

Vichaj und Kronenberg nahmen dankend an. Der Fahrer, der am nächsten Morgen mit dem weißen Toyota-Kleinbus vor dem Hoteleingang stand, war nicht der Amtssprache mächtig. Er stammte wohl von der vietnamesischen Seite der Bergkette zwischen den beiden Ländern.

»Der Geheimdienstler ist ganz sympathisch und vordergründig offen«, bemerkte Kronenberg. »Was mich stutzig macht, ist dieser Wagen und die exakt gleiche Kleidung, die Vorachit in Viang Chang trug. Insbesondere die blauen Schuhe. Die trug doch auch Li Ping in Hamburg.«

»Wie heißt das bei euch ? Spökenkieker?«

»Die Geister die wir rufen?«

»Welche Geister denn?«

»Na, die Geister, mit denen der berühmte Dr. Siri unmittelbar kommunizieren und vielleicht seine Fälle lösen konnte – ich meine die Fälle der laotischen Kriminalpolizei, Miliz, des Inlandsgeheimdienstes, was auch immer.«

»Diese Institutionen heißen hier alle Bureau oder Komitee.«

»Macht keinen Unterschied. FBI nennt sich ebenfalls Büro.«

SAVANG

Der Frühstücksraum ihres Hotels hatte den Charme der Kantine eines volkseigenen Betriebs. Sie waren allein und bestellten ***Khao jii sai khai***, Baguettes mit Eiern. Der Kaffee war vorzüglich. Auf dem 250 Kilometer weit entfernten Bolaven-Plateau wurden angeblich die besten Bohnen Südostasiens geerntet.

»Mich beschäftigt die identische Oberbekleidung, noch viel mehr diese identischen Schuhe. Seine Schuhe hat Li Ping vermutlich im schwäbischen Metzingen erworben. Jetzt sehen wir dieselben bei zwei Beschäftigten des laotischen Innenministeriums.«

»Eine vielleicht einfache Lösung: Li Ping hat gleich mehrere davon gekauft, weil sie ein Schnäppchen waren. Einen Teil davon hat er verschenkt. Weil sie ihm als persönliches Gepäck zu lästig gewesen wären, hat er sie per Luftfracht versandt.«

»Oder er ist zwischen seinem Einkauf in Metzingen und seinem Tod in der Elbe nochmals in Asien gewesen.«

»Dann hätte er eine ziemlich strenge Blitzreise hingelegt, die einen anderen Grund als das Überbringen dieser Schuhe gehabt haben musste.«

»Ein Jammer, dass sein Pass nicht gefunden wurde. Die Stempel der Grenzpolizei sind üblicherweise unbestechlich.«

»Fragen wir doch einfach Savang, woher er seine Armani-Schuhe hat.«

»Sollte es ein Geschenk von Li Ping gewesen sein, dann wird er es uns wahrscheinlich nicht offenbaren.«

Savang hatte zwar nur die Telefonnummer seines Taxi-Services hinterlassen, war aber schon nach zwei Wählversuchen erreichbar. Er nahm eine Einladung zum Brunch im Mekong-Hotel an. Dieses Mal erschien er in ölbefleckter Arbeitskluft. ***Simsavan*** war seine Wahl, Roastbeef-Scheiben in leicht süßlicher Soße, eine einheimische Delikatesse. Kronenberg und Vichaj schlossen sich an.

»Vorgestern trafen wir Sie bei Ihrem Onkel, und Sie trugen erlesene Kleidung.«

»Heute bin ich Mechaniker, sagte ich Ihnen doch bereits.«

»Vorgestern fielen mir Ihre Schuhe auf. Wahrscheinlich teuer und selten blau. Woher haben Sie die?«

»Ein Geschenk von Li Ping.«

Kronenberg schnaufte tief: «Ich dachte bisher, dass Sie diesen Mann hassen.«

»Ich hasse ihn immer noch, auch nach seinem Tod. Ich hoffe, dass er als Schwein wiedergeboren wird, besser noch als Moskito. Klatsch, dann ist er im übernächsten Leben.«

»Warum haben Sie dann sein Geschenk angenommen?«

»Ich konnte gar nicht anders. Es wurde mir von der Post zugestellt – ich meine von der DHL.«

»Als Absender stand Li Ping drauf?«

»So einfältig ist der nun wieder auch nicht. Es stand »*Urumchi Enterprises*« drauf. So nannte er eine seiner Firmen. Ich meine, so wird eine seiner Firmen genannt.«

»Savang, jetzt wird es für uns spannend: Von wem wird die Firma so genannt?«

»Von wem auch immer.«

»Kennen Sie den Sitz des Unternehmens?«

»Savannakhet, denke ich mal.«

Existiert die Firma noch?«

»Glaube schon. Ich kann's für Sie recherchieren.«

»Tun Sie es bitte. Haben Sie Auslagen dafür?«

»Auslagen? Sie meinen, ob ich korrupt bin?«

»Das natürlich nicht.«

»Also keine Auslagen. Sie werden von mir hören. Ich empfehle Ihnen einen Ausflug nach Hué, der alten Hauptstadt des Champa-Königreich im mittleren Vietnam. Ist sehr szenisch dort.«

»So lange wird die Recherche dauern?«

»Mindestens so lange. Ich muss den **Phii** befragen lassen und will Ihnen doch eine belastbare Antwort geben können.«

»Den **Phii**! Dann machen Sie mal zu.«

Nachdem sich Savang bedankt und verabschiedet hatte – »**Khop Chai**« - sahen sich Kronenberg und Vichaj fragend an.

»Ob der Vorschlag, nach Hué zu fahren, ein gezielter Hinweis war, weiß ich nicht. Wir können allerdings nicht ständig Ausflüge unternehmen, deren Ergebnisse in unserem Bericht nicht erwähnenswert wären«, begann Kronenberg.

»Ich rufe in Bangkok an. Über den Verbleib dieses DEA-Agenten Barney werden sie hoffentlich Unterlagen haben. Mindestens über die Aktion welcher Dienststelle auch immer in Savannakhet. Das wird vielleicht einige Stunden benötigen.«

Sie verabredeten sich für den Abend.

TRIADEN

Am Abend kam Vichaj zunächst gar nicht zu Wort. Kronenberg erzählte ihm von seiner Internet-Recherche über die chinesischen Triaden. »Man glaubt es fast nicht, die Gründung der Triaden hängt eng mit dem Opiumkrieg der Engländer gegen das chinesische Kaiserreich zusammen. Nachdem der Kaiserpalast den Besitz von und den Handel mit Opium bereits 1729 verboten hatte, begannen die Engländer ab 1772 massiv, Opium aus Südasien gegen Importe aus China zu tauschen. Besonders hilfreich sollen dabei ein Unternehmen namens *Jardine, Matheson & Co* und der britische Geheimdienst gewesen sein. Ihr Partner in Shanghai war eine »Rote Bande« unter dem Gangster Tu Yue-sheng, der 1927 unter den Kommunisten Shanghais im Auftrag der Kuomintang ein Massaker anrichtete. Dafür wurde er zum Generalmajor der Armee Tschiang Kai Sheks und zum Ehrenpräsidenten der amerikanischen *Shanghai Power Company* ernannt. Der Mafia-Chef Meyer-Lansky ließ über ihn ab 1935 die Produktion von Heroin auf dem chinesischen Festland befeuern, nachdem ein Unternehmen namens *Luxol* in Wuppertal-Elberfeld untergegangen war, das bisher ein Patent darauf hatte. Man fasst es nicht!

In Vietnam hieß die größte Triade *Quoc Ngu*. Produktion und Vertrieb von Heroin wurde dort erst 1952 untersagt. Damit erlebte die *Binh-Xuyen*-Triade unter einem General Le Van Vien ihren Aufschwung. Später kamen weitere Militärs dazu, zum Beispiel ein General Nhu, Schwager des südvietnamesischen Premierministers Ngo Dinh Diem. Sie importierten Heroin aus Laos, Birma und Nordthailand, wo die Kuomintang Rückzugsgebiete besetzt hält. Der Polizeigeneral Nguyen Ngoc Loan, der beim Abschuss eines angeblichen Vietcong auf offener Straße gefilmt wurde, besorgte die Versorgung der US-Truppen in Südvietnam mit Heroin und wurde damit steinreich.«

Vichaj legte seine Hand auf Kronenbergs Arm: »Das und viel mehr habe ich vor Jahren schon auf der Militärakademie gelernt. Jedem Drug Enforcement Spezialisten ist die Geschichte bekannt und bis zur Fortführung in die heutige Zeit geläufig. Li Ping war wahrscheinlich ein Verbindungsmann zwischen einer chinesischen Triade und der *Binh Xuyen*-Triade, die an der Pazifikküste der USA den Drogenhandel beherrscht – neben den Mexikanern und Kolumbianern natürlich. In Hamburg war er jedoch wahrscheinlich nicht als Drogenvermittler unterwegs, sondern als Geldwäscher. Jemand hat davon Wind bekommen und ließ ihn umbringen. Wir suchen nach diesem Jemand und haben immer noch keine Ahnung, wer das sein könnte.«

»Möglicherweise eine feindliche Triade. Oder irgendein Immobilienspekulant. Aber was hat das mit Urumchi zu tun? Schon gar mit einem wenn auch handgeschriebenen Zettel, der ein Schuldschein gegen »Hamburg« sein mag?«

»Eine feindliche Triade mit Ableger in Hamburg, die sich gegen eine Forderung der Firma *Urumchi* in Savannakhet richtet, deren Chef der **Hung Kwan** Li Ping ist?«

»**Hung Kwan**, was ist das nun wieder?«

»Kämpfer eines höheren Rangs. So etwa schätze ich seine Position nach allen Informationen ein, die wir bisher über ihn haben.«

»Mir schwant, warum die Triaden ihren Mitgliedern griechische Namen geben. Triade ist auch griechisch, steht für die Gesellschaft der Drei Harmonien aus Himmel, Erde und Menschheit. Ihr Symbol ist der Drache, der für Weisheit und Kraft steht. Wir könnten zum Beispiel nach einem Tattoo suchen, das einen Drachen zeigt.«

»Sei nicht kindisch. Ein Drachen-Tattoo trägt wahrscheinlich jeder zehnte erwachsene Auslandschinese auf seinem Körper. Wie viele wären das dann?«

»Dreizehn Millionen durch zwei macht sechseinhalb Millionen.«

»Geteilt durch zwei?«

»Frauen dürfte man abziehen können.«

»Meines Wissens haben Triaden-Mitglieder Nummern, die sie sich nicht einritzen. Denn mit steigender Bedeutung in der Hierarchie ändern sich auch diese Nummern. Einer der vielen Faktoren, warum man in fast allen Ländern dieser Erde die Triaden nicht zu fassen bekommt. Oder hast du andere Erkenntnisse vom Bundeskriminalamt?«

»Keine. Kein Wunder. Wer plaudert, den sollen tausend Schwerter treffen. Hätte Tanatus noch gelebt, als wir auf ihn trafen, dann hätten wir kein einziges Wort aus ihm herausbekommen. Jedenfalls kein wahres.«

*

Vichaj Bangramsan hatte mit Kollegen in Bangkok telefoniert: »Meine Dienststelle, die Touristenpolizei, weiß natürlich gar nichts über Triaden. Das NACC war zunächst zurückhaltend. Nach langem Hin und Her habe ich dort einen Freund am Telefon gehabt, der sich unter anderem mit Nong Khai beschäftigt hatte. Dem war Li Ping ein Begriff. Er vermutet Koumintang-Kontakte, denn Li Ping hielt sich oft und lange im Grenzbereich zu Myanmar auf. Er war dort als Geschäftsführer eines Unternehmens tätig, das sich »*Xining Enterprises*« nennt. Hauptsitz in Taipeh.

Mein Freund äußerte sich vorsichtig. Er meint, dass viele Juweliergeschäfte in unserer Chinatown und einige illegale Spielhöllen in der Hand von Triaden liegen. In Thailand hätten seit dem Ende des Vietnamkriegs die Triaden an Macht gewonnen. Für Laos schließt er das aber aus, weil kaum Chinesen im Land wohnen und Laos außerdem dünn besiedelt ist. Als Transitraum sei Savannakhet jedoch für die Triaden interessant.«

»Hat er was zu diesem DEA-Agenten Barney gesagt, dessen Leiche im Mekong schwamm?«

»Hätte ich fast vergessen. Nach seinen Worten war dieser Vorfall der größte Stresstest zwischen den Innenbehörden von Laos und Thailand.

Die Laoten drohten, unsere Leute – die sie »Rambos« nannten – nicht nur des Landes zu verweisen, sondern sie zuvor in Abschiebehaft zu nehmen. Interessanter Weise hat parallel dazu auch das Polizeipräsidium von Thán Pho Ho Chi Minh interveniert, dem früheren Saigon. Schon historisch gesehen sind unsere Beziehungen zu Vietnam denkbar schlecht. Deshalb hat das Innenministerium in Bangkok dazwischen gewankt, die schriftliche Demarche entweder sofort zu archivieren oder sofort durch den Reißwolf zu jagen.«

»Also archiviert?«

»Das hat er nicht gesagt. Er hat in seinem Gedächtnis gekramt, nicht in irgendwelchen Akten. Er konnte sich auch daran erinnern, dass eine Firma namens »*Urumchi*« in Savannakhet existiert haben muss. Deren Hauptsitz soll jedoch in Saigon gelegen haben. Li Ping habe vermutlich zu Lebzeiten die Funktion eines **Choi Hai** ausgeübt, was etwa einem Geschäftsführer mit regionaler Handlungsvollmacht entspricht.«

»Ein noch höheres Tier?«, fragte Kronenberg.

»Na ja, mittleres Management ist in diesen Kreisen keinesfalls unbedeutend. Mein Kontaktmann meinte, dass seine Mörder ganz bestimmt aufgespürt werden, nur nicht von uns.«

»Hat er eine Vermutung über die Mörder geäußert?«

»Er sagte, dass es wahrscheinlich keine rivalisierende Triade sei, dazu sei Deutschland für die Triaden nicht kräftig genug abgedeckt. Die Triaden pflegen sich in solchen Ländern anzusiedeln, in denen es ausgewiesene Chinesen-Ghettos gebe. In Ländern mit geringer Repräsentanz unterhalten sie Kontakte mit anderen mafiösen Organisationen, um ihre Interessen vertreten zu lassen. In Italien und in Osteuropa sei das gang und gäbe. Außerhalb der Textil-Sweatshops von Prato, die von den Triaden zum Teil selbst geführt werden.«

»Ist ja schon eine Menge Informationen in dieser schläfrigen Stadt. Unser Ausflug hierher hat sich schon fast gelohnt.«

»Das Innenministerium hat einen weiteren Aufenthalt von uns verhalten positiv bewertet. Die Zustimmung erfolgte unter der Vorgabe, dass wir ein »Low Profile« bewahren. Ich habe die Kollegen gebeten, das auch mit deiner Innenbehörde zu kommunizieren.«

»Mein Versuch heute wurde mit betretenem Schweigen quittiert.«
»Sie wollen, dass du zurückfliegst?«
»Das haben sie nicht gesagt. Ich sehe vor meinem geistigen Auge, wie sich viele dort in der Kaffeebud´ das Maul darüber zerreißen, dass der Kronenberg Urlaub am Mekong macht. Vor allem im Vorzimmer des Staatsrats.«

»Dann schreiben wir in den nächsten Tagen einen umfangreichen Bericht. Unser Geheimdienstler wird ohnehin erst nach einer virtuellen Fahrt nach Hué wieder auftauchen.«

Das Polizistenduo feilte viele Stunden lang an einem Bericht, der jedenfalls für die Hamburger Polizei in weiten Teilen Neuland war und nach Eintreffen dort sofort unter Verschluss genommen wurde. In der »Burg der Chinesen« wollte man nicht allzu offen über chinesische Triaden sprechen, auch, wenn die Triaden außerhalb der Volksrepublik sitzen. Immerhin hatte man bisher erfolgreich die eigenen Ermittlungen über den gewaltsamen Tod eines möglichen Triaden-Bosses unter der Decke halten können. Er wurde schließlich in Schleswig-Holstein gefunden.

*

Einen Tag, nachdem der Bericht abgesandt worden war, erhielt Kriminalhauptkommissar Udo Kronenberg in seinem Hotel in Savannakhet einen Anruf aus der Hamburger Innenbehörde. Der Staatsrat selbst war am Rohr. Er entschuldigte sich zunächst für das Missverständnis über Urumchi: »Das haben Sie prima aufgelöst.«

»Die Rechnungen wurden auf Chinesisch oder Sanskrit ausgestellt und sind bereits beglichen.«

»Wir wissen die Freundschaft zu Ihrem Thai-Kollegen sehr zu schätzen. Die Sache mit den Triaden ist heikel, nicht wahr?«

»Wenn Sie mich fragen, ist sie fast undurchdringbar. Nicht nur für uns, sondern für fast alle Polizei- und Geheimdienste der Erde. Wir sind dennoch dran.«

»Was mich alarmiert ist, dass der Tote in der Elbe eine derart hohe Position bekleidete.«

»Mein Kollege sagte, dass er dem mittleren Management angehörte. Er könnte vor seinem Tod noch befördert worden sein. Handlungsbeauftragter für Mitteleuropa, so etwa.«

»Sie schreiben, dass er möglicherweise mit anderen mafiösen Organisationen Kontakt hatte.«

»Gehabt haben könnte, Herr Staatsrat. In Hamburg werden wir beobachten können, wen die Triade verdächtigt, der Li Ping angehörte.«

»Und wie, wenn ich fragen darf?«

»Indem wir einige zukünftige Morde an vermutlichen Angehörigen anderer mafiöser Gruppen oder auch nur Berufsständen genauer betrachten.«

»Welche Gruppen könnten das sein?«

»Menschen- und Immobilienhändler einerseits. Solche vom Balkan oder aus Osteuropa andererseits.«

»Präventive Maßnahmen?«

»Was die Triaden und ihre Rächer betrifft, keine. Deren Killer sind nach wenigen Stunden wieder aus Europa raus. Was die Herkunftsländer der möglichen Opfer betrifft, kaum übersehbar. Russland, Kosovo und Albanien könnten heiße Nummern sein. Bei Immobilien aber – wie wir wissen – eigentlich jeder, der sich damit beruflich befasst.«

»Wir brauchen Sie hier.«

»Manchmal fliegt ein Flugzeug vom hiesigen Airport ab, manchmal fallen die Flüge mangels Masse einfach aus. Ich halte mich in der flirrenden Hitze einer nachgebauten südfranzösischen Kleinstadt auf. Ziemlich lethargisch alles hier. Wir warten auf einen weiteren Bericht unseres laotischen Informanten, der seine Fühler Richtung Vietnam ausstreckt.«

»Eigentlich fällt dieser Fall in die Zuständigkeiten des Bundeskriminalamts oder des Bundesnachrichtendienstes.«

»Sofern es dort fließend Thai sprechende Mitarbeiter gibt, bitteschön.«

»Nun gut, Hamburg wird denen Ihr Gehalt in Rechnung stellen. Lassen Sie uns bitte wissen, was Sie benötigen.«

»Herzlichen Dank für das Angebot. Die Party hier unten bezahlt momentan vermutlich die thailändische Polizei. Vielleicht komme ich für den Rückflug darauf zurück, sofern die das nicht auch noch übernehmen.«

SAVANNAKHET

Savang meldete sich nach einer Woche wieder. Er legte einen kleinen Stapel Rechnungen auf den Tisch, die nur Vichaj prüfen konnte, da sie in Sanskrit gedruckt waren. Vichaj ließ sich eine Landkarte geben und prüfte Ortsnamen.

»O.k., das sind Benzinrechnungen, die in Orten auf dem Weg nach Viang Chang ausgestellt wurden. Außerdem eine Rechnung aus einem Ort namens Sepon an der Nationalstraße 9 Richtung Vietnam. Eine höhere Summe in der Landeswährung Kip, etwa 2.000 Baht.«

»Wie viele Euro?«

»Etwa 60. Außerdem ist da noch eine Rechnung aus Dong Hoi, die kannst du selbst lesen, ist in lateinischer Schrift.«

Kronenberg streifte mit einer Hand durch seine wirre, graue Haarpracht: »800.000 was weiß ich.«

»Das »d« dahinter steht für Dong, vietnamesisches Geld. Ich kenne den Umtauschkurs nicht, vermute aber, dass ein US-Dollar mehrere zehntausend Dong wert ist.«

Vichaj wandte sich in Thai an Savang: »Danke für diese peniblen Reisekostenbelege. Benzin etwa 100 US-Dollar, Übernachtung weitere 100, macht also 200 US-Dollar?«

Savang nickte und erhielt das Geld. Mit der Erstattung von Übernachtungskosten hatte er nicht gerechnet. Der Gesamtbetrag entsprach jedoch seiner Erwartung.

»Nun aber die Ergebnisse«, fuhr Vichaj auf Englisch fort.

Savang legte 30 auf Sanskrit beschriebene Seiten auf den Tisch: »Das ist der Bericht über Li Ping aus dem Innenministerium in Viang Chang. Li Ping ist mit verschiedenen Pässen von Thailand und Vietnam nach Laos ein- und ausgereist, hatte auch einen echten Pass der Volksrepublik China. Die anderen Pässe sind gefälscht, aber mit demselben Foto versehen. Ein vietnamesischer Pass weist ihn sogar als Leutnant der NVA aus. Ausgestellt wurde er in Hanoi, angegebener Wohnort ist Dong Hoi. Die Kopien der Pässe finden Sie auf den letzten Seiten.

In dem Bericht wird die Aktion der thailändischen und amerikanischen Gorillas gegen Li Ping erwähnt, von der ich Ihnen berichtete. Kurz davor war Li Ping nach Vietnam ausgereist, was ein Stempel der laotischen Grenzkontrolle in einem dieser Pässe beweist. Es findet sich kein Einreisestempel Vietnams mit gleichem Datum, weshalb er wohl die Pässe gewechselt haben dürfte. Außerdem liegt eine Exportgenehmigung für einen *Jeep Cherokee* vor, mit dem er auch in Savannakhet fuhr. Der Jeep gehörte offiziell der Firma *Urumchi Enterprises*. Als Sitz der Firma ist ebenfalls Dong Hoi angegeben, nicht Savannakhet und nicht Saigon. Die Fahrzeugpapiere sind allerdings in Than Pho Ho Chi Minh ausgestellt worden. Wie Li Ping an die laotischen Kennzeichen gekommen ist, weiß ich nicht. Wahrscheinlich waren auch sie gefälscht.«

»Oder gegen besondere Gebühr erworben. Das ist bei Triaden so üblich.«

Savang überhörte die Respektlosigkeit gegenüber seinem Land. »Zwei der Pässe enthalten viele Stempel vom Grenzübergang nach Nong Khai. Dort ist er regelmäßig ein- und ausgereist. Bemerkenswert ist noch ein Visum des Königreichs der Niederlande, sehen Sie auf der letzten Seite dieser Kopie des echten Passes, die bei seiner Ausreise gemacht wurde.«

»Ausgereist ist er über den Wattay Airport in Viang Chang, ganze sechs Tage, bevor er in der Elbe gefunden wurde«, entdeckte Vichaj.

»Nun zu den Ergebnissen Ihrer Fahrt nach Dong Hoi«, setzte Kronenberg nach.

»Zuvor habe ich mit meinem vietnamesischen Ausbilder telefoniert, der heute in Danang lebt. Der hat einen Freund in Dong Hoi, den ich besuchte. Eine Firma namens *Urumchi Enterprises* ist nicht dort, wohl aber in Than Pho Ho Chi Minh registriert. Eine reine Briefkastenfirma unter der Adresse eines ehemaligen Hauptmanns der südvietnamesischen Luftwaffe. Der ist schon tot, jetzt lebt sein Sohn unter dieser Adresse, vielmehr im Pförtnerhaus. Dieser Sohn betreibt ein Importgeschäft. Er importiert wertvolle Hölzer und exportiert Möbel vorwiegend nach China und Europa. Die werden in Dong Hoi hergestellt. Ich habe die Möbelfabrik gesehen.«

»Ist Ihnen dort etwas aufgefallen?«

»Die Empfängeradressen auf den Verpackungen. Sie waren in chinesischer Schrift, aber der Freund meines Ausbilders konnte sie lesen. Fast alle Möbel gehen nach Macau. Ich habe Bilder davon gemacht. Hier, sehen Sie.«

»Ist jetzt eine Dienstreise nach Macau drin?«

»Ich bin kein Spieler, deshalb interessiert mich Macau nicht.«

»Richtig. Macau ist ja das Las Vegas des Fernen Ostens. Stanley Ho hat damit ein Riesenvermögen gemacht.«

»Ich bin nur ein einfacher Landpolizist in Laos. Wenn ich Ihnen aber einen Rat geben darf: Gehen Sie nicht dorthin. Jedenfalls nicht dienstlich. Sie kämen in Särgen zurück.«

Kronenberg grinste: »Einfacher Landpolizist ist gut. Sie gehören zum Inlandsgeheimdienst. Was ist mit Ihrem Ausbilder, ginge der mit nach Macau?«

»Die Vietnamesen mochten die Chinesen noch nie. Erst recht jetzt nicht, seit die Chinesen große Teile der Südchinesischen See für sich beanspruchen.«

»Haben Sie auch ein Dossier des vietnamesischen Geheimdienstes bei sich?«

»Wir in Laos haben unseren vietnamesischen Freunden viel zu verdanken. Allerdings haben die uns nicht um Erlaubnis gefragt, als sie den Ho Chi Minh Pfad anlegten. Genau so wenig wie die Amerikaner uns den Krieg erklärten, bevor sie ein Drittel unseres Landes mit einem Bombenteppich ausradierten. Eigentlich wurden wir Laoten nie gefragt.«

»Das ist ein starkes Argument, beantwortet aber meine Frage nicht. Aus Vietnam haben Sie nichts Weiteres mitgebracht als diese Kopien und Fotos?«

»Li Ping hat dort nicht im Hotel übernachtet. Sehen Sie sich das Foto von dieser Villa an. Das war sein Domizil.«

»Beeindruckender Kolonialbau. Die gehörte ihm?«

»Das ist nicht ganz eindeutig. Die Villa gehört einem Lee Ping, wohnhaft in Kaohsiung, Taiwan. Ob es derselbe ist, weiß das Grundbuchamt nicht, jedenfalls ist der Nachname nicht derselbe. Sie verfügen über keine Fotos und konnten sich an das Gesicht des Eigentümers nicht erinnern.«

Kronenberg und Vichaj dankten Savang und zogen sich zu einer bilateralen Beratung zurück.

Kronenberg begann: »Meine Frage nach einem Dossier des vietnamesischen Geheimdienstes wollte Savang nicht beantworten. Vielleicht gibt es keines oder auch nur keines, das für unsere Augen bestimmt ist. Übersetze bitte diese 30 Seiten aus Viang Chang in Englisch. Wir senden das Ergebnis nach Hamburg.«

»Und zur NACC in Bangkok, natürlich.«

»Natürlich. Wer weiß, wozu es gut ist.«

HAMBURG - ALTONA

Eine der zwielichtigsten Immobiliengesellschaften in Hamburg bestand aus einer Gruppe von drei Albanern, die erst seit zwanzig Jahren in der Hansestadt weilten. Sie hatten als Gelegenheitsarbeiter begonnen und sich innerhalb weniger Jahre ein Imperium aus Bordellen, Gaststätten und Immobilien geschaffen. Ihre vereinigte Schlagkraft hatte selbst die ex-jugoslawische Mafia überzeugt, die zuvor über die Reeperbahn herrschte und selbst nicht zimperlich war. Für die Albaner war es nur ein kleiner Unfall, dass die fränkische Landpolizei einen von ihnen fasste und ein Landrichter im barocken Würzburg zwei Jahre Haft verordnete. Polizei und Justiz der weltoffenen Hansestadt kamen ihnen dagegen nicht in die Quere. Selbst der in Würzburg inhaftierte Bruder kam nach seiner Entlassung schnell wieder ins Geschäft.

Die drei wilden Tipetaren hatten ihr Imperium weit über die Grenzen Hamburgs auf ganz Norddeutschland ausgeweitet. Durch eine glückliche Freundschaft gelangten sie sogar an staatliche Kassen für den Bau von Flüchtlingsunterkünften. Mit etwa der Hälfte der Flüchtlinge kannten sie sich aus.

Sie benötigten inzwischen keine Berufskiller mehr, schon gar keine Bombenleger. Jeder ihrer Deals wäre in Hamburg eine politische Bombe gewesen. Gerade deswegen hielten die Behörden still. Die Praktiken fremdländischer, mafiöser Organisationen überforderten die Beamten ohnehin, weshalb sie davon lieber nichts wissen wollten.

Einige der hanseatischen Beamten erinnerten die Albaner obendrein an das Land Enver Hodschas. Waren sie doch als Studenten begeisterte Anhänger Mao Tse Dongs, Fidel Castros und eben jenes Enver Hodscha gewesen, die sie als Hoffnungsträger der Menschheit verehrten. Inzwischen waren sie älter und opportunistisch geworden, ihre Vergangenheit wurde im liberalen Hamburg als Jugendsünde verziehen. Was sie nicht davon abhielt, sich von ähnlichen Jugendsünden ihrer Eltern und Großeltern entrüstet zu distanzieren. Laos, eine der letzten Bastionen des wahren Kommunismus, war ihnen jedoch nie aufgefallen. Sie mussten es auf der Landkarte suchen und erinnerten sich dann allenfalls an den Ho Chi Minh-Pfad.

Eines der interessantesten Immobilienprojekte der drei Tipetaren war die Stresemannstraße 213, ein großes Areal zwischen der lärmumtosten Hauptstraße, der nicht weniger verlärmten Kieler Straße und der eher ruhigen Oeverseestraße in Altona-Nord. Die erfolgsgewohnten Bayerischen Motorenwerke waren dort vor einem Jahrzehnt weggezogen und hatten ein von Werkstätten und Verkaufsräumen gesäubertes Gelände hinterlassen. Die Tipetaren kauften das Areal zum Höchstpreis von 9 Millionen Euro. Sie wollten darauf einen Wohnturm errichten und versuchten mit Hilfe eines befreundeten und politisch vernetzten Architekten, genau das durchzusetzen. Nachdem sich dieser Plan als erfolglos erwies, legten sie den Turm einfach um neunzig Grad in die Horizontale, wodurch eine Dichte entstand, wie sie im »Steinernen Berlin« des vorvorigen Jahrhunderts üblich war. Berlin war damals durch menschenunwürdige Wohnverhältnisse europaweit in Verruf geraten, weil Hinterhofwohnungen selbst im Sommer keine Chance hatten, einen Streifen Sonne zu erhaschen und die Höfe gerade mal so groß waren, dass ein Pferdegespann der Feuerwehr darauf wenden konnte.

Über die Jahre wuchs Unkraut über das Gelände an der Stresemannstraße und es siedelte sich eine Hüttengemeinschaft an, deren jugendliche Bewohner ein Leben frei von Mieten und Steuern führen wollten. Die Stadt bot den Bewohnern der Hüttenlandschaft wetterfeste Behausungen an und investierte mehr als 50.000 Euro. Hauptsache, es entsteht kein neuer sozialer Brennpunkt in der Nähe des ohnehin aufrührerischen Schanzenviertels, dachten sich brave Beamte.

Der Architekt forderte derweilen immer mehr Baumasse für das Grundstück. Mit der Ökologisch-konservativen Partei in der Bezirksversammlung verbandelt, sorgte er für Druck auf die widerstrebende

Bauverwaltung. In öffentlicher Meinungsmache geübte Politiker empörten sich über den jahrelangen Leerstand des Geländes und machten die Bauverwaltung so lange dafür verantwortlich, bis ein städtebaulicher Vertrag mit der gewünschten Zusage Berliner Verhältnisse des 19. Jahrhunderts geschlossen war. Daraufhin wurde das Areal für 24,7 Millionen Euro weiter verkauft. Die drei Tipetaren waren begeistert und forderten mehr Grundstücksgeschäfte dieser Art in Altona. War die Rendite doch ähnlich hoch wie jene für Menschenhandel, allerdings mit weit weniger Risiken behaftet. Ihren Helfern in der kommunalen Politik stellten sie höhere Honorare für die Genehmigung noch höherer Geschoßflächenzahlen in Aussicht.

Der handgeschriebene Schuldschein, den man bei Tanatus gefunden hatte, hatte die Differenz zwischen Einkaufs- und Verkaufspreis der Stresemannstraße 213 deutlich unterschätzt, sollte er sich auf dieses Geschäft bezogen haben. Zwar war seine Triade mit rasant steigenden Immobilienpreisen in Ostasien vertraut. Für Westeuropa außerhalb Londons hatte sie jedoch einen Abschlag eingepreist, zumal der deutsche Immobilienmarkt bisher nicht für hohe Ausschläge bekannt war, sondern eher für Kontinuität.

Der Tod des **Choi Hai** Li Ping traf seine Oberen schon deshalb völlig unvorbereitet. Ebenso wie die Übersetzung des Berichts des laotischen Inlandgeheimdienstes die Vorgesetzten des Kriminalhauptkommissars Udo Kronenberg in der Innenbehörde Hamburgs, die den Anhang der E-Mail aus Savannakhet sofort als streng vertraulich klassifizieren ließen. Die Behördenleitung ahnte, dass die Verbindung Kronenbergs mit einem thailändischen Polizeiobersten Gefahr für die politische Bühne Hamburgs bedeuten könnte. Sie wollte die Ermittlungen endgültig abbrechen.

HAMBURG / JOHANNISWALL

Die Rückzugs-Ordre aus Hamburg und der von Vichaj übersetzte Text des laotischen Inlandsgeheimdienstes überkreuzten sich auf vielen Kanälen. Es schien, als ob die Berichte wie eine Börsennachricht in Sekundenschnelle um den Erdball tobten.

Am nächsten Morgen konnte sich der Staatsrat der Hamburger Innenbehörde vor Telefonaten nicht retten. Mehr oder weniger höflich baten ihn seine Gesprächspartner, seinen Ermittler in Laos zu belassen. Man sei selten so nah an den Praktiken der Triaden gewesen wie dieses Mal.

Besonders unhöflich wurde ein leitender Mitarbeiter des CIA, der unter einer Telefonnummer des US-amerikanischen Außenministeriums anrief: »Lassen Sie Ihren Agenten dort und räumen Sie in Ihrem eigenen Saustall auf. Euch abgewichsten Europäern geht der Arsch auf Grundeis, noch bevor es zum entscheidenden Schlag kommt. Wir haben in Savannakhet einen Mann verloren, ihr habt einen dort, der noch nicht abgemurkst wurde. Wenn Sie den jetzt abziehen, werden wir unseren Weg in Ihre Medien finden. Wir werden Sie als verfickte Idioten verkaufen, die vor den Triaden kuschen. Dann werden Sie froh sein, wenn Sie nur Ihren Job verlieren und Ihr Arsch nicht für Jahre hinter Gittern landet. Das verspreche ich Ihnen. Verstanden?«

Ein leitender Beamter der *National Crime Agency* in London äußerte sich ähnlich hart, wenn auch höflicher. Er ließ durchblicken, dass alle westeuropäischen Behörden außer seiner keine Ahnung von Triaden hätten. In näselndem Oxford-Englisch bot er herablassend Amtshilfe *»to a certain extent«* an. Udo Kronenbergs Bedeutung stieg am Johanniswall in dem Maße, in dem die Arroganz des Engländers als unerträglich empfunden wurde.

Auch Kronenberg erhielt einige Telefonanrufe. Darunter war ein weiteres Ferngespräch aus Hamburg. Der Staatsrat entschuldigte sich mehrmals haspelnd für sein Versehen und bot ihm jede Unterstützung an. Kronenberg lehnte sofort ab und bat darum, seine Arbeit in einer verschlafenen Stadt am Mekong zunächst ungestört machen zu dürfen. Er habe von mehreren Polizeibehörden bereits attraktive Angebote erhalten, wolle aber deutscher Beamter mit Pensionsanspruch bleiben.

»Wer hat Sie denn kontaktiert?«, wollte der Staatsrat wissen.

»Zum Beispiel solche, deren Pensionszusagen ich nicht traue«, witzelte Kronenberg. »Aber im Ernst: Einige vermuten, dass wir einen Zipfel im Oberhaus der Triaden erwischt haben. Das löst andernorts Jubelstürme aus. Dafür fehlt mir hier unten aber der Anlass. Einer von der *National Crime Agency*, der sich in HongKong auszukennen scheint, wurde etwas konkreter: Es gebe mehr als ein Dutzend solcher Triaden, aber eine namens *Sap Sie Kee* sei ein heißer Tipp. Diese Triade sei auch unter »14 K« und »*Big Circle*« bekannt. Lassen Sie bitte prüfen, ob diese Bezeichnungen der OK geläufig sind.«

»Ist Kee ein chinesischer Familienname?«

»Herr Staatsrat, bitte … . Die Chinesen stellen Familiennamen an die erste Stelle, dann folgen die Mittel- und die Vornamen. Ich weiß aber nicht, ob *Sap* ein Familienname ist. Jedenfalls ist mir noch kein chinesischer Herr Sap begegnet, auch nicht in Form eines Firmenschilds. Das tut ohnehin wenig zur Sache. Mitglieder der Triaden wechseln ihre Namen so oft wie unsereins die Hemden. In ihrer Organisation haben sie mehrstellige Nummern, die meistens mit einer Vier beginnen.«

»Dann könnte die Zahl auf dem Zettel, den Sie gefunden haben, auch eine Organisationsnummer sein?«

»Nein, Herr Staatsrat, dafür ist die Zahl zu groß. Der – sagen wir mal – Kollege von der *National Crime Agency* hat mich auch nach einer Zahl gefragt. Ihm zufolge sind die Zahlen meistens nur dreistellig, weil die Triaden extrem dezentral operieren. Das ist wie bei guten Geheimdiensten: Du kennst nur deine dir zugewiesene, kleine Gruppe, sonst niemanden. Und du wirst umgebracht, wenn du absichtlich oder unabsichtlich indiskret oder untreu wirst. Die haben ein Aufnahmeritual wie jugendliche Vorstadtbanden oder das Kölner SEK. Damit bestätigen die neuen Mitglieder, dass sie für Untreue tausend Schwerter treffen sollen. Eindrucksvoll, nicht wahr? Aber ich habe d o c h eine Bitte an Sie.«

»Welche?«, fragte der Staatsrat eilfertig.

»Genauer gesagt zwei Dienste. Erstens kein Wort zur Presse und zu Kolleginnen und Kollegen, wem auch immer. Vor allem nicht zu ihrem Senator. Herr Bangramsan und ich könnten hier am Mekong auf einem brennenden Boot sitzen. Zweitens einen Rat ans Bundeskriminalamt oder den BND oder an beide von denen: Die sollen sich aus der Sache raushalten. Wahrscheinlich werde ich genug damit zu tun haben, mir einige Rowdies aus Langley in Virginia vom Leib halten zu müssen. Oder die Horde von denen, die wahrscheinlich in Bangkok sitzt.«

»Geht in Ordnung. Langley hat Sie schon erreicht?«

» Nein, aber der näselnde Typ aus London hat mir einiges vorhergesagt. Er meinte, dass die Amerikaner zwar in Vietnam wieder etwas beliebter sein könnten, nicht aber in Laos.«

»Warum denn das?«

»Gut, Herr Staatsrat, Sie sind jünger als ich. Einem Teil meiner Generation ist allerdings eine Fluglinie namens »Air America« noch ein Begriff. Diese Fluglinie gehörte der CIA und hat zum Beispiel Rebellen im Berggebiet des mittleren Laos mit Waffen versorgt. Man sagt, sogar noch nach dem Abzug der Amerikaner aus Vietnam. Das lag vielleicht daran, dass die Bergrebellen sich mit der Lieferung von Heroin und Opium revanchiert haben. Dieses Handelsgut hat seither an Wert nicht wirklich verloren.«

»Wollen Sie damit andeuten, dass diese »Air America« noch heute den Flughafen von … wie heißt das noch, wo Sie sich derzeit aufhalten?«

»Savannakhet.«

»… ja, also Savannakhet anfliegen, um Drogen zu laden?«

Udo Kronenberg war klar, dass der Staatsrat der Innenbehörde ein Grüner war, der im Fall einer Bestätigung dieser Frage an die Presse gehen könnte. Er lachte laut: »Nein, Herr Staatsrat, diese »Air America« gibt es heute wahrscheinlich gar nicht mehr. Aber die Laoten haben ein langes Gedächtnis und die »Air America« betrachten sie als Teil des amerikanischen Verbrechens an ihrem Volk. Und die CIA möglicherweise als terroristische Vereinigung.«

»Sie wollen sich jetzt aber nicht am Mekong mit der CIA anlegen, nicht wahr?«

»Ich lege mich mit niemandem an, schon gar nicht mit denen. Außerdem sagte ich doch, dass die CIA bei den Laoten so etwas wie Organisierte Kriminalität bedeutet.

Dieses Gespräch mit Ihnen war mir wichtig. Ich meine, dass damit der laotische Inlandsgeheimdienst weiß, wo ich stehe. Und die Amis wissen möglicherweise bereits, dass ich sie jedenfalls in diesem Land nicht als Kooperationspartner betrachte, sondern als Störenfriede.«

»Sie meinen, dass wir in dieser Leitung nicht alleine sind?«

»Wie kommen Sie denn darauf? *Good night and good luck, Sir.*«

Von Kronenberg unbemerkt, war Vichaj während des Telefonats eingetreten: »Hast du eben mit deinem obersten Vorgesetzten gesprochen?«

»Du kennst ihn, diesen grünschnäbligen Staatssekretär.«

»Der ist immer noch im Amt?«

»Ungewöhnlich, aber ja.«

»Dafür hast du recht unhöflich mit ihm gesprochen.«

»Das scheint nur so. Wir Deutschen sind eben recht direkt. Vor allem miteinander.«

»Und die Amerikaner, die das Gespräch eben mitgeschnitten haben könnten?«

»Die sind noch direkter – bis hin zur Unhöflichkeit.«

»Das stimmt. Wahrscheinlich steht die CIA schon in Mukdahan bereit.«

»Mukdahan?«

»Das ist die thailändische Provinzstadt am anderen Ufer des Mekong. Ist normalerweise recht langweilig.«

»Oh, yeah. Lass uns einen Blues erfinden, bis die hier einbrechen.«

Vichaj Bangramsan begann, mit seinen schmalen Hüften zu kreisen, hob beide Arme und umrundete Kronenberg: »*Mu-Mu-Mukdahan, let's rock this mighty shan, let's fuck the mafia, though it's from America.*«

Udo Kronenberg war begeistert: »Das würde selbst als Rap durchgehen.«

»Leider kann ich das nicht in Thai übersetzen. Nur *Shan*: Das chinesische Wort für Berg – in Thai **Phukao**. Ich hab's in übertragenem Sinn verwendet. Wir Thai schieben zwar, haben aber keinen Blues. Und das Rap-Zeugs liegt mir nicht so.«

»Wird noch werden«, schmeichelte Kronenberg, »jedenfalls, wenn du auf den Bühnen stehen wirst. Blues-Labels wurden in Europa berühmt, bevor sie die USA, das Ursprungsland, erreichten. Asien hängt in der Kunst meistens etwas nach, kommt aber umso stärker.« Dessen war sich Udo Kronenberg sehr sicher.

MUKDAHAN / THAILAND

Die thailändische Grenzstadt Mukdahan gilt im Königreich der Thai auch wegen ihres ungewöhnlichen Namens als eines der letzten Ressorts, in das man als Angehöriger des öffentlichen Dienstes versetzt werden wollte. Dort ist nicht nur der Hund begraben, sondern auch man selbst. Außer einer breiten und langen Durchgangsstraße mit einigen Geschäften, wenigen Hotels und einer Busstation bot Mukdahan nichts von Bedeutung, nicht einmal einen bedeutenden Tempel. Die Aura der Stadt signalisierte »Nur weg von hier« und die neu gebaute Brücke über den Mekong nach Laos brachte nur mehr Lastkraftwagen auf die Durchgangsstraße. Kein Vergleich mit Nong Khai mit seinem riesigen Markt für Chinawaren oder mit Aranyaprathet an der Grenze zum von alten »Roten Khmer« beherrschten Kambodscha, in dem wenigstens die früher durchgehende Bahnverbindung Bangkok – Phnom Penh endet und auf dessen Grenzbrücke der Geruch von Armut pestet, ein Gemisch aus dem Gestank von Kunstdünger und faulendem Fleisch.

Die Friedensbrücken zwischen Thailand und Laos waren für jeden national bewussten Thai der erste Schritt zur Wiedervereinigung beider Länder nach deutschem Muster, mit Thailand als westlichem Part. Für viele national bewusste Laoten war Thailand dagegen der amerikanisierte Sündenpfuhl schlechthin.

Selbst das Militär des Königreichs Thailand war in Mukdahan spärlich vertreten. Ebenso wie die örtliche Geschäftswelt hielt das lokale Militär es für einen Fehler, dass die Amerikaner während des Vietnamkriegs nicht hier einen großen Militärflughafen gebaut hatten. Hätten sie doch wenigstens für ihre Angriffe auf den Ho-Chi-Minh-Pfad durch Laos von Mukdahan aus viele Tonnen Kerosin sparen und mehr Einsätze fliegen können. Aus ihrer Froschperspektive begriffen sie nicht, dass die Einsätze der US Air Force über Kamboscha und Laos zwar offensichtlich waren, aber nicht allzu öffentlich sein sollten. Das nicht weit entfernte Ubon Ratchatani hatte bereits eine Thai-Airforce-Base, von der F-104-Starfighter und B-57-Bomber nicht nur Vietnam, sondern auch Kambodscha und Laos angriffen.

Jedenfalls blieb Mukdahan so schläfrig wie es immer war, seine Bewohner hatten nach dem Rückzug der Franzosen und der nationalen Befreiung in Laos nach einem Bürgerkrieg dreier Prinzen eines verschollenen Königs nicht einmal mehr die Gelegenheit, die kleinen Freuden und Gewinnchancen der Handelsstadt Savannakhet auf der anderen Seite des Flusses zu genießen. Gemeinsam mit der kleinen Geschäftswelt von Savannakhet hofften sie jedoch auf das Wachstum des Handelsaustausches zwischen Vietnam und Thailand, von dem sie bisher nur mehr Lastkraftverkehr abbekommen hatten.

Was blieb, war der Horchposten für Gespräche im veralteten Festnetz und im mobilen Telefonnetz der Volksrepublik Laos. Dessen Erkenntnisse waren so spärlich, dass nur noch ein Leutnant als befehlshabender Offizier eingesetzt war, der seiner Arbeit auch nur deshalb nachkam, weil er in Mukdahan glücklich verheiratet war und seine Gemahlin ihre Eltern versorgen musste, die niemals nach Korat oder gar Bangkok gezogen wären.

Kronenberg und Vichaj besuchten den Leutnant in seinem bescheidenen Heim mit vier Kindern, drei im kleinen Garten munter tobenden, völlig undisziplinierten Hunden und zehn Hühnern. Über einem gut gewürzten **Thom Yam**, das Udo Kronenberg die Tränen in die Augen trieb, fragte Vichaj Bangramsan den Leutnant eher beiläufig nach seinen Erkenntnissen aus den behorchten laotischen Ferngesprächen. »So aufregend wie unsere Stadt bei Nacht«, war die Antwort.

Nach der dritten Flasche **Singha**-Bier wurde der Leutnant gesprächiger: »Ich habe in meiner kleinen Truppe einen Sergeanten, der des Vietnamesischen mächtig ist. Der hat sich auf die Kontakte zwischen der Flugsicherung von Savannakhet und den dort vereinzelt abgefertigten Flugzeugen konzentriert. Wie sich herausstellte, brauchte er seine

Kenntnisse des Vietnamesischen nicht. Die offiziellen Flüge der **Lao Airlines** sind völlig unergiebig, reine Routine mit veraltetem Gerät. Ab und zu gibt es allerdings Flugbewegungen, für die ganz ungeniert zunächst Landegebühren über Funk verhandelt werden. Das scheinen nicht angemeldete Flüge zu sein, die von perfekt Englisch sprechenden Crews durchgeführt werden. Ich schickte darauf hin zwei meiner Männer auf Beobachtungsposition nach Savannakhet. Das Ergebnis war so spannend, dass ich immer wieder keinen Schlaf fand.«

»Was war denn so schlafraubend daran?«

»Die Crews waren weder Engländer, noch Amerikaner, sondern Vietnamesen, frühere Piloten der südvietnamesischen Streitkräfte, trainiert von den Amerikanern. Die Maschinen waren meistens brandneue zweimotorige *Embraer*, sehr robuste Flugzeuge, die im Zweifelsfall auf kurzen Pisten aus festem Lehm landen und starten können. Ihre Fracht bestand aus silbernen Rollcontainern, in denen jeweils Hunderte kleiner Säckchen verstaut waren. Deren Inhalt war schneeweiß.«

»Sie meinen Heroin oder Kokain?«

»Könnte auch ein feines Granulat anderer Art sein, ist aber unwahrscheinlich. Vielleicht waren es auch seltene Erden. Damit kenne ich mich aber nicht aus. Jedenfalls wurde der Inhalt der Rollcontainer schon am Flughafen portioniert und meistens in einen *Jeep Cherokee* geladen, der die Fracht immer in einem alten Haus am Talat Yen ablud.«

Vichaj zeigte dem Leutnant ein Foto: »Etwa in diesem Haus?«

»Genau in diesem.«

»Wissen Sie, wem die Flugzeuge gehören und wer den Transfer zum Talat Yen organisiert?«

»Die *Embraers* tragen keine Kennung, kommen aber möglicherweise aus Danang. Danang war die größte Air Force Base der Amerikaner in Vietnam und ist heute noch ein völlig überdimensionierter Zivilflughafen mit einem halben Hundert Hangars, die dort kein Mensch mehr braucht. Außer vielleicht für seltsame Lagergeschäfte. Das Haus am

Talat Yen gehört einem lokalen Geschäftsmann namens Lee oder Li. Dem gehört wahrscheinlich auch der Jeep.«

»Großhandel mit Heroin oder Kokain. Haben Sie die Polizei davon benachrichtigt?«

»Wir haben keinen Kontakt zur lokalen Polizei, ist uns verboten, sind alle Plappermäuler.«

»Und Ihre Vorgesetzten?«

»Selbstverständlich. Aber sie sagen, dass Laos ein souveräner Staat ist. Sie sind nur an aus ihrer Sicht subversivem Verhalten des laotischen Militärs und seiner Geheimdienste interessiert. Was irgendwelche Vietnamesen mit Zivilflugzeugen in Savannakhet veranstalten ist für sie belanglos.«

»Verstehe, auch, wenn das vermutete Heroin oder Kokain in den thailändischen Markt eingespeist werden könnte. Unsere Anti-Narkos sind im Norden und Süden konzentriert, nicht an diesem langweiligen östlichen Grenzabschnitt.«

»Genau das habe ich kritisiert, aber erfolglos. Meine Vorgesetzten meinten wahrscheinlich, dass ich mich nur wichtigmachen wollte.«

»Nachvollziehbar. Wissen Sie genauer, wer dieser Lee oder Li ist?«

»Kein Einheimischer, sagen die Einheimischen, aber schwer reich, angeblich Eigentümer einer Fabrik östlich von Savannakhet und eines Möbelwerks in Vietnam.«

Vichaj zeigte das Porträt von Li Ping: »Ist es der?«

Der Blick des Leutnants wechselte mehrfach zwischen dem vorgehaltenen Foto und Vichajs Augen. Dann nickte er.

»Sie hatten nie die Idee, diesen Mann zur Fahndung auszuschreiben?«

»Wir Militärs fahnden nicht. Wir erledigen nur.«

»Sie wissen nicht, dass dieser Mann Chinese ist und in Nong Khai gemeldet war?«

»Nong Khai? Warum denn Nong Khai?«

»Die Stadt liegt auch an der Grenze zu Laos, Friedensbrücke Nummer Eins. Im Unterschied zur hiesigen Brücke strenger kontrolliert.«

»Mag sein. Was weiß man denn in Nong Khai über ihn?«

»Li Ping hat den Rentnermarkt von Viang Chang bedient: Prostituierte, Drogen, Rock and Roll und was immer mehr.«

»Das verstehe ich nicht: Heroin in Savannakhet eingeführt, nach Mukdahan und über Nong Khai nach Laos zurück geschmuggelt? Das macht doch keinen Sinn.«

»Erstens: Die Wege der Mafia sind selten direkt. Zweitens: Wenn wir in Europa wären und das Export- und Importgut Rindfleisch wäre, könnte ich Ihnen diese Wege verständlich machen. Aber hier unten vermute ich, dass die Grenzstadt Mukdahan einmal wieder keine Rolle spielt und das Heroin oder Kokain von Savannakhet direkt in die Rentnerenklaven von Viang Chang gebracht wird, die Li Ping von Nong Khai aus bediente.«

»Bedien**te**?«

»Ja, in der Vergangenheitsform, im Imperfekt, wie es in der europäischen Grammatik heißt. Der da ist nämlich tot. Seine Leiche wurde in der Elbe gefunden.«

Der Leutnant blickte Vichaj verständnislos an, Vichaj lächelte: »Die Elbe ist ein breiter Fluss in Europa, auf dem bis Hamburg große Seeschiffe fahren, also fast 100 Kilometer landeinwärts. Das Wasser der Elbe ist halb süß, halb salzig, vor allem aber schmutzig. Dort wurde Li Ping gefunden. Man hat ihm zuvor ein Viertel seines Kopfes weggeschossen.«

Der Leutnant wusste schon, dass Europa nichts für ihn war. »Warum weggeschossen und von wem?«

»Das herauszufinden sind wir hier. Wir vermuten, dass Li Ping ein hochrangiges Mitglied einer Triade war, ein **Choi Hai**. Schon gehört?«

Der Leutnant schüttelte den Kopf, überlegte und fügte dann fast flüsternd an: »*Binh Xuyen*, das habe ich gehört. Es soll eine Bruderschaft früherer südvietnamesischer Militärs und Politiker sein. Zu unseren älteren Militärs sollen sie noch über gute Kontakte verfügen, als alte Kameraden gegen die Nordvietnamesen und die Vietcong. Aber ich dachte, dass das Geschichte ist.«

»Das mag sein oder auch nicht. Ich bitte Sie um einen Gefallen: Vor einiger Zeit sollen ein Amerikaner namens Barney – oder ähnlich – und mehrere Polizeibeamte unseres Landes in Savannakhet aufgetaucht sein und sich wie Rambos benommen haben. Könnten Sie bitte klären, wer auf unserer Seite daran beteiligt war?«

»War der Amerikaner bei der Drug Enforcement Administration beschäftigt?«

»Soweit ich weiß, war er das.«

»Und seine Leiche wurde im Mekong gefunden?«

»So sagte man mir in Savannakhet.«

»Dieser Amerikaner hat uns besucht. Ich sagte ihm, was ich auch Ihnen sagte. Er war wild entschlossen, »in Laos aufzuräumen«, wie er meinte. Ich entgegnete ihm, dass die Laoten genug vom amerikanischen Großreinemachen haben könnten. Das interessierte den aber nicht im Geringsten. Wenn Sie mich fragen: Der Kerl war einfach ein Egomane und hatte keine Ahnung von Land und Leuten. Mich hat es nicht gewundert, dass er als Wasserleiche enden musste.«

»Dann hätten wir schon zwei Wasserleichen vor uns: Eine in der Elbe und eine im Mekong. Was mich bekümmert ist, dass wir bisher kaum eine Beziehung zwischen beiden haben.«

»Bei einer so großen Entfernung ist das auch ganz schön schwierig, nicht wahr?«, meinte der Leutnant, als sie sich inmitten der kläffenden Hunde spätabends verabschiedeten. »Sollten Sie mich und meine Männer eines Tages benötigen, dann stehen wir bereit. In Zivil selbstredend, denn wir wollen doch keine Invasion unseres Nachbarlandes riskieren.«

Vichaj bedankte sich: »***Khop Khun, Khrab***«. Der Leutnant mahnte: »Dort drüben heißt es kameradschaftlich »***Khop Chai***«, vergessen Sie das nicht«.

»Ich wird´s mir merken. Es wäre übrigens schön, wenn Sie uns ein ziviles Kraftfahrzeug mit thailändischem Nummernschild verfügbar machen könnten. Wir wären damit drüben mobiler, flexibler und vielleicht erfolgreicher.«

»Ich werde sehen, was sich machen lässt«, antwortete der Leutnant und scheuchte seine Hunde ins Haus. »Darf ich Sie zur Grenze zurück fahren?«

Vichaj bedankte sich und bat ihn, Kronenberg ins beste örtliche Hotel zu bringen. Er selbst habe noch etwas zu tun. Udo Kronenberg verstand: Lange keine Frau gehabt.

MUKDAHAN / RIVERSIDE HOTEL

Vichaj erwartete Kronenberg am Morgen in der Lobby des Riverside-Hotels an der Thanon Sibunruang: »Gut geschlafen?«

»Die halbe Nacht auf dem Balkon geraucht, guter Mekongblick, kein einziges Boot, jedenfalls keines mit Positionslichtern.«

»Schmugglerboote fahren meistens ohne Beleuchtung«, lachte Vichaj.

Beim verspäteten Frühstück überdachten sie das bisher Erfahrene: Li Ping alias Tanatus hatte sich an den beiden Lao-Thai-Freundschaftsbrücken etabliert. Von Nong Khai aus hatte er den illustren Bedarf fremdländischer Senioren bedient, von Savannakhet aus den einen oder anderen Warenfluss aus Vietnam nach Thailand. Dabei könnte die vietnamesische *Binh Xuyen* eine Rolle gespielt haben.

Als Exilchinese war Li Ping ziemlich sicher kein Mitglied der vietnamesischen Mafia, sondern eines der *Sap Sie Kee*, des »*Big Circle*«, auf den der Agent von der *National Crime Agency* aus London hingewiesen hatte. *Bin Xuyen* war außerhalb Asiens wahrscheinlich nur an der Pazifikküste Nordamerikas aktiv, *Sap Sie Kee* möglicherweise auch in Europa.

Li Ping könnte über seine Geschäfte entlang des Mekong zum **Choi Hai**, also zum Handlungsbevollmächtigten der *Sap Sie Kee* aufgestiegen sein, sich aber auch der Dienste der *Binh Xuyen* bedient haben. Daraus hätte sich ein Konflikt ergeben können, der ihn das Leben kostete.

»Dann hätten ihn die Einen oder die Anderen im Mekong versenkt, nicht in der Elbe«, meinte Vichaj.

»Richtig. Ob in Kambodscha eine Leiche mehr landet, spielt keine Rolle – an der Elbe schon. Was aber, wenn Li Ping von *Binh Xuyen* nach Deutschland gesandt worden wäre, um dort Schutzgelder aus den vielen vietnamesischen Restaurants zu organisieren? Denk an die Morde in Sittensen: Opfer Vietnamesen, Täter Vietnamesen und Tatort ein vietnamesisches Restaurant.«

»Eben, alles Vietnamesen, wie dilettantisch auch immer. Bei der Schutzgelderpressung wollen die Vietnamesen offensichtlich das Zepter selbst in der Hand halten und bedürfen keines Exilchinesen. Halten wir aber einmal an *Binh Xuyen* fest, dann könnten die Chinesen weitergehende Interessen in Hamburg, der »**Han Bao**«, im Auge gehabt haben, die vietnamesischen Triaden nicht ohne Weiteres zugänglich sind.«

»Gastronomie und Einzelhandel fallen also aus. Bleiben Drogen und Geldwäsche. Gibt es für interkontinental tätige Drogenhändler einen Grund, sich eines regionalen Mafiafürsten am Mekong zu bedienen?«

»Kleiner Grenzverkehr zwischen einem drogenverseuchten Land mit hohem Ermittlungsdruck und einem Land, das mit den Amerikanern und ihrer Drug Enforcement Administration nichts zu tun haben will.«

»In Ordnung. Und Geldwäsche?«

»Stimmt, wir müssen uns korrigieren. Dafür sind auch neue Asia-Supermärkte und Fresstempel in Europa geeignet. Auch Immobilien, mit denen außerdem sehr hohe Gewinne erzielt werden können. Richtig große Gastronomie-Komplexe wie in China zum Beispiel.«

»Gehen wir noch einen logischen Schritt weiter: Fürs Geldanlegen wird man üblicherweise nicht umgebracht, allenfalls betrogen. Geldfordern ist dagegen manchmal eine Kugel wert, sofern der Schuldner wirklich nicht zahlen kann.«

»Es sei denn, der Geldwäscher wird beim Geldanlegen den Platzhirschen unangenehm, weil er anders kalkuliert als örtliche Investoren, die sich ihrer Sache bisher sicher sein konnten. Es sei denn, also, der Geldwäscher verdirbt den Markt.«

»Stimmt ebenfalls. Neue Konkurrenten auszuschalten ist auch eine Kugel wert.«

»Wie also, wenn der Zettel, der bei Li Ping gefunden wurde und auf dem knappe 13 Millionen Euro standen, für Tanatus nur eine Gedankenstütze war, auf deren Grundlage er für ein Gelände in Altona mehr Geld anbieten sollte?«

»Dann könnten die Mörder bei den örtlichen Investoren sitzen.«

»Du meinst wohl nicht die Honoratioren selbst als Mörder, sondern nur als Auftraggeber?«

»Ja, selbstredend, das meine ich. Und sie waren sich der Konsequenzen nicht bewusst, nämlich, dass sie sich mit mindestens einer Triade anlegten.«

»Der Vereinsvorstand hat bei unserem Gespräch im *Indochine* am Elbufer erschrocken genug reagiert.«

»Was ihm auch nicht weiter helfen wird.«

Udo Kronenberg und Vichaj Bangramsan gingen mit ihren Kaffeetassen auf den betonierten Vorplatz des Riverside Hotels an der Thanon Sibunruang, zogen jeweils eine Zigarette und blickten in die braunen Wassermassen des Mekong. Eine Viertelstunde später fuhr ein weißer *Land Cruiser* vor, dem ein braun Uniformierter entstieg. Er fragte Vichaj nach seinem Namen, übergab ihm die Wagenschlüssel und ein Dokumentenpaket für die laotischen Grenzbehörden.

»Warum denn einen Pick-up-Truck?«, fragte Kronenberg Vichaj.

»Erstens ist dieser Wagen ein unermüdliches Arbeitspferd, zweitens ist Diesel in Laos nicht teuer und drittens ist Thailand der zweitgrößte Pick-up-Markt der Erde. Viertens aber ist das ein Zivilfahrzeug, kein Militärauto. Mit einer Militärnummer kämen wir nie über die Grenze.«

MUANG PHIN / LAOS

Die Grenzabfertigung auf der Ostseite der zweiten Lao-Thai-Freundschaftsbrücke über den Mekong dauerte deutlich länger als bei der Einreise mit einem lokalen Busunternehmen. Es ging weniger um die Visa, als um den *Land Cruiser*. Die Grenzpolizei der »Lao PDR« unterstellte Kronenberg und Vichaj, das robuste Fahrzeug in Laos verhökern zu wollen und verlangte dafür zunächst eine astronomisch hohe Zollgebühr. Der Dokumentenstapel, den ihnen der Soldat in Mukdahan übergeben hatte, erwies sich als kontraproduktiv. Schließlich wurde der Pick-Up mit seinem thailändischen Kennzeichen von allen Seiten fotografiert. Vichaj gelang es, ein Transitdokument für 500 Baht ausstellen zu lassen – Ausfuhrland Vietnam.

»Wir hätten den Leutnant als Fahrer mitnehmen sollen. Der genießt die Vorzüge des Kleinen Grenzverkehrs«, kommentierte Vichaj, als er sich wieder zu Kronenberg setzen konnte. »Fahren wir jetzt zu unserem Hotel oder nutzen wir unsere neu gewonnene Mobilität für einen Besuch bei *Urumchi Enterprises* östlich von Savannakhet?«

»Nutzen wir unsere Chance und den ganzen Tag, den wir noch vor uns haben«, erwiderte Udo Kronenberg.

»Also robben wir die Nationalstraße 9 Richtung Vietnam voran, bis wir die Fabrik finden.«

»Robben ist gut in dieser furztrockenen Hitze«, gab sich Kronenberg gelassen.

»Was hat ein Furz mit Trockenheit zu tun?«, wunderte sich Vichaj.

»Du hast Recht, meist sind Fürze recht feucht. Ich weiß wirklich nicht, wie wir Deutsche auf solche eine absurde Wortkombination kommen.«

»*Furz, Furz, der ist kurz, feucht ist er nicht, dieser üble Riechewicht*«, rappte Vichaj.

Udo Kronenberg amüsierte sich erneut ob der bisher unentdeckten Qualität seines Kollegen: »Du solltest wirklich in ein Musikstudio in

Bangkok gehen: Der rappende Polizeioberst, das würde mindestens so populär sein wie eure Chef-Forensikerin mit Punk-Frisur. Ihr seid mir schon ein lustiges Völkchen.«

»Wir Thai spielen eben mit unserer Sprache – und ich kann's sogar ein wenig auf Deutsch.«

»Am Text kannst du noch feilen. Vorbild könnte Manuel Martis Verteidigungsrede für den Furz sein. Das war ein spanischer Priester. *Crepitu ventris* heißt der Furz auf Latein, soweit ich erinnere.«

Nach etwa 60 Kilometern hielt Vichaj in Muang Phin, einem größeren Dorf auf halber Strecke nach Vietnam. Aus der platten Ebene am Mekong war eine sanft hügelige Landschaft geworden, in der Reste von Wäldern erhalten waren. Vichaj hatte ein Büro der laotischen Forstverwaltung entdeckt: »Fragen wir doch hier einmal nach *Urumchi Enterprises*.«

Der einzige Park-Ranger im Büro war sichtlich erschrocken, als Vichaj nach zehnminütigem Geplauder über die Biodiversitätszone *Dong Phou Vieng*, in der Muang Phin liegt, nach einer Fabrik von *Urumchi Enterprises* fragte: »Es gab in jüngster Zeit einige Todesfälle dort«, antwortete der Ranger knapp, aber unbedarft. »Uns Park-Ranger geht das nichts an. Wir kümmern uns um die Elefanten, die Gibbons, die Pythons, Kobras und die Rosenholzbäume in unserem Nationalpark.«

»Rosenholz?«

»Ja, siamesisches Rosenholz, in China *Hongmu* genannt. Während der Qing-Dynastie wurden daraus die wertvollsten Möbel gefertigt. Die Nachfrage reicher Chinesen ist heute riesig. Das Holz wird aus Laos und Kambodscha rausgeschmuggelt und in Vietnam verarbeitet. Offiziell ist der Export verboten, weshalb er zum Geschäft der Mafia wurde.«

Der freundliche Forstbeamte wies ihnen den Weg zum Grundstück der *Urumchi Enterprises*: zwei weitere Kilometer nach Osten jenseits des Ortsrands, dann rechts ab. Vichaj bedankte sich – **Khop Chai** –

und fuhr bis zu einer Stelle, an der eine breite Abfahrt Richtung Süden führte. Er schaltete den robust rumpelnden Dieselmotor aus: »Ab hier gehen wir zu Fuß. Wir müssen denen nicht ankündigen, dass wir sie besuchen wollen.« Kronenberg war gleicher Meinung.

Sie gingen nicht auf der Zufahrt, sondern etwa 50 Meter westlich davon durch den tropischen Trockenwald. Kronenberg stolperte über etwas Ballförmiges. Sie starrten entsetzt auf den faulenden Kopf eines Menschen, dessen Augen bereits von Ameisen gefressen waren. Vichaj Bangramsan machte instinktiv das Haltezeichen, das er bei der Armee gelernt hatte, das »Halbe Hände Hoch« mit aufgestellter Hand.

Bei genauerem Hinsehen fanden sich in der Umgebung viele Leichenteile: »Entweder sind die angegriffen worden, oder ihre Belegschaft wurde massakriert«, stotterte Vichaj. Kronenberg sagte gar nichts, hielt sich ob des Gestanks die Nase zu.

Südlich dieses Killing Fields stießen sie auf eine etwa vier Meter hohe Mauer, in die ein Tor aus armiertem Beton eingelassen war. Sie gingen die Mauer entlang um vier Ecken. Hinter der Mauer war kein Laut zu hören. Wieder am Ausgangsort angekommen, hörten sie den Motorlärm eines alten Lastkraftwagens, der auf das Tor zu keuchte und dreimal kurz, dreimal lang hupte. Das Tor bewegte sich auf seinen eisernen Schienen kreischend zur Seite.

»Das ist ein alter US-Army-Truck mit vietnamesischem Kennzeichen. Ich wette, dass der aus Dong Hoi kommt«, sagte Vichaj, ohne angesichts des Lärms seine Stimme senken zu müssen. Instinktiv hätte er lieber gewispert. Nachdem sich das Tor geschlossen hatte, herrschte wieder Stille.

»Hier werden wir nicht alt«, flüsterte Kronenberg. Vichaj nickte. Sie stolperten über Leichenteile zurück zur Nationalstraße, wo ihr Wagen stand. Auf der Rückfahrt hielt Vichaj nochmals vor dem Büro der Forstbehörde, das diesmal verwaist war.

»Auch, wenn die Fabrik etwas abseits liegt, glaube ich nicht, dass die Menschen in diesem kleinen Ort von einem Massaker dort nichts mit bekommen haben«, mutmaßte Vichaj und lief auf einen benachbarten Marktstand zu. Er fragte die Händlerin ungeniert. Die Frau hob beide Hände: »Mit denen haben wir nichts zu tun. Der Compound ist für uns wie eine fremde Burg.«

»Sie sagten eben Compound. Das ist ein englisches Wort. Woher haben Sie das?«

»So nennen die das selbst.«

»Also haben Sie mit denen doch etwas zu tun. Wer sind die?«

»Sie nennen sich *Urumchi Enterprises* und gehören einem reichen Herrn aus Savannakhet.«

»Wir haben vor der großen Mauer um die Fabrik Teile toter Menschen entdeckt.«

»Das sind alles Vietnamesen, damit haben wir nichts zu tun.«

»Wann und warum wurden diese – Ihres Erachtens - Vietnamesen umgebracht?«

»Das weiß hier niemand genau. Vor vielleicht vier Wochen entdeckten spielende Kinder einige menschliche Köpfe im Wald. Wir haben ihnen erklärt, dass dort ein böser **Phi** zu Hause ist und ihnen verboten, noch einmal hin zu gehen.«

»Haben Sie die Polizei verständigt?«

»Unser Milizionär hatte kein Interesse daran und die Park-Ranger haben andere Sorgen«, sagte die Händlerin ruhig.

»Sorgen?«

»Ja, Berichte an eine ICP über die Entwicklung des Nationalparks so zu schreiben, dass weiterhin Geld fließt. Wir hoffen alle, eines nicht zu fernen Tages Touristen empfangen und bewirten zu dürfen, die nicht wie bisher mit dem Überlandbus nach Vietnam durchrauschen und uns nichts bringen.«

»Was oder wer ist die ICP?«

»Weiß ich nicht, irgendetwas Englisches. Von dort kommt ein wenig Geld in die Gegend, das aber nicht für uns, sondern für wilde Tiere im Nationalpark gedacht ist.«

Vichaj und Kronenberg fuhren fast 70 Kilometer westwärts zurück zum Dinosaurier-Museum von Savannakhet. Der Museumsdirektor war wie immer im Dienst.

»Können Sie bitte Savang so schnell wie möglich hier her holen?«, bat Vichaj. Savang traf innerhalb von 20 Minuten ein: »Sie haben jetzt ein eigenes Fahrzeug, wie ich sehe. Mit Thai-Kennzeichen. Robuster Motor, kann ich Ihnen jederzeit reparieren, falls es Probleme geben sollte.«

»Wir waren in Muang Phin«, gab sich Vichaj wortkarg.

»Oh ja, Muang Phin. Der Nationalpark ist ein Schatz, den es erst zu heben gilt.«

»Wir haben ein Killing Field entdeckt, das niemanden dort zu interessieren scheint, weil alle Toten angeblich Vietnamesen sind.«

Savang wurde förmlicher: »Herr Bangramsan, das ist sehr unfair. *Urumchi Enterprises* hat in Muang Phin eine Belegschaft durch eine andere ausgewechselt, kurz nachdem Li Ping oder Lee Ping verschwunden war. Der Wechsel der Belegschaft erfolgte so, wie es die Triaden machen. Es kam kein Bürger der Volksrepublik Laos zu Schaden.«

»Das ist das einzige Ergebnis Ihrer Ermittlungen?«

»Wer spricht denn hier von Ermittlungen? Wir beobachten zwar, was die dort machen, aber es betrifft uns nicht wirklich.«

»Sie meinen, dass ein Massenmord an Vietnamesen sie nicht betreffe?«

»Herr Bangramsan, viel mehr betrifft uns Ihre Anwesenheit. Sie hat das Potential, die Interessen unseres Landes zu stören. Wir kennen Ihre Gespräche mit London, Hamburg und Washington. Wir sind ein friedliebendes Land, das sogar ein Paar Polizisten aus Deutschland und Thailand freundlich aufnehmen kann. Sollte unsere Gastfreundschaft allerdings damit enden, dass Gorillas aus den USA oder aus England nachziehen, dann müssten wir uns sehr ernsthaft mit Ihnen unterhalten. Solche Typen wollen wir in unserem Land nicht haben, verstehen Sie?«

Vichaj verstand, legte aber noch Einen nach: »Diesen Li Ping alias Tanatus haben Sie aber in Ihrem Land gewähren lassen, obwohl er kein Bürger Ihres Landes war?«

»Laos musste sich immer anpassen, wenn es von seinen mächtigen Nachbarn missbraucht wurde. Wir konzentrieren uns darauf, Schaden von unserem Volk abzuwenden. Wenn Vietnamesen Vietnamesen umbringen, ist das deren Sache, nicht unsere. Wenn Gorillas fremder Geheimdienste unser Land durchwirbeln wollen, bitten wir sie raus. Verstehen Sie?«

Vichaj verstand: »**Khop Chai samrab Kha Neana.**«

Savang wurde versöhnlicher: «Ich werde veranlassen, dass wenigstens die Leichenreste ordentlich bestattet werden. Es ist tatsächlich ungehörig, die offen herumliegen zu lassen. Wenn dort Kinder spielen würden … .«

»Haben sie bereits. Ihre Eltern haben es ihnen danach verboten und etwas vom bösen **Phi** erzählt.«

»Jaaah, der Geisterglaube heilt manche Ängste.«

SAVANNAKHET

Im Hotel bemühte sich der üblicherweise völlig indifferente Portier vor den Tresen des Empfangs. Er hielt ein Bündel Notizblätter in seiner rechten Hand, die er Vichaj übergab: »Viele Anrufe, Khun Bangramsan, für Sie und für Monsieur Klonenbelg.« Der Mann hatte erkannt, dass diese Gäste wichtig waren.

Kronenberg und Vichaj setzten sich an einen Tisch des leeren, neonbeleuchteten Speisesaals und sortierten die Zettel. Auf den meisten war neben einer Telefonnummer der Versuch des Portiers festgehalten, ausländische Namen auf Sanskrit nachzubilden. »Fünf aus Bangkok, drei aus den USA, drei aus Deutschland und einer aus Großbritannien. Seltsam – auf dem letzten Zettel steht eine Telefonnummer aus HongKong und der Name Yang. Nehmen wir doch die zuerst, dann vielleicht eine aus Amerika und eine aus Deutschland, wenn du willst.«

»Will ich nicht«, gähnte Kronenberg.

»Hier unten oder auf unseren Zimmern?«, fragte Vichaj.

»Das ist doch völlig gleichgültig. Die Gespräche werden ohnehin mitgehört.«

Sie holten sich beim Portier zwei Flaschen »*Beer Lao*« und gingen vor die Tür. »Lass mich mein Handy nehmen und nimm du den zweiten Kopfhörer. Wir müssen nur eng beisammen bleiben, wenn dich das nicht stört«, grinste Vichaj. Kronenberg störte es nicht.

In HongKong meldete sich zunächst eine etwas unwirsche Frauenstimme mit unverständlicher Ansage in Putonghua oder Kantonesisch. Vichaj nannte seinen vollen Namen und Dienstgrad. Er wurde wortlos weitergeleitet an einen Herrn, der feinstes Englisch sprach und sich als Captain Lee vorstellte.

Vichaj zwinkerte Kronenberg mit beiden Augen zu und fragte: »Captain welcher Einheit, Sir?«

»*Special Investigations* der HongKong Police Force, Sir. Sie wissen, weswegen ich anrief, Sir?"

»Ich nehme an, dass es sich um Li Ping handelt.«

»Sie ermitteln jetzt in der Volksrepublik Laos, nicht wahr?«

»Das tun wir offensichtlich. Ebenso offensichtlich scheint inzwischen jede Polizeiinspektion der Welt davon zu wissen.«

»Wer denn noch außer uns?«

»Sir, Captain, Sir, Sie wollen uns sicher nicht zum Besten halten. Was also wollen Sie von uns konkret?«

»Sie sind also nicht allein?«

»Ich sagte uns, nicht mir.«

»Wie Sie wollen. Es wäre freundlich von Ihnen, mit uns zu kooperieren. Möglicherweise wollen Sie schon morgen zwei unserer besten OK-Spezialisten sprechen und mit Ihnen zusammen weiter ermitteln.«

Jetzt stellte sich Kronenberg kurz vor und übernahm die Antwort: »Wir Deutschen sind bekannt dafür, dass wir bis zur Unhöflichkeit direkt sprechen, Captain. Deshalb sage ich es gleich: Wir können zwar mit Ihren Leuten reden, aber ermitteln werden wir wie bisher alleine. Uns hat schon einmal ein chinesischer Polizist namens Xiao Zhang einfach grußlos sitzen lassen. Wir haben keine Lust, so etwas zum zweiten Mal erleben zu müssen, verstehen Sie bitte?«

»Gewiss, ich verstehe, Detective Kronenberg. Wer immer dieser Xiao Zhang sein mag, er gehört nicht zu uns.«

»Jedenfalls ließ er uns in Kunming vorläufig festnehmen, hat uns dann in die Volksrepublik Laos begleitet und dabei mit keinem Wort die Triaden erwähnt. In Luang Prabang verschwand er spurlos. Jetzt, wo wir vielleicht an einer der Triaden dran sind, scheint sich plötzlich die ganze Welt dafür zu interessieren. Ist doch seltsam, oder?«

»Detective, China ist zwar das größte Land der Erde, aber nicht alle Welt. Ich bitte Sie doch nur um ein Gespräch mit meinen Kollegen.«

»Captain, das haben wir Ihnen bereits zugesagt. Mehr aber auch nicht. Haben wir uns da klar verstanden?«

»Sie werden sicher erfreut sein, Verstärkung zu erhalten, die des Chinesischen mächtig ist.«

»Hier spricht man Thai. Die einzige Verbindung, die darüber hinaus weist, spricht Vietnamesisch. Mehr Sprachkenntnisse benötigen wir bislang nicht, Captain Lee.«

»Ich werde meine beiden Kollegen instruieren. Vielen Dank, Detective.«

»Gerne. Weil wir schon beim Formalen sind: Ich bin immer noch mindestens Senior Detective. Das sollten Sie Ihren Jungs auch sagen, damit es nicht am nötigen Respekt fehlt.«

»Wir Chinesen respektieren die Weisheit des Alters, Sir.«

»Das hätten Sie auch während der Kulturrevolution tun sollen. Dann wäre manches einfacher gelaufen. Aber nichts für ungut, wir erwarten Ihre Leute. Gute Nacht, Captain Lee.«

Vichaj konnte sein Lachen bis zum Ende des Ferngesprächs in Zaum halten, dann äffte er los: »Wir Chinesen respektieren die Weisheit des Alters, grrhh. Wir haben unseren Alten während der Kulturrevolution zwar Ku-Klux-Clan-Hüte aufgesetzt und sie mit Schildern um den Hals durch die Straßen gejagt, auf denen sie als Konterrevolutionäre gebrandmarkt wurden. Leider waren die damals jungen Revolutionäre nicht in der Lage, etwas anderes zu lernen als die Lehrsätze unseres großen Führers. Sie sind zu doofen Senioren geworden, die wir aber sehr respektieren, Sir. Sie können sogar *Putonghua* sprechen und verstehen, Sir.«

»Gar nicht witzig, Vichaj. Die Kulturrevolution hat eine ganze Generation in die Irre geführt und nutzlos gemacht. Ich schlage vor, dass wir uns jetzt den Spaß machen, eine der 001-Nummern anzurufen.«

Vichaj stimmte, immer noch grinsend, zu.

Es meldete sich eine sonore Männerstimme, hinter der ein gewisser Podolsky stand.

»Mir scheint, dass Sie mich heute um 10.54 hiesiger Zeit erreichen wollten. Senior Detective Kronenberg ist mein Name.«

»Keine Ahnung, wer sind Sie denn?«

»Das sagte ich Ihnen bereits. Ich rufe Sie aus Laos an.«

»Ach, ich wollte Sie in der Tat sprechen. Wo steckten Sie so lange?«

»Wir hatten hier zu tun. Dürfte ich Sie bitten, mir zu sagen, wo und für wen Sie arbeiten, mit wem ich es also tatsächlich zu tun habe?«

»Dieses Gespräch wird zwar möglicherweise abgehört, ist aber ohnehin egal. CIA, Langley / Virginia. Sie verstehen?«

»Ich verstehe, bin aber nicht beeindruckt, wenn Sie das meinen sollten.«

»Das habe ich von Ihnen auch nicht gefordert. Hören Sie, wir haben erfahren, dass Sie an der »14 K« dran sind. Stimmt das?«

»Es hat den Anschein, dass nicht nur Sie diesen Eindruck haben. Sie sind nicht der Einzige, mit dem ich heute Abend darüber spreche.«

»Hier ist Nacht und ich bin immer noch im Dienst. Also hören Sie: Sie bewegen sich morgen aus Laos raus und überlassen die Sache uns.«

»Herr Podolsky, wir werden einen Teufel tun. Einer Ihrer Drogen-Fuzzis scheint sich hier so erregt zu haben, dass er tot im Mekong gelandet ist. Er hat in Laos einen nachhaltig schlechten Ruf hinterlassen. Jetzt kommen Sie mir nicht damit, dass Sie hier etwas übernehmen wollen. Ich sagte schon meiner Behörde in Deutschland, was ich von der CIA in Laos halte. Das haben Sie sicher mitgeschnitten, sonst würden wir nicht miteinander reden.«

»Sie bewegen Ihre Ärsche aus Laos hinaus, oder Ihre Ärsche werden gegrillt.«

»Mein gebratener Arsch würde sicher Niemandem munden, Herr Podolsky. Aus meiner Sicht wäre es besser, wenn Ihre Ärsche in Laos nicht auftauchen würden.«

»Wie Sie wollen. Sie haben sie morgen am Hals.«

»Sofern ich Ihnen etwas raten darf: Es ist spät in Langley, machen Sie für heute Schluss. Ein paar weitere, im Mekong treibende US-Bürger fände ich nicht witzig, selbst, wenn Sie von der CIA wären.«

»Sie versuchen wohl, dort drüben zu punkten, Herr Kronenberg. Good night.«

»Leider kann ich Ihnen kein »Good Luck« wünschen, Herr Podolsky.«

»Das wird morgen ein spannender Tag werden«, kommentierte Vichaj. Kronenberg nickte. »Gebe bitte Savang Bescheid, aber nur über die Amerikaner.«

MA UND YANG

Kurz nach Sonnenaufgang klingelte das Zimmertelefon Vichajs. Zwei Herren seien in der Lobby des Hotels und wünschten ihn zu sprechen.

»Amerikaner oder Chinesen?«

»Chinesen, die Thai und Englisch sprechen«, antwortete der Portier.

Vichaj zog sich schnell Hemd und Hose über, schlüpfte in Sandalen und klopfte an Kronenbergs Zimmertür, der nur einen Spalt öffnete. »Die Chinesen sind da, überpünktlich.«

Sie gingen beide langsam die Treppen hinab, um sich zu solch früher Stunde zu sammeln. In der Lobby warteten ein älterer, hagerer Chinese mit kantigem Gesicht und längerem, schwarzen Haar, in dem Silberstreifen glitzerten, sowie ein junger, deutlich größerer, schlaksiger Mann mit weichen, fast kindlichen Gesichtszügen, einem schüchternen Moustache und halblangem, schwarzem Haar. Der Jüngere trug eine Sonnenbrille. Beide waren mit anthrazitfarbenen Anzügen und weißem Hemd bekleidet. Sie stellten sich zurückhaltend als »Mister Ma« und »Mister Yang« aus HongKong vor.

Kronenberg machte eine einladende Geste zum leeren Speisesaal, bestellte viermal Kaffee und »Continental Breakfast«. Die Chinesen setzten sich erst, als Kronenberg und Vichaj auf zwei Stühlen aus Blech und Plastik Platz genommen hatten.

»Nehmen Sie bitte Ihre Sonnenbrille ab, ich will den Leuten in die Augen sehen, mit denen ich spreche«, brummte Kronenberg den jüngeren Chinesen an, der tat, wie ihm geheißen.

Kronenberg fuhr fort: »Wir hatten gestern das Vergnügen mit Captain Lee. Ich nehme an, dass er Ihr Commander ist. Liege ich damit richtig?« Die beiden Chinesen nickten.

Zwei Laotinnen, die weiße Hauben trugen, servierten das Frühstück.

»*Gafä ig song gäo*«, glänzte Kronenberg mit seinem rudimentären

Thai. Er wollte den Chinesen zeigen, dass er kein dahergelaufener Europäer ohne Orientierungsvermögen sei und benötigte so früh morgens ohnehin zwei Tassen Kaffee.

Er wandte sich dem älteren »Mister Ma« zu: »Sind Sie gut über die Grenze gekommen?«

»Wir waren bereits hier, Senior Detective Kronenberg.«

»Ihre kleine Lektion haben die nach unserem Gespräch mit Lee gelernt«, lehnte sich Kronenberg kurz zu Vichaj hinüber, bevor er auf Englisch weiter fuhr: »Ihr Captain hat uns erläutert, dass Sie für unsere Ermittlungen nützlich sein könnten. Erklären Sie uns beiden bitte, was Sie über unseren **Choi Hai** Li Ping mehr wissen als wir.«

»Mister Ma« hatte Kronenberg unverwandt in die Augen geschaut, während der sprach. Nun senkte er den Blick auf seinen Frühstücksteller, köpfte langsam das Frühstücksei, nahm ein labbriges Brot und begann zu löffeln. Kronenberg lehnte sich auf seinem Blech-Plastik-Stuhl zurück und sah seinerseits »Mister Ma« unverwandt an, der sich jedoch nicht stören ließ. Ostasiaten empfinden unaufhörliches Anstarren als unangenehm.

Nachdem »Mister Ma« das Ei ausgelöffelt, sich seinen Mund mit einer Serviette abgewischt und einen ersten Schluck aus einer seiner beiden Kaffeetassen genommen hatte, legte er den Löffel beiseite, richtete sich kaum merkbar auf und sah Kronenberg wieder an: »Captain Lee sprach vom »*Big Circle*« alias »14 K«. Davon will ich gar nicht sprechen, denn mit denen kennen wir uns besser aus, als Sie beide es je könnten. Dieser Li Ping hatte jedoch auch Kontakte mit einer vietnamesischen Triade namens *Binh Xuyen*. Deshalb sind wir hier.«

»Mister Ma« schwieg wieder und sah Kronenberg unverwandt an. Diese Taktik war Kronenberg bekannt, er blickte unverwandt zurück, nahm einen Schluck Kaffee und schwieg. Nach einer gefühlten Ewigkeit huschte ein Lächeln über Ma's Gesicht: »Es ist gut, wenn man ab und zu schweigen kann. Mein junger Kollege, Mister Yang, wird Ihnen jetzt etwas zu der *Binh Xuyen* erläutern.« Dann machte sich »Mister Ma« wieder über sein Frühstück her.

Der Schlaks unterbrach sein Frühstück, griff in die Innentasche seines Jacketts und faltete langsam die Kopie einer Landkarte auseinander: »Kennen Sie das, Senior Detective?«

Kronenberg und Vichaj studierten die Schwarzweißkopie mit eingezeichneten Grenzen, Orten, Straßen und topographischen Details. Vichaj antwortete: »Das ist Pakse, ein paar Dutzend Kilometer südlich von hier. Südlich der Grenze zwischen Laos und Kambodscha liegt erst einmal – na ja, nichts außer dem sich auffächernden Mekong. Am östlichen Rand der Karte liegt im Hochland Vietnams Pleiku. Das war vor mehr als 50 Jahren ein wichtiger Stützpunkt der Amerikaner. Die unterstützten damals in ihrem *»Camp Holloway«* etwas, das sich *»Free World Military Forces«* nannte, wurden Anfang 1965 vom 409. Vietkong-Bataillon überrannt. Zusammen mit dem Schuss eines Torpedos auf die *USS Maddox* im Golf von Tonking war diese Attacke auf Pleiku meines Wissens der Beginn des offenen Kriegs der USA in Vietnam.«

Der junge »Mister Yang« blickte nach seinem älteren Kollegen »Mister Ma«, der die Gesprächsführung übernahm: »Recht gut für Ihr Alter, Colonel Bangramsan. Wissen Sie auch, wie die Sache zu Ende ging?«

»Die Amerikaner zahlten einen hohen Blutzoll in den Bergen um Pleiku. Sie zogen ihr *First Air Command Squadron* von Pleiku nach Nakhon Phanom und nach Nha Trang ab. Zurück blieben zum Beispiel die Sechste Air Division und der *72. Tactical Wing* der südvietnamesischen Streitkräfte. Kurz vor Ende des Kriegs verließ die südvietnamesische Armee Pleiku völlig kopflos, angeblich, weil ihr dort kommandierender General einen Präsidentenbefehl falsch verstanden hatte.«

»Mister Ma« lehnte sich lächelnd zurück: »Noch besser, Colonel Bangramsan. Der kommandierende General ließ Dutzende von Hubschraubern und »*Skyraidern*« zurück. Die »*Skyraider*« waren schnelle, einmotorige Maschinen, mit denen der vom Westen sogenannte Ho-Chi-Minh-Pfad auch in Laos beobachtet und beschossen wurde. Die südvietnamesische Armee ließ auch Ersatzteil- und Tanklager zurück, zur Freude der NVA. Ihre Offiziere wurden dafür jedoch nicht belohnt, sondern in Umerziehungslager gesteckt. Jetzt sehen Sie sich dieses Luftbild an.«

Kronenberg und Vichaj beugten sich über eine Kopie, die Pleiku Air Base zeigte: Eine lange Startbahn, ein riesiges Vorfeld für sicher Dutzende von Helikoptern und Kampfbombern, ein kleines Empfangsgebäude und Äcker.

»Das nennt man in Vietnam vielleicht auch Friedensdividende. Aus der riesigen Air Base ist ein kleiner Zivilflughafen geworden«, meinte Kronenberg.

»Sehen Sie genauer hin, rechts auf dem Bild.«

»Ich sehe es. Dort steht eine recht große Halle.«

»Ehemaliges Feuerwehr- und Rettungszentrum. Bei den heute täglich zehn An- und Abflügen ist diese Halle so überflüssig wie die früheren Hangars, die heute Felder sind.«

»Ein großes Depot für was auch immer«, mutmaßte Vichaj. »Sie meinen ein Depot für *Binh Xuyen*?«

»Mister Ma« nickte: »Von dort kommen die nicht dokumentierten Flüge aus Vietnam nach Savannakhet.«

»Jetzt sagen Sie mir bitte, wer hinter *Binh Xuyen* steckt, ich kann's mir fast denken.«

»Dachte ich doch, dass Sie eine schnelle Auffassungsgabe haben. Versetzen wir uns in die Offiziere der südvietnamesischen Armee: Sehr gute Ausbildung, fließendes Englisch. Nach 1975 das Versprechen der Sieger, nie mehr eine anständige Arbeit erhalten zu können, trotz Umerziehungslager. Die suchten sich eben eine andere Art von Arbeit, möglichst eine, die viel Geld bringt. Wenn so einer aus der neuen Gesellschaft rausgeworfen wird, sucht er für seine Fähigkeiten und sein Engagement eben die Illegalität, in der er sich ohnehin befindet. Verständlich?«

»Wie es die Amerikaner im Irak mit der Saddam-Armee gemacht haben. Die gingen dann zu *Al Quaeda* oder zum Islamischen Staat«, sinnierte Vichaj. »Aber warum suchen sich diese ohnehin Illegalen ihre Partner nicht in Nakhon Phanom, Korat oder anderen früheren Air-Force-Standorten in *Isaan*?«

»Ich bitte Sie, Colonel, die Mafia nimmt fast nie den direkten Weg. Sie weiß außerdem genau, wo die Kontrolldichte niedriger und wo sie höher ist. Die thailändische Polizei ist besser trainiert und arbeitet etwas effizienter als jene in anderen Ländern, das wissen Sie ganz genau.«

Vichaj ignorierte die Schmeichelei: »Mehrere schwache Grenzen bilden zusammen genommen auch einen starken Widerstand. Warum schmuggeln die ihre Drogen nicht gleich von Saigon nach Bangkok und von dieser Drehscheibe in alle Welt?«

»Erstens schmuggeln die nicht nur Drogen, sondern auch Waffen. Damit hat ihr Geschäft sogar begonnen, sie hatten ein riesiges Arsenal zur Verfügung. Die schon damals verwendete *AK-47* ist heute noch beliebt. Und eine *Bell UH-1* ist heute noch afrikatauglich, vor allem, wenn sie mit Ersatzteilen geliefert wird. Zweitens sind die Absatzmärkte recht unterschiedlich. Zum Beispiel Waffen nach Mogadischu, wo Drogen kaum nachgefragt werden. Oder Drogen in die Casino-Zone von Poipet in Kambodscha, eine besonders interessante Destination.«

»Und das alles über Savannakhet?«

»Das habe ich nicht gesagt. Noch nicht einmal alles über Pleiku. Vietnam hat eine 2000 Kilometer lange Küste und die Südchinesische See ist bisher ein Eldorado für Schmuggler.«

Kronenberg konnte sich eines Kommentars nicht enthalten: »Weshalb Ihre Volksrepublik die Kontrolle dieser See übernehmen will. Dabei geht es dort doch nur um das Reservoir an Bodenschätzen. Aber lassen wir das. Uns interessiert im Kern der *Choi Hai* Li Ping. Der stammt unseres Wissens aus der Provinz Yunnan, nicht aus Vietnam.

»Mister Ma« machte eine lange Pause, bevor er sagte: »Was ihn nicht daran gehindert hat, mit vietnamesischen und kambodschanischen Veteranen zusammen zu arbeiten.«

»Wir haben gestern einen sogenannten Compound bei Muang Phin besucht, möglicherweise eine Fabrik zur Herstellung von Amphetaminen, biologischen Waffen und ein Handelsstützpunkt für Rosenholz, das aus Laos nach Vietnam geschmuggelt wird. Warum fabriziert die *Binh Xuyen* das Zeug nicht in Pleiku?«

»Mister Ma« lächelte nachsichtig: »Wir haben doch bereits über mehr oder weniger kontrollierte Orte gesprochen. Sie sehen auf dieser Karte, dass südlich der Grenze zwischen Laos und Kambodscha eine große Leere herrscht, was für *Binh Xuyen* nicht unattraktiv ist. Savannakhet liegt außerdem an der alten Handelsstraße zwischen Vietnam und Thailand, hat eine günstige Infrastruktur.

Nun blicken Sie bitte nochmals auf die Landkarte: Pleiku ist von Pnomh Penh nicht viel weiter entfernt als von Savannakhet und nach Poipet ist der Landweg mühsamer. Was glauben Sie, was ich damit meine?«

Kronenberg und Vichaj blickten abwechselnd auf die Landkarte und in die auf sie gerichteten Augen von »Mister Ma«. Vichaj wagte einen ersten Einsatz: »Pnomh Penh ist ein bedeutender Touristenort geworden, an dem man sich alles kaufen kann, was andernorts verboten ist und die Casinowelt in Poipet ist ein Hort aller Möglichkeiten, fast so, wie Macau.«

»Mister Ma« fasste Vichaj an seiner Hand und fixierte ihn mit den Augen: »Nicht schlecht, Colonel. Aber warum dann nicht direkt von Pleiku nach Phnom Penh?«

Vichaj überlegte lange, bevor er den nächsten Einsatz wagte: »Weil der Flughafen von Phnom Penh unter stärkerer Kontrolle steht als jener von Savannakhet?«

»Mister Ma« schüttelte Vichaj herzhaft die Hand: »Sie haben es fast geschafft, Herr Kollege. Deshalb dieser Umweg. Allerdings ist der

Landweg von Savannakhet nach Phnom Penh doch mühsamer als von Pleiku nach Phnom Penh. Warum dennoch Savannakhet?«

Vichaj überlegte noch länger, bevor er zögernd meinte: »Vielleicht, weil der größte Teil der Ware gar nicht nach Phnom Penh geht, sondern an einen von Pleiku aus gesehen entfernteren Ort.«

»Mister Ma« war hoch erfreut: »Sie haben fast Ihr Diplom gemacht, Colonel. Glauben Sie, dass es in dieser regionalen Betrachtung Unterschiede zwischen Drogen- und Waffenhandel gibt?«

»Na ja, Mister Ma, Sie haben dazu bereits etwas gesagt: Mogadischu. *Eine Bell-UH1* schleppt man nicht einfach über eine Landgrenze. Ein paar Kalaschnikows, Menschen und Drogen schon. Jedenfalls von Laos nach Kambodscha.«

»Mister Ma« barst fast vor Freude: »Colonel, das genau ist es, was ich hören wollte. Wichtig sind unerwartete Umwege und aus Sicht von *Binh Xuyen* verlässliche, also kontrollarme Grenzübergänge. Darauf nehmen wir uns jetzt eine Flasche »*Beer Lao*«, wenn Sie es mögen.«

»Danke, Captain Ma, nicht vor Einbruch der Dunkelheit.«

»Captain?«

»Wenn ich darüber nachdenke, was Sie alles wissen, dann müssen Sie mindestens Captain sein, oder Lee ist in HongKong sogar Ihr Untergebener.«

»In China sagt man nicht »Untergebener«. Und in HongKong schaffen wir momentan die britischen Zöpfe der Hierarchie ab, Colonel. Trinken Sie bitte doch eine Flasche *Beer Lao* mit mir, denn ich kann Ihnen zu Ihrem Li Ping noch etwas sagen, das aber nur beim Bier.«

Unter dieser Bedingung stimmten Vichaj und Kronenberg zu. Nachdem sie den Chinesen zugeprostet hatten, blickten sie »Mr. Ma« erwartungsvoll an. Der alte Chinese spürte, dass er im Unterschied zu Captain Lee für die beiden Polizisten interessant geworden war. Er machte eine längere Pause.

»Ihr Li Ping hatte drei Standorte: Nong Khai, Savannakhet und Poipet. In Nong Khai und Savannakhet arbeitete er als **Choi Hai** der »14

K« und kooperierte – erlaubt oder unerlaubt – mit *Binh Xuyen*. Poipet war vielleicht sein Schicksal. Denn dort scheint er sich völlig auf Veteranen der *Khmer Rouge* verlassen zu haben, die Spielcasinos für Ihre Landsleute, Colonel Bangramsan, betreiben. Diese *Khmer Rouge*-Offiziere haben damit ein unermessliches Vermögen gemacht. Niemand in der Unterwelt Kambodschas kommt an ihnen vorbei. Gemeinsam mit den regionalen Behörden betreiben sie auch das Transportmonopol zwischen Poipet und Siem Reap, also der Rennstrecke für Touristen nach Angkor Wat. Li Ping ist weder in Laos, noch in Vietnam an die richtig dicken Fische der organisierten Kriminalität Südostasiens heran gekommen. In Kambodscha wahrscheinlich aber schon.«

»Warum ist er dann nicht einfach im Mekong gelandet oder in diesem stinkenden Rinnsal zwischen Aranyaprathet und Poipet?«

»Eben das interessiert uns auch. Wir glauben nicht, dass der **Choi Hai** Li Ping durch die alten Kameraden der besiegten südvietnamesischen Armee oder durch die *Sap Sie Kee* umgebracht wurde, in der er eine hohe Position innehatte. Sondern durch die im Morden erfahrenen ehemaligen *Khmer Rouge*. Er wurde mit einem chinesischen Pass nach Europa geschickt, wahrscheinlich, um Geldwäsche vorzubereiten. Was uns wundert ist, dass er nicht mit einem kambodschanischen Pass reiste.«

»Vielleicht, um die Spur nach Poipet zu vertuschen?«

»Das wäre durchaus möglich, Colonel Bangramsan. Ein kluger Gedanke.«

Udo Kronenberg hatte die ganze Zeit die chinesischen Gesprächspartner beobachtet, insbesondere »Mister Ma«. Ihm wurde immer bewusster, dass es Vichaj und er nicht mit einem gewöhnlichen Polizeioffizier aus HongKong zu tun hatten. Entweder war dieser »Ma« selbst ein Mobster, oder er war führender Offizier eines Geheimdienstes. Kronenberg überlegte angestrengt, wie er der Identität dieses »Ma« näher kommen konnte. Er wusste, dass man von Ostasiaten auf für sie gewollt oder ungewollt unangenehme Fragen selten eine klare Antwort bekam, wenn überhaupt eine.

»Mister Ma, Sir, warum interessiert sich die lokale Polizei Hong-Kongs für internationale Kontakte eines Mitglieds der *Sap Sie Kee*, das in HongKong gar nicht tätig war?«

»Die »14 K« hat ihr Hauptquartier in HongKong, Chief Detective.«

»Wäre das alles, dann würden Sie sich der dortigen Führung widmen, nicht einem regionalen Boss außerhalb HongKongs.«

»Die Triaden haben sich auf allen Kontinenten außer Afrika und Südamerika ausgebreitet. Weil das Geschäft in China schwieriger wird, werden ihre Regionalfürsten außerhalb der Volksrepublik mächtiger. Wenn Sie so wollen: Der Anteil des Auslandsgeschäfts am Umsatz und Gewinn steigt, die dafür Verantwortlichen gewinnen an Bedeutung. Das ist bei den Triaden nicht anders als bei anderen internationalen Konzernen. Diesmal nur anders herum: In China sinken Umsatz und Rendite, in anderen Weltregionen steigen sie.«

»Hmmm. Das ist ein Teil der Antwort auf meine Frage.«

»Es ist die gesamte Antwort auf Ihre Frage, Chief Detective. Es sei denn, Ihre Frage hatte einen anderen Inhalt als jenen, den Sie ausgesprochen haben.«

JIM AND JOE

Während sich die Vier angeregt unterhielten, fuhr ein *GMC*-SUV mit abgedunkelten Scheiben vor dem Hotel vor, dem zwei stämmige, muskulöse, kahlrasierte Amerikaner in etwas zu engen, schwarzen Anzügen entstiegen. Beide trugen Sonnenbrillen, ihre Hosen waren unterhalb des Bunds noch praller gefüllt als an ihren Oberschenkeln. Einer von ihnen blieb an der hotelabgewandten Seite des Fahrzeugs stehen, der andere steuerte dem Eingang zu, immer die rechte Hand am Hosenbund unter seinem Jackett.

Als er die Beiden bemerkte, raunte Kronenberg Vichaj auf Deutsch zu: »Ich dachte, dass Savangs Truppe diese Typen an der Freundschaftsbrücke aufhalten konnte.«

Lauter und auf Englisch meinte er: »Die Beiden dort haben mit uns nichts zu tun, die haben wir nicht eingeladen.«

»Mister Yang« stand langsam auf, den Blick starr auf den Amerikaner gerichtet, der die Lobby des Hotels betrat und in ihre Richtung blickte. Der Bullige, etwa 35 Jährige, ging auf sie zu und fragte: »Mister Kronenberg?«

»Ich habe Sie nicht erwartet.«

»Das stimmt. Wir Sie ebenfalls nicht. Hat Ihnen Podolsky nicht geraten, Ihre Ärsche von hier weg zu schwingen?«

»Ich erinnere mich an die ordinäre Ausdrucksweise von Herrn Podolsky.«

»Warum haben Sie seinen Rat nicht befolgt?«

»Weil ich auf seinen Rat nichts gebe. Ich sagte ihm, dass seine Leute ihre Ärsche hier heraus halten sollten.«

»Sehr freundlich von Ihnen, Chief Detective. Sie sehen allerdings, dass wir hier sind. Was wollen Sie jetzt tun?«

»Mister Yang« bewegte sich extrem langsam, geradezu schlendernd auf den etwa 35-Jährigen zu, dessen Aufmerksamkeit allerdings auf

Kronenberg gerichtet war. Kronenberg stand langsam auf. Nur »Mister Ma« blieb ruhig sitzen.

In Bruchteilen einer Sekunde hatte »Mister Yang« mit beiden Füßen voran den Brustkorb des Bulligen angesprungen, brach ihm erste Rippen, dann beide Handwurzelknochen, schließlich das Schienbein. Der Agent im Hotel ging stöhnend zu Boden. Sein hinter dem Van stehende Kollege hatte den Blitzangriff »Yangs« mit bekommen, duckte sich hinter die Motorhaube und begann, mit seiner Pistole Streufeuer auf das Hotelfoyer zu schießen. Neben dem Tresen ging der Portier zu Boden. Fast zeitgleich riss dem Mann hinter dem SUV ein Schuss einen Teil des Kopfs weg. Der Schuss kam nicht aus dem Hotel.

»Zweite Leiche eines Amerikaners im Mekong«, murmelte Kronenberg vor sich hin. »Ich habe sie aber gewarnt.«

»Mister Ma« lächelte: »Das wissen wir. Keiner von uns hat Waffen bei sich, nur diese beiden Gorillas. Nennen wir sie Jim und Joe. Joe ist ja nun wohl tot. Wer immer den Schuss abgab. Jim dürfen wir bitte mit Ihrer Erlaubnis mitnehmen.«

»Sollten wir nicht eine Ambulanz rufen?

»Sie wissen doch, Chief Detective, dass Hospitäler in Laos Schwerverletzte nicht behandeln können. Wir nehmen diesen Van der Amerikaner und sehen, was wir für Jim tun können.«

»Sie werden ihn umbringen.«

»Keine Angst, auch für uns gilt die alte Regel unter Agenten: Lebend ist er uns jedenfalls zunächst wertvoller als tot. Leider scheint die Regel nicht überall zu gelten.«

»Das, Sir, war der zweite Teil meiner vielleicht nicht genau ausgesprochenen Frage: Sind Sie vom chinesischen Geheimdienst?«

»Mister Ma« lächelte: »Kümmern wir uns zunächst um den Verletzten und die Beseitigung der Leiche seines Kollegen. Zeit für lange Erklärungen ist vielleicht später. Wir dürfen Sie doch wieder besuchen?«

Udo Kronenberg nickte. Woher mochte der Schuß gekommen sein? Hatte die Grenzkontrolle die örtliche Miliz oder Savang von der Ankunft der Amerikaner informiert? Warum hatte sie wenigstens Savang nicht benachrichtigt? Oder waren »Mister Ma« und »Mister Yang« nicht alleine gekommen?

SAVANNAKHET / DINOSAURIERMUSEUM

Udo Kronenberg setzte sich wieder auf den Blech-Plastik-Stuhl im leeren Speiseraum. »Dieses Mal ist ein Laote zu Schaden gekommen«, zeigte er auf den am Boden liegenden Hotelportier. »Holen wir Savang?«

Vichaj kam vom Tresen zurück: »Tot ist der noch nicht. Schuss in die rechte Brusthälfte. Überlassen wir das denen dort«, zeigte er auf die um den Schwerverletzten stehende Küchenfrauschaft und mehrere Hotelgäste, die nach der Schießerei aufgetaucht waren. »Ich sage denen, dass sie den Mann in ein Hospital schaffen sollen und wir die Miliz benachrichtigen werden.«

Kronenberg und Vichaj setzten sich in ihren *Land Cruiser* und fuhren zum Dinosauriermuseum. Der Onkel Savangs schien immer im Dienst zu sein. Sein Neffe vom Inlandsgeheimdienst erschien binnen 20 Minuten und hörte sich die Geschichte von Jim und Joe an. »Die Beiden von der CIA sind Geheimdienstler, wir aber sind einfache Polizisten«, schloss Vichaj seinen Bericht.

»Jetzt seid ihr eben auch auf geheimer Mission unterwegs. Ich werde euren Bericht meinem Nachbarn erzählen, der arbeitet bei der Miliz. Zwar werden die Leute im Hotel wahrscheinlich nichts tun außer den Portier ins lokale Hospital zu fahren. Den Tratsch in einer ruhigen Kleinstadt soll man jedoch nicht unterschätzen. Was wollt ihr jetzt tun?«

»Wir vermuten, dass unser Li Ping gute Kontakte nach Kambodscha hatte. Es könnte sein, dass er aus dem Compound in Muang Phin Drogen und Handwaffen nach Poipet und Phnom Penh verschob. Davon müsste die Grenzpolizei von Laos Kenntnis haben.«

»Grenzübergang bei Veun Kham, das ist ein kleines Dorf ganz im Süden der Provinz Champasak. Die Grenzer dort leben vielleicht selbst vom Schmuggel von Wasauchimmer. Ich werde sehen, was ich tun kann.«

»Sollen wir gemeinsam dorthin fahren?«

»Aufwand groß, Ertrag gering, wenn nicht Null. Auf kambodschanischer Seite liegt auf fast 100 Kilometer so gut wie nichts. Leeres Land. Die Khmer-Grenzer sind wahrscheinlich alle hoffnungslos korrupt. Kein Ort, an dem man zu Ergebnissen kommt.«

»Dann fliegen wir gemeinsam nach Poipet«, schlug Vichaj vor.

»Mit »Air America« oder den Flugzeugen von *Binh Xuyen*?«, flachste Savang. »Selbst, wenn ich ein nicht dokumentiertes Flugzeug auf unserem Flughafen beschlagnahmen könnte, glaubt ihr doch nicht, dass das Innenministerium mir einen Ausflug nach Kambodscha genehmigen würde.«

Savangs Onkel hatte aufmerksam zugehört. Jetzt mischte er sich in das Gespräch ein: »Das Kulturministerium würde mir wahrscheinlich einen Besuch in Kambodscha genehmigen, wenn er nichts kostet. Ich könnte euch als wissenschaftliche Begleiter deklarieren. Dass wir ein internationales Team sind, könnte sogar eine große Ehre für die Volksrepublik sein.«

»Und unsere chinesischen Kollegen?«

»Die stören nur, selbst, wenn das Flugzeug Platz genug hätte.«

»Platz dürfte das geringste Problem sein«, antwortete Savang. »Schließlich transportieren die Maschinen Drogen und Waffen.«

»Also Flug im Frachtraum, hoffentlich mit Druckausgleich«, fasste Vichaj zusammen. »Sir, wie lange würde es dauern, bis sie die Erlaubnis des Kulturministeriums erhalten?«

»Würde ich die in Viang Chang hängen gebliebenen Gelder für mein Museum andeuten, denke ich, dass ich die Genehmigung per FAX nach einem einzigen Telefongespräch in meinen Händen halte. Aufregend ist das schon auf meine alten Tage. Mitfliegen werde ich dennoch nicht.«

Savang, Kronenberg und Vichaj fuhren die fünf Kilometer zum Flughafen, wo sie zwei kartenspielende Fluglotsen vorfanden, denen Savang seinen Dienstausweis zeigte.

»Der heutige Flug nach Viang Chang fällt aus«, meinte einer der Lotsen.

»Was kommt aus Pleiku?«

Der Fluglotse starrte Savang an: »Aus woher, bitte?«

»Pleiku in Vietnam, woher ab und zu unangemeldete Flüge eintreffen. Wenn Sie das nicht sofort zugeben, nehme ich Sie auf der Stelle fest.«

Der Fluglotse senkte den Blick: »Na ja, ab und zu fertigen wir einen Geschäftsflieger ab. Das kommt selten vor.«

»Wir kennen den Funkverkehr zwischen Ihrem Tower und diesen Geschäftsfliegern«, mischte sich Vichaj ein. »In Mukdahan wird alles festgehalten. Stellen Sie sich also nicht dümmer als Sie sind.«

»Haben Sie mich eben als dumm bezeichnet, Sie mieser Ausländer?«, fauchte der Fluglotse zurück.

»Nichts läge mir ferner, Sie Elite der Nation. Wann kommt der nächste Geschäftsflieger?«

»Das wissen wir nicht. Die melden sich immer erst, bevor sie den Sinkflug einleiten. Fragen Sie doch Mukdahan.«

»Nicht frech werden, Bürschchen. Aber Sie können einen Furz darauf lassen.«

Kronenberg erinnerte sich an Vichajs Rap über den Furz und begann zu lachen, was auch die beiden Fluglotsen zu erheitern begann: »Dieser *Falang* dort ist viel freundlicher als Sie«, warf der zweite Fluglotse Vichaj vor.

»Der kennt sich hier eben nicht aus. Ich schreibe Ihnen jetzt meine Handynummer auf. Sobald sich ein Geschäftsflieger bei Ihnen anmeldet, geben Sie mir und meinem Kollegen Savang Bescheid. Sollten Sie das nicht tun, werden Sie Ihren bequemen Job verlieren. Wenn Sie es tun, kann ich Ihnen zwar keinen Job als Fluglotse in Bangkok versprechen, könnte mich dafür aber einsetzen. Dort verdienen Sie ein Mehrfaches Ihres Gehalts.«

Zurück nach Savannakhet. »Ich glaube, dass diese Beiden gerne nach

Viang Chang versetzt werden würden. Schlimmeres als der Job in Savannakhet wird denen auf keinen Fall passieren. So viele Fluglotsen haben wir in Laos nicht«, bemerkte Savang.

NGUYEN TRANH

Es dauerte keine 24 Stunden, bis sich der Kontrollturm des Flughafens Savannakhet meldete. Savang stand nach einer Stunde mit seinem Onkel im Foyer des Hotels: »Hier die Erlaubnis des Kulturministeriums für eine Dienstreise nach Kambodscha. Der Genosse im Ministerium meinte zwar, dass ich jetzt völlig irregeworden sei. Welcher Laote will schon in das Chaos Kambodschas eintauchen! Er hat gelacht, ich glaube, dass er mich auslachte. Hauptsache keine Kosten, meinte er.«

»Und wir als Ihre Begleiter?«

»Eine Ehre, wie ich vermutete. Ich hoffe, dass Ihre Namen in diesem FAX korrekt erwähnt sind.«

Vichaj überflog das Schreiben und nickte: »Der Name Kronenberg erscheint sogar in lateinischen Buchstaben. Hier steht Dr. Kronenberg, du bist jetzt Anthropologe.«

Udo Kronenberg schmunzelte. »Was ist mit den Chinesen, die uns auf Poipet hingewiesen haben?«

Savangs Onkel blickte betreten: »Diese Ma- und Yang-Nummer haben sie mir nicht abgenommen. Sie fragten nach der Universität, an der die beiden tätig sind. Da musste ich passen.«

Savang deutete zum Ausgang des Hotels: »Einer der beiden Milizionäre, die ich mitgebracht habe, um das Flugzeug nachdrücklich beschlagnahmen zu können, will auch mitfliegen. Es ist der ältere von den Beiden, Chef der Miliz von Savannakhet. Er hat noch nie ein ziviles Flugzeug von innen gesehen und ist ganz gespannt darauf.«

Vichaj fragte irritiert: »Ist das der Nachbar, den Sie erwähnt haben?«

Savang nickte: »Savannakhet ist eben eine kleine Stadt.«

»Dann fahren wir mal«, seufzte Vichaj und ging Richtung *Land Cruiser*.

»Nein, wir nehmen den«, zeigte Savang auf einen älteren Pick-Up-Truck der Miliz.

Vichaj begann zu lachen: »Sie meinen, dass das unser Air-Taxi sein wird?«

»Taxi to the Airport«, schmollte der Chef der Miliz.

Auf dem Apron des Flughafens stand ein mausgrauer *Lear Jet 45 XR* des kanadischen Herstellers Bombardier ohne Kennung. Ein halbes Dutzend Arbeiter war damit beschäftigt, silberne Rollcontainer aus dem schlanken Rumpf des Flugzeugs zu holen. Der Pick-Up der Miliz fuhr mit eingeschaltetem Rotlicht bis an die Gangway heran. Savang bedeutete Vichaj und Kronenberg, sitzen zu bleiben. Mit den beiden Milizionären sprang er aus dem Wagen und brüllte: »Halt, Miliz, dieses Flugzeug ist beschlagnahmt!« Die Arbeiter spritzten auseinander und liefen wie um ihr Leben, während die Milizionäre ihre Gewehre starr auf die geöffnete Tür des *Lear Jets* hielten. Als sich dort niemand zeigte, enterten sie die Maschine. Das Flugzeug war menschenleer.

»In Ordnung, kommen Sie mit. Wir stürmen den Tower«, rief Savang Vichaj und Kronenberg zu.

»Und dieser alte US-Army-Truck dort, für den die Rollcontainer bestimmt sind, interessiert Sie nicht?« Savang schüttelte mit dem Kopf.

Im Treppenhaus des Kontrollturms kamen ihnen einer der Fluglotsen und zwei ältere Männer in Fliegerkluft entgegen. Die beiden Milizionäre hielten ihre Gewehre starr auf die Flieger, während der Fluglotse palaverte. Die Piloten trugen Pistolen an ihren Gürteln.

»Das kann nur ein Missverständnis sein«, unterbrach einer der Piloten in makellosem Englisch texanischer Art den Wortfluss des Lotsen. »Wir sind auf einem unserer Routineflüge.«

»Welche Routine das ist, wissen wir«, gab Savang schneidend zurück. »Sie können Ihr Flugzeug weiter entladen lassen. Ihre Fracht interessiert uns nicht. Für diese Zeit ist der Jet schwebend beschlagnahmt, danach endgültig.«

Vichaj zeigte auf den Onkel Savangs: »Dieser Mann ist einer der weltweit bedeutendsten Forscher seines Fachs. Wir sind in sehr wichtiger und dringlicher wissenschaftlicher Mission unterwegs. Sie lassen wie üblich auftanken und fliegen uns dann nach Poipet in Kambodscha.«

Der Pilot blickte ungläubig: »Von Laos bin ich ja einiges gewohnt. Aber jetzt verschaukeln Sie mich doch, oder?«

Savang übergab das FAX des Kultusministeriums der Volksrepublik Laos. »Das kann ich nicht lesen«, antwortete der Pilot.

»Sollten Sie aber besser lesen können. Es ist ein Dokument der Regierung dieses Landes, aufgrund dessen ich das Flugzeug beschlagnahmen und Ihnen befehlen kann, nach Poipet in Kambodscha zu fliegen - hin und zurück.«

Der Pilot sah sich das Siegel auf dem Briefkopf an, verstand aber immer noch nicht: »Ist in diesem Kaff in Kambodscha plötzlich ein tot geglaubter König auferstanden, sozusagen ein asiatischer Pharao? Ich will mich nicht über die Sitten anderer Länder lustig machen. Aber das hier ist doch offensichtlich eine Lachnummer.«

»Das Lachen wird Ihnen schon vergehen. Meines Wissens sind Sie ein ehemaliger Berufssoldat Südvietnams. Wo sind Sie ausgebildet worden?«, fragte Vichaj mit ausgeprägt breitem amerikanischen Englisch.

Der Pilot stutzte nur kurz: »In Pleiku, auf der *Clark Air Force Base* in den Philippinen und auf der *Seymour-Johnson Air Force Base* in North Carolina, wenn ich Ihnen das sagen darf. Ich war Kampfflieger-Kommandant bei der Sixth Air Division der VNAF. Colonel Nguyen Tranh, Sir.«

»Angenehm, Colonel Vichaj Bangramsan, Royal Thai Police. Der hier ist Chief Detective Udo Kronenberg, Hamburg Police Department, Germany. Meine Kollegen dort sind von der Miliz der Volksrepublik Laos. Sie üben das Hoheitsrecht aus."

»Schon klar. Und was wollen sie in diesem gottverdammten Poipet, wenn ich fragen darf?«

»Wir wollen die Spielcasinos besuchen«, lächelte Vichaj. »Zusammen mit zwei unserer laotischen Kollegen, die so etwas noch nie gesehen haben.«

»Bin ich jetzt noch auf dieser Erde oder schon im Jenseits?«, fragte Nguyen Tranh mehr sich selbst.

»Seien Sie unbesorgt, Herr Kollege, Sie sind noch auf dieser verrückten Erde. Machen Sie einfach, was wir sagen und fliegen Sie dann ruhig zurück nach Pleiku.«

Savang bat den Fluglotsen, einen ordentlichen Flugplan von Savannakhet nach Poipet aufzustellen. Der Lotse entgegnete, dass zwar Savannakhet über einen ICAO-Code verfüge – VLSK – Poipet hingegen nicht: »Dort landet und startet seit Jahren kein Flugzeug mehr.«

»Dann schreiben Sie eben Poipet im Klartext. Klartext heißt in lateinischen Buchstaben, verstanden? Ich will den Flugplan, damit wir den eventuell kreuzenden Kambodschanern unter die Nase halten können. Und zwar sofort, mit dem Siegel Ihrer Flugsicherungsbehörde«, bellte Vichaj den Fluglotsen an, der sich widerwillig an die Arbeit machte.

Nach einer Stunde war der *Lear Jet* aufgetankt und der Flugplan erstellt. Kronenberg, Savang, Vichaj und der Milizenchef begaben sich mit den beiden vietnamesischen Piloten an Bord, nachdem sie ihnen die Pistolen abgenommen und selbst eingesteckt hatten. Mit neun Sitzen war in der Kabine mehr als genug Platz.

»Das geht jetzt voll auf Ihr Risiko«, bemerkte Nguyen Tranh. »Wir fliegen VFR.«

»Was ist das?«

»Visual Flight Rules. Alles nach Sicht der Dinge. Eigentlich benötige ich dafür eine detaillierte Landkarte. Ich werde einen Bogen über der Provinz Champasak und das nördliche Kambodscha fliegen. Die direkte Linie geht über Thailand, wo ich unausweichlich Ubon Ratchatani-Air Control kontaktieren müsste. Diese Version hat der Fluglotse mir sogar aufgeschrieben. Er will wohl Ihre Mission sabotieren.«

Vichaj schob ihm die Kopie der Landkarte zu, die von den Chinesen auf den Tisch des Speisesaals gelegt worden war. »Jenseits des rechten unteren Rands liegt Poipet. 13 Grad 39 Minuten nördlicher Breite, 102 Grad 34 Minuten östlicher Länge. Das finden Sie als ehemaliger Kampfpilot auch auf Umwegen schon. Sollten wir dort ankommen, dann werden Sie nach Ihren Visual Flight Rules auch das Flugfeld sehen und darauf landen. Ich bin ganz zuversichtlich.«

»Das kommt auf den Zustand der Landebahn an. Vielleicht machen wir einen Kopfstand.«

»Dann ist es uns vorherbestimmt. Sind Sie ein gläubiger Mensch?«

»Ich wurde katholisch erzogen.«

»Das schadet auch nicht. Fliegen wir mit Gottes Segen für eine gute Sache.«

»Spielcasinos, sagten Sie?«

»Das sagte ich halb im Ernst, halb im Spaß, Colonel. Tun Sie einfach, was Sie gelernt haben.«

Zwanzig Minuten nach dem Start wies Savang nach links unten: »Außer dem silbern blinkenden Lauf des Mekong – manchmal sind es viele Flussarme – seht ihr dort den fast endlosen Trockenwald. Die grünen Inseln dazwischen sind Plantagen.«

»Was wird dort angebaut?«

»Nicht, wie ihr vielleicht meint, Mohn. Schierling, Eiben, Fingerhut, Tollkirsche und der sogenannte Wunderbaum. Das sind Plantagen für die Pharmazie.«

»Diese Pflanzen sind mir als giftig bekannt,« warf Kronenberg ein.

»Genau darum geht es. In geringen Dosen können sie Medizin sein, in hohen Dosen sind sie giftig, vor allem der Wunderbaum. Dessen Fruchtschalen haben *Rizin* in sich, das die Bildung von Proteinen im Körper verhindert. Tötet leise und schwer nachweisbar. So wie das *Hyoscyanum* der Tollkirsche. Eine ideale Art, Gegner ohne Messer oder Knallerei umzubringen. Zermahlene Eibenkerne in wenig Whisky tun es auch. Normalerweise wird Herzversagen diagnostiziert. Der Tod kommt auf leisen Pfoten, wenn man in Poipet sehr erfolgreich spielt.«

»Wer betreibt diese Plantagen?«

»Soweit ich weiß, ist es ein ehemaliger *Khmer Rouge*-Kommandeur namens Ta Mok oder sein Sohn. Ta Mok war früher ein gefürchteter Mann des internen Geheimdienstes. Er scheint Poipet immer dann zu bedienen, wenn ein den Casinos unliebsam aufgefallener Spieler – also einer, der unerwartet hoch gewonnen hat – beruhigt werden muss. Eine Gerichtsmedizin gibt es dort selbstverständlich ebenso wenig wie im benachbarten Aranyaprathet.«

»Hat der *Compound*, den wir in Muang Phin sahen, auch etwas damit zu tun?«

»Ich glaube schon, obwohl dort überwiegend Amphetamine hergestellt werden. Ihr aus dem Westen wisst aber mehr als wir, dass mit Pharmazie hohe Gewinne gemacht werden können. Ob man pflanzliche Stoffe bis zur Unwirksamkeit verdünnt oder in hoher Konzentration herstellt – nur die Patienten sind andere.«

Nach einer Stunde rumpelte der *Lear Jet* über die schadhafte Landebahn des ehemaligen Flugplatzes Poipet. Als das Flugzeug zum Stehen kam, atmete Colonel Nguyen Tranh hörbar auf: »*De Havilland* hält selbst das aus!«

»Was das heißt, muss ich jetzt aber nicht wissen. Wie viele Tonnen können Sie laden?«

»Bei vollen Tanks nur eine Tonne. Wir haben aber keine vollen Tanks mehr und ich sehe hier kein Tanklager.«

»Also vielleicht zwei Tonnen. Nicht eben viel, nicht wahr?«

»Das kommt darauf an, wie wertvoll die Ladung ist. Während des Kriegs flog ich sogar *AC-130* mit vier Motoren, die manchmal Waffen, manchmal nur Soldaten transportierten.«

»Nur, sagten Sie eben. Für mich sind Menschen immer noch die wertvollste Fracht. Haben Sie dazu eine andere Meinung, Colonel?«

Nguyen Tranh sah Vichaj Bangramsan seltsam an, runzelte die Stirn: »Der Kapitalismus hat unsere Gehirne schon seltsam verformt, das gebe ich zu. Vielleicht sind daran die Kommunisten schuld.«

»Das nenne ich wahre Dialektik«, schmunzelte Vichaj. »Sie sind wirklich Klasse, Herr Kollege. Wenn Sie wollen, können Sie uns in die Stadt begleiten.«

POIPET / KAMPUCHEA

Das nicht regelmäßig angeflogene Flugfeld Poipet wurde erwartungsgemäß mit Landtransportmitteln nicht bedient. Nachdem auch der zweite zufällig vorbeifahrende Tuktuk-Fahrer einen unverfroren hohen Fahrpreis aufrief, hielt Vichaj dem dritten Fahrer die Pistole des Flugkapitäns an die Stirn und wiederholte diese Übung beim vierten Fahrer. »Wir können uns in einem solchen Nest doch nicht alles gefallen lassen«, meinte er rechtfertigend.

Poipet ist ein staubiger Grenzort an der Hauptstraße nach Sisophon, wo sich die Straße nach Phnom Penh und Siem Reap verzweigt. Mehr als die Hälfte seiner 100.000 Einwohner leben in Slums ohne Frischwasser und Elektrizität. In krassem Kontrast dazu stehen nahe der Grenze zum Königreich Thailand westlich eines großen Verkehrskreisels fünf große Spielcasinos aus Stahl und glitzerndem Glas. Die Casinos gehören überwiegend ehemaligen *Khmer Rouge*-Offizieren und liegen in einer speziellen Zone, die spielsüchtigen Thai das Glücksspiel ohne Grenzkontrolle ermöglicht. In Thailand ist Glücksspiel untersagt, weil die Bevölkerung wie in China, woher die Thai vor mehr als einem Jahrtausend kamen, als der Spielsucht besonders zugetan gilt. »Unser genetisch schlechtes Erbe aus Yunnan«, pflegte Vichaj zu sagen.

An der kambodschanischen Grenzkontrolle östlich der Casinos baute sich Vichaj auf und machte den kambodschanischen Grenzer nieder, der von seinen Begleitern außer Kronenberg zischelnd jeweils 4.000 Baht Schmiergeld forderte. »Wir werden Ihre Republik nicht verlassen, besuchen nur die Spielcasinos auf Ihrem Boden.«

Der Grenzer bestand darauf, wenigstens von den beiden Laoten, die keinen Reisepass mit sich führten, 4.000 Baht zu erhalten, die er von Vichaj schließlich bekam. Als die illustre Reisegruppe verschwunden war, griff der Grenzbeamte zu seinem Handy. Die Geschäftsführer des *Golden Crown* Casinos, des *Holiday Palace* und des *Poipet Ressort* Casinos wussten damit Bescheid, dass eine aus ihrer Sicht üble Mannschaft im Anmarsch war.

Mister Yeoh, der Manager des *Golden Crown*, rief beim Eigentümer des Casinos an und erhielt von Theng Bun Ma den Rat, die Ausländer keinesfalls in der Casino-Zone abzufangen, da es sich wahrscheinlich um Polizisten handele. »Den Deutschen und den Thai könnt ihr wegpusten, sobald sie die Zone wieder verlassen haben. Der Vietnamese arbeitet für einen unserer Geschäftspartner und die Laoten lassen wir in Ruhe, weil wir keinen Stress mit unserem nördlichen Nachbarland haben wollen. Die Security bleibt an allen ständig dran, verstanden?«, meinte der ehemalige *Khmer Rouge*-Kommandeur.

Kronenberg, Nguyen Tranh und sein Kopilot, Savang, Vichaj und der Chef der Miliz von Savannakhet betraten das pompöse Foyer des *Poipet Ressort* Casinos und buchten extrem teure Übernachtungen. »Sind Sie sicher, dass Sie 800 US-Dollar pro Nacht investieren wollen?«, fragte die Rezeptionistin.

Vichaj zückte seine Kreditkarte: »Zwei Dreibettzimmer für insgesamt 1.000 US-Dollar, geht das in Ordnung?«

Die Empfangsdame nickte: »Und 150 US-Dollar für Leihkleidung pro Tag, denn in den Klamotten, die Sie anhaben, kommen Sie nicht ins Casino, Sir.«

»Bist du wahnsinnig?«, fragte Kronenberg Vichaj auf Deutsch.

»Jeder von uns hört beim ersten Gewinn mit dem Spielen auf, ohne Pardon«, gab Vichaj zurück. »Dann werden wir die 1.150 US-Dollar wahrscheinlich schnell wiederhaben und obendrein Nguyen Tranh seine Betriebskosten erstatten können.«

Nachdem sie ihre Leihkleidung in Empfang genommen hatten, verabredeten sie sich zum »Evening Dinner« in einem der guten und gar nicht so teuren Restaurants der Casino-Zone. »Die Waffen bleiben auf den Zimmern, versteckt sie so gut es geht«, befahl Vichaj.

*

Vichaj Bangsamsan sah sich in dem großen Restaurant um: »Fast Alle sind Landsleute. Und fast Alle dürften ziemlich reich sein. So viele reiche Thai habe ich noch nie auf einem Haufen gesehen.«

»Hunde mögen neue Haufen riechen«, erinnerte sich Udo Kronenberg grinsend an ein thailändisches Sprichwort, das Vichaj in Hamburg zitiert hatte. Vichaj bestellte aus der Sanskrit geschriebenen Speisekarte.

»Jeder von uns geht an einen Roulette-Tisch. Wir besetzen damit sechs nebeneinander liegende Tische. Ich kaufe Jetons für Alle, jeder erhält damit einen Einsatz von 1.000 US-Dollar. Sobald einer gewonnen hat, beendet er sein Spiel, kommt zu mir und sagt »Ca va«. Das ist Französisch und bedeutet für mich, dass er einen Gewinn erzielt hat. Wenn einer die ersten drei Einsätze verliert, kommt er auch zu mir und sagt »Rien va«. Er schlendert dann eine Runde durch den Saal und kommt zu mir zurück. Sobald ich zu spielen aufhöre, ziehen wir uns ganz gelassen zurück. Ich denke, dass wir in einer halben Stunde wieder draußen sind. Haben Alle verstanden?« Alle nickten.

Savang, Nguyen Tranh und sein Kopilot meldeten sich mit »Ca va«, Kronenberg und der Milizionär mit »Rien va« und gingen spazieren. Vichaj hatte dreimal verloren und überlegte sich, ob er einen vierten Einsatz wagen sollte. Schließlich hatten Savang, Nguyen und sein Co bereits 15.000 US-Dollar gemacht. Er setzte ein viertes Mal, räumte ab und trat vom Spieltisch zurück. »Jeder der vier Gewinner holt sich für seine Jetons nun das Geld separat und geht einzeln zum Restaurant, wo wir etwas zu trinken bestellen und uns an einem Tisch zusammensetzen. Jeder beobachtet jeden, und wir alle werden sicher auch beobachtet. Also bloß keine Hektik, ganz gelassen bleiben.«

»Was machen wir gemeinsam an dem Tisch?«

»Nun, wir trinken zwanglos und warten, was dann passiert.«

Sie saßen kaum zehn Minuten gemeinsam am Tisch, als ein großer, hagerer Chinese mit einem Security-Mann auf sie zusteuerte: »Mein Name ist Yeoh, ich bin der Manager des Etablissements. Darf ich mich kurz zu Ihnen setzen?«

»Sie dürfen«, antwortete Vichaj knapp.

»Sind Sie ein Freundeskreis, der bei uns Spaß sucht?«, fragte Yeoh interessiert.

»Uns verbindet der Krieg in Vietnam. Ich meine, mich und meinen jüngeren Kollegen aus Laos verbinden unsere Väter, die im Krieg kämpften.«

»Auf verschiedenen Seiten? Sie sind Thai und er ist Laote.«

»Auch in Laos gab es Royalisten«, korrigierte Vichaj knapp.

»Unsere Beobachtung hat uns also nicht getäuscht: Sie haben koordiniert gespielt, nicht wahr?«

Vichaj lachte: »Mister Yeoh, fünf von uns Sechs haben das erste Mal in ihrem Leben gespielt. Wie können Sie dann annehmen, dass wir koordiniert gespielt hätten? Richtig ist wohl eher, dass wir vom Spielen keine Ahnung haben und heute unsere ersten Erfahrungen machten.«

»Sie hatten also gemeinsam Glück. Dann versuchen Sie doch Ihr Glück nochmals.«

»Ich sagte Allen, dass nach dem ersten Gewinn oder bei dreimaligem Verlust Schluss ist. Wir sind nicht spielsüchtig, Mister Yeoh.«

»Das hätte ich von ehemaligen Soldaten oder deren Söhnen auch nicht erwartet, Sir. Auch nicht von Polizisten, nicht wahr?«

»Dass ich Polizist bin, wissen Sie wohl seit unserem Grenzübertritt. Ich habe kein Hehl daraus gemacht.«, antwortete Vichaj.

»Haben Sie nicht. Es gibt auch Grenzüberschreitungen anderer Art, Sir. Ich will Sie deshalb Alle bitten, das Casino zu verlassen.«

Vichaj zog die Hotelrechnung aus seiner Gesäßtasche: »Eine bereits bezahlte Übernachtung für so viel Geld ist selbst bei Ihresgleichen valide, oder?«

»Ich werde veranlassen, dass Ihnen das Geld erstattet wird«, lächelte Yeoh.

»Wir bestehen darauf, dass die von uns bezahlte Leistung erbracht wird. Eine Nacht müssen Sie uns schon ertragen. Und ohne jede Störung, bitte, sonst werden wir unangenehm.«

Yeoh wollte sich erheben, aber Vichaj drückte ihn auf den Stuhl zurück. Er hielt ihm das Foto von Li Ping vor die Augen: »Kennen Sie den?«

Wie zu erwarten war, verneinte Yeoh sofort.

»Wir wissen, dass Sie ihn kennen, Mr. Yeoh. Wenn Sie nicht wollen, dass wir Ihren Laden noch heute Abend aufmischen, dann erklären Sie uns jetzt und sofort, was dieser halb weggeblasene Totenschädel in Poipet machte.«

Der Manager zückte sein Handy. Vichaj schlug es ihm vom Ohr.

»Sie werden uns jetzt meine Frage beantworten. Jeder von uns ist kampfsporterprobt. Also keine Tricks, bitte, sonst nehmen wir zunächst dieses Restaurant auseinander, dann den Spielsaal und dann das gesamte Casino. Also: ich höre.«

Der begleitende Security-Mann ging in Stellung.

»Lassen Sie diese Spielchen. Wir wollen keinen Ärger, wenn Sie keinen machen. Wir wollen nur wissen, was der hier auf dem Foto mit Ihnen zu tun hatte. Sie müssen sich keine Sorge um Konsequenzen machen: Der hier ist sichtbar tot und hat unseres Wissens bisher keinen Nachfolger gefunden. Und Ihre Glücksspielgeschäfte sind nicht Gegenstand unserer Ermittlungen.«

»Nun gut, was soll's. Der hier war **Choi Hai** Li Ping. Er handelte mit Pharmazeutika und Rosenholz, hat bei uns ab und zu gespielt.«

»Mit Pharmazeutika«, höhnte Vichaj. »Sie wissen nicht zufällig, welcher Art die Arzneimittel waren, die der **Choi Hai** ausgerechnet nach Poipet brachte?«

»Das müssen Sie schon meinen Chef fragen, Sir.«

»Und der wäre?«

»Mister Theng Bun Ma.«

»Wahrscheinlich ein früherer *Khmer Rouge*-Killer, nicht wahr? Aber das müssen Sie nicht beantworten. Wie kann ich den erreichen?«

»Er erreicht mich, wenn er will, nicht ich ihn, Sir.«

»Dann sagen Sie ihm sobald er Sie erreicht, dass er uns erreichen soll. Sonst lasse ich ihn zur internationalen Fahndung ausschreiben –

das sagen Sie ihm auch. Im Übrigen werden wir in Ihrem gastlichen Haus so lange übernachten, bis uns Mister Theng Bun Ma persönlich erläutert hat, was dieser **Choi Hai** in Poipet getrieben hat. Haben wir uns verstanden, Mister Yeoh?«

Yeoh nickte und wünschte eine gute Nacht. »Eine ungestörte Nacht«, korrigierte Vichaj.

»Das war eine gewagte Nummer, Vichaj«, meinte Udo Kronenberg auf Deutsch, als sich Yeoh mit seinem Body-Guard entfernt hatte.

»Ist es immer noch«, korrigierte Vichaj. »Auf jedem Zimmer eine Pistole und durchgehend eine Nachtwache. Wir treffen uns hier wieder morgen um acht Uhr. Zu meinem eigenen Bedauern so früh.«

Vichaj Bangramsan hatte sich während des Flugs über das nördliche Kambodscha darüber gewundert, dass Savang im Zusammenhang mit den gezeigten Plantagen einen »Wunderbaum« erwähnte. Obwohl er vermutete, dass die Nutzung des W-LANs im Hotel wahrscheinlich überwacht wurde, erkundigte er sich über diesen »Wunderbaum«. Was er fand, war erstaunlich.

POIPET RESSORT CASINO

Acht Uhr morgens: das Restaurant, in dem sie sich trafen, war zu dieser frühen Zeit fast menschenleer. »Ich gehe davon aus, dass wir gleich hohen Besuch bekommen«, sagte Vichaj.

Kurz nach der Bestellung von vier »Continental Breakfasts« und zwei Schüsseln Reissuppe näherte sich eine Gruppe aus fünf Security-Guards, Manager Yeoh und einem sehr alten Kambodschaner in einfacher, grauer Kleidung dem Tisch. Yeoh stellte den alten Mann als »Commander Theng Bun Ma« vor. Vichaj und die Laoten erhoben sich, um dem Alter Respekt zu zeigen, die drei Anderen taten es ihnen kurz darauf nach. »Das ist der Terroristen-Kommandant«, zischelte Vichaj Kronenberg auf Deutsch zu.

Der alte Mann setzte sich mühsam und bestellte Reissuppe. »Ja, Colonel Bangramsan, ich war Kommandant von Sisophong während jener Jahre. Was soll ich sagen ..., wir glaubten an die Wiederauferstehung des einst mächtigen Khmer-Reichs. Die Vergangenheit aber kann man nicht zurückholen.«

»Da haben Sie recht, Sir. Aber man kann versuchen, erkannte Fehler mit guten Taten etwas auszugleichen, damit man wenigstens als Mensch wiedergeboren wird.«

»Wie könnte ich an die Wiedergeburt glauben, Colonel Bangramsan. Ich würde ja irre werden.«

»Das glaube ich Ihnen gern, Sir. Aber auf Übles weiteres Übles zu häufen ist auch im Diesseits kein gutes Verhalten, nicht wahr, Sir?«

»Immerhin beschäftige ich hier fast tausend Menschen mit dem Geld von reichen Leuten, die sich mit einem Teil ihres Vermögens Spaß bereiten wollen. Ist es nicht so, Colonel?«

»Manchen von denen rauben Sie mit Ihrem Casino ihre Existenz. Aber das wollen wir nicht vertiefen. Wir interessieren uns für Ihre

Kontakte mit d e m.« Er schob Theng Bun Ma das Foto der Leiche Li Pings über den Tisch.

»Li Ping, der **Choi Hai**. Er ist erschossen worden. Wer hat das getan?«

»Ich hoffe, genau das von Ihnen zu erfahren, Sir. Sie kennen doch Ta Mok.«

»Das ist kein Geheimnis. Er war der Kommandeur der nördlichen Provinzen.«

»Ta Mok betreibt dort heute große Plantagen. Dort wird unter anderem *Ricinus Communis* angebaut.«

Theng Bun Ma lachte leise: »Ja, Rizinusöl gilt bei jüngeren Menschen als lustfördernd. Tiger- und Elefantenzähne und vieles mehr auch. Wir verkaufen es in unseren Casinos, um nach dem Spiel das Liebesleben zu fördern. Das Öl war meines Wissens schon den alten Ägyptern als Abführmittel bekannt und der Baum ist in der Bibel der Christen beschrieben, Buch Jonas, Kapitel 4, ist es nicht so?«

»Ich bin zwar Buddhist, aber es wird wohl so sein wie Sie sagen, Sir. Es gibt noch eine andere Seite dieser Pflanze, die Schalen der Samen.«

»Die Geheimpolizei Mussolinis hat damit gefoltert, wir haben es auch getan. *Rizin* ist eines der stärksten Gifte auf der Erde. Erstaunlicherweise kennen es Wenige.«

»Oh doch, *Rizin* steht sogar in der Liste der Chemiewaffenkonvention. Es wurde nur deshalb nicht militärisch genutzt, weil es über die Luft kaum verbreitet werden kann. Individuell lässt sich damit leicht töten, Sir.«

»Ich weiß, ein Viertel Milligramm genügt. Gift und Medikament – wie so oft in der Natur liegen diese Wirkungen eng beisammen. Deshalb sucht die pharmazeutische Industrie so frenetisch nach noch unentdeckten Pflanzen in den Tropen. Obwohl sie noch nicht einmal die Wirkungen vieler bereits entdeckter Pflanzen erforscht hat. Die Grenzen zwischen der pharmazeutischen Industrie und anderen Waffenherstellern verschwinden zunehmend.«

»War diese biologische Waffe Teil der Geschäfte, die Sie mit dem **Choi Hai** machten?«

»Selbst, wenn ich es Ihnen sagen würde, was hätten Sie davon?«

»Nun, wir suchen nach dem Mörder des **Choi Hai** und den Gründen für seinen Tod.«

»Sie stochern in einem großen Haufen und wissen nicht, wo genau Sie hinein stechen sollen, junger Mann. Li Ping hat viele Geschäfte beherrscht. Er hat den Handel mit Waffen – nun ja – revolutioniert. Dabei hat das *Rizin* von Ta Mok eine wesentliche Rolle gespielt. Früher hat Indien den Welthandel damit beherrscht, jetzt spielt auch unser Land eine Rolle. Man muss sich eben immer neu positionieren.«

»Könnte es sein, dass indische Monopole für *Rizin* den **Choi Hai** umbringen ließen?«

»Wo hat Li Ping den Tod gefunden?«

»In Hamburg, Sir.«

»Ein großer Hafen im reichen Europa, eine reiche Stadt.«

»Wollen Sie dort Immobilien erwerben?«

»Wer wollte das nicht, junger Mann? Asien ist ein unsicherer Markt, New York, Los Angeles und London sind überteuert, warum also nicht Hamburg?«

»Sollte Li Ping illegale Gewinne in legale Geldanlagen umwandeln?«

»Erstens verstehe ich davon nichts, zweitens will ich davon nichts verstehen. Was Sie ansprechen, ist der Irrsinn des westlichen Finanzkapitalismus. Im Übrigen ist alles, was ich hier in Kambodscha mache, vollkommen legal. Sie können sowohl die örtliche Polizei, wie auch das Innenministerium in Phnom Penh fragen.«

»Das glaube ich Ihnen gerne, Sir. Was immer Sie hier tun, ist legal, Sir.«

Theng Bun Ma erhob sich mit Unterstützung von Yeoh und eines Security-Manns von seinem Stuhl: »Sie können als meine Gäste hier bleiben, so lange Sie wollen. Aber Poipet ist nicht gerade ein Urlaubs-Ressort. Fliegen Sie zurück, wenn Sie es hier nicht mehr aushalten. Der »Wunderbaum« heißt übrigens auch Castorpflanze.«

»Was hat er denn mit »Castorpflanze« gemeint?«, fragte Kronenberg, als sich Theng Bun Ma mit seiner Entourage entfernt hatte.

»Das müsstest du als Deutscher doch genauer wissen als wir alle«, griente Vichaj auf Deutsch. »Über Castoren regt ihr euch doch ständig auf. Dieser Teufelsbaum wird im übrigen auch »Christuspalme« genannt. Das sagt vieles über monotheistische Schelmbuberei aus.«

»Schelmbuberei ist gut. Wo hast du denn dieses Wort gelernt?«

»Im Bayerischen Fernsehen. Ich kann mich nicht des Eindrucks erwehren, dass diese Casinobetreiber Li Ping nach Europa schickten, um dort ihr Geld waschen zu lassen. Mehr als fünf Casinos trägt dieses Grenzkaff nicht. Das damit gescheffelte Geld muss an anderen Orten angelegt werden, an denen es sicherer ist als hier. Warum nicht in Hamburg?«

Kronenberg fasste auf Englisch zusammen: »Dann wäre *Binh Xuyen* raus aus der Ermittlung. Nguyen, Ihnen gehört die Hälfte des Spielgewinns vom letzten Abend«.

»Der Einsatz wurde von mir bezahlt und ich entscheide damit über die Verteilung der Gewinne«, widersprach Vichaj Bangramsan. »Aber mit ein paar tausend US-Dollar kann ich mich durchaus anfreunden. Dann bleibt mir immerhin noch die Hälfte der Hälfte als Reingewinn – und ich weiß noch nicht, wie ich es meiner Behörde erklären soll.«

POIPET AIRFIELD

»Wir können es jetzt ruhig angehen lassen und das Angebot von Theng Bun Ma annehmen, einen kostenlosen Aufenthalt in diesem Luxustempel zu genießen. Oder wir können unsere Pflicht tun«, bemerkte Kronenberg am Mittagstisch.

»In dieser Spielhölle will ich mich nicht mehr länger aufhalten. Ich bin nicht gewohnt, von der Mafia freigehalten zu werden«, antwortete Vichaj.

»Ich finde es schön hier, warum sollten wir nicht bleiben?«, meinte Savang. Der oberste Milizionär Savannakhets nickte zustimmend.

»Mein Flugzeug steht ohne jede Aufsicht auf einem miserablen Flugfeld. Ich und mein Kopilot werden uns darum kümmern müssen, was immer ihr weiter tut«, sagte Nguyen Tranh.

»Also 4:2 gegen den weiteren Aufenthalt im Spielcasino. Wir gehen jetzt in unsere Zimmer, holen das Gepäck und verziehen uns gemeinsam Richtung Flugfeld. Ich will Alle in zwanzig Minuten in der Rezeption sehen.«

Die Empfangsdame gab sich hilfreich: »Soll ich Ihnen ein Taxi bestellen?« Vichaj überlegte kurz und nickte. In den herbeigerufenen Ford-Van mit abgedunkelten Scheiben stieg er hinter der Fahrerseite ein. Nachdem sich alle gesetzt hatten, hielt er dem Fahrer die Pistole des Flugkapitäns gegen das Genick: »Zum Flugplatz, mindestens Tempo 50, kein Halt, auch nicht bei der Immigration«, befahl er.

Der Fahrer nickte verblüfft und fuhr los.

»Udo, du hältst die Pistole des Co-Piloten bereit. Wenn wir beschossen werden sollten, feuerst du durch die zerborstene Scheibe zurück. Die anderen legen sich dann mit ihren Oberkörpern quer. Keine Angst vor Körperkontakt!«, rief Vichaj.

Der Taxi-Van brauste problemlos bis zum Flugfeld. Vichaj befahl dem Fahrer, auf der von der ehemaligen Abfertigung abgewandten

Seite neben dem alten US-Army-Truck zu halten, den sie bereits bei der Ankunft gesehen hatten. »Und jetzt vorsichtig raus, ich zuerst«, sagte Vichaj.

Sobald Vichaj um die Motorhaube des Trucks gegangen war, flogen ihm Kugeln um den Kopf. Er zog sich sofort wieder zurück: »Schnellfeuergewehre, kommt von dem alten Schuppen dort.«

Nguyen Tranh schob sich neben Vichaj: »Ich und mein Co sind wahrscheinlich die einzigen unter uns mit aktiver Kriegserfahrung. Trauen Sie mir so weit, dass Sie uns unsere Pistolen zurückgeben?«

»Udo, gib ihm deine Pistole. Ich behalte meine und sichere Mister Tranh. Immerhin haben er und ich das Schießen bei den Amerikanern gelernt, wenn auch in verschiedenen Departments.«

»Auf drei«, antwortete Tranh knapp. Vichaj lehnte sich über die Motorhaube, Tranh sprang nach vorn und ging sofort in die Hocke. Sie sahen das gegnerische Mündungsfeuer. Es waren zwei Schützen. Tranh und Vichaj schossen ihre Magazine fast leer.

»Einen haben wir ausgeschaltet, der andere ist noch gefechtsbereit«, knurrte Nguyen Tranh.

Der oberste Milizionär Savannakhets winkte Vichaj heran: »Meine AK-47 liegt im Flugzeug. Ich könnte mit dem Truck eng an die Maschine heranfahren und das Gewehr dort herausholen.«

»Wir holen seine AK-47 aus der Maschine«, gab Vichaj auf Englisch weiter.

Nguyen Tranh mischte sich ein: »Das mache ich. Mit diesem alten *M35-A2-Laster,* genannt *»Duce and a Half«,* kenne allein ich mich aus. Ich fahre zunächst rückwärts zu dem früheren Hangar dort, wo ihr Deckung nehmt. Dann geht's ab zur Maschine. Will jemand mit mir fahren?«

Vichaj meldete sich sofort. Sie öffneten die Tür des Lastkraftwagens und krochen in die Kabine. »Kein Schlüssel«, flüsterte Tranh. Er riss die Zündkabel heraus und startete den *M35-A2.* Der gegnerische Beschuss begann umgehend wieder.

Nguyen Tranh war in seinem Element: »Hören Sie, nur noch ein Gewehr. Am liebsten würde ich diese Hütte dort mit diesem stabilen Gerät hier zu Kleinholz fahren. Aber wir machen es wie abgemacht. Der oder die könnten meinen, dass wir uns zurückziehen wollen.«

Ganz langsam setzte sich der alte Lastwagen rückwärts in Bewegung. Der Milizionär bedeutete dem Taxifahrer, der nur der Khmer-Sprache mächtig war, wo es lang ging. Gemeinsam hielten sie sich hinter dem Fahrerhaus und den Reifen in Deckung.

Am Schuppen angekommen, ließ Tranh den schweren Dieselmotor mehrfach aufbrüllen: »Infernalischer Lärm schreckt den Gegner«, kommentierte er knapp. »Solange der Truck steht, weiß der Gegner nicht, was wir als nächstes tun wollen.«

Nguyen Tranh stieg aus und sagte seinem Kopiloten etwas auf Vietnamesisch. Der Kopilot ging zum Rolltor des Schuppens. »Vorhängeschloss«, berichtete er.

Vichaj stieg ebenfalls aus, nahm seine Pistole und feuerte die beiden letzten Kugeln im Magazin auf die Kette des Schlosses, die zersprang. Gemeinsam schoben ein Vietnamese, zwei Laoten und ein Deutscher das Rolltor zur Seite.

Aus dem Schuppen entwich ein entsetzlicher, faulig-süßlicher Geruch. »Kadaver«, entfuhr es Nguyen Tranh. »Menschen-Kadaver«, hustete Vichaj Bangramsan und hielt sich die Nase zu.

Nachdem sie sich wieder gefasst hatten, befahl Vichaj: »Ihr schiebt jetzt dieses Rolltor ständig hin und her, macht so viel Lärm wie möglich. Wir fahren rüber zum Flugzeug. Das wird den Feind maximal verunsichern.«

Nguyen Tranh und Vichaj Bangramsan setzten sich in das Fahrerhaus. »Ich lasse den Motor dreimal röhren, bevor wir zum Flugzeug preschen«, sagte Tranh. »Den Truck fahre ich senkrecht zur Maschine, um uns Deckung beim Entern zu geben. Leider liegt der Tank auf meiner Seite, aber es ist nur Diesel drin.«

Im Schatten des *M35-A2* gelangten sie in das Innere des *Lear Jets*.

Mit der dort liegenden AK-47 duckte Tranh sich kurz darauf neben Vichaj: »So, jetzt feuere ich ein paar Salven ab. Dann kriechen wir beide in das Fahrerhaus zurück und ich mache, was mein Bauch mir sagt.«

»Was denn, Colonel?«

»Kriech schon rein, Mann!«

Vichaj kroch, Nguyen Tranh feuerte mehrere Salven, schob dann seinen Körper auf den Fahrersitz.

»Hier, nimm die AK-47 und feuere, was das Zeug hält, aus dem Seitenfenster, sobald ich das Fahrzeug gewendet habe und auf Vorwärtsgang bin.« Er setzte den alten Truck vom Flugzeug zurück, fuhr einen 90-Grad-Winkel und hielt auf das verfallene Abfertigungsgebäude zu, aus dem geschossen wurde.

»Willst du die Hütte tatsächlich über den Haufen fahren?«

»Das sagte ich doch«, knurrte Tranh und brauste auf das Holzhaus zu.

»Ducken!«, schrie er bevor sich eine abknickende Holzbohle der tragenden Teile des Dachs durch die Windschutzscheibe bohrte. Der Lärm war infernalisch. Holz splitterte, Metall kreischte. Danach tuckerte nur noch der Diesel des Army-Trucks vor sich hin.

»Stabiles Material hatten nicht nur die Russen«, richtete sich Tranh wieder auf. »Bist du o.k.?« Vichaj nickte benommen.

Der Vietnamese blickte fast vergnügt: »Diesen *M35-A2* gibt es seit 1951. Ein stabiles Ross in Korea, in Vietnam und vielen anderen Ländern. Er fährt sogar mit Kerosin und …«, Tranh kicherte »… mit dem, was heute Bio-Diesel heißt. Drei Achsen, zehn Reifen, und das mit sieben Metern Länge und zweieinhalb Tonnen Gewicht. Ein unglaublich robustes Ding. Gleich haben wir aber noch eine zweite Aufgabe dieser Art vor uns: Einer der Reifen des Jets ist zerschossen. Wir müssen versuchen, bei neun Tonnen Gesamtgewicht mit den restlichen drei Reifen zu starten. Lieber würde ich jetzt eine alte *DC3* von der Startbahn bringen.«

»Das macht dir wohl Spaß, oder?«, fragte Vichaj.

»Es erinnert mich an frühere Tage. Wenigstens ist es spannend«.

»Auch, wenn wir dabei alle draufgehen könnten?«

»Alle? Den örtlichen Taxifahrer lassen wir wohl zurück. Er ist der einzige Zivilist unter uns.«

»Ich bin mir nicht sicher. Vielleicht ist auch er ein alter *Khmer Rouge* gewesen, wenn auch niedrigen Dienstgrads.«

Tranh und Vichaj kletterten aus der Fahrerkabine und über das angerichtete Chaos aus Holzteilen und Blech nach draußen. »Dem dort haben wir glatt den Ober- vom Unterkörper getrennt«, wies Nguyen Tranh auf zwei zerrissene Teile einer blutenden Leiche. »Den anderen Schützen sehe ich nicht. Wir haben ihn wohl zu Matsch zermalmt.«

»*Hau*«, rief Nguyen Tranh in die Richtung des Hangars, hinter dem sich die Anderen verschanzt hatten und winkte sie her. Zu Vichaj gewandt, sagte er in breitem, texanischem Englisch: »Sollte da nicht etwas unter der Plane des Trucks sein, das wir die ganze Zeit spazieren fuhren?«

Sie zogen die Plane auf die Seite und kletterten auf die Ladefläche. »Lange Kisten und fast quadratische Kisten. Zwei Rollcontainer ganz vorne. Machen wir uns ans Werk«

Sie brachen die erste längliche Kiste auf. Nguyen Tranh sah sich den Inhalt an und kommentierte: »Dachte ich es mir, AK-47 Schnellfeuergewehre.«

In den quadratischen Kisten fanden sich Säckchen weißen Inhalts. Nguyen Tranh schlitzte eines von ihnen auf, steckte seinen rechten Zeigefinger hinein und schleckte ihn ab: »Kokain, denke ich. Casinofutter.«

In einem der Rollcontainer fanden sie einige Säckchen rot-braunen Inhalts: »Das hier will ich nicht abschmecken. *Rizin*, vermute ich. Das nehmen wir zu allererst mit.«

»Zwei Tonnen Zuladung?«, fragte Vichaj.

»Wir Sechs wiegen etwa eine halbe Tonne. Es bleiben etwa eineinhalb Tonnen Zuladung. Priorität eins **Rizin**, Priorität zwei Waffen, Priorität drei das weiße Pulver«, antwortete Nguyen Tranh. Sie luden um.

Vichaj gab dem lokalen Taxifahrer einen Hundert-Dollar-Schein aus dem Casinogewinn und schob ihn aus dem Flugzeug.

»Gentlemen, der Start wird noch holpriger als die Landung. Schnallen Sie sich bitte an. Sie wissen ja, ein Hund, der nur noch drei Beine hat, humpelt. So wird es sich gleich anfühlen.«

Es rumpelte, das Flugzeug schlingerte merklich. Nguyen Tranh gab maximalen Schub, hielt den Steuerknüppel starr mit ausgestreckten Armen. Der *Lear Jet* hob schnell von der löchrigen Startbahn des verlassenen Poipet Airfields ab. »***We just have left the beautiful City of Poipet and are heading straight for Pleiku***«, gab der Flugkapitän durch.

ZWISCHEN POIPET UND SAVANNAKHET

Kronenberg blickte Vichaj an: »Der meint das aber jetzt nicht im Ernst. Wir in einem Flugzeug voller Waffen und Drogen ohne Visum nach Vietnam?«

Vichaj schnallte sich los und ging ins Cockpit. Er übergab Nguyen Tranh die zugesagten 10.000 US-Dollar: »Vier Passagiere nach Savannakhet, Commander.«

Nguyen Tranh grinste: »Und eine volle Tankladung in Savannakhet frei Lager, wenn's beliebt. Außerdem sind wir seit eben per Du, stimmt das, Colonel?«

Vichaj nickte, ging in die Kabine zurück und fragte Savang, ob eine kostenlose Tankladung in Savannakhet möglich sei. Savang zuckte mit den Achseln: »Wenn wir der Flughafenfeuerwehr, die auch Tanks füllt, ein Trinkgeld geben, warum nicht«?

»Wie viel Trinkgeld?«

Savang tuschelte mit dem Kommandeur der Miliz, der schließlich etwas lauter sagte: »*Sam pan US-Dollar.*«

»Dann bleiben für das Kerosin und unser rauschendes Fest, das ich organisieren will, nur noch 8.000 US-Dollar«, antwortete Vichaj unwirsch.

Savang tuschelte erneut mit dem Milizenchef, der sich in noch bestimmterem Ton an Vichaj wandte: »*Song pan ha roi.*«

Vichaj ging zum Cockpit zurück: »Abgemacht. Voller Tank in Savannakhet. Kostet mich weitere 2.500 US-Dollar.«

Nguyen Tranh griente: »Dafür bekommst du die ganze Ladung außer den Kalaschnikows. Da reden wir dann über Hundertausende von US-Dollar.«

»Was fange ich mit Kokain und *Rizin* in Savannakhet an?«

»Was fange ich damit an? In Vietnam habe ich nur die Lizenz zum Export, nicht zum Import.«

»Andere würden sich für den Wert dieses Stoffs gegenseitig umbringen.«

»Wir sind nicht Andere, Vichaj. Ich mag zwar für *Binh Xuyen* fliegen, ein Gangster bin ich dennoch nicht geworden. Und ich schätze, dass du auch keiner bist. Wir müssen uns also die Mühe machen, das weiße Pulver in Savannakhet auszuladen. Dafür haben wir uns beide eben jeweils eine Ehrenmedaille überreicht.«

»Ist mir klar: Zwei Stück Blech für Anti-Narkos. Und wohin damit in Savannakhet?«

»Die *Urumchi Enterprises* werden damit schon etwas anfangen können. Schade, dass Li Ping nicht mehr unter ihnen weilt.«

»Du kanntest ihn?«

»Klar kannte ich den. Er ist – war – unser Kontaktmann zum »*Big Circle*« am Mekong. Ein richtiger Gangster, hat nirgendwo gedient außer seinem Syndikat. Zu meinem Kopiloten und mir verhielt er sich immer korrekt.«

»Kanntest du seinen Auftrag in Europa?«

»Als wir uns das letzte Mal sahen, sagte er mir, dass er für ein paar Wochen nicht verfügbar sein werde. Amsterdam erwähnte er, wenn ich mich richtig erinnere.«

»Sagte er, in welcher Mission er nach Europa müsse?«

»Moment mal, ich muss *Ubon Ratchatani Air Control* kontaktieren. Bin gleich wieder bei dir.«

Ubon Ratchatani machte Schwierigkeiten, da kein Flugplan vorlag und die Maschine außerhalb erlaubter Flugkorridore flog.

»Gut, dass du da bist«, meinte Nguyen Tranh und reichte Vichaj das Headset.

»Und was soll i c h jetzt damit?«

»Sage ihnen Irgendetwas über geheime Kommandosache des Innenministeriums. Oder sag denen deinen Rang und Namen und stoße ihnen Bescheid.«

Vichaj Bangramsan wählte den letztgenannten Rat und redete längere Zeit mit dem Fluglotsen in Ubon. Dann gab er das Headset zurück: »Wenn ich mit diesem Auftrag fertig bin, dann werde ich meinen Vorgesetzten einiges erklären müssen.«

»Du bringst ihnen das *Rizin* und wirst zum nationalen Helden im Abwehrkampf gegen biologische Terrorwaffen. Feige Hunde ritzt du mit einer Messerspitze voll *Rizin* an – und spätestens morgen sind sie auf unerklärliche Weise an Kreislaufversagen gestorben. Tolle Perspektive, oder nicht?«

»*Rizin* ist gut, der Rest ist Quatsch. Welchen Auftrag hatte Li Ping in Europa?«

»Als er Amsterdam erwähnte, dachte ich, dass er sich um die Empfängerseite des internationalen Drogenhandels kümmern sollte. Aber er sagte mir, dass er sich bei seinem Auftrag unwohler fühle als bei allen bisherigen Aufträgen.«

»Drogenschmuggel nach Westeuropa oder Nordamerika ist eben riskant.«

»Nein, das war es nicht. Er sagte, dass er in seinem Leben noch nie so viel Geld mit sich herumtragen musste. Und das solle schon etwas heißen.«

»Und wofür schleppte er das Bargeld herum?«

»Er sagte, dass er damit ins Geschäft kommen müsse, mehr nicht. Ich dachte mir schon: Geldwäsche. Aber ich sagte ihm nur, dass solche Transaktionen heute bereits an den Banken vorbei über Handy gingen.«

»Und, was hat er geantwortet?«.

»Europa sei zwar ein lukrativer Markt, aber mit dem Handy gehe es dort noch nicht. Die dortigen Geschäftspartner seien noch alte Schisser, sagten ihm seine Partner.«

»Wer sind die Partner?«

»Er erwähnte diesen Ta Mok. Das wollte ich dir schon in Poipet sagen, als dessen Namen fiel. Aber wir hatten zu jenem Zeitpunkt noch keine gemeinsame Kampferfahrung. Jetzt kann ich es dir ja sagen: Ich glaube, dass Li Ping nebenbei für diese *Khmer-Rouge-Clique* gearbeitet hat, die ihre Casino-Gewinne in sicheren Häfen anlegen will. Ich weiß, dass das mit *Binh Xuyen* nichts zu tun hat und ich nehme an, dass er das Geschäft auch an »*Big Circle*« vorbei fingern wollte.«

»Da taucht also in Kambodscha eine neue Organisation auf, die sich in das internationale Geschäft der Triaden einbringen will. Ich meine: Sie sind verlässliche Abnehmer für Casinopulver, Kalaschnikows, Kokain und *Rizin*. Aber ihre Gewinne wollen sie andernorts und möglichst unverdächtig anlegen. Und unser Li Ping lässt sich auf sie ein. Er hat zwar nicht offiziell gedient, aber bei der *Sap Sie Kee* einen Treueschwur geleistet. Wenn man den bricht, sollen tausend Schwerter auf einen fallen, wo immer man sich gerade aufhält.«

»Li Ping sprengte aber eine Kugel den Viertel Kopf weg. Das waren keine tausend Schwerter, noch nicht einmal eines.«

»Je weiter weg, desto weniger symbolhaft wird die Exekution. Es sei denn, man stellt die Exekution wie die Islamistenbrüder gleich ins Internet. Auf dieser öffentlichen Straße bewegen sich die Triaden allerdings nicht. … Hast du bei *Binh Xuyen* auch einen Rang?«

»Nun halt mal deinen Mund. Ich war Colonel und Wing-Commander, ob die wollen oder nicht. Jetzt aber muss ich mich auf unseren Flug konzentrieren. Siehst du die Wolkenwand dort vorne? Da müssen wir drüber oder durch. Setze dich, schnalle dich an, gleich wird es ungemütlich.«

KAIPONE PHOMVIHANE AIRPORT

Obwohl Nguyen Tranh den *Lear Jet* auf eine höhere Flugfläche zog, wurde das kleine Geschäftsflugzeug kräftig durchgeschüttelt. Der Milizenchef wurde kreidebleich, übergab sich und fragte verängstigt, ob sie nun abstürzen würden.

»Das sind nur Böen und Luftlöcher«, antwortete Vichaj nicht überzeugend. Auch er holte erleichtert tief Luft, als die Maschine auf der regennassen Landebahn schlingernd aufsetzte und rumpelnd zum Apron rollte.

»***Welcome to Kaipone Phomvihane.*** Wir sind trotz Reifenschadens gut gelandet«, scherzte der Pilot ins Mikrofon.

»Wo sind wir jetzt? Du hast doch für Savannakhet bezahlt. Sind wir in Thailand notgelandet?«, fragte Udo Kronenberg leicht genervt.

»Savannakhet hat auch einen örtlichen Namen. Du siehst doch, dass wir hier schon einmal waren«, erklärte Vichaj.

Gemeinsam mit Nguyen Tranh steckten sich Kronenberg und Vichaj auf der kleinen Gangway des *Lear Jets* Zigaretten an und zogen kräftig durch. Der Milizionär ging zum Empfangsgebäude, um ein Fahrzeug zu organisieren.

Vichaj wandte sich an Tranh: »Du nimmst die Waffen mit, wir das *Rizin*. Was machen wir mit dem Kokain?«

»Entweder meldet der laotische Zoll einen sensationellen Fund, oder *Urumchi Enterprises* holt das Zeug ab.«

»Wir stellen sie dabei und befragen sie zu Li Ping«

»Auch eine Möglichkeit, für euch beide die gefährlichste und zugleich beste. Ich will nur, dass das Pulver aus meiner Maschine rauskommt.«

Der Milizionär kam mit einem Toyota Pick-Up zurück. Nguyen Tranh lachte: »Das wird jetzt der öffentlichste Drogenumschlag, den die Welt je auf einem öffentlichen Flughafen gesehen hat. Und dazu mit einem Polizeifahrzeug.« Sie holten die quadratischen Kisten aus dem Flugzeugrumpf und hievten sie auf die Ladefläche.

»Wo lagern wir das?«

»Das hätten wir uns besser zuvor überlegt. Im Empfangsgebäude wird es vernascht. Vielleicht auf der Milizstation?«

Savang mischte sich ein: »Im Dinosaurier-Museum, wo es niemand vermuten würde.«

»Glänzende Idee«, strahlte Vichaj. »Etwas Besseres wäre auch der Drug Enforcement Administration nicht eingefallen. Fahre mit dem Milizionär dorthin. Wir selbst bräuchten dann auch noch einen Transport. Für uns und das *Rizin*. Das sind jedoch nur wenige Säckchen.«

Kronenberg, Vichaj, Nguyen Tranh und sein Kopilot gingen zum Empfangsgebäude und nahmen Kaffee zu sich, während der *Lear Jet* aufgetankt wurde. Bevor er mit Savang ins Museum fuhr, hatte der Chefmilizionär auf fragenden Blick hin 2.500 US-Dollar erhalten und an die Flughafenfeuerwehr verteilt.

»Außer uns weiß niemand auf dieser Erde, wo sich die Säckchen mit dem weißen und dem rotbraunen Pulver befinden. In Poipet werden einige Herren momentan sehr wütend sein. Sie werden alles Verfügbare in Bewegung setzen, um wieder an die Ware heranzukommen,« dachte Vichaj laut.

»Das hast du nun von deinem Flugplan. Mindestens die Fluglotsen in Ubon wissen auch, wo wir waren«, entgegnete Udo Kronenberg.

»Der Jet fliegt gleich wieder ab. Sagen wir, nach Danang, Nguyen?«

»Zwar fliege ich zurück nach Pleiku, wie immer ohne Flugplan. Ihr könnt denen jedoch sagen, dass der Flug nach Phnom Penh führt. Ein Shuttle nach Kambodscha, also. Damit würde sich die Spur verlieren.«

»Sofern die Lotsen Plappermäuler sein sollten, könnte nach deinem nächsten Anflug auf Savannakhet ein Empfangs-Komitee aus Poipet auf dem Flugfeld stehen.«

»Wenn, dann aus Krong Stung Treng im Norden Kambodschas. Aber Ta Mok beziehungsweise sein Sohn ist der Partner des **Choi hai** Li Ping. Damit steht er in Geschäftsbeziehung mit *Binh Xuyen*. Ich schlage vor, dass ihr Kontakt mit ihm aufnehmt und ihm das Kokain als Gegenleistung für Informationen anbietet.«

»Der würde uns umgehend umnieten. Außerdem sind wir beide Polizisten, Nguyen.«

»In diesem Fall seid ihr in der Welt der Geheimdienste angekommen. Wer erwartet denn, dass es einfache Polizisten mit den Triaden aufnehmen könnten? Niemand kann das auch nur im Traum verlangen, sage ich euch. Was die Seelenhygiene betrifft: Ich bin über all die Jahre im Grunde meines Herzens Kampfpilot geblieben, *Binh Xuyen* hin oder her.«

»Du hast keinen Treueschwur geleistet?«

»Bis heute ist der einzige Rang, den ich bekleide, der eines Oberst geblieben. Oberst einer untergegangenen Republik. Das ist fast beim gesamten technischen Personal dort so. Man darf nur kein Plappermaul sein.«

»War das jetzt deine Antwort auf meine Frage, die ich kurz vor der Gewitterfront stellte?«

»Ich mag zwar ein alter Knochen geworden sein, aber mein Gedächtnis hat mich noch nicht verlassen«, grinste Nguyen Tranh.

»Der Einzige von uns, der für einen Geheimdienst arbeitet, ist Savang. Lassen wir ihn diesen Ta Mok kontaktieren. Schließlich weiß er genau, wo das Casinofutter jetzt steckt«, schlug Vichaj vor.

»Dann ist es ja gut. Was ich noch für euch tun kann ist, bei *Binh Xuyen* zu verbreiten, dass die Casinoleute in Poipet unprofessionell und unzuverlässig seien. Ich muss denen ohnehin erklären, wo die AK-47 herkommen. Ganz beiläufig könnte ich fallen lassen, dass man mit alten *Khmer Rouge* keine Geschäfte machen soll. Das kommt in Vietnam immer gut an.«

»Alle Finger zeigen auf Ta Mok?«

»Ihr werdet den Kerl loshaben, wenn er Schwierigkeiten machen sollte. Die Miliz und *Binh Xuyen* auf eurer Seite, in dieser Konstellation wird er euch wahrscheinlich nicht niedermachen können.«

Vichaj überlegte, blickte zuerst Kronenberg, dann Nguyen Tranh in die Augen: »Savang als unser Mittelsmann oder Lockvogel, Ta Mok als unser … sagen wir mal Kunde, bevor er und nicht wir im Mekong landen könnte. Was hast d u davon, Nguyen?«

»Außer der Ladung Kalaschnikows keine Schwierigkeiten mehr auf diesem Flugplatz, so lange das Personal nicht wechselt. Und einen neuen Freund in Thailand, wenn ich mich nicht irre.«

Vichaj nickte: »Ich werde unseren Ausflug nicht vergessen. Willst du eine Adresse oder eine Telefonnummer?«

»Adresse wäre mir lieber. Telefonnummern wechseln heutzutage allzu oft und werden abgehört. Sofern ich eines Tages ganz überraschend in Ubon Ratchatani landen sollte, wäre eine aktuelle Adresse nützlich.«

Sie verabschiedeten sich von Nguyen Tranh und seinem Kopiloten, als Savang und der Milizenchef im *Land Cruiser* mit thailändischem Kennzeichen vorfuhren: »Ich hab euch Beiden euer Fahrzeug gleich mitgebracht.«

Der *Lear Jet* entschwand langsam im abendlich roten Himmel, Vichaj setzte sich ans Steuer und bat Savang auf den Beifahrersitz. Kronenberg und der Milizionär mussten mit der Ladefläche Vorlieb nehmen.

ROBERTO FRANCETTI

Am Hotel angelangt, kam ihnen der neue Portier entgegen, redete unablässig auf Vichaj und Savang ein. Kronenberg verstand nur »Khrung Thep«, »Italia« und »Germany«.

»Setzen wir uns in diesen immer menschenleeren Speisesaal und sortieren, was zwischenzeitlich angekommen ist«, schlug Vichaj vor. Der Portier brachte vier Tassen Kaffee, eine Schachtel Zigaretten und ein Bündel Zettel.

»Wie heißen Sie?«, fragte Vichaj den Milizionär. »Somkeo Theravong«, antwortete dieser.

»Entschuldigen Sie, dass ich bisher nicht gefragt habe. Aber Sie sind jetzt persönliches Mitglied unseres kleinen Teams. Wir könnten es bald mit einigen ausländischen Polizisten oder Agenten in Ihrer Stadt zu tun bekommen. Damit wird die Zusammenarbeit zwischen uns noch enger werden.« Der bisher ernst dreinblickende Milizionär lächelte: »Ehrlich gesagt, ist hier endlich einmal etwas los.«

»Dann schau'n wir mal«, wandte sich Vichaj den Zetteln zu: »Einmal Mister Ma persönlich. Dreimal 001-Nummern, das wird die CIA sein. Fünfmal Bangkok, zweimal Hamburg, einmal – na, was ist denn das? – Italien. Nehmen wir den Italiener zuerst?«

Udo Kronenberg nickte, die beiden Laoten blickten gleichgültig. »Hier, bitte, der zweite Ohrhörer«, reichte Vichaj den Stöpsel an Kronenberg neben ihm. Er wählte die Telefonnummer in Rom, meldete sich mit seinem Dienstgrad bei einer italienisch sprechenden Männerstimme und fragte nach Roberto Francetti, der ihn angerufen habe.

Die Männerstimme gab Unverständliches von sich, bis Vichaj unterbrach: »Roberto Francetti *prego, subito*!« Udo Kronenberg grinste.

»Francetti«, meldete sich nach knackenden Geräuschen eine sonore Stimme.

Vichaj Bangramsan betonte, dass er aus Laos zurückrufe, es möge also bitte schnell gehen. Francetti stellte sich als ermittelnder Staatsanwalt in Korruptionsverfahren vor. »*Aktion Aemilia*«, sagt Ihnen das etwas, Colonnello?« Vichaj verneinte.

»Nun, ein weiterer Schlag gegen die Ausbreitung der Mafia in unserem Land. Schwerpunkt Emilia Romana. Wir haben unter anderem und erwartbar Verbindungen nach Prato gefunden, sagt Ihnen d a s etwas?«

»Textilien, Made in Italy by Chinese Slave Labour?«

«*Bravissimo*", freute sich Francetti.

«Sie haben Verbindungen zu einer Triade entdeckt, rate ich jetzt einmal. Und Sie haben erfahren, dass wir an einem der Netzwerke dran sind?«, mutmaßte Vichaj.

»Exakt das. Die Triade nennt sich *Sap Sie Kee* alias »*Big Circle*«. Einer der chinesischen Unternehmer wurde umgebracht, wahrscheinlich, weil er das Schutzgeld zu zahlen vergaß.«

»Wie heißt der Mann?«

»Sein letzter Name war Liu Chang. Das tut wahrscheinlich nichts zur Sache. Die Geschäftsführer wie die Unternehmen wechseln ihre Namen wie wir die Hemden.«

»Mit etwas Anstrengung kann man das zurückverfolgen.«

»Allein in Prato gibt es etwa 3.100 chinesische Unternehmen. Stellen Sie sich 3.100 Wechselwerbeanlagen vor, jede Seite unterscheidet sich von den 3.099 anderen und wechselt dazu noch alle drei Monate den Namen. Macht 12.400 jedes Jahr.«

»Verstehe. Und dieser Liu Chang gehört zum »*Big Circle*«, sagen Sie, Herr Staatsanwalt?«

»Wir wissen nicht, ob er Zahlungspflichtiger oder Verräter war. Jedenfalls stand er mit einem Mitglied des *Grande-Aracri*-Clans in Kontakt, der Teil der kalabrischen *N'Drangheta* ist.«

»Bei mir klingelt nichts.«

»Der *Aracri*-Clan hat vermutlich Verbindungen zu dieser Triade. In den gefundenen Unterlagen finden sich Hinweise auf den »*Big Circle*« und auf eine Firma namens »*Urumchi Enterprises*«, von der möglicherweise Kokain bezogen wurde und ... warten Sie ... *Rizin*.«

»Banküberweisungen?«

»Das geht heute doch alles über Smartphones und das Dark Net.«

»*Urumchi Enterprises* und die Art der Lieferungen sind uns bekannt. Und jetzt wollen Sie, dass wir im einsamen Laos Verbindungen zur *N'Drangheta* finden?«

»Ich wäre Ihnen zu großem Dank verpflichtet, Colonnello.«

»Hören Sie, Herr Staatsanwalt: wir haben eigentlich genug mit der

Aufklärung eines Mords an dem Regionalfürsten des »*Big Circle*« in der Mekong-Region zu tun. Und mit Spielcasinos in Poipet. Sie können mir allerdings die Verbindungsdaten zu dieser *N'Drangheta* per FAX an meinen Standort Savannakhet senden. Nur per FAX, bitte, nicht per E-Mail. Sollten wir etwas finden, erhalten Sie von mir ein Rück-FAX. Sollten Sie etwas finden, wissen Sie, wo ich mich momentan aufhalte.«

»*Mille Grazie, Colonello*. Es mag sein, dass wir Ihre Hinweise auf Poipet auch bei unseren Ermittlungen gegen die Sportwetten-Mafia verwenden können. Wir ermitteln gegen Carlo Germanin in Verona. Einige seiner Hintermänner scheinen in Singapur zu sitzen. Sportwetten auf europäische Teams sind in Ostasien sehr populär. Vielleicht treffen wir uns einmal in der schönen Toskana.«

»Warum denn Toskana?«

»Prato ist die zweitgrößte Stadt der Toskana, nach Firenze. Viele Palazzi und das *Castello Dell Imperatore*. Das war eine der Burgen des Stauferkönigs Friedrich II., der sich in Rom einen eigenen Papst schuf. Interessant auch für Ihren deutschen Kollegen Kronenberg, den ich auch grüßen will. Für ihn gilt die Einladung selbstverständlich ebenfalls.« Es klickte mehrfach, dann war die Verbindung weg.

Udo Kronenberg puhlte den Ohrhörer heraus: »Wenigstens die Mafiajäger funktionieren im alten Rom. Ich glaube, die haben vor einigen Jahren sogar einen Premierminister in die Wüste geschickt und die ganze *Demokrazia Christiana* hinterher.«

»*Demokrazia Christiana*?«

»Die bis damals fast ständig regierende Partei, die Staatspartei sozusagen. Einfach weg. Die Splitter mussten sich erst wieder sammeln.«

Savang hatte zwischenzeitlich mit dem Milizionär Somkeo Theravong die Zettel des Portiers durchgeblättert. Somkeo schob Vichaj jene mit Telefonnummern aus Bangkok über den Tisch.

»Diese Nummern rufe ich alleine auf meinem Zimmer an. Sollte es die CIA-Nebenstelle sein, werde ich berichten.«

Savang machte sich daran, mit Ta Mok in Krong Stung Treng Kontakt aufzunehmen, das an der Mündung des Tonle Sekong in den Mekong liegt und über ein Flugfeld verfügt. Seit den Zeiten des Lan-Xan-Königreichs wurde in Stung Treng auch Thai gesprochen.

INVADING LAOS

Zeit spielt in Savannakhet eine relative Rolle. Das Leben in der kleinen, zweitgrößten Stadt der Volksrepublik Laos geht gewöhnlich seinen täglich gleichen Gang, weil es die Menschen so wollen. Mit der immer gleichen Form stellt sich Gleichmut ein und die Form verliert an Bedeutung. Daraus wird es möglich, über das Wesen des Materiellen hinaus zu denken, auf das »Große Fahrzeug« zu steigen. Die Buddhisten beschreiben die Welt nicht statisch, sondern dynamisch. Damit liegen sie zwischen dem statischen Kreuz der römischen Christen und dem Halbmond des Islams, der zum Neu- und Vollmond werden kann. Ein Erkenntnisvorsprung von über tausend Jahren. Für Außenstehende ist ihre Übung die ständige Wiederholung des scheinbar Ein- und Desselben, wofür die Gebetsmühlen Tibets stehen. Versprechung und Drohung ist die Wiedergeburt, die ohne zeitliche Dimension in einer entfernten Galaxie möglich sein kann. So jedenfalls sagte es der Dalai Lama in Harvard. Die Erlösung findet sich im absoluten Nichts, das der modernen Beschreibung des Todes sehr nahe kommt. Etwa dem Loslassen von Raum, Energie, Materie und Zeit, dem Eintritt in eine dimensionslose Singularität.

Kriminalhauptkommissar Udo Kronenberg berichtete Schröder vom Hamburger Staatsschutz über das gleichförmige Leben am Mittellauf des Mekong, ohne ein Wort über den Ausflug nach Poipet zu verlieren. Er erläuterte, dass es ihm zusammen mit Oberst Bangramsan gelungen sei, die Wasserleiche in der Elbe als Verbindungsmann zwischen der *Sap Sie Kee* und der vietnamesischen *Binh Xuyen*-Triade zu identifizieren, die wesentlich aus Militärs der früheren Republikanischen Armee Südvietnams bestehe. Es möge sein, dass diese Triaden Interesse an legalen Geldanlagen in Europa haben könnten. Deshalb sei in Betracht zu ziehen, dass Li Ping wegen des Geldes ermordet worden sei, das er mit sich geführt haben dürfte.

»Sie meinen, dass das Mordopfer mit ein paar Millionen hier herumspaziert ist?«, fragte Schröder spöttisch.

Udo Kronenberg musste grinsen: »Heutzutage wird das in diesen Kreisen per Smartphone erledigt. Aber wir haben keines bei ihm gefunden.«

Schröder zögerte: »In der Tat. Das ist selbst für einen gewöhnlichen Geschäftsmann merkwürdig. Sicher haben es die Täter mitgenommen. Könnten Sie dort unten herausfinden, ob und welches Smartphone er besaß?«

Kronenberg lachte: »Bei einem Mitglied einer Triade, Herr Schröder? Eher finden wir einen Stecknadelkopf im Ozean, wie mein Thai-Kollege zu sagen pflegt. Mit dieser einfachen Nummer kommen wir den Triaden nicht bei. Was wir aber gefunden haben, ist eine Fabrik der »*Urumchi Enterprises*« ganz in der Nähe, eingezäunt wie ein Hochsicherheitsgefängnis und umgeben von einem Leichenfeld.«

»Killing Fields liegen meines Wissens in Kambodscha, oder?«

»Von Hamburg aus gesehen weilen wir in der Nähe Kambodschas, Herr Schröder.«

»Sind Sie in Kontakt mit der laotischen Polizei?«

»Die heißen hier Volksmiliz und haben nur veranlasst, dass die Leichenteile ordentlich begraben werden. Ansonsten scheint die Fabrik für sie exterritoriales Gebiet zu sein.«

»Was produziert diese Fabrik?«

»Wir haben nur Vermutungen: Amphetamine, vielleicht biologische Waffen. Es könnte sein, dass das Gelände auch Handelsstützpunkt für die Ausfuhr siamesischen Rosenholzes ist, jedenfalls wird es von Lastwagen mit vietnamesischen Kennzeichen bedient.«

»Dann hatte das Wort Urumchi auf dem Zettel, den Sie bei dem Toten fanden, doch eine andere Bedeutung.«

»Was ich bereits vor meinem Abflug vermutet habe. Die Behördenleitung schickte mich in ihrer vollkommenen Weisheit dennoch in die Wüste rund um Urumchi in Sinkiang.«

»Das hat sich inzwischen herumgesprochen, Herr Kronenberg. Ja, Sie hatten Recht. Genügt Ihnen das zunächst? Was können wir in Hamburg sonst noch für Sie tun?«

»Grober Schuss: Die Zollfahndung soll sich für den Absender »*Urumchi Enterprises*« mit Sitz in Vietnam interessieren, genauer in Saigons Nachbarstadt Cholon. Schalten Sie das Zollkriminalamt ein. Etwas feinerer Schuss: Katharina Esbjerg könnte sich um Immobiliengeschäfte von mehr als 10 Millionen Euro kümmern, insbesondere jene, für die sich asiatische Mitbieter gemeldet haben. Bundesweit. Und da wäre noch etwas: Sie sollten sich bei Anbietern von Sportwetten umsehen.«

Schröder stöhnte: »Nicht auch noch das! Dieses Thema wird wie eine heiße Kartoffel herumgereicht.«

»Eben darum. Nicht alle Wettanbieter, die auf Malta und Zypern sitzen, haben einen russischen Hintergrund. Diesen Tipp erhielt ich übrigens von einem Kollegen aus Italien, der sich neben Anderen auch für unser Tun am Mekong interessiert.«

»Sein Name?«

»Roberto Francetti. Sie können in Verona und in Reggio di Calabria nachfragen.«

»Eine Nadel im Heuhaufen … nein, Ihr Thai-Kollege hat es besser getroffen … im Ozean Sonst noch etwas?«

»Sollten wir bei der Polizei Hamburg einen vietnamesisch sprechenden Kollegen haben, könnte der sich um Schutzgelderpressung in der Gastronomie und bei Asia-Supermärkten kümmern. Das empfahl ich übrigens schon beim letzten Mal.«

»Spontan ist mir keiner bekannt. Momentan suchen wir eher nach arabisch sprechenden Mitarbeitern, nicht nach Vietnamesen. Aber ich werde mich darum kümmern. Hatten Sie Kontakt zum Bundeskriminalamt?«

»Auf einem der Zettel, die ich erhielt, stand eine Wiesbadener Telefonnummer. Ich habe mich entschlossen, mich nicht darum zu kümmern.«

Kriminaloberrat Schröder war zufrieden. Vielleicht eröffnete sich für ihn doch noch eine Chance, zum Direktor befördert zu werden.

*

Kurz vor Mitternacht klopfte Vichaj Bangramsan an Kronenbergs Zimmertür. Der Thai wirkte ermattet: »Um es vorab zu sagen: Wir stehen auf der Liste der CIA, und zwar nicht als befreundete Agenten. Dieser »Jim« wurde nach Bangkok geflogen, nachdem ihn Irgendjemand in der Notaufnahme eines Hospitals in Mukdahan abgegeben hatte. Von ihm weiß die CIA, dass der »Joe« in unserem Beisein erschossen wurde. Seine Leiche ist bisher nirgendwo aufgetaucht. Sie vermuten, dass wir mit dem chinesischen Geheimdienst zusammenarbeiten. Und sie wissen über *Binh Xuyen* genau Bescheid. Ehemalige Kameraden, sozusagen. Die haben sich allerdings despektierlicher ausgedrückt.«

»Was meinen deine Kollegen?«

»Die NACC gibt mir Rückendeckung, sagen sie jedenfalls. Wir sollen uns jedoch von der Grenzpolizei fernhalten. Das Königreich pflege gut nachbarschaftliche Beziehungen zu Laos. Sie werden keine Verstärkung schicken, wenn es hier unangenehm werden sollte. Die Rambo-Aktion zusammen mit dem CIA-Agenten Barney sei ein Fehler gewesen und habe für mehr als genug Unstimmigkeiten zwischen Thailand und Laos geführt. Den Fehler machen sie nie mehr wieder, sagten sie mir.«

»Hat die CIA etwas angekündigt?«

»Die zwei Agenten in Bangkok, mit denen ich sprach, waren wie üblich ziemlich rüde. Es könne sein, dass dieser Podolsky, mit dem wir Kontakt hatten, persönlich rüberkommt. Samt schlagkräftiger Entourage. Einer versicherte mir, dass sie in »diesem Kaff« schon aufräumen würden.«

»Dann lass´ uns dafür sorgen, dass keiner von denen offiziell ins Land kommt. Fahren wir zum Dinosaurier-Museum?«

Sie mussten lange klopfen, bevor Savangs Onkel verschlafen das Tor öffnete. Er sah sie über die runden Brillengläser beleidigt an: »Meine

Herren, Sie sind mir lieb und teuer. Allerdings ist dies eine wissenschaftliche Einrichtung und kein Polizeirevier.«

Udo Kronenberg und Vichaj Bangramsan entschuldigten sich besonders höflich und ausgiebig. Leider könnten sie seinen Neffen immer noch nicht direkt erreichen, da sie weder über eine Adresse, noch über eine dienstliche Telefonnummer verfügten.

»Das hat schon seine Richtigkeit und hat ihn jedenfalls bisher am Leben erhalten. Schließlich hat er eine Familie zu ernähren. Kommen Sie rein, wenn es dem Interesse des Landes dient.«

Der alte Mann telefonierte und servierte ihnen dann einen Tee. »Wissen Sie, eigentlich bin ich nicht Paläontologe, sondern Biochemiker, ausgebildet an der Universität von Toulouse. So habe ich den Bürgerkrieg überstanden. Als überzeugter Kommunist bin ich nach dem Studium nach Vietnam gegangen, wo ich einiges über Mikrobiologie am lebenden … ich meine, am toten … Objekt hinzulernen konnte. Als meine vietnamesische Frau viel zu früh verstarb, habe ich mich in meine alte Heimat zurückgezogen. Es ist nicht so, dass Dr. Siri der einzige Forensiker in Laos ist. Er ist nur der bekannteste. Ich habe allerdings einen lebenden Dr. Siri nie getroffen.«

»Wahrscheinlich hat der *Farang*, der diese Romane schreibt, Savannakhet nie besucht«, antwortete Vichaj.

»Oder er schrieb sie während meiner Arbeit in Vietnam.«

»Sie sprechen und verstehen also mindestens Französisch, Laotisch, Thai und Vietnamesisch?«

»Thai und Laotisch sind dasselbe. Englisch spreche und verstehe ich natürlich auch, wie Sie hören. Vor drei Jahrzehnten habe ich auf einer Leichenfarm in Tennessee gearbeitet.«

»Einer was, Monsieur?«, fragte Udo Kronenberg entgeistert.

»Einer Leichenfarm, Herr Kronenberg. Dort werden menschliche Leichen in verschiedenen Stadien des Verfalls auf Mikroben untersucht. Tierleichen, also auch Menschenleichen, werden von der Natur fast komplett recycelt. Das geschieht in verschiedenen Wellen durch verschiedene Populationen. Zuerst durch Milliarden von Mikroben, die das lebende Wesen bereits an und in sich trägt. Weil das Immunsystem nicht mehr aktiv ist, vermehren sie sich rasend schnell. Würde ein Toter plötzlich wieder zum Leben erwachen, würde er umgehend an einer Infektion oder Vergiftung wieder sterben. Deshalb ist die Geschichte der Auferstehung von den Toten schon rein irdisch gesehen sehr unwahrscheinlich. Deshalb haben die alten Ägypter ihre königlichen Leichen sofort ausgenommen und einbalsamiert.
Als eine der ersten bieten Leichen Bakterien der Gruppen *Moraxellaceae* und *Acinetobacter* ein Festmahl. Deren ausgedünstete Gase lassen Leichen anschwellen, bis sie platzen. Wenn der Sauerstoff ungehemmt ins Körperinnere dringt, explodiert das Mikroleben dort regelrecht: Würmer, die sich von Bakterien ernähren, Larven und Maden verspeisen das Aas und vorhergehende Aasfresser. Nur extreme Trockenheit oder extreme Kälte verhindern solche Milliardenstädte der Mikrobiologie. Jetzt wissen Sie, warum man Leichen innerhalb von drei Tagen unter die Erde oder ins Kühlhaus bringen soll – oder einfach verbrennt, wie es hierzulande der Brauch ist.«

Kronenberg hatte schon viele Leichen in Kühlkästen gesehen, ekelte sich jedoch immer wieder, sobald Forensiker nicht nur über die Art der Gewalteinwirkung sprachen. »Was machen Sie mit Ihrem gesammelten Wissen?«

»Ich bestimme den Zeitraum des Todes und verlasse den Glauben an ein Leben nach dem Tod. Nach dem Tod leben Andere, die auch eine Daseinsberechtigung haben. Dass ich hier hölzerne Knochen verwalte, die 100 Millionen Jahre alt sind, erstaunt mich immer wieder, weil es auch Mikro-Organismen gibt, die solche Knochen fressen. Diese Knochen müssen also sehr mächtig gewesen sein. An den Organismen, die sie wie Holz fühlbar werden lassen, arbeiten wir noch. Aber hören Sie, da kommt mein Neffe.«

Savang trug nur Hemd und Hose sowie die dunkelblauen Armani-Lederschuhe an sich: »Das muss ja sehr wichtig sein«, schnappte er.

»Wir haben die halbe Nacht über mit Bangkok, Washington und Hamburg telefoniert. Für uns alle ist wichtig: Was auch immer hier geschehen sollte, es wird keine Verstärkung aus Thailand geben. Die CIA betrachtet uns als feindliche Agenten, die mit einem chinesischen Geheimdienst kooperieren. Sie wollen uns einen Herren namens Podolsky samt Mannschaft auf den Hals hetzen.«

Savang dachte kurz nach: »Das steigert meine Bedeutung beim Innenministerium, nicht wahr? Ich könnte nach Viang Chang versetzt werden.«

Vichaj reagierte wütend: »Für uns alle wäre von Vorteil, wenn du deine Egoismen in Zaum halten könntest. Es könnte nämlich sein, dass uns die CIA-Typen entführen, foltern und umbringen. Die machen auch hier in Savannakhet, was sie wollen.«

Savang lächelte dünn, gequält: »Du kannst als junger Oberst leicht brüllen, Vichaj. Nach dem Tod des Agenten Barney und der darauffolgenden Rambo-Aktion kam nichts weiter hier an. Sie werden sich hüten, Laos erneut anzugreifen.«

»Danach sieht es nicht aus. Sie sind empört. Also: benachrichtige eure Grenztruppen. Weder Podolsky, noch irgendein anderer Amerikaner darf in den nächsten Wochen die Grenzen überschreiten. Einreiseverbot. Diesen Bunker von US-Botschaft in Viang Chang wird eure Armee rund um die Uhr bewachen. Jede Bewegung rein und raus wird an mich und dich gemeldet. Jeder Passagier, der am Flughafen Savannakhet ankommt, wird gesondert registriert und mir und dir sofort angezeigt. Jede Flugbewegung auf irgendeinem auch nicht offiziell registrierten Flugfeld im südlichen Laos ebenfalls, soweit sie auffallen sollte. Das Einreiseverbot betrifft insbesondere Kaukasier, die unter 50 Jahre alt sind, vor allem Männer mit athletischer Figur. Ist das verstanden?«

»Wird es denn so gefährlich werden?«

»Für uns Drei und für Somkeo Theravong wahrscheinlich schon. Somkeo soll seine verfügbaren Mannschaften vor deinem Haus, unserem Hotel, an der Busstation und am Flughafen rund um die Uhr aufstellen. Ordentlich bewaffnet, wenigstens mit Funkgeräten und mit Koffein oder Crystal Meth, das sie wach hält.«

»Crystal Meth? Du hast sie ja wohl nicht alle. Was ist mit dem Savan Casino?«

»Mit waaas?«, fragte Vichaj entgeistert.

»Auch Savannakhet verfügt über ein Spielcasino, allerdings ein staatliches.«

»Zweifrontenkrieg, Luftangriff«, japste Vichaj. »Du glaubst doch nicht, dass wir einen Zweifrontenkrieg gewinnen können. Das hat auch Hitlers Reichswehr nicht geschafft.«

»Also auch einige Milizionäre vor die Tür?«, fragte Savang.

»Wir fahren jetzt sofort selber hin. Hast du Waffen an Bord?«

»Nur meine *Glock* im Wagen.«

»Hätten wir doch einige AK-47 aus Nguyens *Lear Jet* geholt! Ruf bitte Somkeo Theravong an. Er soll so schnell es geht anrücken.«

»Hier her ins Museum?«

»Nein, gleich vor das Casino. Zuvor benachrichtigen wir die Grenztruppe.«

»Die Friedensbrücke liegt in der Nähe des Casinos.«

»Umso besser. Zuerst der Unfrieden an der Friedensbrücke, danach die Razzia im Casino. So machen wir das. Steige mit in unseren *Land Cruiser. Subito*!«

Nach zwanzig schnellen Minuten näherten sie sich dem hell erleuchteten Grenzkontrollpunkt. Die Grenze war um diese Uhrzeit geschlossen. Savang rüttelte an der Tür des Gebäudes, in dem Visa erteilt werden. Hinter der Tür murrte ein Beamter, der offenbar aus dem Schlaf gerissen worden war. Savang gab sich entschieden, bis ein mürrisches Gesicht im Türspalt erschien. Er hielt dem Schläfrigen seinen Ausweis nah an die Augen. Der Beamte öffnete unlustig die Tür. Savang packte ihn an den Trägern seines Unterhemds.
»Spitzel haben mir nichts zu sagen. Ohne Befehl meines Diensthabenden läuft hier gar nichts. Hier ist seine Telefonnummer«, kreischte der Grenzer und grabschte etwas hilflos hinter sich.

Savang wählte mehrmals vergeblich. Danach schlug er dem Beamten ins Gesicht: »Das ist für den Spitzel. Inlandsgeheimdienst heißt das auch für dich. Wir kommen in zwei Stunden mit der Miliz wieder. Bis dahin wird sich dein Penner eines Vorgesetzten exakt hier eingefunden haben. Es geht um Insurgenten von der CIA, die unsere nationale Sicherheit bedrohen. Hast du das verstanden?«

Der Grenzbeamte rieb sich die Backe, sah Savang feindselig an und nickte: »Ein neuer Fall Barney?«

»Dieses Mal kommen gleich mehrere Volksfeinde über die Brücke oder sonst wie über den Fluss. Kneif deinen Hintern zusammen und halte Ausschau. Sonst stecke ich dir einen großen Knüppel in den Hintern und rühre darin herum. Verstanden?«, blaffte Savang.

Der Grenzbeamte nickte und schätzte Savang als Rüpel ein, der nicht viel besser war als ein Agent der CIA. »Und der hier?«, zeigte er auf Kronenberg.

»Der hier ist aus Europa, über 50 Jahre alt, von nicht-athletischer Statur und momentan ein Feind der CIA, begreifst du das?«

Der Grenzbeamte wollte nur seine Ruhe haben. Allerdings hatte ihn Savang so provoziert, dass er eine weitere Frage stellte: »Inlandsgeheimdienst mit einem in Thailand zugelassenen Wagen? Spielt hier jemand falsch?«

»Nichts ist unmöglich – sagt selbst Toyota. In spätestens zwei Stunden werden du und dein Diensthabender die Miliz vor euch haben. Mache bis dann keinen Fehler, wenn du deine Arbeit behalten willst.«

Das *Savan-Casino* hatten sie in zehn schnellen Minuten erreicht. An der Einfahrt standen zwei große steinerne Löwen zum Empfang bereit.

SAVAN CASINO UND HOTEL

Die Disco fand bereits vor dem Eingang des Casinos statt. Dort warteten drei Pick-Ups der Miliz mit flackerndem Rotlicht. »Alles, was wir haben« kommentierte der Kommandeur der Miliz. »Drinnen sind mindestens doppelt so viele Security-Guards, fast alle bewaffnet.«

Vichaj lächelte: »David gegen Goliath. David gewinnt. Vorwärts.«

Die hübschen Empfangsdamen in glitzernden Kostümen von Apsara-Tänzerinnen des Khmer-Königreichs erstarrten mit weit aufgerissenen Augen, als die bewaffnete Mannschaft das Foyer stürmte. »Die Gästeliste!«, bat Somkeo Theravong wenig höflich.

»Ohne Erlaubnis unseres Chefs bekommst du gar nichts«, erwiderte die einzige Dame, die etwas älter, nicht grazil und außerdem Savangs andere Nachbarin war.

»Dann schaffe mir den sofort her«, herrschte der Milizen-Kommandeur sie an.

Nach wenigen Minuten erschien der schwarz befrackte, hoch gewachsene, etwa 30 Jahre alte Empfangschef, dessen schwarzes Haar streng nach hinten gegeelt war. Er blickte auf die vergleichsweise einfach gekleidete Mannschaft vor sich herab: »Womit kann ich Ihnen dienen, meine Herren?«

»Mit der Gästeliste«, schnappte Somkeo Theravang.

»Sie wissen, dass wir eine staatliche Einrichtung sind?«

Vichaj lehnte sich über den Tresen, sah den Empfangschef eindringlich an und zückte seinen Ausweis: »Interpol, verstehst du, G e n o s s e ? Wir suchen US-amerikanische Insurgenten, Feinde der Volksrepublik Laos, in deinem Scheißhaus. Die Kerle haben deinem Land genügend Probleme bereitet. Sollten wir sie bei dir finden, dann wird der Laden dicht gemacht werden und du kannst deinen Frack in die heimische Garderobe hängen. Verstehst du?«

Der junge Mann hatte den Bürgerkrieg in Laos nicht selbst erlebt. Sein Vater ließ wenige Sätze darüber fallen, er war Royalist gewesen. Dennoch war er nicht eingeschüchtert: »Wenn mir das ein Polizist aus dem Königreich Thailand sagt, will ich sehen, was ich tun kann«, bemerkte er sarkastisch und blätterte in einem hinter der hohen Tresenkante liegenden Block.

»Die einzigen Amerikaner, die ich hier finde, sind Herr und Frau Johnson aus Houston, Texas, Sir. Ansonsten sind nur Ihre eigenen Landsleute an Bord.«

»Wie alt sind diese Johnsons?«

Der Empfangschef blickte hilfesuchenden nach seinen Damen. »Etwa siebzig Jahre alt oder älter. Das Alter dieses Kaukasiers neben ihnen«, zeigte die Älteste auf Kronenberg.

Der Milizen-Kommandeur zog Savang zur Seite und wisperte: »Wir haben dieses staatliche Casino heimgesucht. Jetzt müssen wir das irgendwie rechtfertigen. Überprüfen wir die Amerikaner.«

Vichaj hatte mitgehört. Er ließ sich den Gästeblock geben und deutete auf den Namen »Somkhit«: »Den hier bringst du mir – sofort.«

Khun Somkhit wurde in allen Sälen ausgerufen und erschien nach wenigen Minuten mit fragenden Augen im Foyer. Er war etwa 45 Jahre alt, 1,65 Meter groß, dicklich, Doppelkinn, offenes weißes Hemd, Boss-Anzug, Business-Schuhe von Timberland. Vichaj kontrollierte seinen Personalausweis.

»Khun Somkhit, Sie tragen mindestens 500.000 Baht an sich. Das ist nicht verboten. Gewerbsmäßiges Spielen ist allerdings schon verboten.«

»Hier in Laos ist es legal. Das wissen Sie genau, Oberst Bangramsan.«

Vichaj gab den Ausweis grinsend zurück: »Verspielen Sie bitte nicht Ihr gesamtes Vermögen auf fremdem Boden. Sie haben es schließlich nicht in Laos, sondern in Thailand verdient.«

Khun Somkhit, der Fabrikbesitzer aus Nonthaburi, wo 300 Menschen für ihn arbeiteten, deren Zukunft er momentan aufs Spiel setzte, entfernte sich vorsichtig. »Der hat etwas von einem geschlagenen Hund an sich«, bemerkte Udo Kronenberg auf Deutsch.

Vor dem Eingang des Casinos war bei flackerndem Rotlicht Lagebesprechung. Savang führte das Wort: »Die Miliz fährt zum Grenzübergang. Ihr erklärt dem hoffentlich jetzt angekommenen Diensthabenden, dass sein Wachhabender erstens nachts nicht schlafen soll und zweitens ab sofort jeder Kaukasier unter 50 Jahren abgewiesen werden muss, insbesondere athletische männliche Amerikaner, Australier und Europäer. Einzige Erklärung: Staatssicherheit. Der Thai, der Deutsche und ich fahren zurück in die Stadt. Wir klären mit dem Innenministerium, dass die Maßnahme auf ganz Laos ausgedehnt wird.«

Die üblicherweise unterbeschäftigten Milizionäre quittierten die Anweisung trotz nächtlicher Stunde diensteifrig. Ein älterer Hagerer, der alle anderen um einen Kopf überragte, fragte Savang: »Sind die Schädlinge aus den USA wieder im Lande, Genosse?«

»Sie haben uns nie verlassen, Genosse«, gab Savang zurück. »Rotlicht anlassen, Gewehre nicht über dem Rücken, sondern in der Hand.«

Der Hagere blickte freundlich und entschlossen: »Worauf du dich verlassen kannst, Genosse. Ich stationiere mich selbst am Grenzübergang, auch, wenn es Wochen dauern sollte.«

»Nehmt ihn euch zum Vorbild«, rief Somkeo Theravang den Milizionären zu, bevor er sich mit Savang, Kronenberg und Vichaj in den *Land Cruiser* mit thailändischem Kennzeichen setzte und zum Museum fuhr.

Savangs Onkel war putzmunter: »Ich habe den Kulturminister angerufen und ihm erläutert, dass die CIA unsere Milizstation ausschalten und unsere Kulturschätze plündern will.«

»Das war etwas gewagt, Onkel«, zweifelte Savang.

Die Augen des Biochemikers leuchteten: »Das hat er mir zunächst auch geantwortet. Dann erklärte ich ihm, dass Interpol bei mir angeklopft und mich gewarnt hat, dass ein weiterer CIA-Agent in Savannakhet zu Tode kam. Ich habe die Namen deiner beiden Kollegen genannt und darauf hingewiesen, dass die Mafia in Kambodscha ihre schmutzigen Hände im Spiel haben könnte. Er hat sich an unseren Dienstreiseantrag erinnert.«

»Ja und? Mach es nicht so spannend.«

»Er zeigte sich begeistert. Ich habe seine Zusage, sich mit dem Innen- und dem Verteidigungsministerium in Verbindung zu setzen. Er sagte, es sei das Beste, allen Amerikanern die Einreise zu verweigern und den US-Botschafter schon morgen ins Außenministerium zu bestellen. Das könnte uns beiden sehr nützlich sein. Obwohl, wenn ich es mir genau überlege, eher dir als mir. Ich will hier bleiben, nur die dem Museum zustehenden Mittel sehen. Denk mal, ein internationaler Verbund aller Dinosauriermuseen. Mein Traum!«

Savang küsste seinen Onkel auf beide Wangen: »Du bist ein Schatz!«

»Bin ich nicht«, antwortete der Alte trocken. »Ich verwalte einen Schatz.«

Udo Kronenberg dachte an das im Museum gelagerte Kokain und *Rizin*. Er fürchtete um die Gesundheit und das Leben des Museumsdirektors, der ständig im Dienst zu sein schien.

TA MOKS ANKUNFT

Auf der Nationalstraße Richtung Vietnam landete östlich des Städtchens Muang Phin eine *Cessna 172 »Skywalk«*, das Arbeitspferd unter den Leichtflugzeugen. Der Pilot rollte die Maschine durch die Zufahrt zum Compound und parkte neben dem Tor. Dem Flugzeug entstiegen vier stämmige, höchstens 30 Jahre alte Kambodschaner in Tarnkleidung, ein etwa gleichaltriger Mann in weißem Anzug und ein einfach gekleideter Greis, dem der Anzugträger beim Hinabsteigen half. Die vier Stämmigen trugen *Uzi*-Maschinenpistolen, die beiden anderen waren offensichtlich nicht bewaffnet.

Das Tor in der Mauer öffnete sich und gab den Blick frei auf zwei lange Reihen rechtwinklig zueinander stehender, eingeschossiger Gebäude mit Satteldach und vorgelagerten Veranden. Zwischen den Gebäuden standen einige Pick-Ups, zwei alte US-Army-Trucks und ein schwarzer Ford-Van mit getönten Scheiben. Der etwa fünfzigjährige Capo des Compounds begrüßte Ta Mok per Handschlag und berichtete ihm kurz über die aktuelle Produktions- und Handelslage. Er, der Alte und der Weißgekleidete unterhielten sich auf Französisch, während sich die vier Begleiter gelangweilt umsahen. Der Alte stellte wenige Fragen und nickte schließlich. Sie gingen zu einem Gebäudeabschnitt, in dem Gästezimmer lagen, bekamen dort Tee serviert. Einer der Pick-Ups verließ den Compound Richtung Savannakhet.

Somkeo Theravong erhielt einen Anruf des Rangers aus Muang Phin. Ein Flugzeug habe den Ort in geringer Höhe überflogen und sei wohl auf der Nationalstraße gelandet. Jedenfalls stehe es jetzt vor dem Compound. Die Frage nach einer Kennung am Flugzeugrumpf konnte der Ranger nicht beantworten, wollte jedoch nachsehen.

Der Kommandeur der Milizen informierte Savang: »Es könnte sein, dass der Stellvertreter Li Pings eingetroffen ist. Bei Muang Phin ist ein Flugzeug gelandet, das jetzt dort steht, wo die Leichenteile gefunden wurden.«

»Wieviel Mann Besatzung?«

»Das wissen wir nicht. Angeblich hat die Maschine nur einen Motor. Es könnten vielleicht fünf oder sechs Mann sein.«

»Kannst du zwei zusätzliche Leute zum Museum schicken? Ich mache mir Sorgen um meinen Onkel.«

»Bis auf eine notwendige Restbesatzung auf der Polizeistation habe ich alle Mann im Schichteinsatz. Wo soll ich Leute abziehen?«

»Am Flughafen, schlage ich vor. Diesen Standort überlassen wir unseren Fluglotsen.«

»Denen traue ich nicht. Je mehr Mitwisser wir haben, desto löchriger wird unser Einsatz«, gab der Milizenchef zu bedenken.

»Wir haben schon die Grenzpolizei eingeweiht – an der Friedensbrücke. Der Einsatz ist bereits löchrig genug. Mein Onkel hat mit dem Kulturminister gesprochen, der mit dem Innen- und Verteidigungsministerium. Das Innenministerium hat mich bereits angerufen, danach der wachhabende Offizier unserer Kaserne. Den konnte ich zwar zutexten, dennoch haben wir zu viele Mitwisser.«

»Mit wem wird die Mafia wohl zuerst Kontakt aufnehmen?«

»Mit keinem Kommunisten – außer uns. Sofern sie über Poipet informiert sein sollten mit jedem von uns. Vielleicht mit dem Thai zuerst, der benimmt sich, als ob er unser Kommandeur sei. Und er ist kein Kommunist.«

»Da hast du Recht. In der jetzigen Situation will ich diesen Eindruck aber gar nicht ändern. Lass´ uns mal im Mittelfeld bleiben. Wir treffen uns am Hotel?«

*

Der Portier klingelte Vichaj aus dem Bett: »Zwei Herren wollen Sie sprechen, Monsieur Bangramsan.«

Vichaj holte Kronenberg aus dem Bett: »Der Tanz beginnt.« Kronenberg blickte aus dem Fenster: »Noch nicht, Vichaj. Draußen stehen Savangs Wagen und ein Polizeifahrzeug.«

Vichaj und Kronenberg gingen wie gewohnt das Treppenhaus hinab, begrüßten Savang und Somkeo mit Handschlag. Somkeo hielt sein Handy am Ohr: »XU-kambodschanisches Kennzeichen. Danke.« Dann wandte er sich an Vichaj: »Ein Vögelchen aus Kambodscha ist gelandet. Im Naturschutzgebiet Dong Phou Vieng. Ich denke, dass wir es mit Li Pings Stellvertreter zu tun bekommen.«

»Habt ihr Erfahrung mit dem?«

Savang zuckte mit den Schultern: »Außer, dass er Ta Mok heißt und als früherer *Khmer Rouge* – Kommandeur heute steinalt sein muss, weiß ich wenig von ihm. Er steht wahrscheinlich mit Theng Bun Ma in Verbindung und wird deshalb wissen, was wir aus Poipet mitgenommen haben und wissen wollen, wo wir es lagern.«
»Genug, um uns alle umzubringen«, befürchtete Somkeo.

»Nun mal langsam. Auch sein »Bruder Nummer Eins« ist friedlich gestorben. Kannst du zwei Mann nach Muang Phin schicken?«, mischte sich Vichaj ein.

»Savang bat mich, zwei Mann vom Flughafen zur Verstärkung vor dem Museum abzuordnen. Woher sollen die weiteren zwei kommen? Von hier, vom Hotel?«

Vichaj überlegte kurz: »Keine schlechte Idee. Wir sind vorgewarnt und werden wohl die letzten sein, die sie erschießen wollen.«

»Aber entführen könnten sie euch wollen.«

»Für die Triaden ziemlich öffentlich, oder? Könnten wir von dir zwei Schnellfeuergewehre geliehen bekommen?«

»Ihr bekommt die Gewehre und ich komme in Teufels Küche?«

»Den Teufel gibt es nicht, damit auch nicht seine Küche. Auf Vertrauen an Stelle der beiden Milizionäre vor dem Hotel?«

Somkeo Theravong nickte und orderte telefonisch zwei Kalaschnikows. Udo Kronenberg wisperte Vichaj zu: »Die erste Kalaschnikow, die ich in meinem Leben in Händen halten werde.« Der Milizenchef konnte sich denken, was gerade auf Deutsch geflüstert worden war.

»Was tun denn die Beiden dort beim Portier?«, zeigte Savang auf zwei Männer, die das Foyer des Hotels betreten hatten. Er ging auf beide zu und versuchte, sich mit ihnen zu verständigen. Es waren Kambodschaner, die vorgaben, nur Französisch zu verstehen. Aber sie hatten genug gesehen.

Vichaj kam zurück: »Erster Feindkontakt harmlos. Keine Waffen, schwierige Verständigung. Kannst du die beiden von den Milizionären vor dem Hotel verfolgen lassen? Ich denke, die machen sich ohnehin gleich auf den Weg zurück nach Muang Phin.«

Somkeo Theravong schüttelte den Kopf: »Das wäre nun allzu offensichtlich. Ich gebe dem Ranger das Kennzeichen des Wagens durch. Er wird die Augen offenhalten und uns benachrichtigen, wenn der richtige Schub kommt.«

»Gute Idee, ist weniger auffällig. Des Rangers bist du dir sicher?«

»Er ist möglicherweise kein Kommunist, scheint es jedoch nicht zu mögen, wenn jemand in oder neben seinem Naturschutzgebiet mit dem Flugzeug landet. Sobald er mich rückruft, schlage ich Alarm.«

Somkeo fuhr zur Polizeistation und telefonierte mit dem Wachhabenden in der Kaserne. Savang fuhr zu seinem Onkel. Kronenberg und Vichaj gingen zum Mekong. Udo Kronenberg blickte zum westlichen Ufer: »Dort drüben wäre mir deutlich wohler. Hier weiß ich nicht, wer mit wem zusammensteckt. Savang sagte uns, als wir uns zuerst trafen, dass er die Milizionäre nicht kenne, jedenfalls nicht in seiner Funktion beim Inlandsgeheimdienst. Und jetzt ist er mit dem Chef der Milizen per Du.«

Vichaj lachte: »Erstens ist er sein Nachbar und zweitens duzen sich Kommunisten immer, auch dann, wenn sie sich zerfleischen wollen.«

TA MOK

Dem schwarzen Ford-Van entstiegen zwei stämmige junge Männer in Khaki, ein in einen weißen Anzug gekleideter etwa Dreißigjähriger und ein alter Mann in einfacher Kleidung, dem der Dreißigjährige die Tür öffnete. Hinter dem Ford hielt ein Pick-Up, dem ebenfalls zwei Stämmige entstiegen, die am Fahrzeug stehen blieben. Vichaj und Kronenberg waren soeben von einem ihrer Spaziergänge am Mekong zurückgekehrt.

Der Thai blickte auf sein Handy: »Kein eingegangener Anruf. Die Informationskette hat offensichtlich nicht funktioniert. Der Alte dort ist Ta Mok, schätze ich. Überlasse bitte das Verhandeln mir. Er wird wohl weder Deutsch noch Englisch verstehen.«

»Was verhandeln wir?«

»Das gesamte Paket, mit dem wir aus Poipet ankamen, was denn sonst?«

»Dann könnte es bleihaltig werden – und wir haben noch keine Waffen.«

»Eben deshalb wird es zunächst nicht bleihaltig. Ich werde mich mit dem Alten so lange freundlich unterhalten, so lange keine Miliz auftaucht. Was danach sein wird, weiß ich auch nicht.«

Vichaj gab dem alten Mann im Foyer des Hotels die Hand: »Ich weiß, dass man in Kambodscha vom *Wai* nichts hält, Khun Mok.«

Der Alte lächelte ihn mit seinem völlig verrunzelten Gesicht an: »Da haben Sie recht. Der neben mir ist mein Sohn«. Der Sohn nickte nur, gab keine Hand zum Gruß. »Und dort stehen einige Bauern aus dem Norden meines Landes. Sie haben für ihre Ernte nichts erhalten. Deshalb sind sie traurig.«

Ta Mok war für asiatische Verhältnisse unhöflich früh zur Sache gekommen. Vichaj überlegte sich, wie er Zeit gewinnen könnte. Er machte eine einladende Geste hin zum menschenleeren Speisesaal: »Nehmen Sie Tee oder Kaffee, Khun Mok?«

»Oh ja, Kaffee, wie er in Frankreich serviert wird.«

»Café au Lait oder starken Kaffee, wie ihn auch die Türken trinken, Khun Mok?«

»Oh ja, wie ihn die Türken trinken. Den Zucker proportioniere ich jedoch selbst. Wissen Sie, dass Koffein giftig sein kann?«

Vichaj begann leicht zu schwitzen. Dieser Alte wusste genau, worauf er hinauswollte. »Es kommt, wie immer, auf die Konzentration an, Khun Mok.«

»Oh ja, auf die Konzentration. Auf meinen Plantagen wird unter anderem *Hyoscyamin* gewonnen. Sie wissen, das Gift der Tollkirsche. Das ist schwer zu finden, wenn jemand daran sterben sollte, eigentlich gar nicht zu finden. Und es gibt kein Gegengift.«

»Davon habe ich gehört, Khun Mok. Aber bisher habe ich keine Erfahrung mit pflanzlichen Giften gemacht.«

»Oh ja, junger Mann, das fehlt an Ihrer Ausbildung im Königreich noch. Sehen Sie hier, dieses kleine Säckchen mit rotbraunem Inhalt. Das ist *Rizin*, ist noch giftiger als *Hyoscyamin*, aber ebenso ein Produkt der Natur. Die Pflanzen können nicht fortlaufen, wenn sie von ihren Fressfeinden angegriffen wird. Deshalb begannen sie, sich mit Gift zu wehren. Ein wunderbarer Trick der Natur, den wir uns manchmal nützlich machen sollten.«

Ta Mok übergab das Beutelchen seinem Sohn, der den Klemmverschluss öffnete. Dann schob er die Tassen Kronenbergs und Vichajs langsam zu sich und schüttete den Inhalt des Beutelchens zu gleichen Teilen in den Kaffee. Der Sohn lehnte sich zurück.

Vichaj winkte den Portier herbei: »Ich bin Teetrinker. Bitte bringen Sie mir eine Tasse schwarzen Tee.«

Der Alte lächelte ihn an: »Wenn ich mir es überlege, bevorzuge auch ich Tee. Lassen Sie uns bitte vier Tassen besten *Darjeeling* bringen. Auch bei Tee können wir darüber reden, was warum Li Ping zugestoßen ist. Aus dem Land seines Todes kommt doch der bleichgesichtige und halbbärtige Freund neben Ihnen?«

Vichaj bestellte Tee. Der Hotelportier legte die Rechnung auf den Tisch vor Vichaj. Mit kurzem Blick erkannte Vichaj, dass unter dem Rechnungsbetrag gedruckt stand: »Zwei Gewehre hinter dem Tresen«.

»Oh ja, die Rechnung. Die darf bitte ich übernehmen«, lächelte Ta Mok immer noch. Er zog den Zettel an sich. Allerdings konnte er zwar Thai sprechen, nicht aber lesen.

»Diese Schierlings-Tassen sind wir nun ja los. So lässt sich leichter über den nahenden Tod reden, Khun Bangramsan.«

»Sokrates kann ich nicht das Wasser reichen, Khun Mok«, lächelte

Vichaj zurück. »Aber je näher der Tod kommt, desto näher gelangt man an die Wahrheit.«

»Oh ja, diese Erfahrung haben wir also beide schon gemacht. Wissen Sie, was das Seltsame daran ist?«

Vichaj sah in die kalten Augen im verrunzelten Gesicht des alten Mannes und zwang sich zu einem erwartungsvollen Gesichtsausdruck: »Sagen Sie es mir bitte.«

»Ob Sie es glauben oder nicht, Khun Bangramsan. Die meisten Menschen können die Wahrheit nicht ertragen.«

Vor dem Hotel fuhren zwei Wagen der Miliz und Savangs Wagen vor. Savang ging langsam ins Foyer, die Milizionäre blieben an den Wagen stehen und bohrten ihre Blicke in die Augen der vier stämmigen Kambodschaner, die neben ihrem Pick-Up standen und ihre Uzis aus dem Wageninnern gegriffen hatten. Acht Männer standen sich regungslos gegenüber.

HAMBURG / JOHANNISWALL

Dem Staatsrat der Innenbehörde war die Bedeutung des Falls Li Ping immer bewusster geworden. Noch nie zuvor hatte er mit *National Crime Agency* in London oder der CIA zu tun gehabt. Als heimlichem Verächter der amerikanischen Art, mit dem Rest der Welt umzugehen, hielt er sich bei den Anrufen aus Langley zurück und verwies auf die Zuständigkeit des Bundeskriminalamts. Scotland Yard dagegen hatte ihn schon als Jungen interessiert, und er hatte es nie mit dem britischen Geheimdienst verwechselt. James Bond war für ihn eine Lachnummer.

Nach dem Bericht des Kriminaloberrats Schröder griff er von sich aus zum Telefon und bat darum, einen Beamten mit Erfahrung im Umgang mit chinesischen Triaden nach Hamburg zu senden.

Superintendent James Edward Brown glich eher einem Professor als einem Polizisten: Knapp 60 Jahre alt, sehr scharf geschnittenes, hageres Gesicht mit dem Ansatz einer Hakennase, hohe Stirn, die von buschigem, grauen Haar umkränzt war. Brown trug zurückhaltend-edlen Zwirn über einem braun-grau-rot-karierten Pullover und kam – natürlich – mit einem Regenschirm. Das Wetter Hamburgs gleicht ziemlich genau jenem im nördlichen England.

Superintendent Brown hatte um eine bilaterale Unterredung gebeten, während der er zwei Wünsche vortrug: Erstens, vorerst allein arbeiten zu dürfen und zweitens, über jeden Kontakt mit Kronenberg in Südostasien informiert zu werden. »Er scheint der erste deutsche Kollege zu sein, der einer oder zwei Triaden wirklich nahe kommt.«

Der Staatsrat sah ihn zweifelnd an: »Wir haben gute Beamte und Beamtinnen in Hamburg, Superintendent.«

James Brown lächelte dünn, vielleicht etwas süffisant: »Daran habe ich absolut keinen Zweifel, Sir. Aber Sie haben keinen mit großer Erfahrung in der Welt der Triaden. Das ist kein Vorwurf, Sir. Denn für die Triaden ist Hamburg kaum ein Acker. Meines Wissens wurde Hamburg bisher nur mit einem Mord zwischen Chinesen konfrontiert: Der Leiche eines Geschäftsmanns im Fleet. Das war wahrscheinlich kein Werk der *Sap Sie Kee*, sondern ein Ausrutscher. Ich bin mir auch keineswegs sicher, ob dieser Li Ping von seiner oder einer rivalisierenden Triade umgebracht wurde. Hamburg macht in solchen Zusammenhängen einfach keinen Sinn. N o c h keinen Sinn, Sir.«

»Haben Sie eine Vermutung, wer der oder die Täter sein könnten?«

»Wenn also nicht Mitglieder einer Triade, dann war es vermutlich jemand aus der örtlichen oder regionalen Geschäftswelt, Sir. Jemand, dessen Geschäfte Li Ping massiv zu stören drohte, wahrscheinlich, ohne, dass er das merkte. Denn Chinesen sind diskret bei der Anbahnung von Geschäften. Der Zoll, Immobilienhändler, eher weniger das Drogen- oder Waffengeschäft.«

Der Staatsrat blickte ungläubig: »Der Zoll?«

»*Anything goes*. Korruption in Seehäfen ist weltweit gesehen eher etwas Gewöhnliches.«

»Warum sind Drogen- und Waffengeschäfte eher weniger wahrscheinlich?«

»Sehen Sie, Sir, der Absatzmarkt für Narkotika ist weltweit aufgeteilt. *Sap Sie Kee* ist in Mitteleuropa nicht unterwegs, weil Osteuropäer, der Nahe Osten, Italiener und Spanier den Markt beherrschen. Mit der *N'Drangheta* arbeitet *Sap Sie Kee* zusammen. Sie besorgen ihre

Geschäfte wechselseitig im jeweiligen Einflussgebiet. Beim Waffengeschäft ist Deutschland Exporteur, weniger Importeur.«

»Aber in London ist die *Sap Sie Kee* aktiv, nicht wahr?

»In London sind alle Triaden vertreten. London ist nach New York das zweitwichtigste Finanzzentrum der Erde. Und London gilt als seriös. Hier, in einigen britischen Überseegebieten und in Panama wird Geld gewaschen, was das Zeug hält. Selbst seriöse Banken wie die HCBC sind darin verwickelt. Mich irritiert deshalb, dass der tote Li Ping in der Elbe, nicht in der Themse gefunden wurde. Eigentlich irritiert mich, dass er überhaupt gefunden wurde. »

»Dann fangen auch Sie hier bei null an?«

»Das denke ich nicht. Schließlich kenne ich einen wie auch immer kleinen Teil des Innenlebens der Triaden. Außerdem pflege ich alte Kontakte mit HongKong, Sir.«

Der Staatsrat nickte: »Mister Brown, das haben wir in Hamburg selbstredend nicht zu bieten. Für alle Fälle schreibe ich Ihnen den Namen und die Kontaktdaten einer Kollegin auf, die den Auftrag hat, große Immobiliengeschäfte bundesweit zu durchleuchten. Ihr Name ist Katharina Esbjerg. Sie arbeitet in Altona.«

»Gut. In Altona logiere ich auch. Vielleicht suche ich Frau Esbjerg bei Gelegenheit auf, Sir.«

»Wohnen Sie in einem dortigen Hotel?«

»Wo denken Sie hin, Sir! Altona hat eine relativ große britische Community. Fische im Wasser, verstehen Sie?«

Der Staatsrat sah Brown lange an und nickte dann.

»Das gefällt mir«, lächelte Superintendent Brown.

»Was gefällt Ihnen?«

»Sie können auch schweigen, wenigstens für kurze Zeit. Ich lasse Sie es wissen, wenn ich auf Wesentliches gestoßen bin, Sir.«

SAVANNAKHET

Auf der Straße vor dem Hotel herrschte Waffengleichheit. Vertreter der örtlichen Staatsmacht standen kambodschanischen Zivilisten gegenüber, die sich wieder holen wollten, was ihnen in Poipet gestohlen worden war.

Ta Mok sah durch die großen Fenster des Speisesaals: »Sehen Sie, Khun Bangramsan, wir haben fast ein Gleichgewicht. Vier meiner Männer gegen vier Milizionäre und einem in Zivil, der wohl auch zu den Milizionären zählt. Hier am Tisch sind wir Zwei und Zwei, jeweils ohne Waffen. Und alle sind wir Ausländer. Was machen wir nun?«

Vichaj lenkte seinen Blick vom gleichgültig dreinschauenden Portier auf den Alten: »Wir sprechen weiter miteinander, damit niemand zu Schaden kommt, Khun Mok.«

»Oh ja, eine weise Entscheidung. Reden wir zuerst über die Kalaschnikows oder das weiße oder das rotbraune Pulver?«

»Sie wissen, in welches Flugzeug die Ware in Poipet verladen wurde?«

»Nicht genau, es war ein Flugzeug ohne Kennung, Khun Bangramsan. Wie mir berichtet wurde unter Ihrem Kommando.«

»Ein Flugzeug aus Vietnam, Khun Mok. Damit konnte ich schwerlich das Kommando haben.«

Ta Mok konnte Thai noch nie leiden. Er hatte schon in der Schule gelernt, dass Thailand große Teile des nordöstlichen Khmer-Reichs an sich gerissen hatte und heute »*Isaan*« nennt. Auch Vietnam war ihm unsympathisch. Hatten doch die Cham versucht, das Khmer-Reich zu überrennen, was ihren Nachfahren erst 1980 gelang. Ta Mok war überzeugt, dass Kambodscha von Feinden umgeben war. Nur Laos hatte sein Land in Frieden gelassen.

»Oh ja, das Kommando führte dieses Mal ein Vietnamese. Das ist aus meiner Sicht jedoch gleichgültig. Reden wir zunächst über die Kalaschnikows.«

»Diese Waffen hat der vietnamesische Flugkapitän mitgenommen, als Lohn für seine Dienste, sozusagen.«

»Als Lohn, sagen Sie. Meines Wissens hat die Volksrepublik Vietnam mehr als genug Kalaschnikows. Sie werden dort sogar exportiert.«

»Jedenfalls hat der Flugkapitän diese Waffen mitgenommen. Er sagte uns so etwas wie Re-Import.«

»Oh ja, Re-Import. So etwa, wie Aktiengesellschaften ihre eigenen Aktien zurückkaufen, damit der Wert steigt. Das verstehe ich. Und die Pülverchen?«

»Das rotbraune Pulver hat unseren Flugkapitän ebenfalls interessiert. Er sagte uns etwas von einer Chemiewaffenkonvention. Biologische Waffen seien außerordentlich interessant. Es war ja auch nicht viel.«

»Es war eine ganze Jahresernte, Khun Bangramsan. Meine Bauern sind auf den Ertrag angewiesen. Keiner von uns dürfte an einem Bauernaufstand in Kambodscha interessiert sein. Die Bauern sind eine starke Kraft – in jedem Land. Nun werden Sie mir gleich eröffnen, dass sich auch das weiße Pülverchen auf den Weg nach Vietnam gemacht hat, nicht wahr?«

Vichaj zögerte keinen Moment: »Nein, Khun Mok, das Kokain ist noch hier in Savannakhet. Die Vietnamesen wollten das Casinopulver nicht mitnehmen, weil es in Vietnam keine Spielcasinos gibt.«

Ta Mok blickte Vichaj erstaunt an: »Ich hätte erwartet, dass Sie mir jetzt etwas anderes sagen würden. Sie sind also tatsächlich Polizist, oder?«

Vichaj ignorierte die Frage: »Was hätten Sie dann geantwortet?«

»Ich hätte den Schießbefehl gegeben, Khun Bangramsan. Würde ich völlig ohne Ware zurückkehren, dann hätte ich mich selbst erledigt. So aber haben wir Verhandlungsmasse. Wo also ist das weiße Pülverchen?«

»Ich sagte schon, Casinopulver. Nur als solches kommt es nicht in den Kreislauf der Einheimischen. Darauf legt man hier großen Wert.«

»Oh ja, das kann ich verstehen. Sie meinen das Savan Casino und seine ausländischen Gäste, nicht wahr?«

Vichaj nickte: »Wenn ich jetzt dort anrufe, wird Ihnen der Manager das Pulver zwanglos aushändigen, Khun Mok. Darf ich zum Empfang gehen?«

Ta Mok machte eine einladende Handbewegung: »In Begleitung meines Sohns, wenn ich bitte darf.«

Der Weißbekleidete und Vichaj erhoben sich zeitgleich von ihren Stühlen und gingen zum Empfang. Vichaj bat um die Rufnummer des Casinos und überlegte sich, ob er jetzt hinter den Tresen greifen sollte. Das drohende Gemetzel erschien ihm jedoch augenblicklich zu verlustreich zu sein. Er avisierte die Ankunft einer Touristengruppe aus Kambodscha. Der Empfang des Spielcasinos nahm die Ankündigung gleichgültig entgegen.

Ta Mok war zufrieden: »Sie und Ihr kaukasischer Kollege begleiten uns jetzt zum Casino«, zeigte er auf Vichaj und Kronenberg. »Die Miliz bleibt hier«.

Vichaj willigte ein und warf Savang auf dem Weg zum Ford-Van zu: »Wir fahren jetzt zum Spielen. Ohne Begleitung.« Savang nickte und befahl den Milizionären, nicht zu den Waffen zu greifen. Dabei zwinkerte er Somkeo Theravong zu.

»Sie wissen, wo das Casino liegt?«, fragte Vichaj den Alten während der Fahrt.

»Oh ja, wir kennen uns hier recht gut aus. Es ist nun einmal die Konkurrenz zu Poipet. Was ich nicht verstehen kann ist, dass Ihnen Ihre Landsleute so gleichgültig sind.« Ta Mok sah Vichaj abfällig an.

»Ein Teil meiner Landsleute ist spielsüchtig, Khun Mok. Den Kampf dagegen scheinen wir verloren zu haben. Hier und in Poipet.«

Ta Mok nickte: »Gegen die Natur des Menschen kann man wenig ausrichten. Sie ist stärker als jede politische und religiöse Bewegung, die sie emotional nicht überzeugen kann. Das musste ich auch in Kambodscha lernen.«

Am Eingang des Casinos warteten vier Milizionäre und zwei Chinesen. Die Milizionäre hielten den Alten und vier stämmige Kambodschaner in Schach, der Chinese Yang machte den in das Foyer flüchtenden Weißbekleideten mit zwei Schlägen nieder. Savang ging zufrieden zum Empfangstresen und empfahl den als Apsara-Tänzerinnen Bekleideten, das Gesehene sofort wieder zu vergessen. Dann erhielt er einen Anruf seines Onkels.

HAMBURG / JOHANNISWALL

Superintendent James Edward Brown erhielt den von ihm gewünschten Gesprächstermin beim Staatsrat der Innenbehörde innerhalb von zwei Tagen. Da er dessen Termindichte erahnen konnte, bedankte er sich dafür ausgesucht höflich.

»Konnten Sie bereits mit der Kollegin Esbjerg sprechen, die ich Ihnen empfahl?«, fragte der Staatsrat nach dem üblichen Kaffee-/Tee-Entrée.

»Nein, Sir, aber ich habe es auf dem Speicher weit vorn. Ich habe mich zunächst in der britischen Geschäftswelt Hamburgs umgehört und meine Kontakte mit HongKong gepflegt. Hier in Hamburg habe ich erfahren, dass Ostasiaten nach einem für sie geplatzten Immobiliengeschäft an der Stresemannstraße in Kontakt mit einem Albaner-Clan stehen, dem noch andere Immobilien in der Stadt gehören. Der Clan müsste Ihrer Behörde bekannt sein.«

Der Staatsrat nickte vielsagend.

»Außerdem scheinen sich Ostasiaten für ein Grundstück an der Griegstraße zu interessieren, das bisher einem Sportverein gehört. Es gibt über dieses Grundstück zwar einen Kaufvertrag, bei dem aber viel Luft nach oben zu sein scheint. Es könnte sein, dass die Ostasiaten einen deutlich höheren Betrag bieten wollen oder schon geboten haben.«

»Sie sprechen von Ostasiaten. Lässt sich das genauer fassen?«

»Vorsicht gehört zu meinem Repertoire. Hier kommen aber meine Kontakte nach HongKong ins Spiel. Der tote Chinese, den Sie in der Elbe gefunden haben, war tatsächlich Mitglied der Triade *Sap Sie*

Kee, die von HongKong aus operiert. Es handelte sich dabei um ein hochrangiges Mitglied. Li Ping, genannt Tanatus, war Handlungsbevollmächtigter für die Mekong-Region außerhalb der Volksrepublik China und zugleich Verbindungsmann zur vietnamesischen *Binh Xuyen*-Triade. Das ist die einzige uns bekannte Triade, die nicht in chinesischer Hand liegt.«

»Das klingt gefährlich. Haben wir in Hamburg mit einem offenen Kampf zu rechnen?«

James Edward Brown griff nach seiner Krawatte und lächelte dünn: »Nun, Sir, ich glaube eher, dass der Kampf momentan am Mekong vorbereitet wird.«

»Also dort, wo Hauptkommissar Kronenberg und sein thailändischer Kollege weilen?«

»Ja, Sir, ich fürchte genau dort. Das HongKong Police Department hat zwei seiner fähigsten Beamten dorthin abgeordnet. Darunter ist einer, den ich gerne nach London geholt hätte, Deckname »Mister Ma«. Leider hat das Innenministerium meines Landes dem Zuzug seiner Familie nicht zugestimmt. Die hatten zwar alle britische Pässe, aber mit dem berühmten Dreiecks-Stempel.«

»Dem Dreiecks-Stempel?«

»Genau. Der verhindert, dass Bürger der Kronkolonie mit britischen Pässen nach Großbritannien zuziehen können. Margret Thatcher wollte das höchstpersönlich nicht. Ich bin dagegen Sturm gelaufen, aber an ihr gescheitert. Dafür haben dann Kanada und die USA vom chinesischen Zuzug profitiert, es wirkte wie ein Programm für die Wirtschaftsförderung an der Pazifikküste.«

»Dieser »Mister Ma« ist jetzt also in Laos?«

»So ist es, Sir. Er hat auch Kontakt aufgenommen mit Ihrem Mann in Savannakhet und Oberst Bangramsan von der thailändischen Polizei. Der wiederum scheint sich prächtig mit den örtlichen Behörden zu verstehen, was »Mister Ma« nicht möglich ist, weil er kein Thai und damit kein Lao spricht.«

»Also ergänzen sich die Drei?«

»Die Vier, da »Mister Ma« nicht allein unterwegs ist. Aber so könnte man das sagen. Es wird aber leider noch komplizierter, Sir. Der Stellvertreter des in Hamburg getöteten Triadenmitglieds ist ein Kambodschaner, der möglicherweise kaum oder keine Kontakte zur vietnamesischen *Binh Xuyen* hat, dafür aber als früherer *Khmer-Rouge*-Kommandeur Teil eines Netzwerks in Kambodscha ist. Der Mann heißt Ta Mok und gilt als sehr robust. Was heißt, dass Konflikte innerhalb der Organisierten Kriminalität ohne Rücksicht auf die unbeteiligte Öffentlichkeit ausgetragen werden.«

»So wie im Chicago des John Dillinger?«

James Edward Brown lachte: »So wie früher in Chicago, Sir. Heute vielleicht in Houston oder Miami oder in Ciudad Juarez. Die alten *Khmer Rouge* müssen sich vor den Obrigkeiten ihres Landes nicht verbergen, weil die Obrigkeiten von alten Kameraden durchsetzt sind. Es könnte sein, dass sich aus ihnen derzeit eine Triade völlig neuen Typs heraus bildet. Ihre Ruchlosigkeit könnte eine wirkliche Gefahr auch für die etablierten Triaden werden, die, wie Sie sicher wissen, keine Öffentlichkeit suchen.«

»Unser Mann befindet sich nach Ihren Worten mitten in der Brutkammer eines neuen Triadentyps.«

James Edward Brown lächelte wieder dünn: »Na ja, Sir, auf neutralem Boden in Laos am Rande des Kreißsaals.«

»Welche Auswirkungen hat das für uns in Hamburg?«

»Wir wissen nicht, ob der hier ermordete Tanatus im Auftrag von *Sap Sie Kee* unterwegs war oder im Auftrag Anderer. Da spielt übrigens und möglicherweise ein Hamburger Unternehmen eine Rolle. Es nennt sich *Afro-Asian Trading Company* und gehört einem Texaner namens Jack McGuire, der auch einen Veteranen der Hamburger Politik beschäftigt. Es scheint, dass sich die beiden in Westafrika kennen gelernt haben.«

Der Staatsrat wirkte wie elektrisiert: »Wem denn?«

James Brown schob ihm ein Foto über den Tisch: »Ich wohne schon richtig in Altona.«

»Das bleibt unter uns, Superintendent!« James Edward Brown nickte: »Worum ich selbst bitten möchte, Sir.«

SAVANNAKHET / DINOSAURIER-MUSEUM

Savangs Onkel berichtete am Telefon von der Landung eines Hubschraubers auf der Straße vor dem Museum. Vier bewaffnete Männer in Zivil seien aus dem Helikopter gesprungen und zum Museumseingang gelaufen. Eben noch rechtzeitig habe er das Schloss der Eingangstür verriegeln können. »Jetzt stehen sich die Räuber und vier Milizionäre gegenüber. Alle haben die Waffen gezogen.«

Savang tuschelte mit Vichaj. Vichaj wandte sich auf Deutsch an Kronenberg: »Unsere Freunde von der CIA wollen Dinos bestaunen. Savangs Onkel hat eine Höllenangst.«

»Im Moment bin ich nur eine Randfigur. Zwei zeitgleiche Einsätze scheinen wir uns aber nicht leisten zu können. Personalmangel. Damit kenne ich mich selbst aus. Wer ist wichtiger: Diese hier oder die CIA am Museum?«

Savang war zusammen mit Somkeo Theravong zu einer Entscheidung gelangt: »Wir nehmen Ta Mok und seinen Sohn mit und fahren zum Museum. Die anderen Kambodschaner bleiben hier.«

Während der Fahrt telefonierte Savang unaufhörlich mit seinem Onkel. Er blieb völlig ruhig. »Soll er mit seinem Kulturminister telefonieren?«, fragte er zwischendurch Vichaj.

»Das wäre uns jedenfalls jetzt nicht nützlich. Wichtiger wäre ein Kontakt Somkeos zum örtlichen Militär.«

»Die trauen sich gegenseitig nicht.«

»Oh ja«, äffte Vichaj Ta Mok nach, »das hätte ich fast vergessen. Militär und Polizei verhalten sich wie Feuer und Wasser. Was bleibt ist Dampf.«

Während die Milizionäre in voller Fahrt und mit Rotlicht vor dem Museum ankamen, sofort aus ihren Pick-Ups sprangen und ihre Gewehre auf die Zivilisten vor dem Museum richteten, hielten sich Savang, Vichaj und Kronenberg im Hintergrund. »Wir können zwei Kalaschnikows beim Hotel abholen lassen«, schlug Vichaj vor.

»Wahrscheinlich sind Unbewaffnete auf diesem kleinen Gefechtsfeld auch von Nutzen. Denk an den klassischen Bankraub. Neben den Geiseln tragen auch die Vermittler keine Waffen.«

»Die dort sind aber keine Amateure, sondern im Zweifelsfall besser ausgebildet als die Miliz«, wandte Vichaj ein.

»Das ist unser beider Risiko«, antwortete Kronenberg.

Vichaj sah ihn an: »Du meinst …?«

»Was denn sonst? Spricht auf unserer Seite noch jemand Englisch?«

Kaum hatte Kronenberg das gesagt, bellte Somkeo Theravong mehrere Sätze durch ein Megafon. Die vier Zivilisten am Museum unterbrachen ihren Diskurs durch ihre Headsets, verstanden kein Wort, einer fing zu grinsen an.

»Dem wird das Grinsen schon vergehen«, knurrte Vichaj, schnappte sich das Megafon und begann, so breit er konnte, auf Amerikanisch-englisch: »Interpol. Ich bin Oberst Bangramsan von der thailändischen Polizei. Neben mir stehen … Senior Chief Superintendent … Kronenberg von der deutschen Polizei und … Major … Savang vom Inlandsgeheimdienst der Lao PDR. Sie lassen jetzt sofort Ihre Waffen fallen, heben die Hände und drehen sich gegen die Wand.«

Die CIA-Agenten taten nichts dergleichen, sprachen stattdessen weiter angestrengt durch ihre Headphones.

»Kronenberg und ich gehen jetzt langsam rüber. Keiner schießt, bevor die dort drüben schießen. Somkeo soll das seinen Jungs ganz intensiv einbläuen. Unser beider Leben hängt davon ab.«

»Und wenn die dort drüben zuerst schießen?«

»Das glaube ich nicht. Die wissen, dass sie hier nicht im Irak oder in Afghanistan sind, wo sie die Lufthoheit haben. Sollten die dennoch schießen, dann ballert ihr zurück, was das Zeug hält. Keine Rücksicht auf uns beide, verstanden? Jetzt will ich aber deine Handy-Nummer haben, Savang.«

Savang zögerte, ließ sich die Nummer Somkeos geben: »Tut mir leid, Inlandsgeheimdienst. Auch für euch. Rufe Somkeo an und halte ständigen Kontakt.«

»*Toglong*. Ich will keine dialektischen Missverständnisse, verstehst du? Ich will, dass Somkeo auf »Laut« schaltet, damit du unser Gespräch auch mit bekommst. Entscheidungen trefft ihr beide nur gemeinsam!«

Mit erhobenen Armen bewegten sich Kronenberg und Vichaj auf die CIA-Agenten zu, die sie genau beobachteten und immer noch eifrig in ihre Headphones sprachen.

»Profis, siehst du? Wir können von Glück reden, wenn die dort jetzt nicht ein Gunship anfordern, das uns alle hier in die Feuerhölle schicken würde«, sagte Kronenberg fast beiläufig.

»Wer hat bei diesem Kommando das Kommando?«, fragte Vichaj laut, als er und Kronenberg am Vorgarten des Museums angekommen waren.

»Agent Torowenko, Mister Bangramsan«, antwortete ein stämmiger, hoch gewachsener, etwa 35-jähriger Mann mit Oberlippen- und Kinnbart und kahlem Schädel.

»O.K., Agent Torowenko. Russischer oder amerikanischer Gemeindienst?«

Torowenko konnte nicht anders als lachen: »Wären wir Russen, dann wären Sie schon tot, Colonel.«

»Da wäre ich mir nicht so sicher. Russen genießen hier ein höheres Ansehen als Amerikaner. Das verstehen Sie doch, Agent Torowenko? Sie verstehen doch auch meine Frage: Torowenko klingt nicht gerade wie Johnson oder … Schwarzenegger.«

Torowenko lachte erneut: »Russische Vorfahren, Colonel. Der neben mir hat indianische, ja, eine echte Rothaut ist er.«

»Das soeben war politisch nicht korrekt, Agent Torowenko. Wir sprechen ja nicht Russisch miteinander, sondern Amerikanisch ohne harten Akzent. Also: Was soll das, was Sie hier abziehen? Ein erneuter Krieg gegen Laos, wieder ohne Kriegserklärung? Haben Sie immer noch nicht genug davon?«

»Krieg gegen Drogen, Colonel. Den Sie im Moment aktiv behindern, Sir. Das wird Ihnen nicht gut zu Gesicht stehen.«

»Über mein Gesicht müssen wir uns momentan nicht unterhalten, Agent Torowenko. Ich habe bei der DEA gelernt. Das können Sie über Ihr blödes Headphone nachprüfen lassen. Vichaj ist mein Vorname, falls Langley den benötigt. Mit »V« vorne, »CH« in der Mitte und »J« hinten. Was mich an Ihnen im Moment stört ist nicht nur, dass Sie glauben, einfach so nach Laos einfallen zu können. Was mich auch stört ist, dass Sie in dieses Museum einzudringen versuchen, in dem nur ein Biochemiker und ein paar Hundert Dinosaurierknochen sind. Können Sie mir das erklären, Agent Torowenko?«

»Nach meiner Information lagert hier Kokain in Massen. Diese Dino-Nummer ist nur Fassade, Colonel.«

»Also auf Kokain sind Sie fixiert! Wenn ich jetzt in dieses Handy spreche, Agent Torowenko, dann wird der steinalte Biochemiker in diesem Museum mit seinen noch älteren Dino-Knochen seinen Kulturminister anrufen und ihm sagen, dass die CIA der Lao PDR wertvolle Kulturgüter rauben will. Der Kulturminister wird über das »Mistpack« – also Sie, Agent Torowenko – empört sein und umgehend den Innen- und den Verteidigungsminister anrufen. Fertig wäre der internationale Skandal. Was meinen Sie dazu?«

»Kokain zwischen Saurierknochen versteckt, das wäre der andere Skandal, diesmal für die Lao PDR, nicht wahr, Colonel?«

»Warum, glauben Sie denn, steht hier die Miliz? Und zwar schon, bevor Sie uns Ihre werte Aufwartung machten? Und wen, glauben Sie, haben wir im Schlepptau?«

CIA-Agent Torowenko blickte den Sioux neben sich an, sprach dann einige Sätze in sein Headphone, wartete.

Vichaj ließ nicht locker: »Es nützt Ihnen nichts, wenn Sie jetzt die Stimme Ihres Herrn in Langley abwarten wollen, Agent Torowenko. Sie werden entweder mit uns in einem Feuersturm eines Ihrer Gunships untergehen oder Sie erwartet eine Haftstrafe für illegalen Grenzübertritt und den Versuch des bewaffneten Kulturgüterraubs. Ich meine wie *Daesch* in Palmyra. Zehn Jahre Gefängnis, mindestens. Der Zellenschlüssel fliegt in den Gulli, das wär dann der Rest Ihres Lebens gewesen. Lohnt sich das wirklich, Agent Torowenko?«

»Wir werden das Zeugs hier rausholen, das ist unsere Order. Und diese Order werden auch Sie gleich aus Bangkok erhalten, wenn ich mich nicht irre.«

»Gar nichts werde ich erhalten. Ich halte eine Standverbindung mit der örtlichen Miliz. Für Bangkok bin ich in Hamburg. Das sind etwa 10.000 Kilometer … ich meine, etwa 6.000 Meilen … von hier. Darf ich Ihnen einen Vorschlag machen?«

»Ich höre.«

»In unserem besagten Schlepptau befindet sich der Eigentümer des Kokains, das Sie im Museum vermuten. Dieser Eigentümer ist allerdings Kambodschaner, ein ehemaliger *Khmer Rouge*. Ein hochrangiger *Khmer Rouge*. Das mag Langley nicht gern hören, wie ich mir gut vorstellen kann. Sie bringen das Kokain nur mit diesem Dealer raus, verstanden? Bevor Sie das tun, halten wir unsere Vereinbarung hier in diesem Museum gemeinsam schriftlich fest. Teilen Sie das Ihrem Headphone-Partner jetzt mit. Er hat genau zehn Minuten Zeit, sich das zu überlegen. Sein Ergebnis will ich persönlich über Ihr Headphone hören, verstanden?«

Torowenko kommunizierte sichtlich enerviert mit seinem Vorgesetzten. Sawang deutete nach oben. Vichaj folgte der Armbewegung und entdeckte eine Drohne.

»Agent Torowenko, diese weitere Verletzung des Gebiets der Lao PDR werde ich Ihnen nicht durchgehen lassen. Wir werden dieses Ding dort oben j e t z t abschießen. Das Ding, nicht Sie, bleiben Sie also ruhig. Kein Schuss gegen uns, sonst sind Sie und wir beide erledigt.«

Vichaj Bangramsan gab Somkeo Theravong den Rat, die Drohne abschießen zu lassen. Die Schnellfeuergewehre der Milizionäre ratterten, während die CIA-Agenten außer Torowenko mit vorgehaltenen Waffen in die Hocke gingen. Die Drohne flatterte wie ein toter Vogel zu Boden.

Vichaj schrie: »Das gilt nicht euch, sondern dieser verfickten Drohne da oben. Eins zu null für uns!«

»Nun mal ruhig, Colonel. Gehen wir gemeinsam ins Museum, sehen uns das Kokain an und schreiben das Memorandum«, antwortete Torowenko.

Vichaj winkte Savang heran, der an die Tür des Museums klopfte und beruhigend auf seinen Onkel einsprach. Der alte Biochemiker öffnete zaghaft die Tür.

»Eins zu null für Sie«, sagte Torowenko, als er den verschüchterten Alten sah. Der Sioux atmete hörbar auf und ließ seine Waffe sinken.

»Für Sie fast Schachmatt, Torowenko. Außer diesem Wissenschaftler ist niemand in der von Ihnen vermuteten Drogenhöhle. Sie legen jetzt Ihre Waffen ab und ziehen Ihre Schuhe aus. Das gehört sich hier so.«

»Zwei von uns gehen ohne Schuhe und ohne Waffen rein, zwei bleiben bewaffnet draußen. Der Alte könnte eine Falle sein.«

Vichaj blickte gleichmütig: »Wie Sie wollen. Er wird uns eine Führung durch das Museum geben und dann schreiben wir gemeinsam. Sollte zwischendurch auch nur die Andeutung eines Helikopters zu hören sein, dann gehen Sie und Ihr indianischer Begleiter, ich und mein deutscher Begleiter drauf. So heißt dieses Spiel, das Ihre Agency immer wieder spielt.«

Zwei Agenten, zwei Polizisten und ein Inlandsgeheimagent wurden durch das Museum geführt. Je länger es dauerte, desto sicherer wurde Savangs Onkel in seinem Vortrag, den er auf Französisch hielt.

»Verdammt, ich verstehe kein Wort«, herrschte Torowenko Vichaj nach fünf Minuten an. »Selber Schuld«, gab Vichaj zurück, »er spricht die eleganteste Sprache der westlichen Welt. Wie klingt schon »New Orleans« im Vergleich zu »Neuf Orléans«? Können Sie das begreifen oder übersteigt es Ihren Verstand ... ich meine die *Finesse* Ihres Gehörs?«

Schließlich kam Savangs Onkel bei drei quadratischen Kisten an, blickte zu seinem Neffen und stellte fest: »***Ces ne sont pas parts du musée.***«

»Was meint der Alte jetzt damit?«, fragte Torowenko zurück.

»Dass das hier nicht Teil des Museums ist. In diesen Kisten steckt Ihr Kokain.«

»M e i n Kokain? Sie sind wohl nicht bei Trost. Ich will's sehen.«

»Dann brechen Sie doch eine Kiste und ein Säckchen darin auf. Kosten Sie es wie ein Drogenhändler.«

Torowenko befahl dem Sioux, eine Kiste aufzubrechen und den Inhalt eines Säckchens zu testen. »Ich bin nicht der Vorkoster einer chinesischen Majestät«, herrschte der Sioux ihn an, testete aber doch. Er nickte.

»Sagen Sie Ihrem Sioux, dass er sich in Laos, nicht in China aufhält. Und jetzt lassen Sie uns das Memorandum aufsetzen, Agent Torowenko. Auf Englisch, Sanskrit und Französisch, wenn ich bitten darf.«

»Was soll der Quatsch, Colonel?«

»Unsere Abmachung, erinnern Sie sich? Ich meine, sofern Sie des Schreibens und Lesens mächtig sind, Agent Torowenko. Das weiß man bei der CIA ja nie.«

»Sie müssen nicht ständig beleidigend werden, Colonel.«

Es dauerte eine Stunde, bis das dreisprachige Memorandum aus zwölf Sätzen dreimal geschrieben, ausgedruckt, unterzeichnet und an das Hotel sowie an Langley und die Drug Enforcement Administration versandt war.

»Jetzt bringen wir die Ware vor das Haus, Sie übergeben uns diesen Ta Mok und wir fliegen zurück«, fasste Torowenko zusammen.

»Erstens fliegen Sie nicht zurück, sondern fahren mit uns in einem großen Konvoi zur Grenze. Zweitens können Sie nicht nur das Kokain und Ta Mok mitnehmen, sondern auch seinen Sohn, der Anführer einer kambodschanischen Triade in Gründung ist: Drogenhandel, Menschenhandel, Casinos. Das kennen Sie aus Las Vegas. Drittens informiere ich die thailändische Seite der Friedensbrücke über Ihre voraussichtliche Ankunft, damit auch dort Frieden herrschen möge.

Ihren Helikopter können Sie in Mukdahan landen lassen. Wir helfen Ihnen sogar beim Umladen.

Damit, nehme ich an, wird die Anklage wegen illegalen Grenzübertritts gegen Sie fallen gelassen. Es bleibt noch die Anklage wegen versuchten bewaffneten Raubs von Kulturgütern. Mit dieser Last müssen Sie nach Hause fliegen und am besten dort bleiben. Jeder weitere Grenzübertritt nach Laos würde zu Ihrer Verhaftung führen, Agent Torowenko. Ihren Vorgesetzten, den ich soeben am Headset kennen lernen durfte – Podolsky, wie ich vermute - träfe das ebenso. Nehmen Sie das nicht auf die leichte Schulter. Das hier ist Laos, nicht Libyen!«

»O.K., aber Sie können mich mal«, grunzte Torowenko.

»Angesichts der Größe Ihres Hinterns würde mein Speichel dafür nicht reichen«, grinste Vichaj.

Der Konvoi zur Friedensbrücke über den Mekong setzte sich in Bewegung, Ta Mok trug erstmals Sorgen in seinem faltigen Gesicht.

MUKDAHAN / THAILAND

Nach seinem Avis für die thailändische Grenzkontrolle wandte sich Vichaj auf Deutsch Kronenberg zu: »Drüben werden sich die Leute der CIA nach Umladen der Boxen den beiden Kambodschanern widmen. Als jedenfalls derzeit höchster Vollzugsbeamter in Mukdahan ist meine Teilnahme obligatorisch. Wenn du dabei sein willst, sage es mir jetzt. Es wird nicht selbstverständlich sein. Mir ist auch nicht klar, was drüben mit Savang passieren wird. Ich werde ihn als Fahrer deklarieren.«

Die laotische Seite an der Lao-Thai-Friedensbrücke ließ den Konvoi angesichts der Miliz-Pick-Ups anstandslos passieren. Auf der thailändischen Seite ging Vichaj als einziger zum Abfertigungsgebäude. Nach einer halben Stunde tauchte er mit einem Hauptmann und zwei Bewaffneten wieder auf: »Ohne Einreisevisum sind Kronenberg, Ta Mok und sein Sohn. Sie kommen mit mir. Unsere laotischen Kollegen laufen über den kleinen Grenzverkehr, sofern sie Personal- oder Dienstausweise haben.«

»Zwar sind wir Vier auch noch da, aber Sie haben richtig erkannt, dass wir keine Einreisestempel benötigen. Was Sie überhaupt nicht zu kennen scheinen, ist unsere Mission«, meldete sich Agent Torowenko.

»Ihre Mission – jaaa. Ich nehme an, dass Ihre Mission darin besteht, die Volksrepublik Laos zu provozieren. Ergänzend vielleicht darin, an eine große Menge Kokain zu kommen.«

»Sind Sie nun so dumm oder tun Sie nur so, um uns in die Irre zu führen?«

»Beleidigen kann ich mich selbst, Agent Torowenko. Dass Sie selbst am Mekong nicht von Ihrer rüden Art des Umgangs lassen können, ist bemerkenswert.«

»Dafür machen wir, was getan werden muss. Und das deutlich schneller als hierzulande üblich. Nun, da wir wieder auf befreundetem Boden sind, kann ich selbst für Sie einen Zipfel der Decke lüften, unter der unsere Mission liegt. Ihr Kokain-Dealer und seine Ware interessieren uns weniger als Sie glauben mögen.«

»Dann wollen Sie nur Vergeltung für Ihre Kollegen üben? Bei uns sind Sie an der falschen Adresse.«

»Das ist noch blöder, Colonel. Schon einmal etwas von der Operation »Spicy Bee« gehört?«

»Sie meinen »Biene« auf Englisch? Nein, außer »*To Bee or not to Bee*" noch nichts. Bienen sind fast vom Aussterben bedroht, nicht wahr?«

»Dumme Sprüche gehören auch zu meinem Repertoire, Colonel, aber nur privat. Kennen Sie *Ricinus Communis*?«

»Ach daher weht der Wind! Klar kenne ich diesen Teil der Chemiewaffenkonvention. Militärisch nicht relevant, weil ungeeignet für den Massenmord. Bindet sich nicht an Aerosole.«

»Massenmord, Colonel, ist auch nicht unser Geschäft. Gezielte Tötung von Drogenhändlern, Waffenschiebern und Terroristen dagegen schon. Das dürfte bei Ihnen nicht anders sein.«

»Zunächst muss man derer habhaft werden, Agent Torowenko. Und wir haben Ihnen mit diesem Ta Mok einen reichlich dicken Fisch geliefert.«

»Was ich von Ihnen gar nicht erwartet hätte. Eigentlich stehen Sie und Ihr deutscher Kollege momentan auf unserer Hassliste. Sie haben sich dort drüben am anderen Ufer auch entsprechend verhalten. Ta Mok ist jedoch in der Tat eine gute Nummer. Deshalb revanchiere ich mich mit einer kleinen Notiz über die Operation »Spicy Bee«. Schon mal was von Drohnen gehört?«

»Vor kurzem gesehen, wir haben eine der Ihren doch über dem Museum abgeschossen. Ist es nicht so?«

»Das einfache Ding hat nur der besseren Übersicht über die Lage gedient. Wäre es eine der Army gewesen, dann wären Sie jetzt mausetot, Colonel.«

»Da mögen Sie Recht haben. Aber warum sprechen Sie über Bienen, Drohnen und Rizin? Lassen Sie es mich selbst erraten: Sie entwickeln Drohnen, die so klein sind wie Bienen und die als Kampfmittel keine Explosiva tragen, sondern ein Gift, gegen das es kein Gegenmittel gibt. Liege ich richtig?«

»Das haben **Sie** jetzt gesagt. Sie liegen einigermaßen richtig. Denken Sie sich jetzt die Fernpiloten irgendwo in Nebraska oder Bangkok weg.«

»Dann entwickeln Sie automatisch den Feind erkennende, ansteuernde und eliminierende Waffen?«

Torowenko fing an, breit zu grinsen: »So blöd sind Sie gar nicht, Colonel Bangramsan. Programmiere »Vermummter mit ungepflegtem Vollbart« und sofort haben wir ein paar verfickte islamistische Terroristen weniger auf dieser verdammten Erde, ohne jeden Kollateralschaden. Ist doch genial, oder?«

»Ich fürchte, dass Sie keinen einzigen weniger hätten, Agent.«

»Warum denn das nicht?«

»Ist doch nur logisch: Wenn Ihre Waffe bekannt wird, dann werden sich Viele vermummen oder rasieren, und Sie werden niemanden mehr gezielt ausschalten können.«

»Terroristen denken nur sehr bedingt logisch, vor allem, wenn es um Symbole wie diese Zauselbärte geht. Und Vermummte können nicht dauernd vermummt rumlaufen. Irgendwann müssen auch die ihr Gesicht waschen. Spätestens dann rumst es eben.«

»Aha, Drohnen also, die durchs Badezimmerfenster linsen können. Aber vielleicht können Sie noch einen Riechsensor einbauen. Die Zauselbärte sollen angeblich auch keine Mundpflege betreiben. Einige ihrer Gefangenen beschweren sich über den stechenden Mundgeruch.«

»Sie meinen, das Ding sollte denen zunächst vor dem Mund rumfliegen, bevor es den präzisen Stich setzt. Sie sind mir ein Witzbold. Eher am Hintern, sofern man dort riechen kann, ob einer Schweinefleisch frisst oder nicht.«

Agent Torowenko war trotz der spaßig geführten Unterhaltung unruhig geworden. Sie standen eine bereits ewig erscheinende Zeit an einem thailändischen Grenzposten, ohne, dass sich dort etwas regte. Er blickte zu seinem Kollegen, dem Sioux, hinüber: »Wo bleibt dieser verdammte Chopper, Buddy?«

»Es wird zunächst keinen geben, Torowenko. Der in Savannakhet hat einen Schaden und in diesem Udon Dingsda kriegen sie keinen hoch. Gewittersturm.«

»Nicht zu fassen! Die kriegen keinen hoch! Und was machen wir jetzt mit den Gefangenen und kiloweise Kokain?«

»Darf ich Ihnen trotz Ihres Freund-Feind-Verständnisses einen logischen Vorschlag machen, Agent Torowenko? Wir fahren zurück nach Laos. An der Grenze erhalten Sie ein ordentliches Visum. Dafür sorgt Somkeo. Der ist Kommandeur der örtlichen Miliz und außerdem unser Freund. Die Begleitung dieses Ta Mok lassen wir eliminieren – also keine Gefahr durch ein Mafia-Kommando. Sie haben die Wahl: Übernachtung im Savan-Casino oder in unserem, zugegebenermaßen bescheidenen, Hotel. Dort drüben sind Sie sicherer als hier, jedenfalls, so lange wir bei Ihnen sind.«

»Hören Sie, Colonel. Zwar habe ich Sie gerade eigenmächtig von unserer Hassliste genommen. Das heißt jedoch keineswegs, dass wir uns jetzt vollständig in Ihre Hände begeben werden.«

»Ihre Waffen können Sie behalten. Und eine Landeerlaubnis für Ihre Helikopter am Casino werden wir auch noch fingern können.«

»Sie meinen, dass es dort ein Klein-Las-Vegas gibt?«

»Ziemlich genau das, Agent Torowenko. Das Etablissement kann sich mit den Mafiaburgen am Strip von Las Vegas durchaus messen. Nur, dass es hier kein Kulturprogramm gibt. Da stehen wir Thai nicht so drauf. Außerdem hat die Mafia hier nichts zu sagen. Das Casino wird vom Staat betrieben.«

»Was Sie nicht sagen – ein Casino, von der Volksrepublik Laos betrieben? Ich fasse es nicht. Sind wir hier im Himmel oder im Irrenhaus?«

»An was auch immer Sie glauben mögen, Agent Torowenko. Außer den wirklich gläubigen Christen, Juden und Mohammedanern glaubt ohnehin keiner an Himmel und Hölle. Irrenhaus ist immerhin eine überlegenswerte Option. Die Übernachtung dort kostet übrigens 840 US-Dollar pro Zimmer. Für Sie macht Somkeo sicher 10 US-Dollar draus, damit Sie noch genügend Klimpergeld zum Spielen haben.«

»Bleiben Ihre Chinesen-Partner, die uns nicht verborgen geblieben sind.«

»Sie meinen die beiden Polizisten aus HongKong? Das sind nicht unsere Partner. Sie tauchten einfach auf und waren – sicher – für uns bisher nützlich. Ich vermute, dass sie wie wir an den Triaden dran sind. Sie nicht etwa auch, Agent Torowenko?«

»Das ist nicht unsere Mission, Colonel Bangramsan.«

»Wie Sie wollen. Ich weiß übrigens nicht, ob die Beiden an den Triaden dran sind oder nicht etwa selbst einer Triade angehören. Bevor Sie sich vorschnell von den Triaden verabschieden, darf ich Ihnen raten, mit Langley darüber zu sprechen. Es sei denn, dass Langley auch schon durchseucht ist.«

Bevor Torowenko protestieren konnte, schob Somkeo ihn und seine Leute in das Grenzabfertigungsgebäude der Lao PDR an der Lao-Thai-Friedensbrücke Nummer Zwei. Damit war der Tatbestand der illegalen Einreise für vier Amerikaner gegenstandslos geworden. Was blieb, war illegale Einfuhr und illegaler Besitz von Waffen und versuchter Raub von Kulturgütern.

HAMBURG / JOHANNISWALL

Superintendent James Edward Brown saß dem Staatsrat der Behörde für Inneres erneut an einem furnierten, ovalen Tisch gegenüber.

»Wenn ich Ihnen etwas Stilistisches raten dürfte, Sir?«

»Was denn, Superintendent?«

»Ein Mann Ihrer Bedeutung sitzt nicht an einer derart billigen Holzkopie, Sir. In Ihren Möbel-Asservaten wird wahrscheinlich ein Massivholztisch verfügbar sein.«

Der Staatsrat nestelte an seiner Krawatte: »Wenn Sie das sagen, Superintendent. Ich werde danach suchen lassen.«

»Nun zur Sache: Es gibt verschiedene ostasiatische Interessen an und in Ihrer Hansestadt. Die an der Oberfläche kennen Sie, weshalb ich Sie damit nicht langweilen will. Nicht nur in Hamburg arbeiten Textileinzelhändler, die ihre modeaktuelle Ware aus Prato beziehen. Prato ist die zweitgrößte Stadt der … nun ja … der Toskana und ist Sitz von 3.100 chinesischen Unternehmen mit etwa 50.000 chinesischen Billigarbeitern. Hier ist die Liste der Einzelhändler in Hamburg, die Mode aus Prato verkaufen.

Immer interessanter finde ich die *Afro-Asian Development Company* des US-Staatsbürgers McGuire mit einer Dependance am Berliner Tor. Geschäftsführer ist dieser Altonaer Abgeordnete in der Bürgerschaft, der von Ihrem Hauptkommissar Kronenberg auf Mindanao aus den Händen von … sagen wir mal … **Abu Sayyaf** und in Afrika aus den Händen von Wem-auch-immer befreit wurde.

Einige meiner Landsleute haben ein ganzes Nashorn gekauft, um ihre Wohnungen damit zu schmücken. Der Marktwert eines Nashorns liegt aktuell bei einer Viertelmillion Pfund Sterling. Nicht als Schmuckstück, sondern als gestrecktes Mittel gegen Krebs. Das ist der asiatische Teil des Geschäfts der *Afro-Asian*. Die Gesellschaft ist im Handel mit Pharmazeutika unterwegs. Sehen Sie, hier, »Medizin natürlichen Ursprungs.«

Pharmazeutika natürlichen Ursprungs werden in der traditionellen chinesischen Medizin verwendet. So weit, so gut. Speziell der Markt für angeblich potenzsteigernde oder krebsheilende Mittel ist in fast allen Teilen mit der Organisierten Kriminalität verbunden, vor allem, wenn es um die Beziehungen zwischen Afrika und Asien geht. Dieses Geschäft der *Afro-Asian* läuft über die Dependancen in Freetown / Sierra Leone, HongKong und Dong Hoi / Vietnam. Dong Hoi liegt aus hiesiger Perspektive einen Steinwurf von Savannakhet entfernt, wo derzeit Ihr Hauptkommissar Kronenberg weilt. Historisch ist die Straße zwischen Hue in Vietnam und Thailand über Savannakhet eine alte indochinesische Handelsstraße, die durch den Vietnamkrieg vorübergehend unterbrochen wurde.

Ich fragte mich, warum die *Afro-Asian* über eine Dependance in Hamburg verfügt. Import traditioneller chinesischer Medizin? Das mag ja sein, aber warum ausgerechnet in Hamburg, nicht in europäischen Städten mit mehr ostasiatischem Gehalt? Vielleicht verharzte Stammteile des Adlerholzbaums, der in wildlebender Qualität Südostasiens einige Hunderttausend US-Dollar je Kilogramm bringt? Ist in der Parfümproduktion der letzte Schrei und wird an den Grenzen meistens nicht erkannt. Betrachtet man sich das Geflecht der *Afro-Asian* wirtschaftsgeographisch, dann kommt man auch auf die Steueroase Deutschland: Schiffsfinanzierung.«

Der Staatsrat hob seine Augenbrauen und warf ein: »Rotterdam, die Niederlande insgesamt, wäre mein Tipp dafür.«

»Sir, dort gibt es keine vergleichbare Konzentration des Geschäftsfelds, das mir aufgefallen ist.«

»Daran sind einige Makler an der Palmaille fast zugrunde gegangen, unsere staatseigene HSH-Nordbank übrigens auch. Und die Landesbank Bremen ist es schon.«

»Größenwahn kommt immer vor den Fall, Sir. Die Finanzierung von Schiffsneubauten produziert hohe Verluste, selbst, wenn man den Neubau in der Volksrepublik China mit ihren absurd niedrigen Stahlpreisen erstellen lässt. Das Missverhältnis zwischen Angebot von und Nachfrage nach Tonnage beherrscht den Markt schon sehr lange. Irgendwo müssen die neu gebauten Schiffe aber landen. Die liegen ja nicht massenweise auf dem Changjiang Kou bei Shanghai herum.«

»Zunächst sind die Verluste hierzulande zu verdauen.«

»Exakt das, Sir. Sie vermindern die Steuerlast von Anlegern in Schiffsfonds bis auf null.«

»Und die Einlagen sind ebenfalls futsch. Ein Totalausfall, also.«

»Für die in Deutschland zu versteuernden Vermögen sicherlich, Sir. Also: Irgendwo bleiben die Schiffsneubauten, sie verschwinden ja nicht im Weltall. Sondern zum Beispiel in einem der Geschäftsfelder der *Afro-Asian*. Sagen wir mal: Sie kaufen die abgeschriebenen Schiffe für den Schrottwert auf und verkaufen sie dann für einen Betrag »Schrottwert + X« weiter. Die Differenz »X« darf natürlich bei den europäischen Finanzbehörden nicht auftauchen, weil die Steueroase Deutschland um diesen Betrag weniger attraktiv wäre. Also benötigt man eine zweite Steueroase, zum Beispiel Georgetown auf den Cay-

245

man-Inseln, Liberia, Panama oder Nevada. Der Clou dabei ist, die Anteilseigner für die verlustreichen Neubaufonds dort als Anteilseigner der abgeschriebenen, aber mit dem Wert »+X« weiter veräußerten Schiffe garantiert einzutragen. Dafür zahlen die natürlich eine Gebühr. Und sie lassen den auf den Cayman-Inseln, in Liberia oder in Nevada wiedergewonnenen Teil ihres Vermögens in diesen Ländern. Praktischerweise fahren die Schiffe dann mit ständig wechselnden Namen in den Registern dieser Länder. Im günstigsten Fall erzielen sie damit außer dem Erlös aus dem Verkauf noch Einnahmen, weil zum Beispiel die philippinische Mannschaft nur teilweise oder gar nicht bezahlt wird. Dafür sind dann die Dependancen Manila und Singapur der *Afro-Asian* zuständig.«

»Manche dieser Schiffe werden im Hafen Hamburg festgesetzt.«

»Wegen ausstehender Heuer oder wegen Sicherheitsmängeln, vielleicht. Aber Sie glauben doch nicht, dass dabei die Finanzierung der Schiffe durchleuchtet wird. Selbst, wenn Sie es wollten, enden Sie stets und spätestens an den Klippen der Steuerparadiese der Zweiten Art. Dieses Geschäft geht selbstredend auch noch komplizierter – über mehrere Trusts und Funds nach dem Bild der russischen Matroschka-Figuren. Sie kommen in den Urwald und finden nicht mehr raus.«

»Die Hamburger Dependance der *Afro-Asian* fingert also diese Deals?«

»Sir, glauben Sie bloß nicht, dass Sie die Finger dran kriegen, wenn Sie diese Niederlassung durchsuchen lassen. Wenn Sie Glück haben, finden Sie Angaben über insolvent gegangene Schiffsfonds. Die finden Sie allerdings auch bei Ihren Finanzämtern und bei der Justiz. Die Hamburger Dependance der *Afro-Asian* ist nur eine Informations-Sammelstelle. Da ist nichts Illegales dran. Deshalb wurde Herr Li Ping auch nicht in der Elbe entsorgt.«

»Haben Sie eine Vermutung?«

»Gewiss doch, deshalb nehme ich mir einen Teil Ihrer wertvollen Zeit, Sir. *Afro-Asian* ist nach meinen Informationen aus HongKong mit der *Sap Sie Kee* in kaum camouflierter Geschäftsbeziehung. Es spricht einiges dafür, dass *Afro-Asian* neue Geschäftsfelder sucht.

Eines davon ist in seinen Konturen relativ deutlich: Die Anlage von Gewinnen aus sogenannter normaler, mafiöser Geschäftstätigkeit in sicheren Häfen. Sichere Häfen will jeder Geschäftsmann auf der Erde. Aber die sichere Anlage soll auch ordentliche Erträge erwirtschaften. Das können nur wenige auf dieser Erde. Was die Anlage in Immobilien betrifft, sind die besten davon bereits ausgelutscht: London, Paris, Vancouver sind längst viel zu hochpreisig. Also kommen die Zweit- und Drittbesten dran, etwa Mailand, Lissabon und … na ja … Hamburg. Mailand wird durch den amerikanischen Developer *Haynes* bereits abgefischt. Lissabon bietet große Chancen, weil eine konservative Regierung eine jahrzehntelange Mietpreisbindung aufgehoben hat. Allerdings gilt Portugal als unsicher. Hamburg liegt in einem sicheren Anlageland und ist durch einige bizarre Grundstücksgeschäfte aufgefallen.«

»Bizarr? Welche denn?«

»Zum Beispiel dieser Deal an der Stresemannstraße in Altona. Einkauf für 9 Millionen, Verkauf für fast 25 Millionen. Das hat allerdings ein örtlicher Albaner-Clan abgegriffen. Oder die Griegstraße in Ottensen: Verkauf durch einen unbedarften Sportverein für knapp 13 Millionen, wirklicher Wert knapp 40 Millionen. Das sind Gewinnspannen, die jenen im Drogen- und Menschenhandel nahe kommen. Aber sie gelten weltweit als sichere Anlagen für Geld, das illegal gemacht wurde.«

»Womit wir bei den Triaden wären.«

»Auch dort muss man unterscheiden zwischen dem normalen Geschäft – also zum Beispiel überteuerter Belieferung von Einzelhändlern und Gastronomen, Drogen- und Waffenhandel – und der Suche nach legaler und sicherer Anlage von Gewinnen aus diesem normalen Geschäft. Wenn mit der legalen Anlage noch Sicherheit der Anlage oder sogar hohe Gewinne verbunden sind, dann umso besser. Nur eines dulden die Triaden nicht: Dass ihr wie auch immer erworbenes Geld von Anderen verbrannt wird. Das überlassen sie den Anlegern auf den für Alle sichtbaren Teilen der Finanzmärkte.«

»War Li Ping dabei, Triaden-Geld anzulegen oder gar, Triadengeld zu verbrennen?«

»Sir, ich bin erst wenige Wochen in Hamburg und kann nicht alles in Erfahrung gebracht haben, was Ihre Behörden tatsächlich oder angeblich nicht wissen. Über Grundeigentümer gibt es in Deutschland nur zersplitterte Informationen. Es existiert kein nationales Register wie bei uns in Großbritannien.
Li Ping war bei der *Sap Sie Kee* keine kleine Nummer, sondern ein **Choi Hai**. Er war ganz sicher mit einem sehr bedeutenden Auftrag in Europa unterwegs. Ich glaube nicht, dass er von den eigenen Leuten umgebracht wurde. Ob er nur für *Sap Sie Kee* unterwegs war oder zum Beispiel auch für die vietnamesische Triade *Nguyen Binh*, weiß ich ebenfalls noch nicht. Was Anlagen in Immobilien betrifft, ist *Nguyen Binh* allerdings eher an der Westküste der USA unterwegs. Sehr erfolgreich unterwegs, Sir.
Die zweite Anlage in Immobilien, die *Afro-Asian* verfolgt, ist sehr viel unklarer und betrifft einen momentan boomenden Spezialmarkt: Logistik-Immobilien. Konkret scheint es sich dabei um die Erneuerung und Erweiterung des einzigen Seehafens von Kambodscha zu

handeln, Kompong Som, auch bekannt als »Sihanoukville«. Womit sich zwischenzeitlich dieser komische Vogel feiern ließ, der sich König von Kambodscha nannte, aber die entscheidenden Jahre seines Landes in Beijing, Pjöngjang und Paris verbrachte. Kompong Som verfügt sogar über eine alte Eisenbahnverbindung mit dem Kraftzentrum des Landes, Phnom Penh. Dort wurden noch 1994, also 14 Jahre nach Beseitigung der *Khmer-Rouge*-Herrschaft durch die Vietnamesen, drei westliche Touristen von *Khmer-Rouge*-Entführern umgebracht, als kein Lösegeld bezahlt wurde. Sagt viel über Kambodscha aus. Nach meiner Einschätzung ist das Projekt eine Geldvernichtungsmaschine. Es soll jedoch ins Blickfeld verschiedener Organisationen und Staaten geraten sein: Nicht im Sinne von Wirtschaftskriminalität, was natürlich wäre, sondern im Sinne von Entwicklungshilfe. Staatliches Geld also, das wie in Sizilien oder Reggio di Calabria umgelenkt werden kann. Die Japaner haben einen Anfang gemacht, jetzt ziehen andere Staaten nach. Dazu könnten Sie recherchieren lassen, Sir.«

»Was Deutschland und die Europäische Union betrifft, werde ich das gerne übernehmen. Was aber hat Kompong Som mit Hamburg zu tun?«

»Bau und Betrieb von Seehäfen können die Nordwesteuropäer besser als alle anderen auf dieser Erde mit Ausnahme von *DP-Ports* in Dubai. Selbstverständlich zunächst die sogenannte ARA-Range. ARA steht für Amsterdam-Rotterdam-Antwerpen, also Seehäfen, die für Deutschland mindestens so wichtig sind wie Hamburg. Mit Verlaub, Sir. Aber die Mafia geht gern Umwege. Deshalb vielleicht Hamburg, Sir. Fragen Sie einfach bei der Hamburg Port Authority, bei der HALA, bei der HHLA oder bei Buss nach, ob denen ein Entwicklungsprojekt für Kompong Som angetragen wurde. Wenn ja, von wem.«

»Hätte solch ein Deal auch mit den Triaden zu tun?«

»Direkt wahrscheinlich nicht, solang es nicht um die Vergabe von Bauaufträgen geht, Sir. Ich will nur sagen: Bei uns entstehen und verschwinden Unternehmensnamen, die unsere Phantasie beflügeln können. *British Caledonian* zum Beispiel. Die Fluggesellschaft kenne ich noch als Fluggast, heute kennt diesen klangvollen Namen Keiner mehr. In der untergründigen Weltwirtschaft entstehen sie in mindestens gleichem Maße. Nehmen Sie *Urumchi Enterprises*. Mein Denken richtet sich sofort auf die Mysterien der Wüsten Gobi und Taklamakan. Waren Sie schon einmal dort?«

Der Staatsrat musste verneinen.

»Sicher, Sir, Wüste bleibt Wüste. Wenn man dort aber einmal einen Sandsturm erlebt hat und zwischen den mächtigen Ruinen einer alten Handelsstadt der Seidenstraße stand, dann weiß man, was Geschichte ist. Auch vor zweitausend Jahren herrschten Imperien, die ganze Städte bauten. Transkontinentale Handelsimperien, die immer schon die höchsten Gewinne machten. Gewürze waren teurer als Gold! Heute sind diese Handelsstädte nur noch Staub und Asche und verwitternder Lehm im rosaroten Licht eines Sandsturms. Heute sind andere Imperien aktiv, zum Beispiel Finanzinstitute an der Oberfläche oder im Schattenreich. Auch transkontinental agierende Konzerne, Potentaten und Triaden. Das soll man beim Tageswerk niemals vergessen, Sir. Vielleicht haben Ihre Hafengesellschaften mit staatlichen Geldgebern und mit Unternehmen zu tun, die exotische Namen tragen.«

Der Staatsrat seufzte und nickte.
»Ich nehme an, dass Sie Jurist sind, Sir.«

Der Staatsrat nickte wieder.

»Sehen Sie, dann benutzen Sie sicher oft das sehr hilfreiche Online-Fachportal *Juris*. Das wird betrieben durch ein Tochterunternehmen des Konzerns *Wolters Kluwer N.V.* in Alphen aan den Rijn. *Wolters Kluwer N.V.* vertreibt auch das renommierte *Legal, Tax & Regulatory Europe*. Eine seiner Tochtergesellschaften ist die *CT-Corporation* an der 1209 North Orange Street in Wilmington / Delaware. Dort sind in einem eingeschossigen Gebäude 200.000 Firmen registriert, darunter ein Fünftel der Zweckgesellschaften der Deutschen Bank. Solche Gesellschaften übernehmen zum Beispiel Kreditrisiken von Banken, damit diese die Risiken aus ihren eigenen Bilanzen heraus bekommen. Oder sie schützen den Zugriff finanzierender Gläubiger auf Vermögenswerte. Einfach ausgedrückt: Sie kaufen Wertpapiere und bekommen im Zweifelsfall Ihr Geld nicht mehr zurück, weil das Emissionshaus in Delaware sitzt. **Comprende**?«

Der Staatsrat sah James Edward Brown entgeistert an: »Ich dachte, dass es sowas nur in britischen Überseegebieten und in Panama gibt.«

James Edward Brown lächelte fein: »Ja und nein. Ohne die *CT-Corporation* könnte *Wolters Kluwer N.V.* dieses Geschäft, das seit Jahrzehnten durch einen Fachverlag akribisch analysiert wird, nicht betreiben. Delaware ist eine Steueroase, auf der sich in schwierigen Zeiten gut leben lässt, weil dort die Gläubiger mit ihren Forderungen einfach abprallen und ausländische Steuerbehörden wie die Ihre nichts erfahren.«

»Darf ich raten, Superintendent?«

James Edward Brown nickte.

»Die *Afro-Asian* verfügt an der 1209 North Orange Street in Wilmington / Delaware über mindestens eine Tochtergesellschaft. Das ist doch, was Sie mir sagen wollen.«

»Die steuern ihr ganzes US-Geschäft von dort aus. Ihr Handel mit Naturprodukten ist in den USA nicht besonders interessant, vielleicht mit Ausnahme des Adlerbaumholzes. Wohl dagegen die sichere Anlage der Gewinne daraus. Diese Anlagen hebelt man durch das Einsammeln von Geldern anderer Anleger. Aus 10 Millionen US-Dollar werden so schnell 100 Millionen US-Dollar, also ein veritabler Büroturm in Seattle, zum Beispiel. Vor den Mitinhabern, also den 90 Millionen US-Dollar aus den 100 Millionen, schützt man sich im Zweifelsfall durch den Sitz der Zweckgesellschaft in Delaware, vor allem dann, wenn die Mitinhaber im Ausland sitzen.«

»Also Geldwäsche und Maximierung durch Hereinnahme legaler Geldströme.«

»Zugegeben: manchmal muss man eine Gesellschaft in den USA auch vor Klagen raffgieriger Aktionäre schützen, die ihr Risiko auf den Vorstand abwälzen wollen. Aber so läuft das Geschäft, Herr Staatsrat. Mitten im Staatsgebiet des selbst erklärten Saubermanns in Finanzgeschäften

    Wenn Sie heute spätabends nach Hause kommen, nehmen Sie aus Ihren Regalen ein Buch von *Luchterhand* zur Hand. Ein seriöser Verlag, Sir. Der gehört auch zu *Wolters Kluwer N.V.* in Alphen aan den Rijn.«

SAVAN CASINO UND HOTEL

Am späten Vormittag verabredeten sich Vichaj, Kronenberg, Savang und Torowenko mit seiner Mannschaft vor dem Savan-Casino. Die Amerikaner hatten bis in die frühen Morgenstunden gespielt und waren reichlich übernächtigt.

»Wie ist dein Vorname, Agent Torowenko?«, fragte Vichaj.

»Erstens bin ich Special Agent, zweitens nennen wir männliche Agenten uns alle Al. Steht irgendwie für einen ganz altmodischen Vornamen – ich glaube deutschen Ursprungs. Alfred oder so.«

»Der Sioux auch?«

»Nein, den nennen wir Big. Ist er ja auch, oder?«

»Also, ihr Als und Big, ich bin Vichaj, mein deutscher Partner ist Udo und unser laotischer Partner heißt Savang. Für eure Killer-Bee habe ich in der Nacht noch weitere Gifte der Natur recherchiert. *Digoxin* – nicht Dioxin. Dafür benötigt man den Fingerhut. *Digoxin* legt Pumpmoleküle des Herzens lahm. Diagnose Herzversagen. Warum nicht auch der klassische Schierling? *Coniin* und *Gamma-Comicein* sind ziemlich sichere Gifte. *Hyoscyamin* aus der Tollkirsche ebenfalls. *Cyogene Glykoside* wirken alle in ausreichender Konzentration innerhalb einer Stunde tödlich, auch das *Digoxin*. Die Ziele ersticken einfach. Warum seid ihr ausschließlich hinter *Rizin* her?«

»Das ist unsere Mission. Punkt.«

»Aha, Punkt. Ihr Amerikaner seid deshalb immer so schnell, weil ihr weder nach links, noch nach rechts schaut, nur immer stur geradeaus. So ist selbst unsere irdische Welt nicht gestrickt. Ihr rast geradeaus nach Somalia und meldet dann erstaunt *»Black Hawk Down«*. Ihr rast nach Afghanistan, schleift sogar eure Verbündeten dorthin und erkennt erst nach 15 Jahren, dass gegen kampferprobte Bergvölker kein Kraut gewachsen ist. Was übrigens ein englischer Leutnant schon im Jahr 1842 geschrieben hat, nachdem er als einziger Überlebender der 44. Kent-Brigade über den Kyber-Pass gekrochen kam. Und jetzt fahndet ihr nach Rizin. Wieder, ohne nach rechts oder links zu schauen – oder zuweilen auch nach rückwärts. Ihr Amerikaner seid gefährlich, weil ihr mit all eurer Feuerkraft besinnungslos nach vorne stürzt.«

Vichaj holte Luft, Torowenko lächelte schief: »Ihr Thai seid sicher umsichtiger als wir. Ihr seht euch so oft um, dass ihr gar nicht zum Handeln kommt, sondern euch ständig wiederholt.«

»Immerhin waren wir während eures ebenfalls besinnungslosen Vietnamkriegs euer größter Flugzeugträger. Dien Bien Phu war euch nicht genug der Warnung. Ob wir die Funktion eines Flugzeugträgers nochmals übernehmen wollen, sei dahin gestellt.«

»Warum nochmals, Vichaj?«, fragte Torowenko.

»Das Säbelrasseln in der Südchinesische See hört man auch am Golf von Thailand.«

»Der eindeutige Aggressor sind die Chinesen. Wir verteidigen die Interessen unserer asiatischen Verbündeten, ja, sogar unseres früheren Kriegsgegners Vietnam. Das sind ehrenwerte, uneigennützige Motive.«

Vichaj blickte spöttisch: »Die Chinesen haben diese seltsamen Zick-Zack-Brücken über ihre Seen erfunden. Weißt du, was das bedeutet?«

»Das habe ich schon gesehen. Nicht am Ziel ankommen wollen. Verschwenderischer Unsinn.«

»Das bedeutet: Du gehst über den See auf ein schönes Pavillon zu. Aber du gehst nicht auf direktem Weg nach vorn. Du gehst einmal Zick, ein anderes Mal Zack. Damit bist du gezwungen, dein Ziel aus unterschiedlichen Perspektiven zu betrachten, bevor du am Ziel ankommst. Konfuzius.«

»Und danach handelst du sicher in deiner täglichen Polizeiarbeit! Da bin ich ganz sicher«, ätzte Al Torowenko.

»Danach handele ich. Sonst könnte ich gar nicht aufklären oder wenigstens erklären. In eurem westlichen Psycho-Jargon nennt ihr das Empathie. Ich brauche keine Empathie um zu denken wie mein Gegenüber oder mein Gegner. Wo ist übrigens Ta Mok und seine Entourage?«

Al Torowenko blickte irritiert, befahl zwei seiner Agenten ins dritte Obergeschoss des Casinos: »Wir haben ihn, seinen Sohn und seine Leibwächter eingeschlossen und danach gemeinsam gespielt. Famose 40.000 US-Dollar gewonnen, obwohl die Roulette-Tische sehr wahrscheinlich manipuliert sind.«

Ta Mok und Sohn waren verschwunden. »Wir haben ein Problem«, konstatierte Al Torowenko.

»Ihr wolltet ihn gar nicht ernsthaft festhalten«, antwortete Vichaj.

»Und warum bitte nicht?«

»Für euch ist er ein Waffenlieferant, kein Verbrecher. Soweit wir wissen, baut er im nördlichen Kambodscha außer Mohn sowohl Rizin, als auch Fingerhut und Tollkirsche an. Eine Farm für pflanzliche Kampfmittel, ökologisch sozusagen. Daran seid ihr interessiert, nicht an seiner Festnahme.«

»Infame Unterstellung«, schnaubte Torowenko.

»Ja Vichaj, das mag schon sein«, antwortete Big Sioux ganz ruhig. Vichaj erinnerte sich an den kurzen Protest des Indianers gegen die ihm im Dino-Museum zugewiesene Vorkoster-Rolle.

»Wie kannst du es wagen«, fuhr Al Torowenko Big Sioux an.

»Die Weißen haben mein Volk vergiftet. Wenn auch nur mit Feuerwasser. Das hat uns ruiniert.«

Torowenko reagierte unwirsch: »D u warst es doch, der uns in der Nacht mit deinem Spieltrieb angemacht hat. D u hast dafür gesorgt, dass wir an Ta Mok gar nicht mehr dachten. D u hast die Mission vermasselt.«

Big Sioux blieb gelassen: »Der weiße Mann spricht unrein. Er lässt sich gehen.«

»Gottverdammte Scheiße! Was machen wir jetzt?«

Vichaj nahm die ruhige Art des massigen Indianers auf: »Ihr wartet, bis eure Helikopter kommen. Wir suchen nach Ta Mok. Sofern Big mit uns kommen mag, ist das in Ordnung. Aber nur er!«

Big Sioux nickte, Al Torowenko stieß mit zwei seiner Agenten wütend ins Casino, wo er auf Befehl Somkeos von zehn Security-Guards umzingelt und in ein Hotelzimmer gesperrt wurde.

*

»Wir sind jetzt ein tri-linguales Team«, bemerkte Vichaj Bangramsan. »Udo Kronenberg und ich sprechen Deutsch. Gemeinsam mit Big sprechen wir Englisch. Ich, Savang und Somkeo sprechen Thai. Wir sollten Babylon vermeiden.

Big, du solltest wissen, dass Savang Agent des Inlandsgeheimdienstes der Lao PDR ist. Wir haben gemeinsam die Casinos von Poipet in Kambodscha aufgemischt, die von unbestraften Massenmördern der *Khmer Rouge* betrieben werden. »Killing Fields«, den Film wirst du wohl gesehen haben. Du solltest auch wissen, dass wir hinter den Triaden her sind, nicht hinter einfachen Drogendealern. Eine der Triaden arbeitet aus Vietnam heraus, gebildet aus ehemaligen Verbündeten der USA, früheren südvietnamesischen Offizieren. Raffst du das?«

»So, wie die Führung des Islamischen Staats aus früheren Offizieren der Saddam-Armee besteht?«

»So ähnlich.«

Big Sioux nickte: »Ich habe davon gehört und ich verstehe.«

In der Rezeption ihres einfachen Hotels standen Kronenberg, Savang und Vichaj kurz zusammen. »Glaubst du wirklich, dass Al Torowenko und Konsorten von der CIA sind?«, fragte Kronenberg.

»Ich glaube, dass das großes Theater war. Die CIA tritt selten direkt auf, schon gleich gar nicht in Ostasien. »***Plausible Deniability***« ist eine wesentliche Grundlage des CIA-Handelns. Heißt: Alles immer plausibel abstreiten können. Wir haben wahrscheinlich Helfershelfer vor uns, die etwas geschwätzig sind. Andererseits nehme ich den Kerlen das Projekt »*Spicy Bee*« ab. Es ist kein Zufall, dass Ta Mok entkommen ist. Einen Gegner eliminiert man in diesen Kreisen sofort. Einen zukünftigen Lieferanten lässt man laufen. Man soll die Leute nicht an ihren Worten, sondern an ihren Taten messen.«

»Was machen wir jetzt mit unserem neuen Partner Big Sioux?«

»Ich telefoniere mit Bangkok. Wir werden ihn mindestens so gut bezahlen müssen wie die Helfershelfer der CIA. Dann wird er wohl die Seiten wechseln.«

OPERATION OTAKTAY

Der Park-Ranger stellte seinen Pick-Up quer über die Fahrbahn der Nationalstraße am Rande der Biodiversitätszone *Dong Phou Vieng*. Er sprang aus dem Fahrzeug, als die *Cessna 172 »Skywalk«* zum Start ansetzte. Aus dem Gebüsch am Straßenrand sah er, wie das Flugzeug einen Purzelbaum über seinen Dienstwagen machte und in einem Flammenmeer aufging. Der Pilot hatte vergeblich versucht, die Maschine im letzten Moment über das Fahrzeug zu hieven. Ein brennender Mann lief auf das Gebüsch zu. Der Ranger versuchte, wenigstens diese Flammen zu ersticken.

Dem Mann hingen Hautfetzen vom verbrannten Fleisch, verkohlte Stoffreste hatten sich in den offenen Brandwunden mit dem Körpergewebe zu einer wächsernen Masse verbraten. Der Ranger sah sofort, dass dieser Mensch ohne Behandlung nicht mehr lange zu leben hatte. Er rannte ins Dorf, nahm den Pick-Up eines Straßenhändlers, hob den Schwerverletzten auf die Ladefläche. Von seinem Büro aus telefonierte er mit Somkeo Theravong, brauste dann in Richtung Westen los.

Kurz vor der Stadtgrenze von Savannakhet kam ihm ein Milizfahrzeug entgegen. Somkeo Theravong stieg mit einem Sanitäter aus, den er aus dem Hospital geholt hatte. Der Sanitäter sah sich den stöhnenden Mann auf der Pritsche von allen Seiten an, meinte dann: »Nicht in unserem Land. Wenn der nicht nach Ubon geflogen wird, dann kommt er nicht durch. Ich kann ihm nur eine Spritze gegen die Schmerzen setzen.«

Somkeo telefonierte mit Vichaj: »Es ist der Sohn von Ta Mok. Wollen wir ihn hier sterben lassen oder kannst du einen Flug nach Ubon organisieren?« Vichaj Bangramsan sprach mit der SAR-Einheit in Ubon

Ratchathani, die zum *21st Wing Air Combat Command* der Royal Thai Air Force gehörte.

Der Dispatcher in Ubon weigerte sich, den SAR-Helikopter über die Grenze fliegen zu lassen. Dafür sei eine Genehmigung sowohl des RTAF-Führungskommandos, als auch der Regierung in Laos erforderlich. Der Grenzübergang bei Mukdahan sei alles, was er für Vichaj tun könne. Vichaj wurde zudringlich, schaltete Somkeo Theravong ein. Der Dispatcher blieb stur, bis Vichaj vorschlug, den Helikopter offiziell nicht von der Air Force Base, sondern vom *Sunpasittiprasong*-Hospital aus starten und dorthin auch zurückkehren zu lassen. Dieses Krankenhaus war ohnehin das einzige in der Region, dem Vichaj die Behandlung schwerer Brandverletzungen zutraute.

»Damit wir uns verstehen: Sie bezahlen einen privaten Krankentransport und ich fertige nur einen regionalen VFR-Flug ab.«

Zwanzig Minuten später landete der SAR-Helikopter in einer dichten Staubwolke am Hospital von Savannakhet. Ta Moks Sohn wurde auf einer Bahre durch die seitliche Ladetüre geschoben, Vichaj und Somkeo stiegen nach.

Vichaj wandte sich an Kronenberg: »Willst du mitfliegen oder mit dem Sioux hier bleiben?«

»Ich bleibe bei »Big«. Versucht Ihr beide, aus Sohnemann etwas herauszuholen, falls er den Transport überleben sollte.«

Der Helikopter entfernte sich mit gesenkter Schnauze Richtung Westen. Kronenberg setzte sich in den *Land Cruiser* mit thailändischem Kennzeichen und suchte »Big« auf.

Er lud ihn auf mehrere *Beer Lao* ein. »Und diesen Whisky, der aus Flaschen mit eingelegten Kobras kommt.«

Sie prosteten sich mit den Flaschen zu, bis der mächtige Sioux seine rechte Hand zur Faust ballte und Kronenberg aufforderte, dasselbe zu tun. Sie stießen die Fäuste aneinander: »Tatonga«. »Udo«. »*Kolakichij*«. »Heißt?« »Freundschaft auf Lakota.« »Lakota?« »Die Sprache derer, die der weiße Mann Sioux nennt«, lachte Tatonga. »Sioux heißt eigentlich »Kleine Schlangen«. An mir siehst du, dass diese Art von Schlangen nicht unbedingt klein sind, hahahaa.«

»Dass ihr von der CIA seid, haben wir euch sehr bald nicht mehr abgenommen, Tatonga. Vichaj, mein Partner, hatte vor unserem Zusammentreffen am Museum mit Bangkok telefoniert. Dort hatte er auch einige unangenehme Gesprächspartner – von der CIA natürlich. Schließlich landete er sogar bei einer höheren Charge in Langley. Podolsky oder ähnlich ist sein Name. Der hatte wohl nur Scheiße im Maul.«

»Und dieser Podolsky oder ähnlich sagte euch, dass wir nicht von der CIA seien?«

»Der sagte gar nichts über euch, wollte angeblich selber kommen. Allerdings erfuhren wir von Anderen, dass die CIA nach der missglückten Mission eines Agenten Barney selbst nichts mehr in Laos unternehmen will.« Kronenberg zögerte, schob dann nach: »Jedenfalls nichts unternehmen will mit eigenem Personal. Es fragt sich damit, von welcher Truppe ihr wirklich seid.«

Tatonga lachte, schlug sich auf die mächtigen Schenkel: »So schwer ist das aber auch nicht zu erraten. Wir sind von deren Hilfstruppe, der *Aegis*.«

»Muss man die *Aegis* kennen?«

»Wenn man für einen Geheimdienst arbeitet, ganz sicher. Du bist schon etwas älter, Udo. Vielleicht hast du von *Executive Outcomes* gehört?«

»Nicht nur gehört. Mit meinem Partner Vichaj war ich vor längerer Zeit in Sierra Leone. Dort hatten wir es unmittelbar mit Söldnern von *Executive Outcomes* zu tun, oder ihren Nachfolgern. Es ging um eine Störung im Handel mit Diamanten.«

»Störung – das ist gut. Einige Offiziere von *Executive Outcomes* waren sogar Eigentümer von Minen. Die wurden damals verdammt reich. Davon können wir heute nur träumen.«

»Im Museum liegt Kokain kistenweise herum. Wir wollen es nicht und euer Torowenko scheint nicht sonderlich interessiert daran zu sein.«

»Er ist ganz spitz darauf. Nur ist unsere Mission eine andere: biologische Waffen wie dieses *Rizin*. Was ist eure Mission?«

»Den Mord an einem Triadenführer aufzuklären, der entlang des Mekong sein Zepter schwang, dann plötzlich nach Europa flog, wo ihm das Gehirn weggepustet wurde. Wir fragen uns, warum?«

»Vielleicht wollte ihn sein Stellvertreter beseitigen?«

»Dieser Ta Mok ist inzwischen auch tot. Verkehrsunfall. Und sein Sohn wird von Glück reden können, wenn er lebend das nächste Hospital in Thailand verlassen wird.«

»Verdammt gefährliches Pflaster hier, obwohl doch alles so friedlich, nachgerade träge wirkt.«

»Ich glaube, dass es die Menschen an diesem Ort nicht mögen, wenn jemand von außerhalb ihre Kreise stört.«

Tatonga legte sein breites, mächtiges Gesicht in Falten: »Unsere Mission ist nicht, irgendwelche Handelsbeziehungen nach Vietnam oder Burma zu stören. Es geht wirklich nur um biologische Waffen, die in Kambodscha angebaut werden sollen.«

»Soweit wir wissen, ist eine gesamte Jahresernte von Ta Mok an eine Triade in Vietnam verkauft worden«, log Kronenberg.

»Woher wisst ihr das?«

»Ta Mok hat es gestanden.«

»Verkehrsunfall, sagtest du. Wer hat ihn umgebracht?«

»Genauer gesagt, Flugzeugabsturz. Das ist Sache der örtlichen Polizei. Wir haben mit Ta Moks Tod nichts zu tun, schließlich war er unser Hauptzeuge – oder Täter im Fall des Triadenführers Li Ping – das ist der, dessen gewaltsamen Tod wir aufzuklären haben.«

Kronenberg zog das Foto aus der Leichenkammer in Kiel aus der Gesäßtasche und legte es vor Tatonga auf den Tisch.

»Großkalibrige Waffe. Ziemlich aufgedunsenes Gesicht«, murmelte Tatonga.

»Er lag längere Zeit in kaltem Brackwasser.«

»Brack… wie auch immer. Ein Foto von dem habe ich bereits gesehen. Ich weiß nur nicht, wer es mir wann und warum zeigte. … *Bullshit*, warum ist ja klar. Vorbereitung auf unsere Mission. Wann, ist dann auch klar, vor ein paar Wochen.«

»Das hilft uns jetzt auch nicht mehr weiter. Wir haben ihn ja, nur seinen Mörder nicht. Du könntest jedoch in deinen Kreisen nachfragen, welche Informationen zu einer Firma *Urumchi Enterprises* oder *Urumchi Limited* oder *Urumchi Trust* vorliegen. Machst du das?«

Tatonga grinste, nickte und ballte seine rechte Faust. Kronenberg hielt dagegen.

»Das mit Vietnam ist nicht wahr, oder?«

»Mit dem Flugzeug nach Pleiku. Die CIA wird das wohl wissen.«

»Wenn meine Vorfahren mir etwas vererbt haben, dann das Gefühl dafür, wann der weiße Mann die Wahrheit spricht und wann er lügt.«

»Du kannst deine Kontaktleute fragen, was sie von Pleiku wissen. Mehr kann ich dir auch nicht sagen. Hast du eigentlich einen Nachnamen?«

»Nachnamen gibt es bei den Lakota nicht. Unsere bekanntesten Häuptlinge hießen Sitting Bull, Crazy Horse und Gall – ja, einfach Gall. Wurden alle von vertragsbrüchigen Weißen ermordet. Mein Volk bat in Kanada um Asyl. Von dort wurde es umgehend zurückgeschoben, weil die Kanadier Angst davor hatten, dass wir massenweise Sozialhilfe beantragen würden. Das ist aber eine andere Geschichte.
  Meinen Nachnamen willst du wissen? Ganz einfach: schon mein Großvater nannte sich Miller. Chaytan Miller. Chaytan heißt auf La-

kota Falke. Seitdem die CIA ständig nach Islamisten sucht, kann ich das kaum noch sagen. Die verwechseln den Falken ständig mit »*Sheitan*«, was auf Arabisch Teufel heißt. Ist der Teufel ein Falke?«

Udo Kronenberg lachte, Tatonga fiel ein: »Manche von den Weißen nennen mich nicht »Big«, sondern Ta Miller. Also: Ta Miller jagt Ta Mok. Lustig, was?«

»Weißt du, was an diesen Drogenfahndungen so seltsam ist?«

Tatonga Miller wischte sich die Tränen von den Backen und sah Udo Kronenberg erwartungsvoll an.

»Mich wundert, dass es unter den Delphinen keine Drogenfahndung gibt. Die Delphine lassen sich ständig von Kugelfischen umkreisen, um sich kontrolliert high machen zu lassen.«

Tatonga Miller schlug sich lachend auf die Schenkel: »Aus der Natur kenn ich auch einen: Die Igel lieben das Bier, das Gartenbesitzer gegen Schnecken ausbringen.«

Udo Kronenberg legte nach: »Die Fruchtfliegen alkoholisieren sich an überreifen Früchten, um aus ihrem kurzen Leben etwas mehr herauszukitzeln. Das habe ich meinem Partner noch gar nicht erzählt. Der war früher bei der Drogenfahndung. Welche Verschwendung von Intelligenz.«

Tatonga Miller wurde ernst: »Nein, das glaube ich nicht. Hätten die Weißen damals schon so etwas wie Drogenfahndung gehabt, dann wäre mein Volk nicht zu einer Summe von Alkoholikern geworden. Mit Alkohol haben die uns fertig gemacht.«

»Der Alkohol hat uns jetzt immerhin näher gebracht.«

»Kontrollierter Drogenkonsum, mein Lieber. So wie bei den Delphinen auch.«

»Ja, das ist wahr. Vielleicht suchen wir beide nach natürlichen Substanzen, die im Tierreich gemieden werden.«

»Der Kern von Früchten der Eibe. Den fressen Vögel nicht. Oder die Hülle der Früchte der Rizinus-Pflanze. Die kann man nicht kontrolliert einnehmen, weil sie schon in geringsten Mengen tödlich ist.«

»Es scheint einen Unterschied zwischen Menschen und dem Rest des Tierreichs zu geben. Oft meiden Tiere, was manche Menschen suchen.«

Tatonga Miller blickte noch ernster: »Dafür gibt es in der Sprache der Lakota auch einen Namen: **Otaktay**.«

»Meint was?«

»Tötet viele. Das war ein Ehrenname, bevor das Gewehr erfunden wurde.«

»Sofern sich unsere Missionen teilweise überlappen sollten, hätten wir schon einen gemeinsamen Namen: **Otaktay**. Das dürfte ein guter Tarnname sein, den selbst die Triaden nicht entschlüsseln können.«

»Beim Entschlüsseln waren wir Einheimischen den USA unersetzlich, das weißt du als Deutscher besser als jeder Andere. Womit uns beim Verschlüsseln auch keiner etwas vormacht.«

SUNPASITTIPRASONG HOSPITAL

Es dauerte zwei Tage, bis der Arzt im Sunpasittiprasong-Hospital Somkeo Theravong und Vichaj Bangramsan zu dem Schwerverletzten vorließ. Ta Moks Sohn war wegen seiner Brandverletzungen mit Morphium vollgepumpt und lag unter einem Plastikzelt.

Vichaj stellte sich vor und erläuterte Ta Mok Junior, warum er überhaupt noch am Leben war. »Wenn Sie uns nicht einen Pick-Up in den Weg gestellt hätten, dann läge ich jetzt nicht hier«, war die schwache, undankbare Antwort.

»Der Pick-Up stammte nicht von uns, sondern von Feinden Ihres Vaters. Oder er stand einfach nur da«, log Vichaj.

»Was ist mit meinem Vater?«

»Der ist tot. Umgebracht von den Freunden eines gewissen Li Ping. Kennen Sie diesen Li Ping?«

»Wer kennt ihn nicht? Warum dessen Freunde meinen Vater umbringen wollen, will mir allerdings nicht in den Kopf. Wie heißen denn diese Freunde?«

»Soweit wir wissen, sitzen sie in Poipet. Die gesamte Casino-Truppe dort«, log Somkeo.

»Das verstehe ich immer noch nicht. Für diese Freunde sollte Li Ping Geld anlegen. Dafür ist er in die Karibik und nach Europa geflogen. Mit meinem Vater hatte das nichts zu tun.«

»Hören Sie, wir wissen, dass Ihr Vater Stellvertreter von Li Ping war, also ein hohes Tier bei *Sap Sie Kee*. Damit wusste er über jeden Schritt von Li Ping Bescheid. Er muss gewusst haben, mit wem Li Ping in der Karibik und in Europa Kontakt hatte.«

»Selbst, wenn er es gewusst hätte … . Er hat mir nichts davon gesagt. Was das Geld von Theng Bun Ma betrifft, hat er etwas von den Cayman-Inseln und von Hamburg fallen gelassen. Es scheint sich um viel Geld gehandelt zu haben – ein paar Dutzend Millionen.«

»Baht oder Riel oder Dollar?«

»Fragen Sie nicht so dumm. US-Dollar, natürlich. Dort, wo dieses Geld auftaucht, werden auch seine Mörder sitzen.«

»Soweit ich weiß, taucht Geld auf den Cayman-Inseln nicht auf, sondern unter. Wo die Mörder von Li Ping sitzen, dürften auch die Mörder Ihres Vaters nicht weit sein.«

Ta Moks Sohn stöhnte laut unter den wieder einsetzenden Schmerzen.

»Hören Sie, ich gebe ihm eine weitere Dosis Morphium. Und in zehn Minuten sind Sie verschwunden«, nörgelte der herbeigeeilte Arzt. »Sie stören das Raumklima, meine Herren.«

»Das genau glaube ich auch«, zischte ihn Vichaj an. »Immerhin wird seine Behandlung von uns bezahlt. Setzen Sie ihm die Spritze und schleichen Sie sich dann, wenn ich bitten darf!«

Der Arzt blitzte Vichaj giftig an und verschwand wortlos.

»Wenn Sie wollen, dass wir die Mörder Ihres Vaters finden, dann müssen Sie uns schon sagen, mit wem Li Ping Kontakt hatte.«

»Zunächst traue ich den Casino-Betreibern in Poipet alles zu, auch, wenn sie sich »Alte Kameraden« meines Vaters nennen. Aber die haben ihm ihr Geld anvertraut. Warum sollen sie ihn dann umbringen lassen? Auf den Cayman-Inseln wollte er das Ugland-House in Georgetown aufsuchen. Er sagte mir, dass Diversifikation immer richtig sei. Und in Hamburg ... ach, wie heißen die nochmal? Es sind drei Brüder.«

»Albaner?«

»Kann sein. Entfernte lokale Geschäftspartner, sagte mein Vater. Immobilien in Städten zweiter Lage.«

Der Arzt betrat mit vier Security-Leuten das Zimmer: »Jetzt aber raus mit Ihnen. Sie verpesten die Luft!« Vichaj blickte jetzt seinerseits feindselig in die Augen des Mediziners und zog Somkeo auf den Gang. »Ich weiß ohnehin mehr als zuvor. Außerdem wird der drinnen in Poipet aufräumen, sobald er wieder gehen kann.«

Sie nahmen Motorradtaxi bis zur Grenzkontrollstelle, wo sie Kronenberg im Pick-Up mit thailändischen Kennzeichen abholte. Zu ihrer Überraschung saß der riesenhafte Sioux mit grinsendem Gesicht auf der Ladefläche.

»Bist du übergelaufen oder er?«, fragte Vichaj Kronenberg auf Deutsch.

»Ich vermute, er. Also, das ist Tatonga, was »Großer Hirsch« bedeutet. Er ist vom Stamm der Lakota und nicht von der CIA.«

»Man darf zwei Weißgesichter in Asien keine zwei Minuten alleine lassen«, witzelte Vichaj, übersetzte dann für Somkeo.

»Die CIA hat Laos auch während des Vietnam-Kriegs nicht mit eigenen Leuten überfallen, sondern mit Söldnern«, knurrte der.

»Na ja, die Bomber waren schon von der USAF«, korrigierte Vichaj und sah Kronenberg erwartungsvoll an.

»Ich weiß nicht, was Somkeo eben sagte. Tatonga Miller ist Söldner bei *Aegis*. Das scheint die größte private Hilfstruppe der USA zu sein. Männer fürs Grobe, sozusagen. Sein Chef Torowenko scheint ihm nicht allzu sehr am Herzen zu liegen. Tatonga ist sich seiner indianischen Herkunft sehr bewußt.«

Vichaj übersetzte für Somkeo, der zuerst Kronenberg, dann Tatonga Miller schräg ansah. »***Toglong***«, antwortete er Vichaj.

»Ich lasse Torowenko und die beiden anderen Agenten jetzt erschießen. Dann werden wir sehen, was unser großer Hirsch hier machen wird«, quittierte Somkeo.

»Du kannst sie doch nicht einfach so abknallen lassen«, wandte Vichaj vorsichtig ein.

»Sie sind eine äußere Gefahr für mein Land. Wenn der Geheimdienst es anordnet, dann machen wir das. Wir hätten es schon vor dem Museum tun sollen.«

»Und der Vertrag, den Torowenko mit unterzeichnet hat?«

»Erstens hat Torowenko im Namen der CIA unterzeichnet, was er gar nicht durfte. Zweitens habe ich den Vertrag nicht unterzeichnet. Drittens ist ein Gegenstand dieses Vertrags nicht mehr existent. Ta Mok, der Dealer.«

»Du wirst erklären müssen, was du anordnest.«

»Der Fall Barney hat sich selbst erklärt. So wird das auch jetzt sein. Damit die Amis wissen, dass sie nicht einfach so Söldner in dieses Land schicken können. Thailand haben sie ja auch gefragt, bevor sie ihre Bomber bei euch stationierten.«

»Das ist wahr. Was wäre, wenn wir die Söldner abschieben würden?«

»Dann wären morgen dreißig von denen im Land. Hör mal zu: Ich regle mit euch die internationalen Angelegenheiten, die nationalen überlasst ihr bitte mir und Savang. US-Söldner in diesem Land sind von nationaler Bedeutung. Würde es eine internationale Affäre werden, dann hättet ihr und wir nichts mehr zu melden.«

Somkeo Theravong telefonierte mit Savang. Vichaj erläuterte Tatonga Miller, dass er ihn gerade vor einem Erschießungskommando gerettet habe.

»Du meinst, dass die jetzt Torowenko und die beiden anderen einfach so abknallen werden?«

»Das klärt er soeben mit dem Inlandsgeheimdienst, der stocksauer auf euch ist. Was würdet ihr in den Staaten tun, wenn ein laotisches Söldnerkommando das Smithsonian überfallen wollte und dabei wild in der Gegend herumballern würde?«

»Ja, klar. Die Polizei würde sie umnieten.«

»So ist das auch in anderen Ländern. Rizin stehlen zu wollen ist keine Mission des Guten oder auch nur Anständigen.«

Tatonga Miller griente: »Das habe ich nicht behauptet. Unsere Auftraggeber machen nur, was die feinen Herrschaften zwar wünschen, wovon sie aber nichts wissen wollen.«

EIN ANGEBOT FÜR TATONGA MILLER

Tatonga Miller alias Big Sioux erhielt von Vichaj das Angebot, für den Auslandsgeheimdienst des Königreichs Thailand zu arbeiten. Das Angebot fand er nicht witzig: »*Aegis* wird mich jagen und fertig machen.«

»Das werden sie ohnehin tun. Sie werden wissen wollen, warum du als Einziger diese Mission überleben konntest.«

»Heißt das, dass die anderen Drei tatsächlich umgebracht wurden?«

»Die Version geht so: es hat im Casino eine Schießerei gegeben. Dabei sind bisher drei Amerikaner ums Leben gekommen, die sich um des Glücksspiels willen in Laos aufhielten.«

»Damit werdet ihr nicht durchkommen. Es wird Nachfragen geben, eine Untersuchung wahrscheinlich.«

»Die Amerikaner trugen Waffen, was illegal ist. Die Volksrepublik Laos ist empört.«

»*Aegis* weiß, wer mit welchem Auftrag nach Laos geschickt wurde.«

»Sollen sie es wissen. Jedenfalls wird es keine offizielle Untersuchung geben, weil der Einsatz von *Aegis* in Laos nicht offiziell ist. Langley achtet auf *Deniability*, hat im Zweifelsfall keine Ahnung von eurer Mission, streitet sie sogar ab. Noch irgendwelche Fragen?«

»Ja, was wird aus mir?«

»Ich habe Ihnen ein Angebot gemacht. 6.000 US-Dollar im Monat für den Zeitraum unserer Mission. Das ist mehr, als ich verdiene.«

»Und danach?«

»Eine neue Identität oder Regierungsberater in Bolivien.«

Tatonga Miller blickte Vichaj entgeistert an: »Verdammt noch mal, Bolivien?«

Vichaj Bangramsan lächelte dünn: »Ja, Bolivien. Ihre Physiognomie geht dort glatt als indigen durch. Außerdem würden Sie eine offizielle Mission übernehmen können.«

»Es mag ja sein, dass ich Evo Morales ähnlich sehe. Welche Mission aber, zum Teufel?«

»Zum Falken, **Chaytan**, oder? Die Mission: Einsatz für den Export von Koka-Produkten.«

»Ich bin doch nicht durchgeknallt! Die DEA ist eine der größten Polizeibehörden der Welt. Ich stünde auf den ersten Plätzen ihrer Fahndungsliste. Todesurteil.«

»Ich habe bei der DEA gelernt, Ta Miller. Die bolivianische Regierung hat den Verein aus dem Land geworfen. Danach sank die Anbaufläche von Koka-Plantagen um ein Drittel, weil Bolivien nicht nur die DEA entfernte, sondern auch exportorientierte Drogenkartelle mit ihren Chemielaboren. Was blieb, war der Eigenkonsum, der legal auf den Märkten stattfindet. Wie Alkohol in Europa und in Nordamerika. Der wird doch auch nicht nur im Land getrunken, sondern exportiert.«

Tatonga Miller überlegte, fragte dann: »Ich soll Mitarbeiter im Wirtschaftsministerium Boliviens werden?«

»Beauftragter für die Legalisierung des Handels mit natürlichen Koka-Produkten, nicht mit synthetisch hergestelltem Kokain.«

»Ich bin zwar stark, aber nicht Sysiphus.«

»Sie haben einen potentiellen, internationalen Verbündeten. Das einzige Koka-Produkt, das international legal gehandelt werden darf: Coca-Paste.«

»Weigert sich *Coca-Cola* deshalb seit Jahrzehnten, seine Rezeptur öffentlich zu machen?«

»Das haben Sie gesagt. Der Beauftragte wird voraussichtlich nur 3.000 US-Dollar im Monat verdienen, plus Reisekosten. Er wird sich mit den Vereinten Nationen anlegen müssen, die vor mehr als 50 Jahren Koka insgesamt verboten haben.«

»Kein Problem für mich. Ich will allerdings einen Vertrag, bevor ich marschiere. Hauptsache Mission. Was ist mit Poipet und Pleiku?«

»Wir untersuchen das Netzwerk der Triaden. Momentan scheint es so, dass die vietnamesische Triade in den USA keine illegalen Geschäfte betreibt, sondern nur das Bruttoinlandsprodukt erhöht, Immobilien an der Westküste kauft.«

»Was bleibt für mich dann hier noch zu tun?«

Jetzt schaltete sich Udo Kronenberg ein. »Selbst, was w i r hier noch zu tun haben werden, weiß ich ehrlich gesagt momentan nicht so genau. Wenn ich es mir richtig überlege, wäre für Sie als Amerikaner Hamburg der richtige Einsatzort. Dort kleidet man sich allerdings seriöser als Sie es gewohnt sind.«

»Kleidet oder ist man?«

»Kleidet. Sie werden nach Hamburg fliegen und ein Angebot für ein ganz bestimmtes Grundstück abgeben. Sie werden ein paar Politiker und den Vorstand eines Sportvereins treffen.«

»Nach einem Kampfeinsatz hört sich das nicht an.«

»Statt Waffen werden Sie ihr Gehirn benutzen. Wir werden Sie einarbeiten.«

»Warum fliegt ihr nicht selbst nach Hamburg?«

»Wir kommen von dort und werden nachfolgen. Ganz offen, Sie sind der Köder.«

»Damit habe ich nun kein Problem. Ihr müsst allerdings dafür sorgen, dass meine Waffen durch die Grenzkontrolle gehen.«

»Die Waffen werden Sie sich in Hamburg ganz leicht beschaffen können. Wir besorgen Ihnen eine Adresse.«

ALTONA / KÖNIGSTRASSE

Kriminalkommissarin Katharina Esbjerg wunderte sich, warum sich der ihr avisierte Senior Superintendent James Edward Brown noch nicht gemeldet hatte. Vielleicht war er einer jener schnöseligen Beamten von der *National Crime Agency*, die meinten, anderen Polizeibehörden weltweit überlegen zu sein. Vielleicht war er aber auch nur so frauenscheu wie Sherlock Homes. Katharina ergriff die Initiative – vielmehr startete sie eine Reihe von Versuchen, initiativ zu werden. James Edward Brown war sehr schwer zu erreichen, was sicher nicht an der englischen Vorwahl seines Handys lag.

Der erste erfolgreiche Telefonkontrakt verlief so spröde, wie man es in Deutschland gemeinhin von einem Briten höherer Gehaltsklassen vermutet: »Nein, Madam, es ist nicht unsere Art, am Telefon heikle Fälle zu erörtern.«

Katharina lud den Engländer in ihr Dienstzimmer ein: »Das liegt in Altona, recht nah an der S-Bahnstation Königstraße, Sir.«

»Ist das dort, wo dieser Sportverein residiert, der von 1845?«

»Exakt dort. Ich nehme jedoch an, dass wir unsere analytische Fitness herausfordern wollen, nicht unbedingt die physische.«

»Für mich durchdringt sich beides. Der Club hat ein kleines, helles Café im Erdgeschoß. Dort werden wir uns treffen. Morgen um 8 Uhr.«

»Nicht gerade die Bergspitze im Tagesgang meiner Leistungsfähigkeit. Meine Tochter muss ich zuvor auch noch zum Kindergarten bringen. Aber wie auch immer, ich werde mit etwas Verspätung da sein, Sir.«

Das Café liegt hinter dem Tresen des Eingangsbereichs. Durch die raumhohen Fenster war eine der größten und trostlosesten Straßenkreuzungen Altonas zu sehen, im rechten Augenwinkel die Hauptkirche Sankt Trinitatis. Hinter dem Tresen trieben sich fünf junge Menschen aus verschiedenen Kulturkreisen herum.

James Edward Brown erschien tief atmend im Jogging-Anzug. Seine grauen Haare hatten die Feuchtigkeit der Hamburger Luft aufgesogen und klebten an allen Seiten seines Kopfs.

»Ich bin Katharina Esbjerg, Kriminalkommissarin bei der Mordkommission. Superintendent Brown, wie ich richtig vermute?«

Die jungen Leute am Tresen schauten seltsam herüber, James Edward Brown lächelte dünn: »Sie vermuten richtig. Gut zu sehen, dass die Hamburger Polizei schöne Frauen beschäftigt. Nun wollen wir gemeinsam beweisen, dass schöne Frauen auch intelligent sein können, Madam. Sie wünschen sicher einen Kaffee.«

In Katharinas Bauch zog ein wütendes Gefühl hoch. Der Kerl schien weniger frauenscheu als vielmehr frauenfeindlich zu sein. Gepaart mit der allen Engländern unterstellten Arroganz. Wie sagte doch ihr viel angenehmerer Chef Udo Kronenberg? »Das perfide Albion«. Katharina beschloss, dem hageren Engländer mit spitzen Gesichtszügen aggressiv zu antworten: »Wollen Sie mir bitte nach einigen Wochen Recherche zunächst erläutern, ob Sie dem Fall Li Ping näher gekommen sind?«

»Oh, Katharina – ich darf Sie doch so nennen – am nächsten sind Ihr Kollege Udo Kronenberg und sein thailändischer Partner dran. Eben darin scheint ein Problem zu liegen.«

»Probleme haben wir genug, Sir. Lösungen dagegen weniger.«

»Bitte nicht »Sir«. Ich heiße James. James Brown, wie dieser gewaltige Soul-Sänger – »*It's a man's, man's, man's world*« - nur mit einem Edward dazwischen. Also James. Das Problem Ihrer Kollegen scheint darin zu bestehen, dass sie sich mit den Behörden der kommunistischen Volksrepublik Laos verbrüdert haben, die ihrerseits mehrere Kambodschaner und mindestens drei CIA-Agenten erschießen ließen. Es scheint um zentnerweise Kokain zu gehen, die Ihre Kollegen momentan versteckt zu halten scheinen. Mir fehlt jegliches Verständnis dafür«

»Udo Kronenberg und Vichaj Bangramsan haben mit Drogenhandel absolut nichts zu tun. Da bin ich mir sehr sicher. Was die CIA von sich gibt, ist für mich auf meiner Ebene wenig relevant. Im Zweifelsfall glaube ich denen kein Wort. Unser beider Mission liegt jedoch nicht am Mekong, sondern in Hamburg, wenn ich mich nicht irre. Genauer gesagt beim Mord an dem **Choi Hai** Li Ping, genannt Tanatus.«

»Ganz recht, Katharina. Ich wollte Ihnen zu Beginn unseres Gesprächs nur einen Wink geben, weil sich nach meiner Einschätzung Ihre Kollegen in eine nicht klar einzuschätzende, aber zweifelsohne bestehende Gefahrenlage begeben haben. Wer sich sowohl mit Triaden, als auch mit der CIA anlegt, der könnte sich binnen weniger Tage in einem Leichensack wiederfinden. Oder zerteilt in kleine Stücke als Fischfutter im Mekong. Dem werden Sie doch zustimmen können, oder?«

»Ein zerteilter Chinese lag in Hamburg vor einigen Jahren in einem der Fleete. Es waren nur keine hungrigen Fische anwesend. Aber ich werde mit Udo Kronenberg darüber reden. Nun zu unserem Hamburger Umfeld: Haben Sie Erkenntnisse gewonnen?«

»Ganz klar: ein hochrangiges Mitglied der *Sap Sie Kee* – Triade wollte in Hamburg Geld anlegen und ist dabei an falsche Geschäftspartner geraten. Ich vermute, dass Immobilien oder Schiffsfonds eine Rolle spielen. Schiffsfonds stehen für die Steueroase Deutschland. Immobilien, Katharina, haben Sie recherchiert, nicht wahr?«

»*Das perfide Albion ist gerissen*«, dachte sich Katharina Esbjerg. Der Engländer hatte kaum etwas Neues von sich gegeben und schon den Ball vor ihr Tor geschossen. Der Ärger in ihrem Bauch verdichtete sich. »Das ist wahr, James. Ich habe in München, Stuttgart, Frankfurt, Köln und Düsseldorf recherchiert. In allen Städten bis auf Stuttgart gibt es nach Auskunft der dortigen Stadtplanungsämter spekulative Projektentwicklungen vor allem auf bisherigen Gewerbeflächen. Die Folgenutzung Wohnen bringt in allen Fällen mindestens eine Verdreifachung der Grundstückspreise mit sich. Das ist für Immobilienentwickler außerordentlich lukrativ. Für die Alteigentümer der Flächen, also die Verkäufer, sowieso. Aber nur in einem Fall bin ich auf einen Mitbieter aus Asien gestoßen. Und das über private Kontakte.«

»Stresemannstraße 213, wenn ich raten darf.«

»Falsch geraten. Die Albaner ließen sich dort die Butter nicht vom Brot nehmen. Sie haben die drei mal neun Millionen Euro minus Schmiergelder selbst eingesteckt. In diese Richtung habe ich auch keine privaten Kontakte.«

»Dann sind wir uns ja einig, Katharina. Wir haben uns nicht ganz zufällig in einem Sportclub getroffen, nicht wahr?«

»Mit **diesem** Sportclub hat der Fall nichts zu tun. Außerdem haben S i e diesen Treffpunkt vorgeschlagen, nicht ich.«

»Verzeihung, richtig. Ich habe schon sechs Kilometer Jogging hinter mir. Mein Vorschlag hat mit einem anderen Traditionsverein zu tun, gegründet 1893.«

»Der *Choi Hai* Li Ping ist auf dem Gelände dieses anderen Traditionsvereins gefunden worden – bevor ihn ein paar panische Blödmänner in die Elbe geworfen haben.«

»Sehen Sie, der offizielle Fundort war nicht der Tatort, aber der erste Ort, an dem Li Ping entdeckt wurde, war wahrscheinlich auch der Grund für die Tat. Sehr symbolisch, nicht wahr?«

»Einfache Tatverhalte kann man auch kompliziert ausdrücken. Die »Kampfbahn« ist allerdings diese einzige Fläche, für die Ostasiaten mitgeboten zu haben scheinen. Zu ihrem Pech erst fünf Jahre, nachdem ein Kaufvertrag mit lokalen Baulöwen geschlossen war und diese Baulöwen einen Teil des Betrags an den Verein ausbezahlt hatten. Das war aus deren Sicht clever. Inzwischen sind die Grundstückspreise in Ottensen explodiert. Das Grundstück ist heute das fast Vierfache wert. Die Ostasiaten haben angeblich das Dreifache geboten, etwa 35 Millionen Euro.«

»Ihr ehrenwerter Informant weiß nicht, woher genau das höhere Angebot für die bisherige Sportfläche kommt?«

»Entschuldigung. Das ist doch eine Scheinfrage. Er wusste es zwar nicht, aber ich kann nach meiner Recherche eins und eins zusammenzählen. Von Li Ping, von wem denn sonst? Der Zettel, der bei ihm gefunden wurde, ist zwar missverständlich. Aber er enthält exakt die ursprüngliche Kaufsumme für das Gelände. Es ging also um 35 Millionen minus 12,7 Millionen minus Schmiergelder. Dafür ist Li Ping über die Wupper gegangen.«

»Über die Wupper?«

»Das sagt man hier so nach dem Bombenangriff der Royal Air Force auf Wuppertal, infolge dessen Leichenberge in der Wupper schwammen.«

»Sehr charmant ausgedrückt, Katharina. Also über die Wupper gegangen. Wer hat ihn in die Wupper geschubst?«

»Jemand wollte dieses Geschäft an sich reißen. Die ursprünglichen Käufer, verständlicherweise. Oder jemand, der schon einen Auftrag der Käufer hatte und befürchten musste, diesen Auftrag jetzt zu verlieren.«

»Ist Ihnen eine Gesellschaft mit dem Namen »*Afro-Asian Development Limited*« oder »*Afro-Asian Trading Company*« begegnet?«

»Ist mir nicht begegnet. Was hat die mit unserem Fall zu tun?«

»Die *Afro-Asian* gehört einem Amerikaner, der seine Naturprodukte aus Afrika nach Asien verkauft. Nashorn- und Rhinozeros-Pulver, Tigerzähne, alles, was ältere Ostasiaten wieder für junge Frauen – oder die eigenen – fit machen soll. Die *Afro-Asian* hat Kontakte zur *Sap Sie Kee*, zu einer vietnamesischen Triade und vielleicht auch nach Osteuropa. Für diese illustre Gesellschaft sucht sie sichere Geldanlagen. Dafür betreibt sie eine Dependance auch in Hamburg. Der örtliche Geschäftsführer ist d e r .«

James Edward Brown legte ein Porträtfoto auf den Tisch: »Den werden Sie wohl kennen, oder?«

Katharina Esbjerg schnappte nach Luft: »Klar kenn ich den. Spitzname »Der Pate von Altona«. Jetzt Hinterbänkler in der Hamburger Bürgerschaft. Und d e r soll einen ordentlichen, sozialversicherungspflichtigen Job haben?«

»Ob ordentlich oder sozialversicherungspflichtig, kann ich nicht beurteilen. Es könnte jedoch sein, dass er der einzige in dieser Stadt war, der von Li Pings Ankunft wusste. Wahrscheinlich über die *Sap Sie Kee*.«

»Und der Li Ping umgebracht hat?«

»Davon habe ich nicht gesprochen. Er wusste, dass Li Ping in Hamburg gelandet war und ein unschlagbares Angebot abgeben wollte. Er ist lokal total vernetzt. Er hat den ursprünglichen Käufern oder Anderen aus Ihrem Kreis der Verdächtigen für ein Honorar einen Tipp gegeben. Und die haben dafür gesorgt, dass ein solches unschlagbares Angebot nie offiziell abgegeben wurde.«

»Die ursprünglichen Käufer sind seriöse Hamburger Unternehmen.«

»Erstens habe ich bei Millionendeals schon Pferde kotzen sehen. Zweitens bewegen sich seriöse Unternehmen kaum im kriminellen Milieu, auch und gerade nicht, wenn sie von der Mafia aufgekauft wurden, um Geld zu waschen. Drittens weiß bei solchen Geschäften jeder, dass es im Zweifelsfall Auftragskiller gibt – und man den Auftrag gar nicht selber geben muss, sondern geben lässt. Informelle Kaskaden nennt man das.«

»Soll ich jetzt die Geschäftsräume der ursprünglichen Käufer durchsuchen lassen?«

»Unsinn, Katharina. Solche Geschäfte laufen papierlos und ohne digitale Kommunikation ab. Deshalb hat sich Li Ping persönlich nach Hamburg begeben.«

»In meinem Land werden weit über 90 Prozent aller Mordfälle aufgeklärt.«

»Das eben ist euer Problem. Diese 90 Prozent sind Morde im Affekt und solche, die über persönliche Beziehungen zwischen Opfern und Tätern aufklärbar sind. Weitere neun Prozent dürften etwas komplizierter sein. Der Tod des Li Ping gehört zu dem restlichen einen Prozent, das Provinzbehörden niemals aufklären können.«

»Aber Sie von der *National Crime Agency* können das!«, empörte sich Katharina.

»Als ehemalige Kolonialmacht verfügen wir im Unterschied zu euch über interkontinentale Beziehungen. Bei meinen alten Kollegen in HongKong finde ich sogar einen gewissen Überblick über das Geschäftsfeld der Triaden. Zwei dieser Kollegen durfte Udo Kronenberg sogar kennen lernen. Wie mir berichtet wurde, schätzte er den Kontakt nicht besonders. Was im Einzelfall die Triaden wo fingern, entgeht jedoch selbst meinem Netzwerk.«

»James, raten Sie mir gerade, den Mordfall Li Ping alias Tanatus zu den Akten zu legen?«

»Dafür habt ihr in Hamburg mit der Abordnung Ihres Chefs nach Asien zu viel in die Waagschale gelegt. Es bedarf deshalb mindestens einer Schein-Rechtfertigung. Lassen Sie einfach überfallartig die Büros der ursprünglichen Käufer und der *Afro-Asian* durchsuchen. Begründen Sie es mit dem Verdacht auf Verbindungen zur Organisierten Kriminalität und als präventive Maßnahme gegen Rachemorde ostasiatischer Triaden.«

»Sie meinen, wir sollen die Geschäftsführer von großen Wohnungsbaugesellschaften in Schutzhaft nehmen? Das ist doch absurd!«

»Wie auch immer. Gefährdet sind sie allemal. Li Ping war bei der *Sap Sie Kee* kein Niemand. Was er bei den Kambodschanern und bei den

Vietnamesen war, weiß ich momentan nicht. Möglicherweise gibt es jedoch drei Pfeile oder Schwerter, die auf tatsächliche oder mutmaßliche Täter in Hamburg gerichtet sind.«

»Haft ohne eindeutigen Grund gibt es hier nicht. Wir werden am Flughafen Fuhlsbüttel jeden Passagier registrieren, der aus Ostasien einreist.«

»Wer spricht denn nur von Fuhlsbüttel? Könnt ihr alle Passagiere aus Ostasien verfolgen, die auf irgendeinem Flughafen in Kontinentaleuropa ankommen?«

»Ich vermute eher nicht.«

»Sehr vernünftig. Selbst wir könnten es nicht gleichzeitig auf den vier Flughäfen rund um London. Vergessen Sie den einfliegenden Auftragskiller, wenden Sie sich denen zu, die lokal als Mörder von Li Ping infrage kommen. Selbstredend bleibt es Ihnen frei, abzuwarten, wer in der Immobilien- und Schiffsfinanzierungs-Szene Hamburgs innerhalb der nächsten Wochen ins Jenseits befördert wird. Im Zweifelsfall sind die Triaden ermittlungsstärker als jede nationale Polizei dieser Erde.«

Katharina Esbjerg sah James Edward Brown erstmals freundlich an: »Was kümmert mich, was Wirtschaftskriminelle unter sich ausmachen?«

»Gratulation, Katharina. Ihr Auftrag ist aber ein anderer.«

»Ich werde darüber mit Udo Kronenberg und Vichaj Bangramsan sprechen. Eine Razzia in Hamburg kommt so lange nicht in Frage, James.« Katharina Esbjerg lehnte sich zurück und legte ihre Beine übereinander. James Edward Brown hatte genügend Übung in der Interpretation von Körpersprache.

FRANKFURT / MAIN

Tatonga Miller verließ die *Boeing 747* der *Thai International Airways* auf dem Flughafen Frankfurt / Main mit dem Pass und dem Polizeiausweis, den er in Thonburi erhalten hatte, und einem Schreiben, in dessen Kopfzeile »Interpol« stand. In seinen Gesäßtaschen steckten neben US-Dollarbündeln andere Ausweise und einige Zettel mit Ansprechpartnern in Europa.

Ein Bärtiger am Zollschalter begehrte einen Blick in Tatongas Reisetasche und forderte, dass ihm der Inhalt auf dem Tresen auszubreiten sei. Zwei kleine Flaschen erregten seine Aufmerksamkeit. Auf den fragenden Blick des Zöllners antwortete Tatonga: »***Lao-Lao***«.

»Sie kommen aus Laos?«

Tatonga Miller war nach zwölf Flugstunden übermüdet und knurrte: »Woher denn sonst?«

Der Zöllner zeigte auf die kleinen Pythonschlangen in den Flaschen: »Das hier verstößt gegen das Washingtoner Artenschutzabkommen. Ich konfisziere diese Ware und Sie bezahlen sofort 1.000 Euro Bußgeld.«

Tatonga riss beide Flaschen an sich, öffnete sie nacheinander und trank den Whisky mit jeweils einem Schluck aus. Er hustete. »Jetzt zufrieden? Die geschützten Arten können Sie gern behalten.«

Der Zöllner blickte völlig irritiert, fasste danach beide Flaschen und herrschte Tatonga an: »Damit haben Sie es auch nicht besser gemacht. Sie wollten geschützte Schlangen in die Europäische Union einführen und zahlen deshalb 1.000 Euro Bußgeld!«

Tatonga betrachtete die aus seiner Sicht »Halbe Portion« vor sich, rülpste und antwortete ruhig: »Ich habe ein Nationalgetränk aus Laos einführen wollen, habe es vor Ihren Augen unter Zwang geleert und Sie machen jetzt mit Ihren Pythons, was Sie belieben. Für mich ist das Leergut. Ich mache meinerseits, was mir beliebt. Deshalb gehe ich mit Gepäck zum Ausgang. **Comprende**?«

»Sie werden einpacken und mich begleiten!«

Tatonga Miller packte ein, zog das Schreiben von Interpol aus seiner Gesäßtasche und warf es auf den Tresen: »Können Sie lesen?«

»Sie müssen nicht beleidigend werden.«

»Habe ich schon andernorts gehört, wenn auch in umgekehrter Richtung«. Tatonga Miller zog einen weiteren Ausweis aus seiner anderen Gesäßtasche, den er nicht in Thonburi erhalten hatte. »Und das noch obendrauf. Falls Sie noch Fragen an mich haben sollten, bitte.«

Der Zöllner studierte das Schreiben und den Ausweis. Ihm wurde bewusst, dass ihn die entstandene Situation überforderte. Instinktiv fragte er nach dem Reisepass. Tatonga Miller übergab ihm einen Pass des Königreichs der Thai.

Der Zöllner blickte noch irritierter: »Ich ... ich ... ich weiß nicht mehr, was wohin passt. Sie folgen mir jetzt bitte.«

»Ich werde zum Ausgang gehen. Wenn Sie wollen, zusammen mit Ihren Vorgesetzten. Die können mir dann ein Taxi bestellen. Oder besser: einen Fahrschein nach Hamburg lösen. Wenn Sie – bitte – sofort die Güte hätten?«

Der Zöllner zückte sein Handy und sprach für Tatonga unverständliche Worte. Innerhalb weniger Minuten fand sich eine uniformierte Gesellschaft aus vier schwarzhaarigen Männern und einer blondhaarigen Frau ein, welcher der Zöllner die Papiere und Ausweise übergab.

Die Frau sah wechselweise auf den thailändischen Pass und in Tatongas breites Gesicht. »Sir, ich wusste gar nicht, dass Thai so mächtig groß werden können.«

»Wollen Sie mich und meine Nation beleidigen, Madam?«

»Keineswegs. Ich wusste auch nicht, dass Thai bei der CIA tätig sind, Sir.«

»Dann wissen Sie es jetzt. Ich mache das Ihnen nicht zum Vorwurf. Ihre Generation hat den Vietnamkrieg eben nicht mehr erlebt, Madam.«

»Sie sagten meinem Kollegen, dass Sie aus Laos kommen.«

»Ich sagte ihm, dass die beiden Flaschen hier auf dem Tresen ein Nationalgetränk namens »**Lao-Lao**« enthalten. Das erste Lao hat mit dem zweiten Lao nichts zu tun. Es kommt in Ostasien auf die Intonation an. Die Flaschen habe ich in Nong Khai gekauft.«

»Nong Khai?«

»Mit Verlaub, Madam, die bekannteste Grenzstadt Thailands zur Volksrepublik Laos.«

»Volksrepublik, so, so. Ich wusste gar nicht, dass es so etwas noch gibt. Und das Nationalgetränk, sagen Sie, enthält geschützte Pythons?`«

»Das sagte Ihr bärtiger Kollege, Madam. Sie können es auch mit eingelegten Reptilien, Riesen-Tausendfüßlern oder Nachtfaltern haben. Eine jahrhundertealte Kultur, kulinarisch ausgedrückt, wie bei Ihrem … wie heißt das … Reinheitsgebot für Bier.«

»Das Reinheitsgebot bezieht sich auf pflanzliche Ingredienzien.«

»Sehen Sie, so unterschiedlich sind die Kulturen der Welt. Meine Papiere, bitte!«

Die blonde Zöllnerin telefonierte mehrfach mit unterschiedlichen Stellen in der Tatonga nicht vollständig geläufigen Sprache der Germanen. Tatonga Miller bemerkte zufrieden an Körpersprache und Gesichtsausdruck, dass sie zunehmend unsicher und nervöser wurde. Er forschte sie an: »Sind Sie endlich soweit?«

»Sir, was die Flaschen nach Ihrem Trinkgelage in situ betrifft, sind zweifelsohne geschützte Tiere im Spiel. Wie mein Kollege sagte: Bußgeld in Höhe von 1.000 Euro.«

Tatonga Millers Augen blitzten gefährlich: »Hören Sie, Madam, Sie oder einer Ihrer Männer besorgen mir augenblicklich eine Fahrkarte nach Hamburg. Das ist mein Einsatzort. Ich gebe Ihnen dafür 500 US-Dollar und erhalte umgehend den Fahrschein. Sollte das anders laufen, dann werden Sie ebenso unverzüglich mehr als chinesische Kampfkunst erleben. Sollten Sie mich umballern wollen, dann haben Sie die volle Scheiße am Hals. Haben wir uns endgültig verstanden?«

Die Blonde gab Tatonga Miller die Papiere zurück und wies einen der schwarzhaarigen Uniformierten an, den mächtigen »Thai« zum Airport-Bahnhof zu begleiten, den Fahrschein zu lösen und darauf zu achten, dass dieser Mensch auch in den richtigen Zug einstieg. »Wir werden die Bundespolizei in Hanau, Kassel, Göttingen, Hannover und Hamburg benachrichtigen.«

»Manche Züge halten auch in Lüneburg«, warf einer der Schwarzhaarigen ein.

»Dann informiert eben jede Milchkanne entlang der Strecke«, gab die Blondhaarige unwirsch zurück.

Tatonga Miller verstand die Konversation bis auf die Ortsnamen nicht. Er lachte dennoch: »Der erste Zulu-Krieg fand bei Glasgow statt. Monty Python. Verstehen Sie, Madam?«

»*Brexit paves Scotland's way towards independence, isn't it, Sir?*"

"*You've got it*", schmunzelte Tatonga. Die Blonde fand den Riesen plötzlich sympathisch. Sie ahnte nicht, dass sie eben den ersten Lakota ihres Lebens vor sich hatte. Er dachte, dass die Blonde keltischen Ursprungs sein mochte, aber definitiv kulturell überformt war. Kelten gegenüber hatte er eine instinktive Zuneigung.

Am Flughafenbahnhof dankte er dem schwarzhaarigen Zöllner für die Besorgung der Fahrkarte. »Ich dachte immer, dass alle Deutschen blond und blauäugig seien.«

»Ich bin türkischer Abstammung, Sir.«

»So, so, ein Türke. Wildes Reitervolk aus Zentralasien. Ihr habt es weit gebracht. Bis nach Sinkiang im Osten und an den Atlantik im Westen. Sagen wir 6.000 Meilen von Ost nach West. Mein Volk hat es weniger weit gebracht. Maximal von Wyoming bis Saskatchewan, wo die Kanadier uns wieder rausgeworfen haben.« Er klopfte dem zwei

Köpfe kleineren Zöllner so kameradschaftlich auf den Rücken, dass der fast gegen ihn kippte.

Der Zöllner berichtete seiner Chefin: »Ich glaube, dass dieser Riese eben doch ein Ami ist. Bekennender Indianer wahrscheinlich.« Die Schichtleiterin telefonierte mit dem Verfassungsschutz. Indianer standen nicht in der Gefährderdatei.

HAMBURG / BERLINER TOR

Tatonga Miller logierte im *East-Hotel* an der Simon-von-Utrecht-Straße auf St. Pauli. In der Bar dieses Hotels trieb sich angeblich die winzige Geheimdienstszene der Hansestadt herum. Er hatte eine Nase für Secret-Service-Leute, konnte jedoch nur Yuppies, solche, die es gern wären und ein paar sonstige Schnösel erkennen. Deshalb kippte er einige Whisky on the Rocks und unterhielt sich mit einer Bardame, die er für nicht frigide hielt. Für sie war er der erste Lakota ihres Lebens.

Am nächsten Morgen plauderte er am Alsterufer mit einem der CIA-Agenten im Generalkonsulat, der ihm versprach, sich über einen Kriminalhauptkommissar Udo Kronenberg und die Niederlassung der Firma *Afro-Asian Trading Corporation* am Berliner Tor zu erkundigen. Der quirlige Mann holte bei einer Kollegin in San Fransisco Informationen über die *Binh-Xuyen* Triade ein. »Mächtige Player im Immobiliengeschäft an der Westküste«, resümierte er. »Aber Li's oder Lee's gibt es bei denen keine, schon gar nicht in Führungspositionen.« Der Agent gab ihm die Handynummer eines Engländers, der sich derzeit in Hamburg aufhalte und der sich ebenfalls für Triaden interessiere. Danach erhielt Tatonga eine kaltgehämmerte österreichische *Glock 80* mit Rechtsdrall.

Er ging über die Lombardsbrücke und durch ein aus seiner Sicht reichlich verschlamptes Gründerzeitquartier zum Berliner Tor, wunderte sich dort über die breiten, lärmtosenden Magistralen, die der ökologischen Aura, mit der sich Westeuropäer gern umgaben, überhaupt nicht entsprachen. Das einzig Asiatische, das er in der Umgebung entdeckte, war ein großer Supermarkt. Er studierte die Klingelschilder an den benachbarten Hauseingängen genauer und stieß prompt auf die »*Afro-Asian Trading Company.*«

Nach einigen Minuten des Wartens verließ eine Person das Haus und bot ihm damit die Gelegenheit, ohne Vorwarnung das Büro der Handelsgesellschaft im zweiten Geschoß zu betreten. Der Raum war spärlich möbliert. Hinter einem großen Schreibtisch saß eine nach seiner Einschätzung Fünfzigjährige mit angegrautem Haupthaar. Er wünschte den Geschäftsführer zu sprechen, es gehe um die Geschäfte in Laos. Die Fünfzigjährige antwortete, dass der Herr Geschäftsführer momentan nicht im Hause sei.

»Dann eben einen Termin morgen, bitte. Sagen Sie ihm, dass ich direkt aus Laos komme und nicht viel Zeit habe. Sagen Sie ihm das bitte j e t z t.«

Die Fünfzigjährige gab sich irritiert: »Unser Geschäftsführer hat einen engen Terminkalender. Ich werde mein Möglichstes tun.«
Tatonga Miller erhob sich aus dem für ihn ohnehin zu kleinen Holzstuhl zu seiner imposanten Höhe und betonte: »J e t z t !«

Die Fünfzigjährige wählte mehrmals, haspelte einige Sätze, übergab ihm dann die Telefonmuschel. Tatonga versicherte sich, dass sein Gesprächspartner Englisch beherrschte und forderte einen Termin »wegen der Geschäfte in Laos und Vietnam, »*you know?*«. Der Geschäftsführer schlug für den nächsten Abend ein Treffen im *Indochine* auf Neumühlen vor. »Sie wissen, wo das liegt?«

»Ich werde es schon finden. Morgen 20.00 Uhr.«

Wieder auf der Magistrale »Beim Strohause« stehend, wählte Tatonga die Handynummer des Engländers, stellte sich vor, fragte dessen

Kenntnis ab, soweit es über Telefon ging, und lud ihn für den folgenden Abend, 20 Uhr, ins *Indochine* auf Neumühlen ein. »Sie werden mich nicht übersehen. 83 Inch groß, Texanerhut, Lakota.«

»Sie sind Indianer, Sir?«

»Das hätten Sie sich jetzt sparen können, Sir.«

ALTONA / NEUMÜHLEN

Die Zahl der Gäste des Restaurants war an einem normalen Werktagabend überschaubar, der Lakota mit seinem Texanerhut unübersehbar.

»Wir sehen uns alle das erste Mal in unserem Leben«, begann Tatonga die Konversation, nachdem alle Drei sich namentlich vorgestellt und aus der Karte gewählt hatten. »Vietnamesisches Essen ist für Alle bekömmlich, weil es einfacher als Thai und leichter als westliche Gerichte ist. Dennoch habe ich mir einen thailändischen Nachtisch bestellt. **Khiay Buad Schie**, das sind Bananen in Kokosmilch. Dazu **Kho Tang Na Tang**, Reiskekse mit Koriander. Köstlich, sage ich Ihnen.«

»Es ist eine gute Idee, dass wir uns in einem fernöstlichen Lokal treffen, denn unser Thema dürfte fernöstlicher Art sein«, antwortete James Edward Brown.

»Ich bin der Einzige unserer Runde, dessen Muttersprache nicht Englisch ist. Vielleicht der Einzige, der nicht weiß, worum es gehen soll.«

»Man nennt Sie den »Paten von Altona«, habe ich erfahren«, näherte sich Brown schnell dem Kern des Gesprächs.

»Ich weiß nicht, ob mir diese Ehre gebührt. Zur Cosa Nostra zähle ich mich jedenfalls nicht«, lachte der Deutsche mit hellblauen Augen und breitem Gesicht.

Tatonga Miller fixierte ihn: »Hat auch Keiner behauptet. Geschäftsführer von *Afro-Asian* genügt auch.«

»Daran ist nichts Ehrenrühriges. Das Unternehmen ist eine Im- und Exportfirma, wie es sie in Hamburg zu Hunderten gibt.«

»Wie Sie wissen, komme ich soeben aus Laos. Kennen Sie das Land?«

»Leider nein. Soll etwas langweilig sein.«

»Es gibt einen Unterschied zwischen Langeweile und In-sich-Ruhen. Aber in China waren Sie doch schon?«

»Was man als Tourist so besucht: HongKong, Yangshuo, Xi′An undsoweiter.«

»Wie kamen Sie an die Position des Geschäftsführers der örtlichen Niederlassung der *Afro-Asian Trading Company*?«

»Ich kenne den Vorstand Jack McQuire aus meiner Zeit in Afrika. Er schätzt mein Netzwerk in Hamburg sehr.«

»Ihr Netzwerk. Welcher Art ist das denn?«

»Seit Jahrzehnten arbeite ich in Hamburg politisch, kenne Alle, die in dieser Stadt etwas bewegen.«

James Edward Brown lächelte dünn: »Da haben Sie völlig recht. Manche Politiker sind als Berater Gold wert.«

»Wie schon Lord Axley sagte: ›**Power always corrupts**‹«, kommentierte Tatonga Miller.

Während des Essens tauschten die Drei ihre Kenntnisse der asiatischen Küche aus. Tatonga Miller unterlag zwar der feinen Zunge des

James Edward Brown, hatte dennoch die Lacher auf seiner Seite: »Sun Tsu, der schlaue Militärberater des chinesischen Kaisers, gilt vielen Friedensbewegten heute als der erste Pazifist. Wissen Sie, was der zu seinem Herrscher sagte? Wenn man an den Grenzen des Kaiserreichs chinesische Gaststätten einrichten würde, dann könne man sich die militärische Landesverteidigung sparen. Der Feind käme aus den Gaststätten nur vollgefressen raus und sei fortan von der Überlegenheit der chinesischen Kochkunst so überzeugt, dass er sie vor allem Anderen im eigenen Land einführen will. Ist doch gut, was?«

Beim Nachtisch nahm das Gespräch wieder Fahrt auf: »Also, *Afro-Asian* handelt meines Wissens mit afrikanischen Naturprodukten für den ostasiatischen Markt. Nashornpulver, Elfenbein, Tigerzähne und ähnliche Medizin«, äußerte James Edward Brown jovial.

»Über das Kerngeschäft weiß ich wenig, damit hat die Hamburger Dependance nichts zu tun. Wir suchen nach Anlagemöglichkeiten vor allem im Immobiliensektor. Wenn ich meine Sekretärin richtig verstanden habe, interessieren Sie sich ebenfalls dafür, Mister Miller.«

Tatonga nickte: »Genauer gesagt, interessiert sich *Urumchi Enterprises* dafür, ein mittelständisches Unternehmen mit einer Möbelfabrik in Vietnam, einem Chemiewerk in Laos und Farmen in Kambodscha. *Urumchi* macht wie viele fernöstliche Unternehmen kräftigen Gewinn, der wertsicher in Europa und Nordamerika angelegt werden soll.«

Der Pate verlor langsam sein Misstrauen: »Warum in Hamburg?«

»London, Paris, aber auch Ihr Eppendorf sind uns zu teuer. Wir suchen zweite Lagen, die ausbaufähig sind.«

»Wahrscheinlich habe ich Passendes in meinem Portfolio. Da lässt sich sicher etwas machen. Und Ihre Firma, Herr Brown?«

»Dasselbe Interesse, wobei wir in London nur als Makler tätig sind. Wir haben Kunden, die den Immobilienmarkt Londons für außerirdisch halten, zweiten Lagen im Königreich nicht trauen und den deutschen Markt für sehr stabil halten. Außer dem Osten, Niedersachsen, Ostwestfalen, Oberfranken und Oberschwaben.«

»Niedersachsen?«

»Die Ödnis jenseits des Römischen Limes, deren Bewohner darauf sogar noch stolz sind.«

Während des **Khiay Buad Schie** tauschten Sie ihre Telefonnummern aus. Tatonga legte eine Visitenkarte vor, die er in Bangkok hatte fertigen lassen. Er stieß nach: »*Urumchi Enterprises* würde gerne in Hamburg-Ottensen investieren. Das soll ein sehr aufstrebender Stadtteil mit günstigen Gelegenheiten sein.«

Der Pate lehnte sich zurück: »Ottensen hat keine Angebote mehr. Allenfalls könnten Sie auf einem ehemaligen Werksgelände der Rheinmetall an der Friedensallee einsteigen. Der angrenzende Stadtteil Bahrenfeld verspricht mehr Erfolg. Dort sind Steigerungen der Immobilienpreise im zweistelligen Bereich drin.«

»O.k., Bahrenfeld. Aber in Ottensen gibt es ein Gelände, das *Urumchi Enterprises* besonders interessiert. Ein bisheriger Sportplatz.«

»Ach, Sie meinen die Adolph-Jäger-Kampfbahn. Ist schon längst vergeben, keine Chance.«

James Edward Brown schaltete sich spitzbübisch ein: »Auch wir haben die Information, dass auf dieser Fläche noch etwas drin ist. Ich wäre Ihnen sehr verbunden, wenn Sie sich vertieft erkundigen könnten. Wir bieten sieben Prozent des von uns geschätzten Verkehrswerts.«

»Und wie hoch soll der sein?«

»Vierzig Millionen Euro. Das sollten Sie wissen, weil die Grundlage unserer Berechnungen die Angaben des Gutachterausschusses der Stadt Hamburg ist. Also 2,8 Millionen Euro für Ihre Vermittlung, einschließlich ... warten Sie bitte ... ja, einschließlich eines Bauvorbescheids für fünfgeschossigen Wohnungsbau.«

Der Pate atmete tief durch: »Wären Sie bloß früher gekommen. Ich fürchte, dass sich nichts mehr machen lässt.«

Tatonga Miller wurde bestimmter: »Von uns lag zwischenzeitlich schon einmal ein Angebot über 30 Millionen Euro vor. Jetzt lege ich weitere zehn Millionen drauf!«

»Das ist, was ich meine. Schon das von Ihnen erwähnte Angebot kam zu spät – oder es wäre besser gewesen, mich damals schon einzubinden.«

Tatonga Millers Ausdruck wurde böse: »Dazu kam unser Geschäftsführer nicht mehr, der den Deal festmachen sollte. Er wurde an der Griegstraße tot aufgefunden. Erschossen!«

»Sie meinen den Chinesen, der aus der Elbe gefischt wurde ...?«

»Den Chinesen! Er war mein Kollege Li Ping. Sie werden verstehen, dass wir jetzt erst recht nicht locker lassen. Das Gelände gehört uns schon jetzt, sonst …, na ja, sonst wird es sehr unangenehme Recherchen geben.«

»Sie werden mich in diese Angelegenheit nicht drücken können. Wenn es – wie Sie sagen – schon einen Toten gab, dann werde ich ganz sicher nicht der nächste sein.«

Tatonga Miller grinste breit: »Sie könnten es werden, wenn Sie nicht kooperieren. *Urumchi Enterprises* ist nicht irgendeine ostasiatische Klitsche. Es gehört prominenten Leuten in HongKong, die keinen Spaß verstehen, schon gar nicht den Mord an einem ihrer Geschäftsführer.«

»Und wie hoch ist I h r Provisionsgebot?«

»Mister Brown hat 2,8 Millionen geboten. Darunter kann ich wohl nicht gehen. Ich baue jedoch eine Zeitkomponente ein: Das Angebot gilt eine Woche, danach reduziert es sich jede Woche um ein Zehntel des Werts, mit dem Sie Ihr eigenes Leben taxieren.«

»Das ist unerhört !«

»Warum denn? Unseren Geschäftsführer hat Keiner über den Restwert seines Lebens befragt. Mein Angebot ist sehr fair. Aber jetzt essen wir gemeinsam und friedlich dieses **Khiay Buad Schie**, Gentlemen.«

ALTONA / JESSENSTRASSE

Hektisch telefonierte der Pate mit dem Vereinsvorsitzenden und den beiden Käufern der Adolph-Jäger-Kampfbahn.

»Der Vorstand hat schon vor Jahren entschieden, da läuft nichts mehr«, sagte der Vereinsvorsitzende.

»Wir haben einen guten Vertrag gemacht, warum sollten wir den Deal aufgeben. Was wollen Sie denn? Mehr als wir Ihnen bereits an Provision bezahlt haben? Alles hat seine Grenzen, auch für Sie«, blaffte der Konsortialführer.

Der Pate drohte, die Baugenehmigung zu verhindern und einen Bebauungsplan auf Jahre hinaus zu verzögern. »Ihr Vertrag läuft über knapp 13 Millionen Euro. Zwei internationale Unternehmen bieten für das Grundstück jetzt 40 Millionen Euro. Das wird auf die Mitglieder des Vereins Eindruck machen.«

»Aber nicht auf mich. Der Verein hat sich bereits aus der Vertragssumme bedient. Der kommt da nicht mehr raus. Und die Baugenehmigung erhalten wir auch ohne Sie. Wir müssen neben einem Drittel Sozialwohnungen nur zehn Prozent Flüchtlingswohnen anbieten, dann haben wir die Genehmigung im Sack. Ende unseres Gesprächs.«

Der Pate war wie selten in seinem Leben ratlos. Sollte er sich mit lokalen Baulöwen anlegen oder mit den Beiden, die er im *Indochine* getroffen und noch nie zuvor gesehen hatte? Er wählte die Telefonnummer des Hünen von *Urumchi Enterprises*: »Es tut mir leid. Ich habe mich entschieden bemüht, bin aber nicht weiter gekommen. Verkäufer und Käufer beharren auf dem bereits geschlossenen Vertrag.«

»Dann tut's mir auch leid. Um Sie. Wer auf das Angebot von 2,8 Millionen Euro Provision nicht eingehen will, der muss fühlen. In unserem Geschäftsfeld ist das so üblich, Sir.«

»Sie wollen mir doch nicht etwa schon wieder drohen?«

»Drohen? Nein, ich drohe gar nicht. Ich sage Ihnen voraus, dass Sie Ihre Entscheidung bereuen werden, Sir, bitter bereuen.«

»Es ist nicht meine Entscheidung, sondern jene der Vertragspartner.«

»Um die werden wir uns ebenfalls kümmern. Machen Sie sich darüber keine Sorgen, Sir.«

*

Zwei Abende später tagte der Bauausschuss im Technischen Rathaus an der Jessenstraße in Altona-Altstadt. Im Unterschied zum prächtigen Bezirksrathaus, das einer großen Ausgabe des Weißen Hauses in Washington D.C. ähnelt, ist dieses Technische Rathaus ein in den 1970-iger-Jahren errichteter, mit rostrotem Naturstein verkleideter, verwinkelter Bürobau. Wie in den Wirtschaftswunderjahren üblich teuer, aber hässlich.

Der Pate hatte als Vorsitzender der Ökologisch-konservativen Partei und Berater seiner Fraktion gerade zu einer seiner üblichen Hassreden gegen die Bauverwaltung angesetzt, als hinter dem Rathaus ein dumpfer Knall zu hören war und Sekundenbruchteile später die schweren Scheiben des Sitzungssaals im Erdgeschoß barsten. Im Saal herrschte Chaos, auf dem Parkplatz hinter dem Rathaus loderten die Wracks eines *Hummer* und der beidseitig geparkten Kraftwagen.

Kurz darauf waren Feuerwehr und Polizei aus der benachbarten Mörkenstraße vor Ort. Die Fahrzeugwracks waren schnell gelöscht. Herbeigeeilte Polizisten konnten unschwer erkennen, dass das Zentrum der Explosion der *Hummer* gewesen sein musste und die beiden anderen Fahrzeugwracks nur Kollateralschäden waren. Sie fragten nach dem Eigentümer des *Hummers*. Der Pate meldete sich benommen.

»Ach S i e, ich kenne Sie vom Bild, habe Sie aber nie gewählt«, schnippte ihn eine Polizistin an.

»Das tut doch jetzt nichts zur Sache, Sie unverschämte Person! Ein Anschlag auf mich, das ist, worum Sie sich gefälligst zu kümmern haben!«, schnaubte der Pate zurück.

»Der Staatsschutz wird sich darum kümmern, nicht ich«, gab sich die Beamtin gleichmütig. »Sie halten sich zur Verfügung.«

»Sie befehlen mir gar nichts!«, schrie der Pate die Uniformierte an und sah fassungslos auf die noch glühenden Reste seines Fahrzeugs. Seine Fraktionskollegen hatten sich – mit Ausnahme derer vom linksökologischen Flügel - wie Krieger um ihn geschart.

*

Kriminaloberrat Jens Schröder vom Staatsschutz besah den Tatort und wurde auf den Besitzer des Wracks hingewiesen, von dem die Explosion ausgegangen sein musste. Er ließ den Parkplatz und das Erdgeschoß des Technischen Rathauses räumen und hermetisch abriegeln. »Der dort bleibt«, wies Schröder auf den Paten. Er ging mit ihm in ein Büro auf der Nordseite des Rathauses, die dem Explosionsort abgewandt liegt.

»In unserer Stadt werden politische Auseinandersetzungen nicht mit Bomben ausgetragen. Es gibt für diese Explosion deshalb einen besonderen Grund, den Sie mir jetzt erläutern werden«, kam Schröder sofort zur Sache.

»Wie reden Sie mit mir? Ich bin das Opfer, nicht der Täter!«

»Dass Sie Ihre eigene Karre in die Luft gesprengt haben, behauptet Keiner. Obwohl ein solches Fahrzeug nur Gestörte fahren. Opfer von Bombenattentaten sind erfahrungsgemäß auch Täter – jedenfalls in unseren Gefilden. Täter in anderer Sache. Um welche Sache geht es hier?«

»Was weiß ich? Ich werde mich über Sie bei Ihren Vorgesetzten beschweren!«

»Typische Abwehrreaktion von Tätern, die sich für etwas Besseres halten. Sie sagen mir jetzt, um was es hier geht, oder ich nehme Sie vorläufig fest.«

»Leere Drohung! Wir leben immer noch in einem Rechtstaat. Ich will sofort meinen Rechtsanwalt sprechen.«

»Tun Sie sich keinen Zwang an, Sie können mit ihm telefonieren.«

Ein schlaksiger Beamter in Zivil betrat das Büro und legte Schröder drei Seiten Papier auf den Tisch, die Schröder kurz überflog, bevor er sich wieder dem Paten zuwandte: »Ach S i e sind das! Hatte ich leider vergessen. Maklermorde in Altona, Entführung auf Mindanao, verschollen in Westafrika. Jetzt Geschäftsführer der *Afro-Asian Trading Company*. Die Gründe für dieses Bombenattentat könnten wirklich internationaler Art sein. Und die *National Crime Agency* hat mit Ihnen bereits gesprochen, nicht wahr?«

Der Pate schnappte nach Luft: »*National Crime Agency*? Das wüsste ich aber. Ich will diese Seiten sehen, die Ihnen vorgelegt wurden!«

»Nichts werden Sie sehen. Geschäftsführer einer obskuren Handelsgesellschaft, mit der sich die britischen Sicherheitsbehörden befassen. Sehr interessant. Wollen Sie mir j e t z t etwas erklären oder erst später?«

»S i e sind am Erklären, nicht ich!«, tobte der Pate und erhob sich aus dem Bürostuhl. »Mit einem kleinen Wicht wie Ihnen werde ich allemal fertig!«

Kriminalkommissarin Katharina Esbjerg betrat das Büro, erblickte den Paten. »Dieser Kerl schon wieder«, entfuhr es ihr.

»Na, na, Frau Kollegin, ein Opfer, wenn auch momentan etwas zuwider. Was doch verständlich ist, oder nicht?«

»Udo Kronenberg würde d e n sofort festnehmen«, sagte die blonde Polizistin mit bestimmtem Ton.

Schröder konnte Kronenberg von der Mordkommission nicht leiden. »Dazu brauchen wir diesen Udo nicht. Ich habe die Festnahme d e m hier auch schon angekündigt. Irgendetwas Neues von der *National Crime Agency*?«

»Immobilienspekulation an der Griegstraße. Unser Kontaktmann sagt, dass eine Triade an dem Deal dran sein könnte. D e r da steckt offenbar mittendrin.«

Jens Schröder wunderte sich nicht und wandte sich breit grinsend dem Paten zu: »Wie Sie sehen, sind wir à jour. Diese Triade hat Ihren unsäglichen *Hummer* in die Luft gejagt und obendrein Staatseigentum beschädigt. S i e mittendrin.«

»Das Technische Rathaus ist kein Staatseigentum, es ist gemietet.«

Der Rechtsanwalt des Paten betrat das Büro. »Schon gut«, wehrte Schröder ab. »Sie können ihn mitnehmen. Passen Sie aber auf, dass Ihnen auf der Rückfahrt nichts Übles passiert. Ihr Mandant scheint mit einer Triade in Berührung gekommen zu sein. Solche Kontakte haben noch selten gut getan, noch seltener lassen sich Todesfälle in diesem Milieu aufklären. Seien Sie also auch um sich selbst besorgt.«

Auf der Fahrt nach Blankenese versuchte der Rechtsanwalt, seinem Mandanten eine Erklärung abzuringen. Der Pate gab sich einsilbig: »Diese Situation habe ich nicht gesucht, sie ist einfach über mich gekommen. Was kann ich dafür, dass die Griegstraße offenbar im Fadenkreuz internationaler Immobilieninteressen steht? So etwas habe ich bisher nicht erlebt.«

»Was hat es mit der Drohung des Staatsschutzes auf sich, Sie festnehmen zu wollen?«

»Die haben keine Ahnung, worum es sich handelt und versuchen nun, mich Opfer als Täter darzustellen. Ich erwarte von Ihnen, dass Sie diese Unverschämtheit gebührend parieren. Dafür bezahle ich Sie.«

»Na ja, mit der Bezahlung hat es bereits bisher gehapert. Meistens haben sie Ihre Klienten übernommen. Und das auch unzureichend, nicht wahr?«

Der Pate ärgerte sich über die Geldgier mancher Rechtsanwälte, vor allem jener, die an der Elbchaussee und an der Alster wohnen.

ALTONA / DIEBSTEICH

In einem rot geklinkerten Bürogebäude südlich des S-Bahnhofs Diebsteich lagen die Räume des Baulöwen von Altona. Es gab kaum ein großes Bauvorhaben in diesem westlichen Bezirk Hamburgs, an dem seine Unternehmen nicht beteiligt waren. Die Geschäftsführung setzte konsequent auf gute politische Kontakte und war damit bisher hervorragend gefahren.

»Ich weiß nicht, was den reitet, aber im Fall Griegstraße scheint er uns in die Quere zu kommen. Ausgerechnet dort, wo eine besonders hohe Rendite auf uns wartet«, sagte einer der Geschäftsführer.

»Exakt wahrscheinlich deshalb«, antwortete sein Neffe. »Der pokert um eine noch höhere Provision.«

»Nach seinen Angaben haben internationale Bieter 40 Millionen Euro avisiert. Mehr als den Verkehrswert des Grundstücks.«

»40 Millionen? Ich tippe auf Geldwäsche.«

»Ich habe ihm knapp mitgeteilt, dass wir an unserem Vertrag mit dem Vorstand des Sportvereins festhalten und angebliche, nachträglich abgegebene Angebote nicht relevant sind. Allerdings erhielt ich heute den Anruf eines Englisch sprechenden Mitbieters – es handelt sich wohl um einen solchen – der mich zur Auflösung des Vertrags aufforderte. Das habe ich entschieden zurück gewiesen. Ein Gespräch erübrige sich, sagte ich ihm.«

Kaum hatte der Geschäftsführer das gesagt, hörten die Teilnehmer der Sitzung einen ohrenbetäubenden Knall. Eine Feuerwalze breitete sich rasend schnell über den Gang aus und verkohlte alles, was in ihrem Weg stand, verfing sich kurz im Eckzimmer, in dem die Sitzung stattfand, um dann durch die Fenster zu bersten. Die Feuermelder hatten nur Sekundenbruchteile Zeit um Laut zu geben, bevor die gesamte Etage in Flammen stand. Die Menschen im Sitzungssaal hatten nicht einmal Zeit, einen Arm schützend vor das Gesicht zu heben.

Weil die Stadtteile Bahrenfeld und Othmarschen über keine Feuerwache verfügen, dauerte es eine Viertelstunde, bis der Löschzug der Feuerwehr eintraf. Die Einsatzkräfte konnten sich nur mit der Leiter Zugang zur brennenden Etage verschaffen, weil das Treppenhaus völlig verqualmt war und einsturzgefährdet schien. Die Einsatzleiterin des Polizeireviers Notkestraße alarmierte – wie bei Bombenanschlägen üblich - den Staatsschutz.

»Nicht schon wieder Altona«, stöhnte Kriminaloberrat Jens Schröder. »Residiert am Brandort eine Immobilienfirma?« Die Beamtin am Telefon bestätigte, dass auf der Galerie der Firmenangaben am Gebäudeeingang eine Projektentwicklungs- und Immobilienfirma ausgewiesen war. »Dort ist eine Art Feuersturm durchgefegt. Über Verletzte und Tote haben wir noch keine Übersicht. Verkohlte Leichen hat die Feuerwehr aber bereits gesichtet. Es ist ganz schrecklich hier.«

Schröder setzte sich in ein Taxi zum Diebsteich. Der Tatort war von Rauchwolken verdunkelt, durch die Dutzende von Blaulichtern zuckten. Straßen und Gehwege waren von Glas-, Beton- und Metallsplittern übersät. Einer der Feuerwehrleute erklärte ihm, dass die Etage, in welcher der Brand ausbrach, nur mit Atemschutzmaske begehbar sei. Schröder wollte eine Maske.

Mit einem Brandmeister ging er den noch heißen Gang entlang. Im Eckzimmer sahen sie verkohlte, fast skelettartige Figuren um einen schwarzgebrannten Tisch sitzen. »Wie in Beirut«, entfuhr es dem Brandmeister. Schröders Nerven waren gespannt. »Die Esbjerg, sofort hier her«, haspelte er in sein Diensthandy.

Kriminalkommissarin Esbjerg erschien nach einer knappen halben Stunde. »Unterwegs habe ich mit dem Staatsrat gesprochen, der hält Kontakt mit der *National Crime Agency*. Sein Kontakt sagte angeblich, dass die Triaden derart offensichtliche Methoden nicht anwenden würden. Sie scheuen eher die Öffentlichkeit.«

»Sittensen war auch nicht gerade eine versteckte Hinrichtungsstätte«, verwies Schröder auf ein Massaker unter Vietnamesen, das vor Jahren in dem niedersächsischen Ort stattgefunden hatte. »Und was jetzt?«

»Mit meinem Handy kann ich Kronenberg und unseren Kollegen aus Thailand nicht erreichen. Vielleicht wenden wir uns wieder dem Paten zu?«

»Vergessen Sie momentan Kronenberg. Den Paten sofort an die Notkestraße.«

*

Das Polizeikommissariat Notkestraße ist ein neuer, edelgrau geklinkerter Kubus neben einer der weltweit bedeutendsten Forschungsanlagen der Grundlagenphysik und nördlich der Gartenstadt Steenkamp, an der Altonas berühmter Bausenator Gustav Oelsner verzweifelt war, bevor er von den Nazis abgesetzt wurde. Der Steenkamp wurde ursprünglich für die Arbeiterklasse gebaut, die derart hohe Wohnkosten jedoch nicht tragen konnte. Er wurde stattdessen zu einem Hort des Kleinbürgertums. Außer Wohnungseinbrüchen kaum Kriminalität.

»Vier Tote. Sie sagen uns jetzt, mit wem Sie im Fall Griegstraße Kontakt halten. Andernfalls wandern Sie in Schutz- oder Untersuchungshaft«, herrschte Schröder den Paten an, der in Begleitung seines Rechtsanwalts von der Elbchaussee erschienen war.

»Hören Sie, …«, setzte der Anwalt in üblicher, sich überlegen gebender Pose an.

»Angesichts dieses Desasters höre ich jedenfalls Ihnen gar nicht zu. Ihr Mandant ist in Wasauchimmer des organisierten Terrors verwickelt. Sie sind wahrscheinlich sein Mitwisser. Ich werde Sie beide verhaften, hilfsweise nehme ich Sie in Schutzhaft.«

»Schutzhaft kennt unser Rechtstaat nicht«, konterte der Rechtsanwalt.

»Und Sie kennen bisher den Staatsschutz nicht, haben jetzt aber das Vergnügen. Wenn Sie es anders wollen: Fahren Sie doch nachhause und warten, bis auch bei Ihnen eine Bombe explodiert. Überlassen Sie der Triade das Handeln, nicht uns. Mit Triaden kennen wir uns ohnehin nicht gut aus, sind bisher bei uns noch nicht aufgetaucht. Bis sie Ihr famoser Mandant nach Hamburg lockte.«

»Sie haben die Pflicht, …«.

»Einen Scheiß habe ich«, brüllte Schröder zurück. Obwohl Katharina Esbjerg Schröder nicht leiden konnte, assistierte sie: »Ihr Mandant kann jetzt aussagen, dass er mit der Organisierten Kriminalität Kontakt hat, in welcher Sache und mit welchem Ziel. Oder er lässt es sein. Sollte er es sein lassen wollen, wäre alles Weitere sein persönliches Risiko. Und Ihres natürlich auch.«

Der Rechtsanwalt bat, mit seinem Mandanten vor der Eingangstür des Kommissariats allein sprechen zu dürfen. »Tun Sie, was Sie nicht lassen können, aber nehmen Sie unsere wertvolle Zeit nicht zu sehr in Anspruch«, murrte Schröder.

Nach zwanzig Minuten betraten der Pate und sein Rechtsbeistand wieder den Raum. »Hier ist die Karte des Vertreters einer Firma *Urumchi Enterprises*, mit dem mein Mandant vor wenigen Tagen über die Adolph-Jäger-Kampfbahn an der Griegstraße in Ottensen sprach. Seinen Gesprächspartner schildert er als einen etwa zwei Meter großen Mann indianischen Aussehens. Der dritte Gesprächspartner soll ein Makler aus London sein, scharfe Gesichtszüge, graues Haar, etwa so groß wie mein Mandant oder leicht größer.«

Schröder begann breit zu grinsen. Endlich hatte er einen der ihm verhassten Rechtsverdreher mit Villa an der Elbchaussee am Wickel: »Das ist ja fabelhaft, ganz wunderbar. Ein Indianer von dort, wo unsere Kollegen hingeflogen sind. In der Gobi-Wüste scheint es tatsächlich Indianer zu geben. Hätte ich nicht gedacht, ich hätte die eher im Mittleren Westen der USA vermutete. Außerdem vermute ich bis jetzt, dass Triaden asiatische Gesichter tragen, nicht nordamerikanische. Ihr Früchtchen hier hat sich wohl vertan. Sie werden ihn auf Spur bringen, bevor wir ihn und Sie wieder zu sprechen wünschen, verstanden? Das wird uns Steuergelder sparen.«

»Das war soeben eine Zeugenaussage, Herr …«

»Schröder ist mein Name, ob es Ihnen passt oder nicht. Und jetzt raus hier! Fahren Sie mit Ihrem Bentley zurück ins vornehme Blankenese, mit dem explodierten *Hummer* Ihres Mandanten geht es wohl nicht mehr.«

»Sie werden von mir hören!«

»Das hoffe ich doch, Herr Rechtsanwalt. Möglichst noch vor Ihrem plötzlichen Tod. Momentan reagiere ich nur noch auf Leichen und wirklich sachdienliche Hinweise.«

Der Anwalt griff nach seinem abgelegten *Bugatti*-Mantel und rauschte mit dem Paten aus dem Verhörzimmer. Schröder lehnte sich zufrieden zurück. Katharina Esbjerg nickte anerkennend.

Auf der Rückfahrt versagten die Bremsen des Bentley auf der Elbchaussee westlich Teufelsbrück. Der schwere Wagen fuhr in den Gegenverkehr und kollidierte mit einem Kleinwagen. Die beiden Insassen des Kleinwagens hatten keine Chance.

HAMBURG / JOHANNISWALL

Jens Schröder und Katharina Esbjerg wurden erstmals gemeinsam zum Staatsrat der Innenbehörde gebeten. Sie saßen James Edward Brown gegenüber. Nach ihrem Bericht kommentierte Brown trocken: »Ich glaube, Sie haben tatsächlich keine Chance.«

Schröder blickte starr auf den spitzgesichtigen Engländer: »Woher wollen Sie das wissen?«

»*Urumchi Enterprises* ist ein Unternehmen, das aus HongKong geführt wird. Es gehört einer chinesischen Triade namens *Sap Sie Kee*. Wissen Sie, was Triaden sind, Herr Schröder?«

»Für wen halten Sie mich? Erdumspannend agierende Mafia aus Ostasien.«

»Eben. Und Sie glauben, derer Herr werden zu können?«

»Sechs Tote in Altona, den Verkehrsunfall auf der Elbchaussee mit gerechnet. Das bekommen wir schon hin. Zur Not mit dem Gemeinsamen Terrorismus-Abwehrzentrum GTAZ in Treptow.«

Brown lachte: »So, so, GTAZ. Die blicken allenfalls bis zum Euphrat. Wir sprechen aber über den Mekong und den Pearl River, die ein paar Meilen östlich vom Euphrat liegen. Sie werden es nicht hinbekommen. Kümmern Sie sich lokal um diesen Paten, seinen Rechtsvertreter und das Umfeld der Opfer. Wir kümmern uns um den Rest.«

»Am Mekong halten sich derzeit unsere beiden Kollegen auf.«

»Um diese Beiden kümmern wir uns auch. Glauben Sie mir, das hier ist einfach zu groß und weit für Sie.«

Schröder wurde wütend. Der Staatsrat war unsicher und stand unter dem Druck der örtlichen Medien. Die herablassende Art des Polizisten von der *National Crime Agency* missfiel ihm: »Hören Sie, zwei Bombenattentate in Hamburg klären wir in Hamburg auf, nicht in London.«

»Wie Sie meinen, Herr Staatsrat. Meinerseits stehe ich in sehr speziellen Kontakten mit HongKong. Beiläufig hatten auch Ihre beiden Kollegen in Savannakhet die Gelegenheit, davon zu profitieren. Sie haben die Gelegenheit nicht ganz erkannt. Das kann noch korrigiert werden. Was Sie hier tun können ist, diesen Fall Griegstraße aus dem Raum zu schaffen. Wie Sie das tun, kann ich Ihnen nicht sagen, aber tun Sie es.«

Am nächsten Tag titelte die Hamburger Boulevardpresse: »*Bombe am Diebsteich. Vier Tote. Scotland Yard ermittelt in Hamburg!*« Ausführlich wurde darüber spekuliert, ob die Explosion eines Automobils hinter dem Technischen Rathaus Altona und jene in einem Immobilienbüro am Diebsteich miteinander zusammenhängen könnten. Völlig unabhängig davon wurden Bilder eines »Horror-Unfalls« auf der Elbchaussee gezeigt.

SAVANNAKHET / LAOS

Kriminalhauptkommissar Udo Kronenberg hatte ein langes FAX aus Hamburg erhalten. Er übergab es Vichaj Bangramsan und fragte: »Glaubst du, dass dieser Tatonga Miller in Hamburg Bomben zündet?«

Vichaj las die Seiten durch: »Da steht, dass die Bombe am Diebsteich aus herkömmlichem TNT gefertigt war. Das ist ungewöhnlich. Kein Acetonperoxyd, kein Nagellack. Trinitrotoluol klingt nach Militär oder Bergwerksgesellschaften. Tatonga war wenigstens nah dran.«

»Die Bombe galt einem Immobilienentwickler in Altona. Tatonga ist nicht in der Anlage von Triadengeldern unterwegs.«

»Ich habe ihm zwar einen Job angeboten, habe aber den Eindruck, dass das für ihn nur ein Notnagel ist. Was wäre, wenn er jetzt im Auftrag von *Sap Sie Kee* unterwegs wäre?«

»Würde er für seine Zukunft vorsorgen, dann hätte er sich leichtestens des hier lagernden Kokains bemächtigen können. Geschätzte zwei Millionen US-Dollar sind nicht eben nichts.«

»Die allseits bekannte Ware nach Thailand zu schaffen und dort auch noch portionsweise zu verschachern – es liegen Stolpersteine auf diesem Weg. Eine Kommission für einen 40-Millionen-Immobiliendeal in Altona einzufangen – da liegen keine Stolpersteine. Der wesentliche Mitbieter um dieses Grundstücks ist ja nun wohl ausgelöscht.«

»Bisher waren wir am Mekong auf dem Fahrersitz des Falls Li Ping. Jetzt sitzen wir auf den Rücksitzen«, senkte Udo Kronenberg den Kopf.

»Nun mal langsam. Suchen wir doch nach Mister Ma, dem früheren Kollegen des James Edward Brown, der zurzeit Berater deines Staatsrats in Hamburg zu sein scheint. Dürfte in dieser kleinen Stadt am Mekong nicht schwierig sein. Rufen wir einfach den Onkel von Savang an.«

*

Innerhalb weniger Stunden hatte Savang den Chinesen aufgespürt. »Mister Ma« lächelte zurückhaltend: »Es scheint, dass mein früherer Kollege Brown Sie zur Vernunft gebracht hat. Wenn es um Triaden geht, hat er sich stets auf mich verlassen.«

Kronenberg nickte: »Es tut mir leid, dass wir Ihre Bedeutung unterschätzt haben. Momentan fragen wir uns, ob die *Sap Sie Kee* neuerdings Mitarbeiter indianischen Ursprungs beschäftigen könnte.«

»Sie meinen den Hünen, der angeblich für die CIA arbeitet?«

»Arbeitete, Mister Ma. Momentan scheint er auf Arbeitssuche zu sein.«

»Für einen Agenten ungewöhnlich, Senior Chief Detective Kronenberg. Mister Brown erzählte mir von einer Bombe in … na ja, in Hamburg eben. Sprengstoff, den eigentlich nur das Militär verwendet. Vielleicht hat die CIA ihre Finger im Dreck?«

»Ich bitte Sie! Erstens haben die während des Vietnamkriegs in Laos eine volle Bauchlandung hingelegt, zweitens interessieren sich die doch nicht für eine Immobiliensache in irgendeinem Bezirk einer weniger bedeutenden Großstadt in Europa.«

»Das haben Sie schön gesagt und da mögen Sie Recht haben, Senior

Chief Detective Kronenberg. Der Sprengstoff war wahrscheinlich geklaut. *Aegis* besteht eben doch nicht nur aus Söldnern.«

»Also die Nummer mit der *Aegis* ist Ihnen auch schon geläufig. Die Söldnertruppe könnte mit dem Anschlag einer Triade geschadet haben. Ganz Deutschland blickt momentan auf die Geschäfte eines Immobilienentwicklers in Altona und fragt sich, warum das halbe Management dieser Firma ermordet wurde.«

»Ganz Deutschland wird weder auf die Triaden kommen, noch auf ihre möglichen Verbündeten – so religiös orientiert, wie die Situation in Europa derzeit ist. Ich kann in Ihrem jüngsten Fall kein Muster erkennen, das auf Organisierte Kriminalität aus Ostasien hinweist. Einem durchgeknallten Amerikaner ist dagegen vieles zuzutrauen, auch wenn er indianischen Ursprungs ist. Vor allem, wenn ihm seine Kameraden abhanden gekommen sind.«

»… die allerdings der Inlandsgeheimdienst unseres Gastgeberlands auf dem Gewissen hat, nicht die CIA oder der Bundesnachrichtendienst«, antwortete Kronenberg.

»Eine Frage der nationalen Souveränität, möglicherweise. Laos könnte in den USA auch nicht ungestraft Rambo spielen.«

»Mister Ma« legte seine Stirn in Falten, seine von hervorstehenden Adern zerfurchten Hände pyramidenförmig zusammen, senkte seinen graubehaarten Kopf wie zum Gebet. Er dachte lange nach. Dann setzte er sich gerade auf: »Wenn es ein Bombenangriff war, dann könnte eine Triade der anderen eine Warnung zukommen lassen haben können. Und das weit weg von hier, sozusagen auf neutralem Gebiet, ohne ein Mitglied der anderen Triade zu verletzen.«

»Eine ziemlich exotische Art, Machtkämpfe auszutragen, Mister Ma. Nehmen wir an, dass diejenigen, die das Attentat ausführen ließen, gar nicht zu einer Triade gehörten. Nehmen wir an, dass ihre Basis in Kambodscha liegt oder in … sagen wir Altona.«

Mister Ma's Augen begannen zu glänzen: »Nehmen wir an, dass ein Sportwettenkonzern aus Malta oder Zypern in Ihrem … Altona, so heißt das doch … Geld waschen will. Nehmen wir an, dass diese Leute ganz eigene Gepflogenheiten kennen und Chaos zu verursachen gewohnt sind. Dann allerdings müssten Sie innerhalb der Europäischen Union nach den Tätern suchen, oder bei deren östlichen Nachbarn, die eher zu brachialer Gewalt in aller Öffentlichkeit neigen als der aus Ihrer Sicht Ferne Osten?«

Udo Kronenberg war überrascht und verunsichert, zumal die Vermutungen des Mister Ma nicht unlogisch klangen. »Es bleibt, dass in Altona ein hochrangiges Mitglied der *Sap Sie Kee* umgebracht wurde. Deshalb sind wir hier.«

»Ich verstehe die Selbstrechtfertigung einer teuren Dienstreise. Aber der Mord an Li Ping war ebenfalls brachialer Art. Meines Wissens haben Sie an den Gestaden des Mekong subtilere Arten des Tötens kennen gelernt. Ricin, etwa. Warum also sollte ein Gegner der *Sap Sie Kee* an den Gestaden der Elbe einem Mitglied dieses Vereins ganz offensichtlich das Gehirn wegpusten? Nur, damit Sie und Ihr thailändischer Kollege im Revier der *Urumchi Enterprises* auftauchen? Meine Herren, ich bitte Sie!«

»Sie denken also, dass die russische oder ukrainische oder weißrussische Mafia den Chinesen umgebracht hat, um nicht dessen, sondern ihre eigenen schmutzigen Gelder an der Griegstraße waschen zu können?«

»Mister Ma« legte seine Stirn wieder in Falten und senkte seinen Kopf. Seine kräftigen, grauen Haarsträhnen fielen ihm in die Stirn: »Wissen Sie, die Organisierte Kriminalität westlich des Kaukasus ist nicht mein Gebiet. Ich kann Ihnen nur sagen, dass diese Bombenattentate mit hoher Wahrscheinlichkeit nicht das Werk ostasiatischer Interessen sind – das unberechenbare Kambodscha einmal ausgeschlossen.«

»Es heißt, dass sich die Triaden auf anderen Kontinenten heimischer Mafiosi bedienen«, warf Kronenberg ein.

»Da haben Sie Recht. Es wäre jedoch merkwürdig, wenn sie diesen Statthaltern ohne weiteres gestatten würden, mit dem Blitz einer Bombe Licht auf ihre Geschäfte zu werfen. Sollte der Blitz dennoch erscheinen, dann wären die Geschäftsverbindungen gefährdet. Vielleicht war Herr Li Ping in Europa, um einen Abbruch der Geschäftsverbindungen zu verhindern?«

»Das Signal seiner Geschäftspartner wäre in diesem Fall außerordentlich stark gewesen.«

Mister Ma dachte wieder lange nach: »Das ist es, was mich an der Entwicklung des Falls stört. *Sap Sie Kee* ist in vielen Städten mit guten Immobilienmärkten unterwegs: Amsterdam, Melbourne, Sidney, San Fransisco, Vancouver. In diesen Städten gibt es große chinesische Gemeinden, der Mord an einem Chinesen fällt dort nicht so auf wie in einer Stadt, in der kaum Chinesen wohnen. Morde an Chinesen werden von den dortigen Polizeibehörden regelhaft als lokale Angelegenheit der Triaden abgelegt – ich meine abgeheftet. Hamburg liegt außerhalt dieser Linie.«

»Vielleicht liegt es knapp an der Linie?«

»Bei weitem nicht. Hamburg ist der klassische Fall, in dem sich die Triaden – wie Sie sagen - anderer Organisationen der OK bedienen, die selbstverständlich ihre eigenen Methoden haben. Aber Bombenanschläge ?«

»Sie schließen Tätergruppen aus Ostasien völlig aus?«

»Wie ich schon sagte, Kambodscha ist ein für uns ein fast unbeschriebenes Blatt. Eine ehrenwerte Gesellschaft konnten wir dort bisher nicht ausfindig machen. Die Casinobetreiber, Drogen- und Organhändler mögen inzwischen ebenfalls international nach sicheren Häfen für ihr Geld suchen. Sie dürften jedoch keine eigenen Gemeinden in Städten auf anderen Kontinenten haben – so viele Exilkambodschaner gibt es nicht.
Es könnte sein, dass sich die verrohten Mittfünfziger, die zu Geld gekommen sind, ihre Wege freischießen oder freibomben. Im Fall Li Ping hätten sie allerdings einen großen Fehler gemacht, da sie wussten, dass der Mann ein **Choi Hai** war und ein Mord an ihm Folgen haben wird. Mit *Sap Sie Kee* legt sich kein Asiate einfach so an. Ein Asiate weicht eher auf andere Gelegenheiten aus, derer es viele gibt. Außerdem schleicht er sich von einer Bastion zur nächsten und springt nicht über 10.000 Kilometer in ein ihm unbekanntes Land.«

»Gedungene Mörder springen aber doch so weit und verschwinden dann gleich wieder.«

»Man lässt sie springen, sie sind keine Organisation für sich, sondern arbeiten von Fall zu Fall für etablierte Auftraggeber, Senior Chief Detective Kronenberg. Sie sind noch nicht einmal der Sprache des Landes mächtig, in dem sie ihre Aufträge ausführen.«

»Der Organ- und Drogenhandel findet seine Abnehmer in Nordamerika und Westeuropa, nicht in Kalkutta und Recife. Vollkommen unbekannt dürften den Kambodschanern diese Absatzmärkte nicht sein.«

»Sie könnten sich Mittelsmänner bedienen, die wahrscheinlich sogar in Phnom Penh sitzen. Es mag sein, dass sich einer ihrer Leute nach Hamburg verirrt hat. Ich tippe jedoch auf europäische Partnerorganisationen, die seit langem auch in Hamburg tätig sind. Betreiber von Spielcasinos und Wettbüros, zum Beispiel. Russen, Ukrainer, Weißrussen, was weiß ich. Nicht mein Revier, sagte ich schon.«

Vichaj Bangramsan hatte lange schweigend und aufmerksam zugehört. Jetzt schaltete er sich ein: »Fragen wir einfach den unsere gemeinsamen Ermittlungen allein überlebenden Kambodschaner, Ta Mok Junior. Der liegt immer noch im Hospital von Mukdahan, wenn er inzwischen nicht gestorben ist.«

HAMBURG / JOHANNISWALL

Udo Kronenberg sandte eine Zusammenfassung des Gesprächs mit dem mutmaßlichen Polizei-Captain »Mister Ma« per FAX an das Landeskriminalamt und bat darum, die großen Betreiber von Wettbüros zu überprüfen, soweit sie russischen, ukrainischen oder weißrussischen Ursprungs sind. Bekanntermaßen hätten solche Unternehmen und Geldwaschanlagen ihre Sitze auf Malta oder Zypern. Mögliche Kontakte nach Ostasien, insbesondere Kambodscha, seien besonders interessant. Stichwort Poipet.

»Stephen« Fan Ma, Special Agent der HongKong Police Force, versandte seinen Bericht zweimal. Einen davon erhielt James Edward Brown, den anderen »Tony« in HongKong.

*

Kriminaloberrat Jens Schröder lachte böse, nachdem er Kronenbergs FAX gelesen hatte. Er griff zum Telefon, wählte Katharina Esbjergs Nummer und las ihr das Schreiben aus Savannakhet vor. Nach einer kurzen Pause kommentierte er zynisch: »Kronenberg verweist uns auf eine Szene, die von den vereinigten Bundesländern unserer Republik toleriert und keinesfalls durchleuchtet wird. Wir wissen, dass diese Szene von der Organisierten Kriminalität beherrscht ist, sollen oder können dagegen aber nichts tun. Was sagen wir Beide nun zu diesem Rat vom Mekong?«

Kriminalkommissarin Katharina Esbjerg schwieg lange, bevor sie scherzhaft antwortete: »Vielleicht machen Sie und ich zusammen zwei Dienstreisen – nach Malta und nach Zypern.«

»Wir würden wahrscheinlich nur Briefkästen vorfinden. Wie wär's denn mit Russland, der Ukraine und Weißrussland?«

»Zu kalt, zu groß, zu öde, zu gefährlich, Kollege Schröder. Ich habe eine kleine Tochter zu versorgen.«

»Unser Job ist kein »Wünsch-dir-was«, Kollegin Esbjerg.«

»Wissen Sie was? Ich werde mit einer Freundin sprechen, die beim Zollkriminalamt in Köln arbeitet und sich in Osteuropa und Zentralasien auskennt.«

»Unser Fall ist nicht gerade das, womit sich ein Zollkriminalamt beschäftigt.«

»Es gibt auch dort etwas, was die Fischer Beifang nennen. Für die eigenen Ermittlungen nicht verwertbar, aber dennoch ins Netz geschwommen. Jedenfalls ist sie die einzige Person, die ich kenne, die sich mit Osteuropa jenseits der Europäischen Union auskennt. Sie können Ihre eigenen Kontakte spielen lassen, sofern es sie geben sollte.«

SUNPASITTIPRASONG HOSPITAL

»Sie schon wieder«, maulte der Arzt, als er Vichaj Bangramsan in Begleitung von Kronenberg, Savang und Fan Ma sah. »Ich kann leider nicht behaupten, dass mein Patient nicht vernehmungsfähig ist. Sollten Sie zudringlich werden, lasse ich Sie aber hinauswerfen.«

»Ich ließ ihn per Hubschrauber hier her schaffen. Ohne mich wäre der tot. Wie geht es ihm?«

»Wie es einem geht, dessen Haut zu einem Drittel verbrannt ist. Außerdem hat er eine linksseitige Lähmung. Da wird etwas bleiben.«

Ta Mok Junior lag in einem abgedunkelten Zimmer mit AirCon. Seine Augen öffnete er nur leicht, als die vier Männer eintraten. Drei hielten sich im Hintergrund, Vichaj setzte sich auf den Stuhl neben dem Bett und stellte eine Flasche »Mekong« auf das Nachtschränkchen: »Ihr Arzt sagte mir, dass es mit Ihnen aufwärts geht. Damit hat sich der Hubschraubereinsatz gelohnt.«

»Haben Sie den Transport organisiert?«, flüsterte Ta Mok Junior. Vichaj nickte.

»Es war ein Unfall, nicht wahr?« Vichaj nickte erneut.

»Wissen Sie, ich habe einen Filmriss, kann mich kaum an etwas erinnern. Den Kaukasier dort hinten, den erkenne ich wieder. Kronenberg, nicht wahr? Wir haben gemeinsam mit meinem Vater gesprochen. Ist es nicht so?«.

Vichaj bestätigte. »Wollen Sie mit mir ein Schlückchen Whisky trinken?«

»Danke nein. Ich bin seit Tagen abstinent. Aber Sie sind nicht gekommen, um sich nur nach meinem Befinden zu erkundigen, nicht wahr?«

»Ihr Befinden ist mir schon wichtig. In der Tat will ich darüber hinaus von Ihnen etwas erfahren, sofern Sie sich erinnern können.«

Ta Mok schaute Vichaj jetzt mit offenen Augen an: »Sofern es mir nicht schaden sollte, fragen Sie nur.«

»Also gut: Können Sie sich erinnern, ob Ihr Vater jemals Europäer oder Nordamerikaner oder Australier empfangen hat?«

Ta Mok Junior dachte nach: »Auf unseren Plantagen im Norden meines Wissens niemals. Die waren seine Basis, da kam kein Außenstehender rein. In Poipet, bei Theng Bun Ma, allerdings mehrmals.«

»Wissen Sie, wen er mit Theng Bun Ma getroffen hat?«

»Sie haben Glück. Ich verfüge über ein gutes Namensgedächtnis. Die Typen waren alle von recht bulliger Statur, fast so wie ihre Bodyguards. Einer hieß Mogilevich, Semyon Mogilevich. Der kam aus Budapest in Ungarn. Ein anderes Mal sprachen sie mit einem Boris Nayfeld, aus San Fransisco, glaube ich. Ein Leonid Minin aus Rom und ein Ruslan Bodelan, der war Gouverneur in Odessa am Schwarzen Meer. Er kam in Begleitung von einem Angel Anhert. Mein Vater sagte mir, dass man sich vor denen in Acht nehmen müsse, weil sie den Tod in Auftrag geben können.«

»Und was wollten diese Herren in Poipet?«

»Sie schauten sich die Casinos an und hatten Interesse, sich daran zu beteiligen. Außerdem fragten sie, ob Interesse daran bestehe, Kinder aus Europa zu kaufen. Das hat mein Vater empört abgelehnt. Daran erinnere ich mich noch sehr genau.«

»Verstehe ich gut. Galten die Gespräche auch Kapitalanlagen in Europa und in den USA?«

»In Kanada und in den USA, natürlich. Boris Nayfeld kam ja von dort. Er suchte nach mehr Kapital, weil er sich in heftigen Schlachten mit … warten Sie … Marat Balagul und Evsei Agron befand. Leonid Minin sprach von Immobilienanlagen in Europa. Ich erinnere mich daran, dass er Rom, Paris und London nicht sehr spannend fand. Diese Märkte seien »ausgelutscht«, sagte er. Er sprach von »Second Cities«, großen Restaurant-Palästen, Spielhallen und alten Kurorten, die sich neu orientieren müssen. Mein Vater und Theng Bun Ma waren nur an Anlagen interessiert, die stabil und möglichst gewinnbringend sind. »Noch nicht ausgeschöpft oder niedergegangen, aber werthaltig«, sagten sie immer. Wie auf dem Aktienmarkt, bloß nicht so turbulent.«

»Haben die Casinobetreiber etwas gekauft?«

»Klar haben sie. Anteile am Ölhafen von Odessa, glaube ich. Wohnanlagen in Tel Aviv und Vancouver. Grundstücke in Wien, Mailand und Hamburg. Mailand war offenbar besonders schwierig, weil ein amerikanischer Developer auf den Grundstücken saß, dessen Mitarbeiter wie eine religiös fanatisierte Sekte agiert haben sollen, sagte mir mein Vater – ausgerechnet er als ehemaliger *Khmer Rouge*!«

»Und Hamburg?«

»Das Geschäft mit einem Albaner-Clan platzte, aber es gab Ersatz. Darum hat sich Tanatus gekümmert.«

»In welchem Verhältnis standen Tanatus und Ihr Vater?«

»Sie vertrauten sich, langjährige Geschäftspartner eben.«

»Der Tod von Tanatus war sicher ein schwerer Verlust für Ihren Vater.«

»Nicht unbedingt für ihn. Anders die in Poipet: Sie waren aufgebracht und haben von Leonid Minin gefordert, die Angelegenheit in Ordnung zu bringen.«

»Hat er sie in Ordnung gebracht?«

»Das weiß ich nicht, es kam dieser Unfall dazwischen. Ich meine mich zu erinnern, dass Minin einen Typen namens Rumini nach Hamburg schicken wollte. Keine Ahnung, wer das ist.«

Vichaj Bangramsan war sehr zufrieden mit dem Ergebnis des Gesprächs. »Wenn Sie einen Wunsch haben, teilen Sie ihn mir bitte mit. Ich will ihn erfüllen, soweit es in meiner Macht steht.«

»Einen thailändischen Pass und meine Entlassung aus diesem Krankenhaus.«

»Der Pass geht klar, das Andere muss Ihr Arzt entscheiden. Ich bin kein Mediziner.«

»Sie sind Geheimagent, nicht wahr?«

Vichaj lächelte und legte Ta Mok Junior eine Hand auf die Stirn: »Nicht ganz, aber so etwa. Machen Sie sich keine Sorgen.«

ALTONA / MÖRKENSTRASSE

Dieses Mal ging das FAX aus Savannakhet nicht an Jens Schröder, sondern exklusiv an Katharina Esbjerg. Es enthielt alle Namen, die Ta Mok Junior erwähnt hatte. Katharina wählte die Handy-Nummer ihrer Freundin beim Zollkriminalamt, die sie zuvor mehrmals vergeblich zu erreichen versucht hatte.

»Ich bin momentan in Kasachstan. Sollten wir länger reden, kostet das gewaltige Roaming-Gebühren.«

»Geht zu Lasten der Staatskasse Hamburg und ist sicher preiswerter als zwei Dienstreisen für meine Kollegen, die derzeit die trüben Wasser des Mekong betrachten.«

Katharina erläuterte ihrer Freundin den Mordfall Li Ping und die beiden jüngsten Bombenattentate in Altona. »Es geht wohl um eine Immobilien- und Bausache.«

»Ostasien ist nicht mein Revier. Obwohl ich vor Jahren an einer gemeinsamen Aktion russischer, ukrainischer und thailändischer Behörden gegen den Drogenschmuggel durch Zentralasien nach Westeuropa beteiligt war. Frag mal den Bangramsan danach. Die amerikanische Drug Enforcement Administration war an der Aktion auch beteiligt.«

»Vichaj Bangramsan hat dort gelernt.«

»Umso besser. Nun zu den Namen, die du mir genannt hast, und vor allem zu den Zusammenhängen:

Als die Union der Sozialistischen Sowjetrepubliken 1990 zerbrach, war das für viele einfache Menschen eine Katastrophe, für die smartesten und ruchlosesten Funktionäre aber die Gelegenheit, schnell sehr reich zu werden. Dazwischen befanden sich viele Militärs und KGB'ler, die ihren alten Job verloren, aber ihre Fähigkeiten in die entstandene Unordnung einbringen wollten. Daraus und aus den jungen Männern, die am Arbeitsmarkt keine Chance hatten und sich in Kampfsportschulen stählten, entstand in Russland das, was wir *Russkaja Mafia* nennen. Die nennen das *Bratwa*, was Bruderschaft heißt, *Zdarowi Obras*, was Gesunde Lebensart bedeutet, und »Diebe im Gesetz«, was sehr realistisch ist. Denn Gesetze für die Auflösung von Staatsformen gibt es nicht. Bisher verstanden?«

»Klingt wie höhere Mathematik, aber einigermaßen verstanden«, antwortete Katharina Esbjerg.

»Gut. Während in einigen früheren Sowjetrepubliken Kriminalität und Staat miteinander verschmolzen tauchten in anderen Spannungen auf – vor allem in der Ukraine, diesem Kunstgebilde aus Ost-Polen und dem historischen Kernland der Russen. Alle Namen, die du mir genannt hast, sind slawische Namen, einige davon mit jüdischer Färbung. Kannst du mir soweit folgen?«

»Ich versuche es«, antwortete Katharina Esbjerg.

»Über den Horizont eines Landeskriminalamts geht das objektiv gesehen hinaus, das verstehe ich. Also: Der interessanteste Namen ist Semyon Mogilevich. Soweit ich weiß, ist er ein wesentliches Bindeglied zwischen der Organisierten Kriminalität in Russland, in der Ukraine und in Israel. Er kooperiert mit der russischen *Sulutsevo* in Moskau, der *Malina* in Odessa und mit der Unterwelt von Tel Aviv. Ursprünglich handelte er mit dem riesigen Waffenarsenal der ehemaligen Sowjetarmee – Antonovs, Panzer, Kalaschnikows. Die wurden bis nach Westafrika exportiert. Dann diversifizierte er sein Geschäft: Drogen- und Menschenhandel zwischen Zentralasien und Osteuropa als Quelle und Westeuropa als Ziel. Die *Malina* ist nur eines seiner Standbeine. Sie hat inzwischen bestätigte Zweigstellen in Antwerpen, Budapest, Los Angeles, New York City, San Fransisco und Tel Aviv. Kannst du mir folgen?«

»Natürlich kann ich das. Was ist mit den anderen Namen?«

»Sie sind fast alle der *Malina* aus Odessa zuzuordnen. Wie Hamburg eine Hafenstadt. Dieser Rumini, den du genannt hast, ist wahrscheinlich ein Auftragskiller. Er trägt offensichtlich einen Tarnnamen, denn Rumini bedeutet nichts anderes als »Rumäne« – und das muss er nicht einmal sein. Wäre er das, dann könnte er sich in der Europäischen Union frei bewegen. Leonid Minin kann das auf jeden Fall, denn er hat einen italienischen Pass. Und Semyon Mogilevich hat wahrscheinlich viele Pässe – und zwar echte.«

»Unser Experte von der britischen *National Crime Agency* und sein Kollege aus HongKong meinen, dass Bomben nicht die Art des Mordens durch Ostasiaten sind.«

»Damit haben Osteuropäer überhaupt kein Problem. Wenn sie ein Ziel haben, sprengen sie das durch. In eurem Fall fragt sich, wieviel Einfluss der ostasiatische Auftraggeber auf seine osteuropäischen Partner haben kann. Das betrifft die Bomben. Außerdem fragt sich, wer diesen Li Ping umbringen ließ. Die Art dieses Mords mag ursprünglich diskret gedacht, könnte aber in sehr grobe Hände übergeben worden sein.«

»Eine internationale Fahndung nach »Rumini« können wir wohl schwerlich rausschicken.«

»Du sagst es, darüber würde die halbe Welt lachen. Was die Anderen betrifft, habt ihr keine Beweise. Gespräche mit ihnen in ... wie heißt der kambodschanische Casino-Dschungel nochmal? ... beweisen gar nichts. Aus diesem Fall lernen wir, dass einige ostasiatische Verbrecher mit osteuropäischen Verbrechern enger zusammenhängen als bisher gedacht. Die Ziele sind ähnlich, die Methoden zur Durchsetzung sind verschieden.«

Die Verbindung nach Kasachstan riss ab. Katharina Esbjerg rieb sich die Augen und informierte Jens Schröder vom Staatsschutz. »Schreiben Sie mir das auf«, antwortete der Ministeriale. Katharina ärgerte sich: als ob operativ tätige Polizisten nicht schon genug mit Schreibkram zu tun hätten!

HENRY

Der Gong tönte an der Wohnungstür des Rotklinkerbaus im nördlichen Ottensen. Seine Mutter hatte den schnöden Krächzton – Standard bei der Wohnungsbaugenossenschaft – durch die Glockenschläge von Big Ben ersetzen lassen. Henry öffnete die Wohnungstür zum kahlen Treppenhaus einen Spalt weit. Vor ihm stand ein wenigstens zwei Meter großer Hüne. Indianer mit wallendem, schwarzen Haar, rote Binde um den Kopf.

Henry wähnte sich in einem wilden Traum seiner Kindheit. Er war fassungslos. In seinen Träumen war er Indianern begegnet, seit ihm seine Mutter einen Besuch in Bad Segeberg gegönnt hatte. Dieser hier hatte jedoch tatsächlich Haut wie aus Bronze, war nicht weissgesichtig wie jugoslawische Imitate. Henry schüttelte den Kopf.

»An Ihrer Tür steht Wilkens, Sir«, bemerkte der Indianer mit schwerem Akzent.

»Ja, ja, ich bin Henry Wilkens. Mein Leben lang habe ich davon geträumt, einem Indianer zu begegnen. Sind Sie ein Sioux?«

»Darf ich Ihnen in Ihrer Wohnung antworten?« Tatonga Miller stellte einen Fuß zwischen die Tür und den Rahmen.

Henry machte den Weg frei. Der Hüne sah sich im kleinen Wohnzimmer um. »Darf ich Ihre Coach benutzen, Sir?« Henry nickte und räumte die fast getrocknete Wäsche weg. »Bitte setzen Sie sich.«

Tatonga Miller setzte sich so vorsichtig er konnte, weil er befürchtete, dass das erkennbare Billigprodukt unter seiner Last zusammenbrechen könnte. Tat es aber nicht.

»Whisky?«, fragte Henry.

Tatonga Miller schüttelte den Kopf: »Kein Feuerwasser, bitte. Wasser oder Coke tun es auch.«

Henry Wilkens holte Cola aus dem Kühlschrank, zwei Gläser aus dem Hängeschrank darüber, füllte die Gläser und starrte Tatonga Miller an. »Ich kann's immer noch nicht glauben. Ein richtiger Indianer in unserer Wohnung.«

»In u n s e r e r Wohnung?«, echote Tatonga Miller.

»Ja, ich lebe mit meiner Mutter hier.«

»Sie haben Glück. Meine Mutter ist gestorben, als ich fünfzehn war.«

»Das tut mir sehr leid. Woran ist sie denn gestorben?«

»Am Suff, wie bei uns Lakota leider üblich.«

»Dakota? Nord oder Süd?«

»Sie kennen sich aus. Nord. Ich bin tatsächlich einer von denen, die Sie Sioux nennen. Kleine Schlangen, abwertend gemeint, aber Sie sehen ja, dass daraus auch große Krieger werden können.«

Henry waren Indianer Sinnbilder für Leidens- und Bewusstseinsstärke – überhaupt die stärksten Menschen auf der Erde. Idole für das wilde Streben nach Freiheit und Ungebundenheit. Der Kontrapunkt zu einer kleinen Existenz in einem dichtbebauten Stadtteil Hamburgs. »Was verschaff' mir diese außerordentlich große Ehre?«

»Henry, ich weiß nicht, wo ich anfangen soll. Sagen wir mit einer Chinesen-Leiche in der Elbe.«

Henry schlug die Augenlider nach unten: »Wie darf ich Sie nennen?«

»Ich heiße Tatonga. In meiner Sprache heißt das Großer Hirsch. Meine Vorfahren jagten Hirsche und Büffel, bis sie der Weiße Mann vernichtete. Seitdem hat Tatonga etwas mit Hoffnung zu tun. Hoffnung auf eine wieder glückliche, ursprüngliche Lebensart. Verstehst du das, Henry?«

Henry nahm den angebotenen Du-Modus sofort an: »Klaa' versteh ich das. Warum bis' du ausgerechnet zu mir gekommen?«

»Du hast den Mann gefunden.«

Henry starrte Tatonga an: »Den toten Chinesen?«

»Sagte ich ja. Du hast ihn auf dem Sportplatz gefunden?«

»Der hatte ein Loch im Kopf – nein, mehr als ein Loch. Ich war ganz erschrocken, hab meinen Vereinsvorsitzenden angerufen. Wir ham' ihn in die Elbe geworfen.«

»Das weiß ich. Es war nicht gut. Hast du etwas bei ihm gefunden?«

»Einen Zettel, in Plastik eingeschweißt. Da stand »12.700.000 Euro« drauf und was in chinesischer Schrift. Weiß ich, was das bedeutet.«

»Will dein Verein die … Kampfbahn … verkaufen?«

»Das sagen einige Mitglieder. Weiß nich´s Genaues.«

»Dein Vereinsvorsitzender weiß das genauer, nicht wahr?«

»Mach wohl sein. Soll ich ihn anrufen?«

Tantonga Miller nickte. »Und einen Whisky könnten wir jetzt Beide gebrauchen.«

*

Der Vereinsvorsitzende betätigte den Gong nach einer halben Stunde. Als er den Hünen sah, wich er instinktiv zurück: »Henry, wen has´ du denn da zu Gast?«

»Is´n waschechter Sioux, heiß´ Tatonga – Großer Hirsch – Chef.«

Tatonga Miller legte dem Vorsitzenden eine Pranke auf die Schulter: »Kommen Sie rein, Chef, trinken Sie mit uns einen Whisky. Erzählen Sie uns von dem Chinesen.«

Der Vereinsvorsitzende wusste sofort, dass er nicht entkommen konnte, setzte sich auf einen der beiden abgeschabten Sessel in Golden-Retriever-Farbe im Wohnzimmer, nahm das angebotene Glas Whisky und starrte den Indianer an.

Tatonga Miller lächelte ihn an: »Sie haben den China-Man in die Elbe geworfen und wissen jetzt, dass er nicht nur ein einfacher Chinese war. Ist es nicht so?«

»Ich wollte, dass er mir mein Leben lang nich´ begegnet wäre. Seitdem gibt´s nur Ärger. Selbst der Pate wurde bedroht.«

Tatonga Miller gab sich unwissend: »So, so, der Pate. Wer ist denn der Pate?«

»Der Vorsitzende der Ökologisch-Konservativen Partei.«

Tatonga Miller grinste: »Ökologisch und konservativ. Das passt zu uns Indianern. Konservieren wir die Ökologie. Die Jungen in meinem Stamm machten allerdings die Erfahrung, dass sich die Natur nicht konservieren lässt. Ihr Vorsitzender hat das wohl noch nicht erfahren.«

»Genau«, warf Henry ein. »Die Kampfbahn wäre längst ein Wäldchen, wenn ich sie nich´ ständig mähen würde.«

Der Vereinsvorsitzende reagierte unwirsch: »Das Gelände ist verkauf´. Wir bekommen dafür ein nagelneues Stadion.«

»Ist mir bekannt. Den Deal haben Sie allerdings ohne die Zustimmung Ihrer Mitglieder gemacht. Vor grundlegenden Entscheidungen wird bei uns Lakota eine Stammesversammlung einberufen. Pow-Wow, verstehen Sie?«

Der Vorsitzende war genervt: »Ja, verdammt, der Pau-Wau findet eben jetzt erst statt.«

»Sie werden ihn verlieren, das ist Ihr Schicksal. Wenn ich richtig informiert bin, ist einer Ihrer Vertragspartner nicht mehr an Bord. Ein Feuer hat ihn gefressen. Stimmt das?«

»Sie mein´ die Toten am Diebsteich? Das ändert gar nich´s. Der zweite Vertragspartner hält an diesem Vertrag fest. In dessen großem Wohnungsbestand befinden wir uns momentan, Herr … , wie heißen Sie eigentlich?«

»Tatonga Miller, Sir. Tatonga ist mein Stammesname, Miller ist der angenommene Name, Sir.«

»Arbeiten Sie etwa für die Immobilienfirma, die uns vor kurzem 35 Millionen Euro für das Gelände geboten hat?«

Tatonga legte sein Gesicht in Falten: »Eine Immobilienfirma, Sir? Ich arbeite bisher für eine Behörde der Vereinigten Staaten von Amerika. Wir sind besonders effizient, wenn es um die Entdeckung fauler Sachen geht. Dieselfahrzeuge von Volkswagen und so…«

Der Vorsitzende war verwirrt, bekam es zunehmend mit der Angst zu tun. »Also, Herr Miller, Großer Hirsch, was auch immer, der Vertrag is′ ordentlich zustande gekommen. Mein Verein wird ein neues Stadion erhalten und auf dem alten Gelände werden Wohnungen gebaut. Alles gut.«

»Nichts ist gut. Für die angebotenen 35 Millionen Euro können Sie drei Stadien bauen oder eines, das Sie für ein Jahrhundert unterhalten können. Warum lehnen Sie dieses Angebot ab?«

»Weil wir uns an einmal geschlossene Verträge verlässlich halten.«

Tatonga Miller grinste breit: »Das ist gut so. Mein Stamm hat gelernt, dass sich der Weiße Mann niemals an Verträge hält. Wir wollten das zunächst nicht glauben, bis fast Alle von uns verhungert sind. Sie werden verstehen, dass geschlossene Verträge für uns nicht bedeutsam sind.«

»Was wollen Sie von mir?«

»Als Mitarbeiter einer US-Behörde und als Angehöriger meines Stammes könnte ich Sie jetzt festbinden, die Wohnung verlassen und eine

Granate zünden. Kein Hahn würde danach krähen. Statt dessen lege ich Ihnen einen neuen Vertrag vor. Chinesisch, Deutsch, Englisch, jeweils in zweifacher Ausfertigung. Sie verkaufen das Gelände für 35 Millionen Euro minus bereits bezahlter 12,7 Millionen Euro an die *Sioux Falls Trust and Development Company* mit Sitz in South Dakota. Wenn Sie das Geld dort liegen lassen, müssen Sie es kaum versteuern und kein Mensch erfährt das hier.

Ich will ehrlich zu Ihnen sein: im chinesischen Vertragsexemplar ist unser internes Verhältnis zu einer *Urumchi Enterprises* mit Sitz in HongKong und zum *Maritime Development Fund* mit Sitz in Odessa geregelt. Der Vertreter von *Maritime* muss jeden Moment hier eintreffen. Ich darf Ihnen jedoch raten, mit ihm nicht verhandeln zu wollen.«

Der Vereinsvorsitzende lehnte sich empört in seinem Golden-Retriever-Sessel zurück: »Das unterschreibe ich nich´!«

An Henrys Wohnungstür meldete sich erneut Big Ben. Henry war nervös. »Ziehen Sie meine Mutter da nich´ rein. Die hat damit nich´s zu tun.«

Tatonga Miller stand auf, legte Henry Wilkens beruhigend eine Pranke auf die Schulter: »Sie auch nicht, Henry. Sie sind nur der Lockvogel. Dafür erhalten Sie nach Unterzeichnung des neuen Vertrags durch diesen Vogel dort ein Honorar. Für das Geld werden Sie sich einen neuen Volkswagen leisten können.«

Tatonga Miller begrüßte an der Wohnungstür einen etwa vierzigjährigen, drahtigen Mann mit kantigem Gesicht, tief liegenden, dunklen Augen, kurzem, gelocktem, schwarzem Haar und dunklem Teint. »Darf ich vorstellen: Das ist Rumini aus Odessa. Er ist nicht zimperlich und hat bereits einen Teil Ihrer Vertragspartner am Diebstich neutralisiert. Rumini spricht leider kein Wort Deutsch, weiß aber genau, was er zu tun hat. Ich muss ihm nur ein Zeichen geben. In seinen Taschen ist bereits ein Rückflug-Ticket nach Kiev.«

Rumini stellte sich breitbeinig an der Wohnzimmertür auf, lüftete leicht sein Sacco und öffnete damit den Blick auf seinen Hosenbund. An der rechten Seite steckte eine Pistole.

Der Vorsitzende des Traditionsvereins stand auf und starrte den Rumänen an: »Ich lasse mich nich´ auf Geschäfte mit Osteuropäern ein.«

Tatonga Miller drückte ihn auf die Coach zurück: »Jetzt zeige ich Ihnen einen Scheck über 35 Millionen Euro, auf der Sie den Namen Ihres Vereins eintragen mögen. Dann veranlasse ich eine Online-Überweisung auf dem altersschwachen Laptop, den ich da drüben sehe. Sobald die Überweisung bestätigt ist, unterschreiben Sie diese Verträge. Das ist fair und transparent. Sollten Sie nicht unterschreiben, gehe ich raus und lasse Sie mit Herrn Rumini allein.«

Tatonga Miller wandte sich an Henry: »Logge dich bitte in dieses alte Ding dort ein, damit wir das Überleben deines Vereins organisieren können.« Henry Wilkens tat wie ihm geheißen.

Tatonga Miller wählte das englische Internetportal der Moskauer *Zwarowsky-Bank*, gab eine ID-Nummer und ein Passwort ein und orderte die Überweisung auf das vom Vereinsvorsitzenden genannte Konto bei der HSH-Nordbank. Er erhielt einen Warnhinweis. »Sind Sie sicher, dass die angegebene Bankverbindung verlässlich ist?«

Tatonga schüttelte mit dem Kopf, gab mit zwei Fingern ein: »Ja, warum?«, wandte sich dann an den Vereinsvorsitzenden: »Die *Zwarowsky-Bank* warnt vor dem schlechten Rating Ihres Instituts. Es liegt auf Ramsch-Niveau. Ich überweise nur, wenn Sie das jetzt wollen.«

»Das is´ die Landesbank von Hamburg und Schleswig-Holstein. Die Steuerzahler stehen dafür gerade.«

»Nun gut, dann überweise ich auf Ihre Verantwortung«, knurrte Tatonga und klickte mit dem rechten Zeigefinger die Enter-Taste. »Kommen Sie her, sehen Sie sich die Bestätigung der Überweisung an.«

»Das kann ich nich´ lesen, is´ Fachenglisch. Ich will sehen, ob das Geld auf unserem Vereinskonto angekommen ist.«

Tatonga Miller machte Platz vor dem Laptop: »Ein Verwahrkonto bei einem stadtbekannten Notar auf den Namen Ihres Vereins. Überzeugen Sie sich selbst. 22,3 Millionen Euro.«

*

Als sich der Indianer und der Rumäne von Henry Wilkens und dem Vereinsvorsitzenden verabschiedeten, drückte Tatonga Henry ein Couvert in die Hand und riet dem Vorsitzenden, ein *Pow-Wow* durchzuführen. Das Ergebnis stehe ja nun fest. Er habe noch einige Tage Zeit, die Umleitung des Gelds auf ein Konto in South Dakota vorzunehmen. Dort liege es wenigstens steuersparend. Bei der Einrichtung des Kontos könne er behilflich sein, die Kontaktdaten des Treuhänderbüros lasse er schon einmal auf dem Tisch liegen.

»Was has´ du von dem bekommen?«, fragte der Vorsitzende, sobald er mit Henry alleine war. Henry öffnete das Couvert. »Das sin´ ´ne Menge Dollarscheine.«

»Zähl nach!«

Henry zählte. »Dreißigtausend, Mann!«

»Das Geld gehört dem Verein.«

Henry überlegte kurz. »Nöö, das is' Schweigegeld, nur für mich. Du kann's keinem Menschen davon erzählen, weil du den Chinesen verschwinden lassen wolltest. Außerdem hat mir der Thai-Bulle damals etwas versprochen, was dieser Indianer jetzt geliefert hat.«

»Du wirst noch erleben, was der dir geliefert hat«, antwortete der Vorsitzende verärgert, verließ die kleine Wohnung, stieg in seinen Daimler und fuhr nach Westen. Er überlegte sich, wie er den neuen Deal seinem Vorstand, seinen Mitgliedern und dem Paten begreiflich machen sollte und beruhigte sich damit, dass noch kein Eintrag im Grundbuch vorlag und seine Unterschrift unter den Verträgen allein nicht genügte.

*

»*Wird Adolf-Jäger-Kampfbahn an US-Konzern verkauft?*«, titelte zwei Tage später die Boulevardpresse.

Der Pate rief empört beim Vereinsvorsitzenden an: »Sie haben die Basis einer Vereinbarung mit den verlässlichsten Bauunternehmen Altonas verlassen. Sie haben mich vor Ihrem neuen Deal nicht konsultiert. Befreiungen für das Bauvorhaben irgendwelcher US-Fritzen können Sie vergessen.«

Der Vereinsvorsitzende reagierte kontrolliert: »Die Kaufinteressenten ham' wahrscheinlich Ihren *Hummer* auf dem Gewissen, vielleicht auch mehr. Sie ham' mich bedrängt. Vor zwei Nächten hatte ich das zweifelhafte Vergnügen mit denen. Vorgehaltene Pistolen, Drohung mit einer Bombe. Ich kann Sie gerne an die Herren empfehlen.«

»Haben Sie von denen eine Provision eingesteckt?«

»Hör'n Sie mal, ich rede von der Bedrohung meines Lebens und Sie reden von Provision. Ein kleines Trinkgeld hat mein Platzwart erhalten, nich' ich.«

»Die Hälfte davon geht an mich.«

Der Vereinsvorsitzende ärgerte sich über die maßlose Gier des Paten: »Das möng' Sie mit Henry besprechen.«

OTTENSEN / VEREINSHEIM GRIEGSTRASSE

Weit vor Beginn der eilig einberufenen Mitgliederversammlung bemerkte der Vereinsvorsitzende eine aggressive Grundstimmung. Es waren weit mehr Mitglieder als erwartet erschienen. Die Menschen standen im Treppenhaus bis hinaus auf die Straße.

»Was machen wir jetzt?«, fragte er den Vereinskassierer.

»Absagen un´ neu einladen«, antwortete der stoisch.

»Bis´ du plemplem? Die fackeln uns die Bude ab«, knurrte der Trainer türkischer Herkunft.

»Auf die Kampfbahn verlegen«, entschied der Vorsitzende. Über ein Megafon verkündete er den Wechsel der Versammlungsstätte.

Der Abend war kühl, aber nicht nass. Auf dem großen Fußballfeld verflog die Aggressivität im Publikum etwas. Der Vorstand wartete, bis die ersten Mitglieder zu frösteln begannen.

»Liebe Mitglieder, heute Abend kann sich die Zukunft unseres großen, ehrwürdigen Vereins entscheiden. Wir sind arm geworden, besitzen aber diese Perle.« Der Vorsitzende holte weit mit seinem linken Arm aus, erläuterte dann das erste und das jüngste Angebot für das Gelände.

»Interessiert mich nich´, wo is´ das neue Stadion, Mann?«, kam der erste Zwischenruf aus dem Publikum.

»Oberliga sin' wir, noch nich' mal in die Regionalliga ham' wir's geschaff'. Noch nich' mal gegen Egestorf. Wo liech' das eigentlich, das Egestorf?« Das Publikum lachte.

»Un' den Brügmann habt ihr auch nich' halten könn'! Is' ab in'n Osten zu'n alten Kommunistenverein.«

»Liebe Fußballfreunde, es gibt nich' viele Sponsoren für'n Verein. Ihr wiss', dass ich die ganzen Jahre 'ne Menge reingesteckt habe. Wir haben jetzt ein Angebot, das uns ein neues Stadion, hundert Jahre Unterhaltung und Betriebskosten un' sogar den Einkauf neuer Spieler gestattet.«

»Un' wo soll das neue Stadion liegen, wenn nich' hier?«

»Memellandallee, hat uns die Politik zugesagt. Is' seriös, Leute.«

»Das krich' ihr doch nie gekauf', Mann.«

»Erbpacht, 99 Jahre.«

»Un' dann?«

»Dann sin' wir alle, wie wir jetzt zusammenstehen, bereits tot. Un' unsere Kinder auch. Also: länger kann man gar nich' vorsorgen.«

»Un' wenn die Amis nich' zahlen?«

»Die ham' bereits gezahlt. Auf ein Verwahrkonto. Wenn ihr heute zustimmt, dann unterschreiben wir und haben das Geld.«

Die Stimmung hatte sich gelockert, einige nickten. Der Vereinsvorsitzende sah seine Chance und ließ abstimmen: »Jeder krich' jetzt zwei

Karten. Weiße Karte bedeutet »Ja«. Die geh´n bitte zu der Urne nach rechts. Rote Karte bedeutet »Nein«. Die geh´n bitte zur Urne nach links.«

Von den maroden Sitztreppen aus war die Mehrheit mit weißen Karten erkennbar. Von Emmy Riefenstahls Balkon aus war der zahlreichere Zug nach rechts noch deutlicher sichtbar.

*

Emmy stand mit einem hünenhaften Indianer »von der CIA« auf ihrem Südbalkon und paffte bereits die zehnte Zigarette. Der freundliche Indianer paffte mit, hatte eine Flasche *Jack Daniels* und zwei Flaschen Cola mitgebracht. Zur Freude Emmy´s blieb er länger als die beiden Polizisten, die sie vor Wochen besucht hatten. Emmy mochte Indianer, selbst, wenn sie so riesig waren wie Tatonga Miller. Vor einem ähnlich großen Russen hätte sie Angst gehabt, von Deutschen solcher Größe ganz zu schweigen. Und Tatonga hatte sie als »Mama Riefenstahl« angesprochen, was ihr sehr schmeichelte.

»Was wollte denn die Polizei von Ihnen?«

»Ich hatte angerufen, weil ich glaubte, dass dort hinter dem Vereinsheim ´ne Leiche gelegen haben könnte.«

»Und, war es eine?«

»Am nächsten Tach´ war die wech´. Vielleicht war´s der Chinese, den sie aus der Elbe geholt ham´. Was weiß ich? Henry machte so ´ne Andeutung.«

»Wie sahen denn die beiden Polizisten aus, die Sie besuchten, Mama?«

»Der eine war etwas sehr leger gekleidet, schon älter, etwa sechzig Jahre alt. Kronenberg heiß´ der. Der andere war´n jüngerer Asiate, so´n schmales Hemd eben. Kenn´ Sie die, Tatonga?

»Und ob die kenne. Ich habe sie in Asien getroffen. Kennen Sie Laos?«

»Ooch Laos, ja das kenn ich. Ich hab die lustigen Kriminalromane von Colin Cotterill gelesen. Hauptfigur is´n alter Pathologe, Dr. Siri Paiboun. Alt, aber nich´ doof, Tatonga. Kenn´ Sie die Krimis?«

Tatonga Miller verneinte. »Ich kenne nur Krimis von Patricia Highsmith und Adler Olsen. Aber auch ich kenne einen alten Pathologen in Laos, der heißt nur nicht Siri Paiboun. Wenn ich mich richtig erinnere, dann erinnere ich mich an seinen Namen nicht. Er arbeitet ganz im Süden von Laos, in einer Stadt namens Savannah… oder so. Wenn ich mal älter sein werde, dann werde ich mehr Krimis lesen. Vielleicht lese ich dann den Kindern in meiner Nachbarschaft vor. Natürlich keine Krimis, sondern Geistergeschichten zum Beispiel.«

»Ooch, Tatonga, Siri is´ Krimi und Geistergeschichte zugleich. Aber die Kinder sitzen doch bloß vor ihren blöden Tablets und spielen irgend´n Scheiß«, kicherte Emmy.

»Wenn ich alt sein werde, dann sitze ich mit den Jüngsten meines Stamms am Lagerfeuer, singe mit ihnen und lese ihnen lustige Krimis und Geistergeschichten vor. Das wird jedes Computerspiel schlagen, Mama. Jedenfalls bei uns in der weiten Prairie.«

»Möge Ihr Traum wahr werden. Komm´ Sie, ich mach´ Ihnen jetzt ´nen Hamburger. Wer als Amerikaner in Hamburg is´, der muss einen hausgemachten Hamburger essen.«

Tatonga wehrte leicht ab: »Nein, Mama, machen Sie sich keine Umstände.«

»Junge, bei Ihrer Größe muss man doch tüchtich essen. Un' wer Hamburger isst, der muss nich' gleich die ganze Kuh kennenlernen.«

Tatonga lachte und stimmte zu. »Schon, weil ich ein großer Hirsch bin, Mama.«

Nach dem Essen und zwei weiteren Balkonzigaretten verabschiedete er sich. »Und viele Grüße an Henry.«

»Sach' ich ihm. Der scheint Sie zu mögen. Is' ja auch ein großer Amerika-Fan. Easy Rider un' so. Er frachte mich schon, ob ich mit ihm und seiner Mama eine Reise nach Amerika machen wolle. Ich auf meine alten Tage!«

Tatonga dachte sich »*Gut, dass wir noch ein paar Freunde in der Welt haben*«. Er meinte damit den Stamm der Lakota. Das Geldcouvert in seiner Manteltasche fühlte sich gut an. Noch viel mehr die Aussicht auf den Erlös aus dem sicher und zentnerweise in Savannakhet lagernden Kokain. Er würde als wohlhabender Mann nach Dakota zurückkommen und die jungen Mitglieder seines Stamms in eine bessere Zukunft führen können. Vor seinen Augen tauchte die im Wind wogende See langer Gräser in einer Landschaft sanfter Hügel auf. Er sah sich als Gründer des neuen *Indian Blues* mit Talentschmiede und Tonstudio in Sioux Falls, South Dakota: Heulend wie der Wintersturm, sanft wie der Wind im Sommergras. Dort mochte ihn die CIA jahrelang fragen, warum er der einzige Überlebende am Mekong gewesen war. Das Reservat war eine eigene Nation.

SAVANNAKHET

Savang war ins Innenministerium in Viang Chang einbestellt worden, um Vorgänge in Savannakhet zu erläutern. Sein Onkel hielt Kontakt mit dem Kulturminister. Er hatte ein gewisses Gefühl für den Wert der Säckchen mit weißem Pulver, die in seinen Asservaten lagen, durfte seinen Vorgesetzten gegenüber aber kein Wort verlieren. Er war sich bewußt, dass hinter den Pülverchen mindestens eine Triade, die Kambodschaner und die Amerikaner her waren, mit denen in seinen Räumen ein Vertrag unterzeichnet wurde. Schließlich wusste er, dass Torowenko einer der drei Amerikaner war, die im Casino zu Tode kamen. Er dachte darüber nach, welchen Wert der Vertrag danach noch haben könnte. »*Auf Linie gebracht, wäre die DNA-Kette der Menschen mehr als einen Meter lang. Tatsächlich wickelt sie sich im Zellkern zu Millionstel Metern zusammen. Unsere Welt ist nicht so groß, wie wir sie uns vorstellen*«, sinnierte er. Er erwartete den Besuch mindestens eines der vermeintlichen Besitzer der Pülverchen.

Im Entrée des Museums stand der hünenhafte Indianer, der sich als Vorkoster bezeichnet hatte. Er verhielt sich völlig ruhig, rauchte.

»Sir, unterlassen Sie das Rauchen bitte. Unsere Artefakte vertragen es nicht.«

»Schon gut, die werden nicht mehr an Lungenkrebs sterben«, knurrte der Hüne und warf die Zigarette auf den Rasen des Vorgartens. »Sie wissen, warum ich hier bin?«

»Ich bin zwar wesentlich kleiner als Sie, aber nicht wesentlich dümmer. Nehmen Sie das weiße Pulver mit, bevor es sich Andere holen.«

»Schon gut, alter Mann. Ich will nur eine kleine Probe mitnehmen, nicht die ganze Fracht.«

»Sie meinen, dass Sie das Zeug weiterhin in meinem Museum lagern wollen?«

»Hier ist es sicherer als an jedem anderen Ort der Erde.«

»Lagergebühr zehn Prozent.«

»Nicht sofort, alter Mann. Zunächst muss ich das Geld verdienen, bevor ich Sie bezahlen kann.«

»Nicht mich, was soll ich mit dem vielen Geld. Ein Anbau für das Museum wäre angemessen, wenn Sie meine große Sammlung in den rückwärtigen Räumen erinnern.«

»Ich durfte sogar fühlen und werde das nicht vergessen. Aber Sie meinen jetzt nicht im Ernst, dass ich als Bauherr für Ihr Museum auftrete, alter Mann?«

» Nennen Sie mich nicht ständig alter Mann, sondern **Lung**. Onkel – von Savang.«

»Savang. Der ließ meine Kollegen umbringen. Aber gut: Nennen Sie mich bei meinem richtigen Namen – Tatonga, was Großer Hirsch bedeutet. Das Geld für das Zeugs da hinten will ich auch nicht für mich selbst. Ich will es für meinen Stamm verwenden.«

Tatonga Miller erzählte die Geschichte des Stamms der Lakota und erläuterte sein *Indian Blues* – Projekt. Der Onkel hörte genau zu und blickte beständig in seine Augen – was bei Ostasiaten als unhöflich gilt, bei Kaukasiern dagegen als Zeichen von Aufmerksamkeit.

»Nun gut, Tatonga, ich will Ihnen glauben – sagen wir mal die Hälfte. Ihr Verein ist ja mit einem kaputten Helikopter und einer fliegenden Kamera über meinem Museum erschienen. Aber Sie haben es selbst gesehen: Die Miliz von Laos hat sie mit einfachen Gewehren wie einen Vogel heruntergeholt.
   Meine Lagerkapazität ist begrenzt – zeitlich begrenzt. Irgendwann werden diejenigen auftauchen, die sich für die wirklichen Besitzer des Pulvers halten. Das ist reines Kokain, ich habe es analysiert. Marktwert – schätze ich – mindestens zwei Millionen US-Dollar. Lagergebühr also 200.000 US-Dollar. Zahlbar bei Abholung.«

»Glauben Sie, damit davon zu kommen?«

»Die Kosten der Erweiterung des Museums kann ich Ihnen morgen vorlegen. Das habe ich seit langem durchgeplant.«

»Ist gut, Lung. Ich nehme jetzt zwei, drei Proben und werde Sie in einer Woche wieder besuchen. Noch was?«

»Dieses deutsch-thailändische Polizistenpaar hält sich nach wie vor in der Stadt auf. Möglicherweise neue Freunde meines Neffen. Wie werden wir die Beiden los?«

Tatonga Miller dachte nach, grinste dann: »Wissen Sie, Lung, ich war zwischenzeitlich in Europa. Beide sind nur am Mörder dieses Li Ping interessiert. Li Ping war **Choi Hai** der *Sap Sie Kee*, verantwortlich für die Mekong-Region. Genau weiß ich es nicht, aber ich glaube, dass die *Sap Sie Kee* ein Geschäft mit der europäischen *Malina* machte. Das ist die Mafia aus Odessa am Schwarzen Meer. Ich glaube, dass ein gewisser Rumini den Li Ping in die Ewigen Jagdgründe beförderte. Das ist ein echter Auftragskiller, ich habe ihn kennengelernt.«

»In die Ewigen Jagdgründe«, wiederholte der Onkel und schwieg lange. »Nun gut, ich kenne nur die Jagdgründe des Mekong, der Garonne und des Missouri. Wollen Sie das Ergebnis Ihrer Recherche dem Polizistenduo mitteilen?«

»Es wäre besser, wenn S i e es streuen würden.«

»Das erhöht die Lagergebühr auf 240.000 US-Dollar. Ich muss es nämlich nicht nur dem Polizistenduo stecken, sondern auch einem Chinesen namens Fan Ma. Ein gefährlicher Mann aus HongKong, der mit Scotland Yard zusammen arbeitet, vielleicht auch mit der *Sap Sie Kee*. Sagt man hier.«

»Was Sie nicht alles wissen, Onkelchen. Also 240.000 US-Dollar bei Abholung. Und Sie übernehmen den Auftrag für die Erweiterung des Museums.«

»Für Sie als Ausländer würde das doppelt so teuer kommen als für mich. Aber erst, wenn ich das Geld sehe. Nehmen Sie jetzt Ihre Gratisproben.«

Tatonga Miller nahm das dritte Handy während dieser Mission und buchte einen Hin- und Rückflug nach Vancouver für sich und drei winzige Proben, die er zwischen seinen mit Zitronat eingeriebenen Zehen versteckte.

Der Onkel gab dem Polizistenduo Tatongas Lösung des Mordfalls Li Ping kund. Kriminalhauptkommissar Udo Kronenberg leitete diese Information an das Landeskriminalamt Hamburg weiter.

Kriminaloberrat Jens Schröder rief zurück: »Kronenberg, ich weiß, dass Sie mich nicht leiden können. In diesem Fall schwimmen wir aber auf gleicher Linie. Wissen Sie, wie dieser Rumini tatsächlich heißt?«

»Momentan ist Alles westlich des Kaukasus Ihre Sache. Am Mekong gibt es keine ukrainische Mafia, schon gleich gar keine Rumänen.«

»In Ordnung. Sie haben Ihre Aufgabe erfüllt. Wir wollen den Aktendeckel schließen. Buchen Sie Ihren Rückflug. Ich sehe Sie dann morgen am Johanniswall.«

»Übermorgen plus Jetlag gleich überübermorgen. Frühestens, Kollege Schröder. Hinzu kommt, dass ich derzeit nicht weiß, wie ich von hier wegkommen soll. Vielleicht muss ich erst über Mukdahan nach Bangkok fahren – mit dem Bus. Macht überüberüberübermorgen. Soll Vichaj Bangramsan mitfliegen?«

»Wozu? Der hat doch nur ein paar Meter nach Bangkok. Liege ich richtig?«

»Sie liegen, Herr Kollege Schröder, wie immer.«

»*Très charmant*. Im Liegen habe ich *en passant* vier Morde und zwei Verkehrstote in Altona aufgeklärt.«

»Fast so viele Tötungsdelikte wie in dieser Kleinstadt am Mekong. Glückwunsch, Herr Kollege.«

»Wie viele waren es denn bei Ihnen?«

»Lassen Sie mich zählen: Vier Amerikaner, fünf Kambodschaner. Zugegeben, drei der Amerikaner sind in einem Casino ums Leben gekommen und die Kambodschaner bei etwas, was möglicherweise ein Flugzeugabsturz war. Vielleicht war es ein organisierter Unfall, Genaues weiß man nicht.«

»Kommt noch Li Ping hinzu. Den teilen wir uns brüderlich.«

»Soweit aufgeklärt, geht das auf das Konto eines Museumsdirektors in Laos, mindestens 75 Jahre alt.«

»Sage ich doch immer. Arbeiten bis 75 hat noch keinem geschadet. Ist der Mann jetzt gefährdet?«

Es knackte in der Leitung, die Verbindung brach zusammen. Udo Kronenberg wandte sich Vichaj Bangramsan zu: »Das war's wohl für diesmal. Aber wir fahren noch gemeinsam und gemütlich nach Bangkok. Beim nächsten Mal komme ich als Urlauber. Wir fahren dann gemeinsam in deine Heimatstadt. Wie heißt die noch?«

»Phitsanulok. Ist aber etwas langweilig.«

»Das wird sich zeigen. Schien in Savannakhet anfangs ebenso. Wo wir beide auftauchen, ist doch immer etwas los.«

EPILOG

Nachdem das Dinosauriersauriermuseum kokainfrei war, wurde es erweitert. Der Onkel Savangs bestand auf einer lichten Raumhöhe von zehn Metern, um das Skelett eines zweiten Dinosaurus in Lebensgröße aufstellen zu können. Der Traditionsverein in Altona gründete die *Altona Soccer Development Company* mit Sitz in Wilmington / Delaware. Dorthin konnte der deutsche Fiskus während der langen Vorbereitungszeit für ein neues Stadion seine Finger nicht ausstrecken.

Tatonga Miller erzählte jungen Lakota in der Prairie Geistergeschichten und führte die Talentiertesten unter ihnen an das neue Label *Indian Blues* heran, das in London und HongKong wie eine Bombe einschlug. Das Logo des erfolgreichen Labels bildete ein stilisierter Hirsch. Eines Tages erhielt Tatonga Besuch von Emmy Riefenstahl, Henry und seiner Mutter. Extra für sie ließ er ein *Pow-Wow* veranstalten.

Savang hatte in Viang Chang keine Chance gegen eine Schlange von Funktionären, die auf eine Beförderung warteten. Er konnte sich jedoch die gelegentlichen Starts und Landungen eines *Lear Jets* auf dem Regionalflughafen Savannakhet nutzbar machen und die Piloten von höheren Abfertigungsgebühren überzeugen. Zusammen mit Ta Mok dem Jüngeren gründete er die Laotisch-Kambodschanische Handelskammer mit Sitz am Talat Yen von Savannakhet. Die Kammer konzentrierte sich auf den Handel mit Naturprodukten und setzte dem indischen Markt heftig zu, der bisher fast ein Monopol auf biologische Kampfwaffen hatte.

Theng Bun Ma, der Casino-Boss von Poipet, steckte mit *Malina* in Odessa gemeinsame Geschäftsfelder ab, nachdem die Kooperation gegen eine Ausdehnung der *Sap Sie Kee* in Mitteleuropa erfolgreich verlaufen und der **Choi Hai** Li Ping eliminiert war. *Malina* setzte die begonnene Suche nach sicheren Anlagemöglichkeiten fort und übernahm den Vertrieb für die in Sisophong aufgenommene Produktion von *Fentanyl* in Europa. Zur Vermeidung eines Bandenkriegs wurden die Li Ping in Hamburg abgenommenen 12,7 Millionen Euro an *Sap Sie Kee* nach Abzug des Werts einer Flugzeugladung Waffen, *Rizin* und Kokain zurückgezahlt. Theng Bun Ma versicherte Ta Mok Junior, an der mit dessen Vater vereinbarten Aufgabenteilung und der Belieferung der Casinos von Poipet mit Naturprodukten festzuhalten.

Rumini kehrte nach Odessa zurück. Kurz darauf rempelten ihn zwei glatzköpfige Engländer auf der Strandpromenade an. Einen Tag später wurde Rumini im örtlichen Krankenhaus für tot erklärt – Multiples Organversagen.

Udo Kronenberg und Vichaj Bangramsan erfreuten sich der Geborgenheit ihrer alten Zuhause. Vichaj wurde wegen seines sensiblen Verhaltens im Nachbarland Laos von einem Berater des Premierministers belobigt, nachdem sich der Kulturminister der Volksrepublik Laos bei der Regierung des Königreichs Thailand für die großzügige Förderung der Erweiterung des weltweit bedeutenden Dinosauriermuseums von Muang Kaysone Phomvihane bedankt hatte. Woher das Geld dafür herkam, wurde um der Harmonie willen nicht erfragt. Vichaj hätte diese Frage auch nicht beantworten können.

Kriminaloberrat Jens Schröder wurde zum Kriminaldirektor befördert und nahm sich vor, zu Kronenberg ein besseres Verhältnis aufzubauen. Beide galten spätestens jetzt als Experten für internationale Fälle und wurden auf Anfrage des römischen Staatsanwalts Roberto Francetti, der sich noch immer mit ungeklärten Morden an Chinesen im toskanischen Prato herumplagte, als Kontaktbeamte benannt.

Dadurch blieb der Kontakt zu James Edward Brown von der *National Crime Agency* in London erhalten, obwohl der Deutsche nichts zur Aufklärung beitragen konnte und nachdrücklich darauf hingewiesen wurde, dass er für Ermittlungen gegen gewerbsmäßiges Glückspiel weder zuständig war, noch solche in Deutschland überhaupt durchgeführt wrden sollten.

Der Pate von Altona wurde als Geschäftsführer der *Afro-Asian Trading Corporation* fortan nicht nur von dem Texaner Jack McQuire bezahlt, sondern auch von einer Handelsgesellschaft in HongKong. Die Niederlassung der *Afro-Asian* wurde vom Berliner Tor an die Shanghai-Allee in der HafenCity verlegt und übernahm unter anderem die Funktion einer temporären Reederei für Trampschiffe, soweit sie im Atlantik – einschließlich der Westküste Afrikas - und im Mittelmeer unterwegs waren. Der Pate stellte sich vor, mit seinem neuen Gehalt ein Landhaus in Südfrankreich erwerben zu können.

VOM SELBEN AUTOR

Reiner Gütter
Der Pate von Altona I, MINDANAO
BoD-Verlag Norderstedt, ISBN 978-3-7412-7877-8

Am Anfang steht der rätselhafte Tod eines verschwiegenen Immobilienmaklers an der Elbchaussee, dem ein offensichtlicher Mord an einem auf großem Fuß lebenden, zweiten Makler in Nienstedten folgt. Die Mordkommission Hamburg und der Staatsschutz ermitteln, unterstützt von einem eigenwilligen Trainee aus Thailand. Dabei gerät ein Kommunalpolitiker ins Visier, der auf Mindanao verschwindet, wo islamische Rebellen gegen die Armee der Philippinen kämpfen.
Sachliche Hintergründe der Geschichte sind Immobilienspekulation, Schiffsfinanzierungen im Steuerparadies Deutschland und der Bürgerkrieg auf Mindanao.

Mindanao kann online über den stationären Buchhandel und bei Amazon.de bezogen werden als e-book (5,99 €) und als Taschenbuch (9,99 €). Bestellte Bücher werden auf jede Bestellung gedruckt und binnen ca. 5 Werktagen geliefert.

Reiner Gütter
Der Pate von Altona II, MONROVIA
BoD-Verlag Norderstedt, ISBN 978-3-7431-3037-1

Der Pate ist zum Hinterbänkler der Hamburger Bürgerschaft befördert worden. Er verdingt sich als Berater des Geschäftsmanns Sylvester Momoh Kounehi, der in Westafrika einen Hotel- und Büroturm plant, in dem der Diamantenhandel konzentriert werden soll. Weder er, noch das deutsch-thailändische Ermittlerteam Bangramsan-Kronenberg ahnen, welche Auswirkungen das Projekt haben wird. Der Pate verschwindet in Monrovia / Liberia. Bangramsan und Kronenberg versuchen, zusammen mit Samuel Koroma von der nationalen Anti-Korruptionsbehörde, Licht ins Dunkel zu bringen. Am Anfang steht eine ominöse Ladung Diamanten, die vor hundert Jahren von Kapitän Heinrich Bömermann nach Bremen gebracht wurde.

Fachliche Grundlage der Geschichte ist der Rohstoffhandel in Westafrika, der Länder und Menschen in Chaos und Bürgerkriege getrieben hat. Dafür tragen sowohl außerafrikanische Interessen, als auch afrikanische Eliten Verantwortung. Der Roman zeigt Perspektiven jenseits des bekannten Films »Black Diamond«.

Monrovia kann beim stationären Buchhandel und über Amazon.de als e-book (5,99 €) und als Taschenbuch (9,99 €) bezogen werden. Bestellte Bücher werden auf jede Bestellung gedruckt und binnen ca. 5 Werktagen geliefert.

DER PATE VON ALTONA III – MEKONG – HANDELNDE PERSONEN

Anand, Oberst des Geheimdienstes im thailändischen Generalkonsulat in Kunming/Yunnan/China.

Bangramsan, Vichaj, Polizeioberst der Nationalen Anti-Korruptions-Behörde NACC des Königreichs Thailand, Weggefährte von -> Udo Kronenberg.

Brown, James Edward, Superintendent der National Crime Agency in London.

Von Bulgarien, Nicolai, Vorstandsvorsitzender der HSH-Nordbank in Hamburg.

Esbjerg, Katharina, Kriminalkommissarin, Mitarbeiterin von -> Udo Kronenberg in Altona.

Francetti, Roberto, ermittelnder römischer Staatsanwalt der „Aktion Aemilia" in der Emilia Romana.

Kronenberg, Udo, Kriminalhauptkommissar der Mordkommission Hamburg mit Dienstsitz im Polizeikommissariat 21, Altona Altstadt (fiktiv).

Li Ping, genannt Tanatus, Choi Hai (Handlungsbevollmächtigter) der chinesischen Triade Sap Sie Kee (auch „Big Circle" und „K 14" genannt) für die Mekong-Region, ermordet in Hamburg.

Mister Ma, Mitarbeiter der Special Investigations-Einheit der Hong-

Kong Police Force, Kontaktmann von -> James Edward Brown in der früheren Kronkolonie.

Mister Yeoh, Executive Manager des Golden Crown Casinos in Poipet/Kambodscha.

Pate von Altona, Geschäftsführer der Hamburger Niederlassung der Afro-Asian Trading Corporation des Texaners Jack McQuire, Hinterbänkler in der Hamburger Bürgerschaft, Vorsitzender der Ökologisch-konservativen Partei Altonas

Riefenstahl, Emmy, Mieterin einer Wohnung nordöstlich der „Kampfbahn" an der Griegstraße.

Rumini, Auftragskiller und Sprengstoff-Experte der Malina-Mafia in Odessa/Ukraine.

Savang, Mitarbeiter des laotischen Inlandsgeheimdienstes in Savannakhet/Laos.

Schröder, Jens, Kriminaloberrat beim Staatsschutz Hamburg, Intimfeind von -> Udo Kronenberg.

Ta Mok, ehemaliger Khmer Rouge-Kommandeur im Norden Kambodschas, Eigentümer von Farmen für biologische Kampfstoffe in Krong Stung Treng, Stellvertreter von -> Li Ping.

Tatonga Miller, genannt „Big", Mitarbeiter des privaten Sicherheitsdienstes Aegis im Auftrag der CIA, Mitglied des Stammes der Lakota („Sioux") in South Dakota/USA, Gründer des Indian-Blues-Projekts.

Theng Bun Ma, ehemaliger Khmer Rouge-Kommandeur im Westen Kambodschas, Eigentümer der Golden Crown und Poipet Casinos in Poipet/Kambodscha.

Therawong, Somkeo, Kommandant der laotischen Miliz in Savannakhet/Laos.

Tranh, Nguyen, Oberst, ehemaliger Kommandeur der südvietnamesischen Luftwaffe in Pleiku/Vietnam, Pilot der vietnamesischen Triade Binh Xuyen.

Torowenko, Al, Mitarbeiter des privaten Sicherheitsdienstes Aegis im Auftrag der CIA, Vorgesetzter von -> Tatonga Miller.

Vorachit, Vichaj, Mitarbeiter des laotischen Inlandsgeheimdienstes in Viang Chang (Vientiane).

Wilkens, Henry, Platzwart der „Kampfbahn" an der Griegstraße in Ottensen.

Xiao, Zhang, leitender Mitarbeiter der Anti-Korruptions-Kommission CCDI der Kommunistischen Partei Chinas in Kunming/Yunnan/China.